U0755351

佛头遗案

楮实子　著

陕西新华出版传媒集团
太白文艺出版社

图书在版编目（CIP）数据

佛头遗案 / 楮实子著. -- 2版. -- 西安：太白文
艺出版社，2019.1（2022.3重印）
ISBN 978-7-5513-1503-6

Ⅰ．①佛… Ⅱ．①楮… Ⅲ．①推理小说－中国－当代
Ⅳ．①I247.5

中国版本图书馆CIP数据核字(2018)第181181号

佛头遗案
FOTOU YI AN

作　　者	楮实子
责任编辑	史　婷　汤　阳
封面设计	前　程
出版发行	陕西新华出版传媒集团
	太 白 文 艺 出 版 社
经　　销	新华书店
印　　刷	三河市腾飞印务有限公司
开　　本	710mm×1040mm　1/16
字　　数	380千字
印　　张	23.75
版　　次	2014年2月第1版
	2019年1月第2版
印　　次	2022年3月第2次印刷
书　　号	ISBN 978-7-5513-1503-6
定　　价	78.00元

如有印装质量问题，可寄出版社印制部调换
联系电话：029-81206800
出版社地址：西安市曲江新区登高路1388号（邮编：710061）
营销中心电话：029-87277748

目　录

楔　子

城西一处新开的建筑工地上，挖出来一颗怪模怪样的佛头。

萧郡听到消息后，在办公室磨蹭了好一阵子，才从报社大楼下来。这会儿正午一点光景，太阳照得人眼前白花花一片，大楼梯坎下面的停车场，也差不多被当班记者的车塞得满满当当。

萧郡蹙着眉头在楼门口阴凉下立一小会儿，才跟跟跄跄下了梯坎，几步走到树荫下，上了他那辆快要散架的老式手动越野。

片刻之后，就听得"轰"一声引擎响，老越野已从一条逼仄的车间空隙退到了街面上。

还不等车身停稳，萧郡又跟了一脚油，伴着"嘎吱"一声叫唤，车头边往前冲，边打出半个旋儿来，车尾也跟着甩出半圈—— 一辆车就这样端端顺了大街车行方向，继续朝前开。

车场边的玻璃门亭里，穿件罗汉衫的保安老王，一脸木然地看完萧郡倒车。他本来坐在椅子上打瞌睡，方才听见"嘎吱"一声叫唤，总觉得像婴儿嘶哇出来的声音，惊得他手里一把破折扇都掉在了地板上。

老王一直等萧郡的车从视线中消失了，这才叹一口气，依旧坐回椅子上去，眯了眼睛续他那未完的午觉。

萧郡往前跑出一程，在一个十字路口拐上了西去的快速干道。他是和魏小天接头去的。

刚才萧郡在办公室沙发上睡得正好，魏小天打进电话来，着急忙慌地跟他说，西郊义田新区的金控大厦工地上，挖地基挖到地下十多米深时，刨出来一颗金光发亮的佛头。

魏小天说，那个打电话给他的线人就是工地上的民工，说是在场的人见了这颗佛头都觉得害怕，这才喊记者过去看一看。

“一个破佛头，害的哪门子怕呀？”萧郡当时睡得迷迷糊糊，乍一听魏小天这么说，估计事情又不靠谱，就将信将疑地问他。

“快来快来吧，来了你亲自问人家，看他为啥害怕。”魏小天是摄影记者，两人老搭档了，听萧郡又是那不信人的口气，他没好气地挂了电话。

这会儿，车在快速干道上跑了十多分钟，萧郡通身祛了午睡后的迷糊劲儿，脑子也渐渐清醒了，他又想起魏小天说的害怕来，心下不禁琢磨，到底是个啥样玩意儿，怎么人见了还要怕它呢。

才这一闪念的工夫，萧郡心头陡地一紧，恍然觉得车前有个人影蹿过去了。他赶紧点了刹车，一边缓慢地走，一边拿眼去扫左右方向的倒车镜，却只见路上干干净净，并没有一丝一毫的异样。

这种莫名其妙的第六感，有时会叫人生出恐慌来，萧郡也一样，他隐隐就觉得，这趟采访怕有些不祥。

萧郡干记者这一行总有五六个年头了，他一天到晚在这座城市东奔西跑，为工作上的事也生过各种情绪，但像这次让他心头莫名其妙地觉得恓惶，大概还是头一回。

他左手在方向盘上胡乱敲一阵，仍感觉心慌意乱，就顺手拉开前面的 CD 夹，看也没看，摸出一张 CD，塞到了光驱中去。

光驱“嗞嗞”响过两声后，音响里传来一首说唱古曲，听那声音、唱腔，竟是一音高来一音低，故意造作得妖声鬼气，所唱的曲词，却是《诗经》里的《秦风·无衣》：

岂曰无衣？与子同袍。王于兴师，修我戈矛。与子同仇！

岂曰无衣？与子同泽。王于兴师，修我矛戟。与子偕作！

岂曰无衣？与子同裳。王于兴师，修我甲兵。与子偕行！

佛头现世

一

又高又胖的魏小天，像只铁桶蹾在路边上，大中午太阳火烤一般，直晒得他满头满脑都是汗水。见萧郡将车靠了边，他赶紧拉门上来，人还没坐稳，先一把把冷气拧到最大。

萧郡感觉车身一沉，朝魏小天看。魏小天一双白白胖胖的手，正抱着他那颗似乱草裹了样的大脑袋，抵住空调口吹呢。魏小天之前学萧郡蓄了长发，自打蓄成以后，却是三天五天不打理，这会儿头发就如同过了油污，看得萧郡直犯怵。

"啊呀，你难产了，害我等这久时间，哥哥我都快晒熟了呀!"魏小天埋着头，嘴上破马张飞地嚷叫开了。他比萧郡小两岁，块头却比萧郡大得多，加之长相也更老成，在萧郡面前说话，就常是这副腔调。

他一边骂骂咧咧地埋怨萧郡太慢了，一边又撂下话来，他先前在电话上可是叫民工报了警的，所以呀，他俩千万千万要抢在警察前头去现场，要不然，佛头就让警察抱走了。

萧郡"喊"一声笑，心不在焉地数落魏小天，尽干些两头堵的事儿，等咱到了现场，看完佛头再报警，大家的时间是不是都宽裕了?

魏小天猛吹一会儿脑袋，有些凉快了，这才坐起来。他撸了一把散在肩背上的长发，撸出一手的汗水。他边往大腿上揩汗水，边咧着嘴说："堵死算屎，早死早超生呢。"

萧郡听到这话，心里莫名其妙又是一惊。他斜了一眼魏小天，也不知哪里生出的顾忌，竟然忍住了嘴，没有把今天接二连三的惊怪说出口来。

两人就这样在车上有一句没一句地掐着话，不觉时间过得飞快，转眼就拐上了义田新区的青河大道。

青河大道是市上最气派的一条市政景观道，它自西北往南，顺着小青河西岸足足拉出五六公里的路程。大道以西直抵西山山根的一片狭长地带，都属义田新区的行政区划。所以，青河大道不仅是义田新区的门户，也是新区与老城区的一条界线。

现在开车从路上经过，这边是新区鳞次栉比的现代化高楼，河对岸老城区的旧房子和窄街巷一幕幕往后退，让人顿觉交替在两个不同的时代。

金控大厦工地就在青河大道边上，萧郡往北行出一段，再掉头回来，便到了工地门前。

大门只错开一条缝，萧郡见没有门卫出来招呼，估计不让进车，遂靠大门外停下来。这时，魏小天下车去给线人打电话。

一小会儿工夫，一个个头不高的小伙子从工地大门里边跑出来。他手里拎着安全帽，望了魏小天一眼，没有开口说话的意思，只招手让他们往工地里面走。

小伙子是四川来的民工，以往跟魏小天有过来往，听说从魏小天手里拿过不止一回线人费，所以彼此熟络了。他埋头在前面走得飞快，魏小天肩上挎着几十斤重的摄影包，边攮他的步子，边从包里掏相机，边操着他那口东北腔问："咋还不说话了呢，啥样儿佛头啊？"

小伙子"唉"了一声，一脸的晦色，勉强应了魏小天一句："一会儿你自己看了不就知道了。"

工地里面，满地都是新刨开的土层。堆在路两边还没来得及拉走的土石，泛着黑沉沉的颜色。萧郡闻到了一股淤泥的腥腐味。

这家施工队上个月进场施工，到现在已挖开足球场大的一块地基来，往地下也都有十多米深。

萧郡在下地基的斜坡道上，远远看见下面几十号工人都停了手里的活，散散落落站在一台挖掘机跟前，一齐朝他们打量。

等他们走到跟前，工友里面也不见人出来招呼，只定定地望着他们。

魏小天走在前面，四川小伙径直把他领到挖掘机驾驶室下，隔着几米远，朝挖斗下面一指。

"那，看见没，就那个东西，"他说着话，忽又察觉到异样，不禁喊叫起来，"咦，咋没刚才亮了呢？"

魏小天看见挖斗下扑着一个泥巴糊潲的土黄疙瘩，端起相机就拍。

萧郡跟着也到了近前，他看了看佛头表面成色，又听民工说，刚挖出来的时候比现在亮堂得多，心想这佛头莫非是黄金造的么。

他等魏小天拍得差不多了，才蹲下身去，伸手想把佛头翻过来，好看看正脸。

这佛头只有人头大小，萧郡搭上手却感觉异常沉重，使了一把劲儿，竟然拿不离地。

这时候围上前来几个工人，也都不愿沾手，只立在一旁说闲话："重得很哪，你怕搬不动。"

魏小天还在拍照，萧郡示意他先停下来，搭手一起搬佛头。于是，两人一个擒住佛耳朵，一个把住头盖，才勉强把佛头翻过身来。

佛脸刚一朝天，魏小天还没来得及抓起地上的相机，就又是一声"妈呀"喊叫出来，跟着腾地站起身。

随他这一声喊，刚才几个围上来的民工，也哄笑着跑开了。

萧郡看一眼佛头的脸，也差点儿立起身来。好在他比魏小天老辣，想到他们两个记者在一帮工友面前大惊小怪的，终归不像样儿，才硬着头皮蹲在原地纹丝不动。

萧郡定了定神再看佛头，那佛头居然是一张尖脸，两道粗眉也不对称，在印堂上交成一个叉。佛脸上有鼻子，有嘴巴，却没有下巴。尤其是一对眼睛，乍看上去似笑非笑，似哭非哭。萧郡和佛脸对视的那一瞬间，感觉自己心头泛起来一阵栖惶。

民工先前也是被这张怪模怪样的佛脸吓住了。上午他们的挖掘机开到这里，一铲子下去，翻倒泥沙时，就滚出这个金灿灿的佛头来。刚才给萧郡引路的四川小伙子，当时在跟前，他最先看见佛头，还以为又挖出一件宝贝，连忙喊叫挖掘机停止作业，自己跑上前去，小心翼翼地把佛头抱了起来。

他费劲儿地把佛头抱进怀里，又提起一条腿来从下面顶住，这才去翻它的脸看，刚一翻过来，"妈呀"一声竟吓得撒了手，随之佛头"咚"地砸落到地上。

跟前的工友听见惊叫，还以为他是被石头砸了脚，待赶过来看见地上佛头的脸，也都不敢作声了。

民工们干建筑土方这一行，天天在地下起土挖坑，一镢头下去，少不了挖着张家的祖坟李家的老屋，什么死人骨头、古怪法器，甚至值钱的文史物件也都遇到过,因此行内多多少少有些讲究。

像地底下挖出来这种佛头,管他是以往庙上供的还是家里藏的,本来都该是吉物现世,却没想到,这回现世的佛头生得一脸邪恶,看得大家心里头都有些不畅快。

萧郡怔了片刻,把魏小天刚才放在地上的相机拿起来,继续对着佛头的脸拍照。

随着镜头越拉越近,萧郡这才注意到,尽管埋压地底下十多米深,佛头身上的泥巴与佛头并不粘连,只是一块一块结成了痂,压在佛头上掉不下来。

从镜头里面看,佛头明显不是黄金材质,倒是表面极其光滑细密,尤其那色泽,好像黄玉一般。

萧郡还留意到,与普通佛头不一样,这颗佛头天灵盖上竟冒出寸把长的一只弯角,这更加衬得佛脸不伦不类了。

萧郡一连给佛头拍了好几十张照片,不觉全身已被汗水打湿,白色 T 恤不停黏住他的前胸和后背,湿答答的,让他浑身不自在。

他站起来,一边把黏在身上的 T 恤扯开来,一边四下里张望魏小天。

这时候,魏小天趔得远远的,他一双手背在背后,像个蔫茄子一样靠住挖掘机机尾一人多高的橡胶轮胎立着。

萧郡朝他挥了挥相机,笑着喊叫:"哥,过来呀。"

周围人听不出这话里的意思,魏小天面情上却挂了些尴尬。他悻悻地走过来,先前身上那股破马张飞的劲头早不知蹿到哪里去了。

这时候,萧郡猛然间留意到魏小天走路的身形,好像和平时不大一样,觉得他失了魂魄垮了架似的,心里不禁想:"他这大的身板、堆头,咋会吓成这副样子?"

魏小天过来后,一言不发接过相机,重新给佛头补拍了一通照片。萧郡问身边工友:"不是报过警了吗,怎么警察还没来?"刚才带路的小伙出来说,报是报过了,可是警察说,这是文物部门的事,交代他们不要再碰佛头,还叫打文物局的电话。

魏小天跟市里面文物研究所的一帮人有过交道,听民工这样说,他就拿起手机调了市文研所的电话打过去,简单报了这边的情况。

这天，文研所的人到现场后，把佛头翻来覆去看了半天，一时也看不出什么名堂来，后来索性把佛头装上车，要带回所里去研究。

听说要把佛头带走，工友们就吵着要搭红放火炮，冲一冲这佛头的晦气。于是，一帮人又跑上街去买火炮、红布，来来回回折腾到将近下午才告完结。

萧郡他们跟着文研所的人一起离开了工地。临到走出工地大门时，萧郡看见前来送他的四川小伙依旧阴沉着脸，有心给他宽慰几句，就问道："兄弟，还在想什么呢？"

小伙子头也没抬，叹了口气说："啥也没想，晦气。"

"你别看佛头长得怪，没准是值钱文物，到时人家文研所可是要给你发奖金的。"

"啥呀，啥子奖金不奖金，不摊上噩运就万事大吉了。"

这天回去的路上，魏小天坐在萧郡车里也一直咂摸，他说他长么大，还是头回见这样佛不像佛妖不像妖的佛头。

二

文研所副所长刘功，正在自己三楼办公室接座机上的一个电话，是义田新区金控大厦工地的施工老板打过来的，询问能不能动工。刘功回复说，可以开工，又叮咛对方，再发现什么特别物件，一定要第一时间报告所里。

金控大厦工地，就是挖出佛头的那块地。昨天接到魏小天电话后，是刘功和一位专家去工地现场看的佛头，因为当场没看出端倪，又考虑到佛头可能是文物，这个片区也可能是一个地下文物区，他回所后就按程序打电话通知施工单位暂时停止作业，等文研所把情况弄清了再说动工的事。

工地被通知停工后，施工老板当晚就托关系找到文研所上级单位市文物局，说金控大厦是义田新区的重点工程，项目投资人又是市上大名鼎鼎的首富吕孟庄，工期赶得格外紧，根本耽误不起，因此叫局里催文研所快点儿拿一个结论出来。

刘功打从见到佛头第一眼,就好奇不过,注意力不由得也集中在佛脸的古怪面相上。昨天下午,他把佛头送回所里,特意招呼所里的专家都过来看一看。专家们对这颗佛头也是议论纷纷,连专攻宗教文物的几位老权威,都说从没见过这种面相的佛头。

昨天晚上,刘功又连夜安排人搜集工地片区的档案资料,一组人忙了一个通宵,也没找出一丝一毫有价值的历史信息。所以,刚才他一接电话,就答复让工地先行开工算了。

挂了电话,刘功手机又响起来,是魏小天打过来的。魏小天在电话里问刘功,看到今天报纸上关于佛头的报道没有,刘功说,一大早就看到了。

"娃儿,你是来问结果吧,回去跟你们领导说,鉴定还没出来呢。"刘功年过五旬了,魏小天在他眼里就跟没长大的懵懂孩子一样。

电话这头的魏小天有些失望。他告诉刘功,今天早上报纸一到读者手里,好些人看见佛头的照片,心里都不舒服,听说有刚满月的孩子,看了照片后哭个没完没了的。他叹了口气:"这下好啦,从早上开始,乱七八糟的电话打进报社,都问这颗佛头有什么来历,我们哪里给得出答案啊。"

刘功听到电话那头魏小天焦虑不堪的声音,呵呵一笑,敷衍着说:"地下挖出来的东西,千奇百怪啥都有,谁说每一宗都得有来历呢。"

话虽这么说,刘功心下也暗自忖度,自己是老文物工作者,考古几十年来,稀奇古怪的东西见过不少,唯有这一次,从看到佛头起,心里头也是沉甸甸的,好似坠着个啥东西似的,踏实不起来。

电话中,刘功最后还是跟魏小天透了些底:"昨天晚上,所里专家翻查了档案资料,只知道工地这一片区在十多年前经历过一次水库溃坝。这颗佛头所处的土质层啊,大致就是溃坝后冲积形成的泥石流层,所以呢,佛头很可能是从别的地方冲到这儿来的。"

刘功和魏小天讲完电话,已是上午十点多钟,他感觉今天一个上午全都在为佛头的事忙忙碌碌,正想着闲了泡一杯茶,好好清静一会儿,这时候传达室又打来电话,说是理工大学的武传风老先生要见他,也是为佛头的事。

刘功一听,连忙叮嘱门卫,自己要下楼去迎老人家,就匆匆挂掉电话出门。

武传风已年过九旬,是理工大学的老院士,现在还兼着理工大学水利工程学院的名誉院长。以前,因为市里几处大型水利工程涉及文物保护方面的工作,刘功和武传风也打过几次交道,没想到老人家一大把年纪,这样大热的天还亲自来文研所找他。

武传风中等身材,今天穿一件短袖的白衬衣,里面还穿一件老式背心,人显得清瘦、单薄、利利落落。他被刘功迎进办公室的空调房里面,身上的热劲儿还没散开,边说话边拿下太阳帽扇起凉来。

武老生得一张严肃的脸面,既不苟言笑,又不善交谈。刚一坐定,没等刘功说客气话,他就直奔佛头的事说起来。原来,他也是今天早上读报纸看到了佛头的报道,一时心生好奇,加之一个人在学校里闲得没事,索性就到文研所来转一转。

刘功还是逮着话头客气了几句,说这些事情只要他老人家打个电话来,他们所里专门登门汇报就是了,哪里用老先生亲自动步呢。接着,他就把昨天以来的情况一五一十给武老介绍了一遍。

武老听得认真,其间只偶尔皱一下眉头,再无别的表情。听刘功讲完,他沉吟片刻,随意问了刘功几个问题,然后就提出,能不能让他看一眼佛头。

刘功告诉武老,佛头已经拿给实验室做鉴定去了,要看的话,只能等鉴定做完之后了。

见不到佛头,武老倒有几分失望的样子。末了,他让刘功尽量给他找几张佛头照片,又取了一份所里刚刚统计出来的佛头外部数据资料,这才面无表情地离去。

且说佛头鉴定结论不过两天就出来了,刘功拿到鉴定报告一看,先给魏小天去了个电话,告诉他,所里基本已确定,佛头不是什么贵重文物,只不过是百年以内的普通物件。

"普通物件?"魏小天语气中透着惊讶,他是美术学院科班出身,又是选修过雕塑的,所以他看这个佛头,总觉得佛脸造像上藏着啥古怪,"光看佛头那张脸,你不觉得它里面有文章?"

刘功只当他是个孩子,笑笑地拖长了声音跟他解释,文研所只关心是不是文物,没有文物价值的东西,专家们就懒得去深究它有什么文章了。

魏小天听了这话,觉得失望,又诺诺地挂了电话。

刘功跟魏小天说完话,紧接着又给武传风打了一通电话,也把鉴定结论跟他复述了一遍。

刘功原想，武传风多半也是冲着文物才特意追到文研所来，没想到他跟武传风报告了鉴定结论后，武传风依旧问他，能不能让他亲眼看一看佛头。

刘功连忙又说客套话，不用你老人家动步啊，我这就把佛头送你学校去。武传风一把年纪，说话做事却不来半点儿拖泥带水，他让刘功在文研所等着，他这就过来找他。

想着武老马上要来，反正是一回应酬，不如顺便把媒体这边一次打发了，因此刘功一边吩咐手底下人去实验室取佛头来，一边又给魏小天打了电话，意思是可以给他一份正式报告，若是要，赶紧过来取。

这样，这天下午，魏小天、萧郡和武传风三个人，就在刘功的办公室碰了面。

佛头就摆在刘功办公室茶几上。武传风随身带了一把卡尺，他又重新把佛头的尺寸量了一遍。

魏小天坐在武传风对面，看着他忙活，中间他问，武老呀，你是不是知道这颗佛头有什么来历？武传风边往纸上记数据，边说不知道，表情冷冷的。

萧郡坐在刘功办公桌前面，漫不经心地翻那份鉴定报告。之前，他听说鉴定结果不是文物，本是不想来的，经不住魏小天一个劲儿地催，最后还是过来了。

报告就两页纸，内容做得粗糙，当中最主要一项，就是鉴定佛头材质，结论说，佛头通身用的是金铜合金。在这一栏鉴定说明中，还粘贴了一张手写的夹页资料，是文研所特邀的一位化学教授给这种金铜合金做的背景资料。

萧郡瞅了一眼，大致说，这种金铜合金并不含金，而是古法炼金附带产生的铜杂质。因为这种铜杂质在工业、生活中都没有利用价值，所以也不常见，但它又有接近黄金的高密度，其外表经过特殊方法打磨，更有黄金一样的成色，因此过去不乏江湖术士拿这种材料做成雕塑、摆件，专事坑蒙拐骗。

只看到这里，萧郡心里已有八九分明白，大概这个佛头就是过去江湖上行骗的一件道具罢了。

他坐不住，几番想拉魏小天走，奈何魏小天坐在椅子上起劲儿地看武传风量佛头，他不便去拉扯他。

这天，一直等武传风量完佛头，萧郡和魏小天两人才拿了鉴定报告起身离开文研所。

路上，魏小天不时又提起佛头来。萧郡嫌他啰里啰唆耽误了时间，懒得接他的话,魏小天就一个人嘟嘟囔囔,还非说,这颗佛头哪能像文研所说的那么简单。

萧郡的兴趣已经不在佛头上了。当初他第一次看见佛头,心里还起过一阵波澜,但这些说不清道不明的东西,在他这样的人身上终是扎不住根,尤其现在知道了鉴定结论,他压根儿就不会像魏小天那样,把心思朝这样莫名其妙的事情上搅和。

真要说生疑心,倒是武传风这个人让萧郡犯了一阵疑惑。堂堂一个院士,一大把年纪,干吗几次三番跑来看一颗佛头。再说鉴定结论都有了,他还拿着卡尺比来画去地测量,难不成这里面有啥名堂,值得一个院士去寻摸究竟?

不过,现在在车上,萧郡不愿意拿这些疑问跟魏小天掰扯。他生怕这些问题一下把魏小天点醒了,那这个话篓子可就越见收不住了。

三

萧郡回到办公室已届下班时间。他连饭也没来得及吃,就赶着打开电脑处理几件工作。这时候,陶荟媛打来电话。萧郡一接起电话就想起来,又到周末了。

陶荟媛是来约他的,说周末这两天下雨,又快要立秋了,不如趁着气温会稍微降下去一点儿,一起到西山里面的乡村转一转。萧郡就连声答应,好啊好啊。

第二天,萧郡起了个大早。换了一身户外的行头,又出门在快餐店拿了两份早餐,就打车去了陶荟媛家的茶楼。

陶荟媛家的茶楼在青湖公园东门外。这一片地方,有几条古旧巷子横七竖八交织在一起,俱是大条石铺成的街面,街两边的房子也都高不过两层三层。

旧时这里多是酒肆、茶馆扎堆的处所,现在被政府保护下来开发成文化街区,靠闹市一边挨挨挤挤全都开成了酒吧、咖啡馆,往巷子深处去,才是一座一座的庄园茶楼。

陶荟媛家的茶楼就隐在一片楠竹林背后,是一座两层楼的独院,青砖灰瓦,放在这片街区上并不十分起眼。

茶楼有一个古朴的名号，叫"萏荇苑"。"萏荇苑"几个字也做成了古色古香的匾额，就像过去山门口挂的字号牌匾那样，高高悬挂在茶楼的门头上。

萧郡听陶荇媛说起过，这个名号就取自她名字的谐音。

可能昨晚打烊太晚，这会儿大清早的，"萏荇苑"也不关门。萧郡提着早餐，进门后，绕过一道白石照壁，穿过院子中间的天井，径直上二楼去了陶荇媛的房间。

他一边叫着桃儿桃儿，一边推开房门。才要抬脚进去，一身睡衣的陶荇媛慌里慌张从床上爬起来，鞋都顾不得穿，冲过来把门顶了回去。

"等一下，等一下，等我收拾一下再出来见你。"陶荇媛隔着门在里面边笑边喊叫。

萧郡晓得她有这个习惯，她这多半是在电视台做节目主持人落下的毛病，好像每次都要把自己打整得规规整整，才好跟人见面似的，就连见他也不例外。

他听见陶荇媛在房间里面窸窸窣窣忙个不停，估计刚才她是在睡梦中被惊醒过来，这会儿连整理床铺到洗漱完毕，再在镜子前面把她那一头秀发梳到满意为止，少说也得半个时辰。

萧郡索性沿着二楼的雕花走廊转了半圈，顺手把早餐放在廊道边一张小茶几上。走到那只吊挂的鸟笼子跟前，里面的八哥耸着一对翅膀跟他打招呼："早上好，早上好。"

萧郡停下来逗了一阵八哥，之后便倚着旁边一根廊柱，稍微俯下身去，像以往那样闲看着院落四下。

"萏荇苑"里外都不张扬，里面稍有些惹眼的，是天井上铺的一块墨玉地板，地板的东、西、南、北四个方向分别镌刻了青龙、白虎、朱雀、玄武四兽，略略衬出几分神秘感。

天井东厢是煮茶配餐的房间，西厢是高出天井一尺有余的一座地台。地台取名"观塘"，总有十米见方，一袭透明无色的钢化玻璃铺成，玻璃下面是蜿蜒的溪流，溪流中或有假山突起，上面青苔、虎耳草结成了一片翠绿。

"观塘"之内摆了五套桌椅，全是花梨木料。据市里面这个圈子的人传，这些花梨木桌椅是"萏荇苑"茶楼镇店的家具，每一张桌子的价格，少说都在百万以上。另外，一楼二楼还有大大小小十来间雅间静室，桌椅、摆件也都是上乘家具。

正因为有这些家底,"萏苻苑"光派往大厅的一壶茶都在八千元起价,雅间里又配有一套茶艺表演,动辄数万元之谱。所以,大凡市里面到"萏苻苑"喝茶的客人,即便不是高官显贵,也定是名流贤达。

天井正对大门方向还造了一座白石照壁,照壁就更简陋,形制方方正正,通身既不刻字又无雕饰,就像一块立起来的火柴盒那样。

这会儿天上已经落起雨来,萧郡看见雨先是一点儿一点儿打在照壁上,慢慢就一小片一小片地湿润开来,随之白石头上就渗出一层层晶莹剔透的翠绿。

萧郡盯着照壁发呆,直到陶苻媛从后面拍他的肩膀,他才回过神来。

眼前的陶苻媛穿了一件浅灰的贴身背心,一条卡其色低腰裤,因为头发绾起来松松地束在脑后,她那条曲线便从脸庞、脖子一直蜿蜒到腰、腹,又经过修长的腿,最后收在她那双瘦削的脚上。

萧郡背靠着廊柱,没有动步的意思。他定定地看着陶苻媛,就像欣赏一件婉约的江南水乡素描,眼神流溢着爱慕和相思。

陶苻媛杏儿样的唇,不经意地弹开了一下,她咬了咬嘴唇,伸手去拉萧郡的手,然后牵着他,带他去了房间里面。

在萧郡印象中,好像从第一次开始,他俩就是这样:在周末的早晨,在这样差不多的情境中,在陶苻媛的房间里面,回身把刚刚铺好的床蹂躏得一片凌乱。

去西山要从青湖公园横穿过城市的主干道,然后绕道西三环。

萧郡开陶苻媛的越野,因为这次打算在西山上住一晚,他们就往车里面装了些罐头、水果。

经过三环一段高架桥,雨已经淅淅沥沥下成了气候,车窗外面,笼罩在早晨雨雾中的城市,越发地显得缥缈而遥远。

萧郡打趣说,我怎么觉得,外面的雨下得和咱俩的关系一样。你说它近吧,偏偏它又很远;你说雨远吧,可它好像就落在你的头上、身上。

"是吗?那你觉得今天的雨好看吗?"陶苻媛歪过头来问萧郡。

萧郡继续捎带上话说,好看是好看,可惜觉不到真实呢。

"好看就行了,还要真实干吗呢,万一真实了却又不好看……"陶苻媛说到这里,突然想起来一个问题,"对了,萧郡,问你一个问题,如果真实和好看只能二选一的话,你选啥?"

"这问题挺难,就跟妈妈和老婆掉水里该先救谁差不多。"萧郡笑笑地敲着方向盘,这是他的习惯性动作,敲了几下,他突然说,"不对呀,干吗二选一,又真实又好看,不行吗?"

"不行,萧郡,只能二选一。其实二选一是大多数时候我们要面对的现实,你说的又真实又好看,那只是想象罢了。"

"好吧,如果只能二选一,那我选真实。"

"呵,这么果断啊。"陶荠媛悻悻地说。

"那你呢,你怎么选?"萧郡装作心不在焉地问陶荠媛。

"我想,我会选好看。"陶荠媛说完,转头望向车窗外的雨雾。这时候,雨越来越稀,雾越来越浓。

陶荠媛是市电视台《早间新闻》栏目的新晋主持人。两年前,当她还在另外一档法制栏目实习出镜记者时,在市公安局刑侦局的一次新闻发布会上,和萧郡认识了。

那天的新闻发布会是通报局里刚刚破获的一起命案,主持会议的依旧是局新闻处副处长刘军林。

刘军林是刑警出身,以前办案负过重伤,恢复后才转到宣传岗来工作。老刑警干了抛头露面的文职,却改不掉烟不离手的毛病,所以每次由他召集的新闻发布会,回回都开得烟熏火燎。

那天发布会上,陶荠媛要照顾话筒,就尽量挨刘军林身边坐下。刘军林抽的烟劲头大,又一根连着一根烧,发布会才开到半中,陶荠媛感觉自己快要被熏得吐出来。

她心烦意乱地躲着烟圈,这时一抬头看见了远远坐在窗子边上的萧郡。可能窗子那边通透,光线也好,加之当时心情作着古怪,她看见独坐那儿的萧郡,只觉得他恍若隔世的王子一样,又清澈又明亮。

过一会儿,萧郡也朝她这儿看,两人一对视,都会意是嫌刘军林抽烟的劲儿,各自笑了。这就是两人的第一个照面。

刘军林的会向来开得很晚,那天也是拖拖拉拉硬赶着下午下班的时候才开完。

待一帮记者簇拥着刘军林走出了会议室，大家站在五楼过道上往下一看，好家伙，楼前院坝停车场上，挤出挤进的车辆已经乱作一团。

刘军林先是"哎哟"一声，然后幸灾乐祸地说，好——了，这下堵死了。他又转过身来，招呼记者都去局里的食堂吃饭，吃完饭再看底下的车挪开道没有。

一帮记者回单位后还要赶着加班，哪儿有心思吃饭，便都挤在楼道上不愿走，这下楼道上也嘈嘈杂杂起来。

刑侦局这幢楼新落成不久，搬来这里办公也只有月把天气，因此地下停车场还没投入使用。这段时间局里的公车、民警的私车，以及前来办事的车辆，全都塞到楼前的院坝。院坝也没来得及硬化，坑坑洼洼不平整，偏又有些年轻警察不听保安指挥，车子一头扎进来，哪里方便哪里停，最后前堵后插，全都挪不动窝了。

光最近两周，这种事已经发生过两三回。这里面还夹着一层牢骚，好些民警对大楼刚刚装修完就赶着让他们往进搬抱有怨言，因此逢车一堵，更是牢骚满腹。

今天大家越发火气大，眼看半天挪不出道来，一时全在摁喇叭、轰油门，真个儿是乌烟瘴气。

陶苦媛倒不急回家，也懒得回台里，就抱着一沓资料站在楼道上，和大家一起瞧刑侦局的稀奇。

这样瞧着瞧着，陶苦媛就看见萧郡一个人出了大楼。

萧郡走到院坝中间，跟簇拥一堆的几位警察说了些话。警察先是摇头甩脑不动步子，而后可能经不住萧郡劝说，这才各自招呼近前车上的司机下来。

司机下车之后，就见萧郡上了一辆车。他那意思，可能是要一车一车挪位子，打算腾出一条路来。

楼道、院坝的人都盯着萧郡的车。只见那车启动之后，先腾起来一层薄薄的烟雾，片刻之后，就见车身像一台拿在手里的电熨斗，在窄窄的车间缝隙中飞快进退。

到萧郡停好第五辆车，场地上硬生生让出一片开阔地来。这时，场上的人大概都懂了他挪车的思路，随后各自上了车，循着路一阵避让，一会儿工夫都找到了出口。

院坝上的车开始鱼贯而出，几个跟萧郡熟络的警察一边往出开车，一边伸出手来朝他竖大拇指，还故意扯着嗓子喊叫："局长辛苦了。"萧郡一边朝他们回了回手势，一边往自己的车跟前走。

陶荟嫒是从高处往下看，只看得见萧郡的长发遮住了他的眼睛和表情。这会儿她身边的人看完热闹已开始下楼了，她便转身跟着人流往楼梯口走，且走且看着萧郡。

萧郡走到车跟前，捋了一下额前的头发，掸了掸衣服，拉开车门上了车。之后，就见他的车开始滑行，然后一溜烟滑出了院坝，上了二环。

萧郡的车从陶荟嫒视线中消失的时候，这个一向在同龄人面前刻意守着矜持的女孩，内心竟莫名其妙升腾起从没有过的失落。

以后，她就是循着这种失落，才有了对于萧郡越来越强烈的期待，她期待能更快遇见他，她期待和这个长发飘飘的同行打一声招呼、交换电话，然后她期待他们有一次周末约会。

"桃儿，你算过没有，我们已经度过多少个周末了?"这会儿雨渐渐大了，萧郡一边拨快了雨刮器，一边问陶荟嫒。

"不算，过一天是一天，干吗想那么多!"陶荟嫒一直拿这样的话来回萧郡这一类问题。

"我说杏儿，你这算是意志坚定呢，还是看破红尘了?"萧郡叫陶荟嫒，总是一忽儿桃儿一忽儿杏儿，"你就一直没变过，什么时候跟你讨论，你一准这些话。"

"有什么不好吗?"陶荟嫒半躺在副驾驶上，已经戴上了眼罩。

"那咱们一直这样下去?"

"你说呢?"

"这——不好吧，"萧郡试探着说，"咱们这算什么关系?"

"你觉得咱们这种关系不好?"

"这个……"

"你说啊。"

"我要说这种关系不好，你会怎样?"

"停车，分手，老死不相往来。"

萧郡转过头看了一眼陶苔媛，一脸无奈地说："那我觉得现在这样是最好的。"

陶苔媛嘴角浮起一丝微笑，没有接他的话，却伸过一只手来，轻轻放在他腿上。

西山里面，已经不大有乡村的气息了。进山公路早就修成了旅游专线，夹路两边的农家酒店、饭庄，从山腰一直绵延到了山顶。

陶苔媛一直很喜欢散落在山顶那一片开阔地上的农家小院。今天他们一上来，径直去预订的院子停了车，又去房间加了外套，就出门了。

西山是一条自北往南纵向绵延的山脉，贴着西山西麓是那条一年四季都泛着碧绿的青龙江，西山以东就是一眼望不到边的城市了。

萧郡他们步行到了山顶崖边的一座亭子内，这时候雨刚刚停住，从亭子的位置往山两边看，西边青龙江上还氤氲着雾气，东边城市上空已经扯开了亮光，把个雨后的城市出落得清清爽爽。

"我的茶楼在那里，你看到了吗？"陶苔媛坐在栏椅上，兴奋地指向城市的方向。

"看到了，全城都矗着高楼，就剩青湖公园那一片还有点儿老城区的样子。"萧郡双手插在裤兜，挺拔地立在亭子边上。

"是啊，也就那一片保护下来了，"陶苔媛一低眉，就生出感慨来，"一座城全被高楼挤满了，真像森林一样，住里面多闷得慌。"

"除了高楼，那里面还挤着欲望、金钱、资本、权力、诱惑、善恶，"萧郡伸出一只手，朝向城市的上空划拉一圈，"可是人这种动物就怪了，你看，每天有多少人往城市里挤啊，也没见把谁给闷死了。"

"萧郡，你在这座城里待了四五年吧，你闷吗？"陶苔媛望着萧郡的脸问。萧郡是南方人，从北方一所大学毕业后来到这里工作。

"我不闷，这儿有我喜欢的工作，还有我喜欢的人。"萧郡拧过头来看着陶苔媛。

"反倒是我一阵一阵地觉得闷，"陶苔媛避开了萧郡的眼睛，把脸转到一边去了，想了想又说，"你说我这是怎么了，我很喜欢现在的这份工作，看起来什么压力也没有。"

"光喜欢工作不行,你得像我一样,有自己喜欢的人。"萧郡逮着话就和陶苦媛开了句玩笑。

"去,咱俩之间,一定是我喜欢你多一点儿,也更深刻一点儿,"陶苦媛不大习惯这样面对面说话,她起身走到萧郡身后,从后面抱着他,头靠在他背上,继续说,"哪儿像你们这些年轻人,只要女人长得漂亮,没有你们不喜欢的。"

陶苦媛故意拿这样的口气说话,其实她比萧郡还小。萧郡抓住陶苦媛环在腰间的手,笑她:"桃儿啊,你这话听着像进了更年期。"

陶苦媛没再接话,萧郡这会儿还看着下面的城市,注意力却转到义田新区那一片去了。

义田新区是从原先的西山区义田镇升格而来,现在是市上规格最高的经济技术开发区,受市里直管。尤其最近这些年,新区建设步子迈得快,辖区地盘上动辄四五十层的高楼就像雨后春笋一样成片成片地长出来。

萧郡在一片高楼中,找到了金控大厦工地的位置。

"杏儿,前两天,就在那一片工地上,挖出来一颗佛头,样子好吓人。"萧郡说。

"知道啊,就是我干爸的工地,他还觉得挖出这样的东西不吉利呢。对了,他想让我跟你说一声,叫你们别追着报道了。"陶苦媛立着脚尖,把头趴在萧郡的左肩上,顺着他手指的方向往下看。

陶苦媛的父亲早死,后来认的干爸就是吕孟庄。萧郡知道这一层关系,因此开玩笑说:"怎么我又踩到你干爸的地界上去了?"

"嗯,金控大厦盖起来就是市里最高的楼了,好像有七八十层呢。"

萧郡听了直摇头:"你干爸一天到晚盖楼盖楼,盖这么多楼干吗呀?"

"他呀,他盖金控大厦是响应市上的号召,现在政府要搞金融改革试点,特批他成立了金融控股公司,叫他把手底下的信托公司、担保公司、银行,还有他的小额贷款公司统统整合到金控公司中去。这幢楼盖好以后,他金控公司旗下的金融企业全部都要搬进去办公,所以才叫金控大厦呢。"

"你干爸不是做地产吗,怎么又搞开金融了?"萧郡望着义田新区一片一片的高楼,随口问了一句。

"谁知道。"陶苦媛幽幽地说。

萧郡望了一会儿,想起文研所刘功说过,义田新区那片地方在水库溃坝后

· 20 ·

淹掉过，因此就新提一个话头出来："对了，义田那一片地方，现在繁华，你能想象它十多年前是什么样子？"

陶苔媛半天没搭话茬。萧郡本来还想说溃坝这一段旧事的，许是已经觉察陶苔媛对这些话题全无兴趣，遂收了口。

四

萧郡正在报社附近一家粤式餐厅吃早餐，隔着落地的玻璃窗，远远望见魏小天走过来了。他本是无意间瞄到一眼，却生生觉得魏小天身上哪儿不对劲似的。

萧郡定定地看着魏小天走路的样子。蓦地一下，前两天在金控大厦工地的情景跳了出来，当时魏小天也是这样面朝他走过来，那会儿他就觉出了异样。

说来魏小天是个喜庆人，就是大冬天往雪地里一坐，浑身上下也要冒三尺热气的那一种。可自打上回被佛头吓过，他这层气息就黯淡下去了，萧郡现在看着他，走路还是那副架势，抬脚甩手却像是丢了魂魄似的。

魏小天并未察觉自己身上这点儿变化，他推开餐厅旋转门进来，一眼看见了萧郡，依旧像往常那样挤眉弄眼，又隔着中间几桌的人喊叫，等着啊，我这儿有重要情况跟你汇报。

魏小天一口气到餐台上拿了七八样早点，冒冒地堆了一盘子，小心翼翼地和着一碗粥端过来。萧郡看着他走路都费劲，忍不住想笑，一时就忘了刚才的事。

"你这样的多来几个，人家这店非垮不可。"萧郡看魏小天坐下了，拿他开玩笑。

"垮不了，还有你这样的斯文人么，你少吃一份，我多吃一份，刚好扯平。"魏小天边说边俯下身来呼呼喝粥。

一连喝下几口，他才重又坐正。萧郡问他要汇报什么情况，拣要紧的说吧，结果魏小天告诉他，就是那颗佛头的事情。

"你还在跟那个破玩意儿。"萧郡这会儿吃完了饭,已经顺着高脚转椅趔开了餐桌,只一只手伸出来握住桌上的半杯冰水,一听魏小天说是佛头的事,他便起身要走。

"去去去,你倒是坐下,听我说明白了,"魏小天了解萧郡对佛头兴趣不大,就装腔作势伸手碰了碰萧郡的杯子,压低了声音说,"这东西是有来头的。"

"来头? 文研所都鉴定了,还能有什么来头?"萧郡一副不以为然的样子。

"文物贩子啊你,怎么那么俗呢,别看它不是文物,这佛头的身世要挖出来,它比文物厉害。"

"身世? 一个破玩意儿有什么身世不身世的。"萧郡说。

魏小天无可奈何地摇了摇头,说:"怎么现在跟你说话有隔行如隔山的感觉呀,它是有门有派的东西。"

"武当还是峨眉呢?"萧郡呵呵笑道。

"西——山——画——派。"魏小天见半天抓不住萧郡的心,干脆扔句干瘪瘪的话出来,然后定定地看着他,不再说下文。

"得了吧,说,什么西山画派?"

"一个失传的本土画派。"魏小天又冒一句,又没了下文。

"你说不说,不说我走了。"萧郡拿住杯子的手一松,作势要走。

魏小天这才哈哈笑起来:"急了吧急了吧,听哥哥跟你讲。"

原来,自打魏小天见过佛头后,心里念念的一时半会儿放不下来。他没事又在电脑上调出佛头照片仔仔细细地瞧,越瞧,就越觉得佛头造像里面有文章。

魏小天从美院毕业,还选修过一年雕塑,他明白,自己生的这点儿"灵感"不是完全没有来由,只不过一时半会儿没找出造像里面那条线索而已。

魏小天后来就想到他在美院时的雕塑老师王海夷。王海夷是雕塑界的大家,看雕塑的眼光一向独到得很,他从美院雕塑系主任位子上退休后,又被学院返聘回去搞教学。所以,前两天,魏小天约到王海夷后,就专门包了一沓佛头照片前去讨教。

王海夷是在乱七八糟的雕塑教室里见的魏小天。他一边听魏小天讲了事情的前前后后,一边把十几张佛头照片铺开来,摆在升降雕塑台上。

"你咋一个劲儿在说奇怪,你到底要问啥?"王海夷听魏小天越说越玄乎,不大高兴，就打断了他的话。

"问啥？"魏小天经这一打断，才意识到，自己其实不知道该从哪里问起。

王海夷一脸的大胡子，瞪着一双鱼泡眼看魏小天失魂落魄的样子，那样子真像钟馗捉鬼的架势："你中邪了吧，看你魂不守舍的样子，你自己都不知道问啥，跑来干什么？"

王海夷说完，挑出一张照片拿在手上，然后问魏小天："给我背一下艺术原理。"

"艺术原理？"魏小天以为自己听错了，定睛一看，王海夷正望着他，在等他的下文，就只好交底，"想不起来了，老师。"

王海夷气得闭上了眼睛。他是个老学究，对这种出了社会遇到问题才来找老师回炉的学生，他也有心给补一课。

"艺术，它是以形象来反映社会现实，传达人类情感，但又比客观现实更有典型性的社会意识形态。"

王海夷一字一顿背了一段艺术原理，背完这段拗口的定义，他才睁开眼来。

魏小天见老师睁眼了，赶紧问："啥意思啊？老师。"

王海夷腮帮子都鼓了起来，他把手里的照片举起来，然后像教小学生看图识字一样，问魏小天："这个佛头是一件雕塑作品？"

"对。"

"那它的艺术形象是什么？"

"形象？还是佛头啊。"

"对，就是这颗佛头，"王海夷顺手抓起一本书挡住照片上佛脸的鼻子和眼睛，只露眉毛在外面，"看它的眉毛，在眉心处交成一道叉，想想这是什么艺术形象。"

然后，他又挡住佛头左边的眼睛，问："你看它右边这颗眼睛，看出什么问题了吗？"

魏小天定睛一看，说："在笑啊。"

王海夷再蒙住右边的眼睛，问魏小天："你再看它的左眼呢？"

魏小天凑近去看，看到佛头的左眼时，吓了一跳："好像在哭啊。"

王海夷不慌不忙，他再把佛头鼻子以上的部分全部遮住，说："你见过有嘴巴没下巴的脸吗？"

魏小天脑袋摇得像个拨浪鼓。听到这会儿，他总算慢慢开窍了："老师，这是一门艺术啊？"

王海夷看他的思路慢慢接上了，遂接过他的话说："我问你，这一类的艺术形象，通常要传递什么样的情感呢？"

"情感？我就觉得，它妖风邪气，看了害怕。"魏小天痴愣愣地说。

王海夷连连摆手，然后扳着手指一个一个弯下去又伸开来："是妖邪、邪恶、恐惧、神秘、魅惑、陌生、不祥，诸如此类，等等等等。"

王海夷一口气说完，定了定神，才又道："19世纪末20世纪初的西欧艺术中，就出现了象征派、纳比派、颓废派、分离派，等等。这些流派中有相当一批艺术家，在他们的艺术作品中，就是要肆意表现神秘、魅惑、陌生、不祥。这就和佛头一样，它们在艺术表现上是同一个路数。"

王海夷把一番道理讲得深入浅出，魏小天才一下祛了身上的邪似的，精神头儿又蹿上来，他问："那这佛头值点儿钱喽？"

王海夷听得莫名其妙："怎么一下又说到钱上去了？"

"老师，我想起来，前不久，爱德华·蒙克那幅《呐喊》在纽约拍出了一个多亿美元，他不就是象征派吗？"

王海夷气得又一次闭上了眼睛，过了一会儿，他才睁开来，把手头照片放下，然后猫腰在身边一张桌子的抽屉里翻，几下就翻出一张教学备用的《呐喊》来。

王海夷把《呐喊》别在黑板上，用手卡着画中那个鬼魂样的人："听啊，蒙克曾经谈起《呐喊》的创作心得时，原话是这样说的：'我和朋友一起去散步，太阳快要落山时，突然间，天空变得血一样的红，一阵忧伤涌上心头，深蓝色的海湾和城市，是血与火的空间。朋友相继前行，我独自站在那里，突然感到不可名状的恐怖和战栗，大自然中仿佛传来一声震撼宇宙的呐喊。'"

王海夷背完这一段，见魏小天反应不大，继续说："为什么《呐喊》取得了无与伦比的艺术成就，那是因为它表现出了世纪末人类心底极端的孤独和苦闷，那种在无垠宇宙面前，人类巨大的恐惧、挫败、绝望。"

魏小天开始点头，好像听得一知半解了。这时，王海夷把佛头照片别在《呐喊》旁边，然后问："那么这颗佛头呢，它能表现那么宏阔、深刻的主题？比如，对于人类未来不确定性的忧虑？对于宇宙未知空间的极大恐惧？对于政治、战争的焦虑,对于种族矛盾、国家冲突的困惑? 有吗,有没有?"

王海夷胖胖的拳头敲在佛头照片上,发出"咚咚"的响声。魏小天连声答应,没有没有。

"这就对了,同样是表达邪恶、魅惑、神秘或者不祥,你得看它表达在哪个层次。"

王海夷边说边伸手,打算把画和照片取下来,魏小天一看,赶紧上前搭手帮忙。他一边往下取,一边觍着笑说:"老师,这下我是全懂了,你要是不生气呀,我就问最后一个问题,你说我怎么一见这颗佛头就起那么大反应? 是不是我的艺术敏感性太强了?"

"那是因为你愚昧。"王海夷冷冷地说,"你愚昧,你的情绪才会和佛头共鸣。就像看别人跳大神,凭什么你也感到害怕,因为你也认为这个世界上有鬼。"

"啊呀,我怎么没想到这一层。"魏小天自知今天做足了白痴,干脆自我解嘲寻一个台阶下。

"现在我跟你说这佛头,它就和迷信、巫咒、怪力乱神这些玩意儿在一个层面上,不可能出自大家之手。"话题绕了一大圈后,王海夷终于说到佛头正题上了。

"老师,那它出自什么人之手呢?"魏小天问。

"应该是西山画派的东西。"王海夷说。

"西山画派?"魏小天印象中就没有这样一个画派,他脱口问道,"哪个国家啊?"

"咱们市里的西山,知不知道?"

"这我知道。"

"明末清初,西山里边有一帮画匠,人数比较多,画的风格也差不多,就叫出这么个名儿来。不过他们的画整体质量不高,技法也很粗糙,更没出过大师。"

"怎么我从没听说过这个画派。"魏小天说。

"他们的画是用来烧给死人的,算是冥画的一种,所以画了之后就烧了,流传的不多。再说解放以后,这种画也没有市场了,大约早就失传了。"

"死人画?"魏小天又不懂了。

"家里死了人,请个画匠来画几张烧火画儿,祭奠的时候烧了。咱们这地方的老风俗,现在不兴了。"

"哦，"魏小天这下明白了，他突然又想起一节，"不对呀，老师，画派是画画的，佛头可是雕塑。"

"佛头形象构造，肯定出自西山画派之手。"王海夷这样断言，他的理由确也充分，"首先，西山画派的烧火画儿从来只画三样东西，就是天上的佛、世间的人和地狱的鬼。其次，就我了解的情况看，过去的民间画派当中，只有一个西山画派明确提出过'画佛像鬼，画人像鬼，画鬼还是鬼'的主张。像两只眼睛一哭一笑的手法，这都是西山画派的看家技法。再者说，佛头刚好就在西山下面挖出来，不是西山画派造作的，还能是谁？"

"天哪，居然还有画派主张要画得像鬼的，太不可思议了。"魏小天惊讶不已。

"烧火画儿的特殊处就在于，理论上它是烧给阴间的，烧给死人看，烧给小鬼看的，既然基于这样一种假设，那它的审美当然要按照鬼的想法来设计。"

魏小天看王海夷一张脸定得平平正正说这话，不觉身上打了个寒战，他不愿再纠缠这个问题，悻悻问道："哎，老师，你说西山画派可能失传了，那我该上哪儿去找西山画派的线索呢？"

王海夷见话也说得差不多了，就把铺开的照片一张一张拾起来，递回魏小天手里，最后撂下一句话："去七里桥古玩市场看看吧，没准那条街上有懂行的人。"

魏小天在王海夷那儿受了一回教，感觉收获太大，转过来就想在萧郡面前显一手，因此特地把一段访师经历讲得跟个《隆中对》一样。另外，他也是想说动萧郡，好跟他一起去七里桥古玩市场寻访寻访。

萧郡听他讲完了，眼皮抬都没抬，冷冷地问："你还打算跟佛头这事吗？"

"是啊，一起吧。"魏小天一脸的兴奋。

"哥，不一起了，你去吧，等你把佛头身世搞清了后，写一篇论文发到你们美院学报上。"

"哟，看不起咋地啊？我告诉你，我这事要弄成了，那就开创了新闻调查的一个新门类，它叫艺术调查。"魏小天挥手说道。

"哥，你开创吧，我专业不对口，你知道我大学里学的金融。"萧郡说完，起身就走了。

五

从南二环中段下道,路边有一座四柱三间的冲天石牌坊,穿过牌坊,一条老旧胡同顺着这一片居民区中间七弯八绕延伸出去,这便是七里桥古玩市场。

魏小天才过牌坊楼,站在石阶上打眼一望,见是错错落落的老店旧楼、镶边带色的店招旗幡,只觉得一下回到了清朝一般。

这胡同是一条步行道,道两边有门有户的店面,大多挂了仿古的匾牌,这些店家做的是坐地生意,店里都有正经玩意儿。

各家店门前的道牙上,一家挤一家全是练地摊的文物小贩,有的还铺一块红布,摆了铜钱、破镜、烟斗、镯环之类,有的面前就斗大一方石头,或是半人高一架家具,一看就是做完一回买卖,再见不上二回的主。

魏小天见着路边的店主,先问人家识不识得他照片上的佛头。这条街上的人到底是行家,个个只把照片拿到亮眼处瞧上几眼,给出来的结论竟都合了文研所的鉴定,俱是说这佛头算不上什么古玩,给不起价钱。可是魏小天想跟他们讨教佛头的身世,又发现没几个人能说出子丑寅卯来。

嗣后魏小天改了口,一路径直打听哪里有收藏西山画派作品的。经这么一问,他才发现,即便在文物高手扎堆的七里桥,也极少有人听说过西山画派。

这样且走且问,眼看一条胡同就快要到尽头,魏小天还没找到一丝半毫的线索,不禁心生几分失望情绪,愁着往下还能往哪个方向去呢。

这时候,前方胡同口一株古树下,竟有个孤零零的路边摊,支着一张大方桌。魏小天正无趣,遂凑到桌摊跟前去。摊主看样子在古稀之年,一副单薄的身子,靠墙坐在一张低椅凳上,只一双眼睛刚刚冒过桌摊。他大约乏得慌,小眼睛眯一阵睁一阵的。

魏小天随手拿起一面铜镜看了看,然后又捏起一块银圆吹一口,放在耳边上听响声。

"大爷,您这是假的吧。"魏小天连吹了几口,问怎么听不见银圆有响声。

老人打了一个激灵,以为生意来了,坐定后,见面前牛高马大的小伙子问他这话，就一句话不说，气呼呼地把头拧向一边，嘬着嘴又继续眯他的瞌睡。

魏小天觉得老人家煞是可爱，自己也不生气，待把银圆放回桌摊，又拿起一个鼻烟壶把玩起来，随口问了一句："大爷啊，听说过西山画派吗？"

这回老人的瞌睡怕是被魏小天扰到了，他干脆把身子也拧到脸那个方向去，眼睛依旧不往开了睁，嘴里却嘟囔些碎话。

老人自言自语一般，说的是本地土话，语速又快，吐字也不清，魏小天偶尔听得他话里面有"西山，西山"的词冒出来，就停下手里的动作，静心听他到底在说什么。

魏小天才听了个大概，就来了兴头。原来老人家话锋里尽是对魏小天的不屑，他说自己就是西山画派的传人，咋能不知道西山画派呢。

"大爷，您是西山画派的传人？"魏小天简直不敢相信。

"咋了，"老人家到这会儿清醒了，回过身来，仰头望着魏小天问，"你找西山画派干么子？"

魏小天在七里桥找了大半天都无收获，这回就像遇见真神一样，赶紧绕过桌摊，到老人家面前蹲下来，随手递上自己的名片，忙不迭地说："可算是找着您老了。"

老人右手接过名片，左手抖抖索索从桌腿上挂着的一只提包里摸出老花镜来戴上，费劲地把名片瞧了好一阵，才瞧出来魏小天是记者，即刻坐端了身子，重复问他一句："你找西山画派干么子？"

"大爷，您真是西山画派的传人，不是说西山画派失传了吗？"刚才魏小天等老人看名片的当口，想起王海夷跟他说的话来。

"哪个说失传了，那我算啥子呢？"老人取下眼镜，把眼镜和名片一起塞回提包里。

老人名叫许福生，跟魏小天说，他家就在西山里面。他一边伸手把桌面上的物件翻得叮叮作响，一边给自己打个圆场，说他在七里桥练摊，玩的都是老一辈画匠混饭吃的江湖手段，所以桌摊上这些物件，没有一样是真正的古玩，他为啥摆在这里呢，为的又是去蒙那些上七里桥的贪婪小人。

魏小天知他这话是冲着自己记者身份来的，不禁暗自诧异，这把年岁的市井老人，是如何明白记者跟他这门营生之间的关系的？

他看许老所说的诸多情节和王海夷交代的不差，便不再接话茬，赶紧把照片拿出来让他看。

许福生只扫了一眼佛头照片，就一口断定，它是出自西山画派之手。

原来，许福生的父亲、爷爷两辈人，都是西山的画匠。过去，三教九流当中，西山画匠的正业，是替人做白事道场画烧火画儿。许福生在旧社会成天跟着父亲跑白事道场，那时候他只有十多岁，父亲画烧火画儿，他就在旁边帮忙押纸磨颜料，烧火画儿上的一笔一画都烙进脑子里，现在拿到魏小天的佛头照片，自然一眼能辨出来。

"这东西晦气，你拿着它干啥？"其实许福生算是七里桥的老油子，他最是掂得来记者的行当是专戳他们痛处的，所以自打看了名片后，他冲魏小天说的话，也都本分了。

"老先生，那你现在还画吗？"魏小天仍操心西山画派的事。

"不画啦，早不画啦，没人画啦。现在，现在啥世道，人死了火葬，烧的是纸汽车、纸飞机、纸二奶，连烧的纸钱都是美国票子，谁还烧我们画的那些东西呀。"许福生说到这儿，随口又问一句，"听说现在都烧开纸黄金了，我还没见过呢。"

魏小天一听，忍不住哈哈大笑，连连摆手说："老先生，纸黄金可不是给死人烧的，那是一种理财产品，你可以拿钱买的，买来后能钱生钱。"

许福生不大能明了魏小天的话，仍按着自己的理解应了句："我有钱了买粮买酒，买那纸黄金干么子。"

许福生在七里桥摆摊，仗的是街上有他一门表亲。表亲家为人宽厚，允许他的桌摊依着院墙摆放，平时收摊后，在后院还留给他一间房，供他存放桌椅板凳和零杂货物，更铺了床铺，方便他住宿。

这天，魏小天和许福生在桌摊前聊得久了，不觉已到下午吃饭时间。许福生赶着要收摊，魏小天却还在兴头上，他就索性帮许老把桌摊收进表亲家的院子，然后邀约一起去胡同外面的饭馆吃饭。

许福生是那种喝一口酒下去，就像鱼从旱坡弹进河里的老头子，全身都活泛开来。这回遇上当记者的请他，又是几十元一瓶的好酒，也就放开喝上了。

才几杯酒下肚，兴头一蹿上来，许福生不自觉地又要在年轻人面前显他混江湖那一套做派。

"小兄弟。"他干过一杯后，这么叫了魏小天一声，直窘得魏小天站也不是坐也不是，连声说："不敢不敢，许老，您这是折我的寿，您叫我小魏就好啊。"

"小魏兄弟，你和这烧火画儿有什么关系呢。"许福生有些醉意，拗着和魏小天称兄道弟。

"啊，这不是烧火画儿啊，"魏小天才意识到，聊了大半天，许老还当这张照片是一幅画，连忙解释，"这是照片，是佛头的照片。"

"哦？"许福生打个激灵，赶紧把照片要过去仔细看了看，这才看出是一张照片。他倒也老练，随即一拍桌子，拖长了声音说，"不对——呀。"

"啥不对，老先生？"魏小天被许福生阴阳怪气的声音吓了一跳。

"我西山画派都是些画匠，不雕东西的呀。"

听许福生这么说，魏小天便把他从王海夷那儿讨教来的学问重又卖了一遍："王老师的意思是说，这佛头造像肯定是西山画派的人弄出来的。"

许福生听说美院的教授还知道西山画派，面情上一阵激动，一下自裁了三杯。然后他定了定神，郑重其事地问魏小天："这么说，你是冲着佛头来的，不是冲着烧火画儿？"

"嗯。"

"呵呵，"许福生又自裁一杯，抹了抹嘴，才说，"小兄弟，今天你这酒我可一点儿不白喝，不瞒你说，我有一个大哥，那是上知天文，下晓地理，偏偏就你这样式的佛头，以前好似听他说过一回两回，不知你愿不愿意随我前往一见呢。"

魏小天连忙问，你大哥现在何处？

许福生不言语，拿筷子蘸了蘸酒，伸到魏小天面前的桌上，颤颤巍巍写下几个字。魏小天费劲瞧了半天，方才瞧出来，是"西山古镇"四字。

六

西山古镇是西山里面一座老镇子。去往镇子只有一条通乡公路，这条路沿青龙江蜿蜒北上，一路要过山涧峡谷，更少不了盘山回环，客车一程跑下来，少说也得两个多时辰。

挨到第二天下午，许福生收了摊，魏小天便和他一起去汽车站赶了最晚一班车。一路无话，当天抵达古镇时，天已近黑，古镇的街道、人家全都上了灯。

古镇悬在河畔的石壁山上，靠河一排全是吊脚楼子。现在是夏天，魏小天还在河对面，就看见家家大开着窗户，屋顶吊扇旋得电灯光闪闪烁烁。

河是青龙江的一条小支流，过水不大，魏小天挽着许福生涉水过了河中间的桥石，又沿着石壁上凿出来的梯坎上行，几步就到了古镇街道上。

站在街口往里一看，魏小天才发现，背山一面还有房子，夹在中间的街道只剩不足两米宽。街道上并没有立杆的路灯，隔不远会有一家人在房檐下吊出一盏白炽灯来，光线虽昏暗，蚊虫却在灯光下飞舞得欢，看上去别有一番生机。

许福生和街上人家大多认得，每过一处家门，总有人从里面朝他喊叫。那招呼是冲他打的，各人眼睛却都盯着他身后又高又胖的魏小天看。

许福生堆着一脸的笑，逢招呼必回一句，回来了，回来了，从城里回来，带一位记者上来采访采访呢。

这样走走停停，直到望见一家门外挂一小串若明若暗的彩灯的房子，许福生才指给魏小天说："看到没有，那一家就是我大哥家了，咦，看来今天有生意呀，彩灯都亮着呢。"

许福生和他大哥是结拜弟兄，大哥名叫郑明星，只比他大几个月份，在古镇上开了这家"明星书场"，专靠说书卖盖碗茶为生。

今天堂屋里果然坐了几桌客人，只因屋内开间窄狭，打门口看进去竟是黑压压一片。

郑明星端坐堂屋深处靠墙的弓马桌边，头上单吊一盏白炽灯，照得他脑门金光发亮。此时，这一场刚刚开始，他正高一声低一声说着开场的诗文：

寒来暑往春复秋，

一江春水向东流；

闲来无事站楼口，

取几本古书说从头。

说到这里，他抬眼望见许福生进门，作势要起身，却被许福生挥手挡住了。

许福生并不见外，倒像是回到自己家中一样，随便选了靠门边的一张桌子，示意魏小天先坐下，然后就去里间取来两只茶碗。

他虽老了,眼里却处处有活,才沏好这两碗茶,推一杯到魏小天面前,折身又去给另外几桌客人换茶续水。

这一场,郑明星要说旧时西山一带的袍哥故事。他说书的路数别开一门,既不用醒木,又不拿折扇,只左手怀抱一只道琴,右手擎举两根竹板。

竹板、道琴均长一米有余,竹板上端还系了两只铜铃。他说几句,就要举手打一板,铜铃便"叮"的一声,随后再击道琴,一时奏得"叮咚"合鸣。

魏小天也好说书曲艺这些古董玩意儿,茶水没喝几口,一路上的风尘未及脱尽,两只耳朵却被郑明星说的传奇故事牵过去了。

这时候,郑明星又摇头晃脑吟出长长一段诗文辞令来:

忠义堂前传号令,
在缘哥弟听分明,
今逢吉日开黄道,
弟兄结义来荒郊,
探得名山修此道,
地势巍峨气象高,
南北英雄齐会哨,
到来都是大英豪。
令人巡风去放哨,
有无奸细听蹊跷。
逢山必要先开道,
遇水还需早架桥,
先把盟坛来筑好,
以凭结义认同胞。
开山立堂相号召,
职责分明不混淆,
正副龙头齐请到,
十二圆觉把名标,
香盟总坐正都好,
陪护礼执新更高,
恭写圣牌迎圣纛,

圣贤专责早扬毫，

桓侯赞礼先斩草，

执法管事抱律操，

红旗管事司令号，

黑旗检查穿黑袍，

承行管事司教导，

帮办方方可代劳，

闲五迎送人多少，

六牌巡风掌律条，

八牌通报怀中抱，

九牌挂牌众目瞧，

十牌辕门司禀报，

待客知宾大小幺。

执事人人都要到，

各人负责莫轻抛，

倘有故违迟不到，

虚名缺职法难饶，

开山大会齐遵照，

中军传示把令消。

这一段叫《开山令》，是过去西山一带袍哥组织开山立堂要唱的礼歌。魏小天光听礼歌字面意义，已大致知道袍哥组织开山立堂的仪程规矩。

郑明星吟完这一段，又专拣袍哥大爷头衔设置的逸闻趣事细说了一遍。魏小天就更觉有趣。

原来一个袍哥堂口从开山立堂起，除了要在江湖上聚一帮弟兄，堂口中还得设八排大爷，构成组织的领导机构。

这八排大爷从上至下依次是：龙头大爷、圣贤二爷，粮台三爷又称桓侯，管事五爷分红、黑两旗，六爷巡风又叫蓝旗管事，八爷纪纲专司纪律执罚，九爷称挂牌，负责栽培引进，十爷最小，也叫幺满十排，只有听候指派差遣的份儿。

拢共八排大爷，占数却为"大、二、三、五、六、八、九、幺"，中间缺四又缺七，这又是为何呢？郑明星说道，这是西山一带袍哥堂口的禁忌。袍哥最早设有四排、七排,只因后来出了四排大爷奸淫兄嫂、七排大爷通敌叛变的事,从此各堂口一律去四去七,以示告诫。

郑明星说完这一段,喝一口茶,清了清嗓子,接下来又一口气背了三段袍哥道上的切口:

　　　　迎

怪道昨夜灯花爆,

却系来了大英豪,

小弟迎驾来迟了,

还望仁兄要谅高。

　　　　茶

清水一杯浪悠悠,

光天之下接拜兄,

接兄不为别一件,

同心同德解烦忧。

　　　　送

手执金条喜非常,

新福大哥择凤凰,

择凤凰来送凤凰,

去效桃园刘关张。

这三段切口,乃过去西山袍哥出外闯荡码头时,帮内兄弟相认相迎相送的礼节。它说的是袍哥人家初到一处码头、街镇,必先寻茶馆"挂牌"亮相,而后就有当地袍哥组织前来相认相迎。

这天晚上,恰逢另几桌客人都是从市上来古镇旅游的,故想一次听个透彻,他们连加几回钱后,郑明星也就乐得说了一回大夜场。

魏小天听了各种讲究,越听越是起劲儿,这一个夜场下来,不觉过足了耳瘾。

第二天大清早,古镇街道上的雾气还没退尽,魏小天、郑明星、许福生三人才坐在堂屋大门口,边喝早茶边说佛头的正事。

郑明星银发白髯,穿对襟布衫、纱料裤子、圆口布鞋,又戴一副水晶石头老花镜,颇有些旧式老文通的派头。

他把佛头照片攥在手里翻来覆去看了大半天，又仔细听魏小天讲了发现佛头到鉴定佛头的经过，然后才兀自吟出一段谣儿来："佛头现，西山断，青河三丈三。"

魏小天不明就里。一旁抽烟的许福生听见，却似恍然大悟样，他连连拍自己额头："啊呀，啊呀，我就记得年轻时候听你说过这一出，却硬是没想起来。"

"一句都跑不脱吧，全都现了吧？"郑明星盯着许福生的小眼睛，说话声音拉得老高。

许福生激动得叼在嘴上的烟头跳上跳下，他连连点头："是啊，是啊，现了，都现了呀。"

这下，郑明星才转过脸来跟魏小天解释，"佛头现，西山断，青河三丈三"这句谣儿，是解放前西山一带流传的民间预言，意思是说，一旦佛头现了世，西山就要断裂，西山外的青河就要发洪水，那洪水能涨三丈高。

"你不是都听说西山水库溃坝了嘛，当时溃坝的情形你可知道？"郑明星问魏小天。

魏小天摇摇头。郑明星就说："那次溃坝把西山的一道豁口打开了，西山事实上就是断了。这不就合了'西山断'一句预言嘛。再说豁口打开之后，西山里面青龙江的水一下子全从豁口涌出去，涌到西山外面的小青河中。这下好了，小青河发了有史以来最大一次洪水，把个义田镇淹进一片汪洋当中，死了几百号人。那你说，这叫不叫'青河三丈三'呢？"

郑明星说得激动了，手背打在手板上啪啪地响。他是早年在人面前吹过牛，硬说西山溃坝一事应验了谣儿，可是从来没人拿他的话当回事。

"为啥不信我呢，他们非说'佛头现'一句并没有应验。嘿，这佛头不是也现了吗？"郑明星边扬扬自得地说话，边把佛头照片递给魏小天，"早就现了的，只不过埋在淤泥底下，哪里是肉胎凡眼看得出来的？"

魏小天尚不清楚义田镇和义田新区之间的关系，因此插进话来问郑明星："你总说义田镇义田镇的，这又是怎么回事？"

"义田镇就是咱们现在的义田新区喽。"许福生一口把话接了过去。

许福生这次回古镇，在熟人面前确有点儿显着他在城里淘的见识，这会儿既接上了一句，就见他往下啰唆个没完。

"咦，你不知道，当年溃坝过后，义田镇的好田好地全给淹到水底下了。那，那可是一片污泥水滩啊，根本没办法住人。后来你猜咋办，还是政府把全镇的人迁出去了。这就等于啥呢，等于把义田镇从地图上抹掉了，你明白不明白？"

魏小天点了点头，许福生接着就发出感慨来："说句实话，当时我看义田镇那个地方是要成死地的，真没想到，人家搞了几年灾后重建，硬是发展成了义田新区。哎哟，现在那楼高得，我不敢看，看了头昏。"

魏小天觉得他最后一句也忒夸张了，一时想笑，却不好笑出声来。

魏小天今天听郑明星和许福生两位老人的一番说道，对谣儿的事情竟是似信非信。按说民谣预言这样的事怎么说都玄，不该信的，可细细想去，每句谣儿都能对上一件事情，管他是巧合也罢，神通也罢，自己心里总不免有些惊奇。

大家沉默一会儿，各自喝了会儿茶，魏小天才又想起来问，好端端的，怎么就冒出一首谣儿来呢？

郑明星望着门前街道吐掉一片茶叶，脸上慢慢归了说书的表情，缓缓答道："若问这谣儿来历，我得先和你说一个人。"

不等魏小天开口，旁边许福生眼巴巴地望着郑明星问："大哥，哪个人，哪个人？"

郑明星睥睨他一眼，捻须说道："秦九孤儿喽。"

七

秦九孤儿是西山古镇的一个传说，即便像郑明星这般年纪，在旧社会活了十多个年头的，也从没见过他真人。

其实没有人知道秦九孤儿为啥姓秦，也没有人说得清，他究竟何时何地从哪个旮旯缝里冒出来，反正他是流落西山古镇街头的第九个孤儿，后来时间一长，大家就叫出这么个野名儿来。

秦九孤儿能在古镇街上长大成人，亏的是镇上人家积德行善。这西山古镇虽生得偏僻，却不知从何年何月何日起，就传下来一条仁义规矩，但凡流落镇上的孤儿孩童，忌讳他无衣无食饿死冻死，于是谁家见了都需舍他一碗饭吃。

秦九孤儿就是这样吃着百家饭勉强长到成了人。他倒灵醒,打小看镇上的画匠给人画烧火画儿,竟然东瞅一眼西描一笔,从中学到了吃饭的本领。因此他成人之后,自不消说就操了烧火画儿的营生。

烧火画儿是白事道场上的下作活路,旧社会下九流中,排完娼妓、戏子之后,都没有它的名分,所以西山画匠向来被人看得卑贱。

秦九孤儿干上这门营生后,一来资历浅,二来人脉稀,再者他还只会画佛头一样,所以常常十天半月接不上活,日子依旧过得是吃了上顿没下顿。

过了三年,一个夏天,秦九孤儿突然莫名其妙变得半疯半癫。古镇逢集过会,他就像有人在后面追撵急了一样,一头从街口跑过去,一头又蹿回来。

他头上扎些花鸡翎,身上缠些棕叶葛藤,藤上又吊挂些蔫葫芦、断红线以及破铜烂铁一大串。跑着跑着,他突然在人群中间仰天嘶哇一声,活像身上挨了一烙铁似的,那声音听起来钻心般瘆人。

嘶哇完,他立住片刻,随手拉住跟前一个人,就像神仙附体了样,通身打着摆子跟人家说:"青河要涨水了,青河要涨水了。"

他隔一段时间就会这样发作一回,有时也说青河水要枯的话。偶尔有被他拉住的人打趣问他:"你听谁说青河要涨水了呀?"他竟然一老一实回说:"是烧火画儿烧出来的话呀。"

秦九孤儿在古镇街上疯癫了一段时间,起初也就被人当作疯子看,没人对他那些话上过心。后来,还是往返西山里外的行商走客最先发觉,秦九孤儿的疯言疯语竟然次次都灵验。

他们每次听秦九孤儿在古镇街上喊过涨水,过三天,从西山外面小青河桥上经过,必定见到河水涨上来。要是秦九孤儿喊叫水枯了,三天过后,小青河的水位雷打不动就要落下去几成。

这种灵验事情传得飞快,加之行商走客稍加演绎,秦九孤儿通灵的说法便先一步在古镇街上闹得沸沸扬扬。

而后,消息更是一传十,十传百,眨眼就传到西山外面城里人的耳朵根儿。城里人的说法越发神奇,直把秦九孤儿说成了活神仙,抑或是那呼得来风唤得来雨的得道高人。

只这一下,秦九孤儿再也不是四处找活计的破落画匠,竟坐地成了请不动拜不来的仙人。

一时间，纵是西山外面城里大户人家遇上白事祭奠，也跋山涉水上古镇请他画一张佛头画儿，以此得个神灵庇佑，落得心里安宁。

且说秦九孤儿成仙的事发生在夏天，当年秋天，西山外面整个坝区就遇上了一场大干旱。

西山外的坝区，四面都被山箍围了，从地形上看去，实是一片小盆地。盆地正中央，就是城区。那时候城小，只是现在城中心青湖公园周围的一片地区。然后在盆地西北角，也就是西山东麓的山根儿之下，冒出一股龙洞水来。这股水清洌甘甜，自西北往南流下，从城市的西边郊区穿过，形成了贯穿盆地的唯一一条地上河，这就是小青河。

正因为偌大一片盆地上只有一条小青河，所以不管城里饮水洗衣，还是农村浇田灌地，都指望着这一条河。现如今却赶上了秋季大旱，龙洞冒水不大，青河儿近干涸，城里城外的人只能干犯心焦，竟没有半点儿拿作。

后来，大家自然都想到了秦九孤儿，也就有人进山去请他。但去了几次统统吃了闭门羹，连个面都见不着。如此折腾几番，最后，秦九孤儿才隔着门板丢出来一句话，说要城里的县太爷出面请神，他才肯救小青河。

这话捎到县太爷耳中，他也不好推，推也推不脱，情势如此，只好让手下带上绸缎、银两和花炮，前去古镇请秦九孤儿的神尊。

没想到县太爷到了古镇，秦九孤儿也不开门。他们敲门拍窗叫了半晌，才见一张烧火画儿从门缝中递出来。县太爷顺手抽出画儿一看，上面只一颗鬼样的佛头，吓得他登时瘫坐在门口。

秦九孤儿说，只要县太爷回城之后望西北方向烧了他的佛头烧火画儿，三日之后，保准请得来青河水涨。

县太爷折回城里，将信将疑地烧了佛头烧火画儿。果不其然，三天之后，龙洞里先冒一阵浑水出来，接着来水渐多，再往后，青河的水位就日渐一日地涨上来了。

秦九孤儿这回显了大神通，越发有了名声，那一时的风光无尽，且不去细说。只说树大招风，好像是鬼神都躲不开的定律，不等秦九孤儿好好享受几天神仙日子，西山上一座袍哥堂口就把他盯上了。

自古镇再往西山深处去，在一方孤零零的山崖顶上，有一座袍哥堂口叫桃星垣。

桃星垣龙头大爷吕开泰，时年不过三十出头，他是在继承家中祖业之后，不惜散尽万贯家产，啸聚一帮人物弟兄，在山中扎起这座"义"字堂口。

当时袍哥堂口林立，内中却有字号之别。所谓"仁字堂口讲顶子，义字堂口讲银子，礼字堂口讲刀子"，说的是堂口字号不同，袍哥身家底细亦不同。"仁"字堂口的袍哥帮众多，是官宦贤达，讲究一个"权"字；"义"字堂口多为士绅商贾，讲的是一个"钱"字；"礼"字堂口，则是提刀弄枪的豪强武人，自然突出一个"武"字。另外还有"智""信"两堂，袍哥成员则多是社会最底层的贩夫走卒。

这里面还有一门区分，即是"清水袍哥"与"浑水袍哥"。像"智""信"两堂，乃至"礼"字堂口，因为时不时还要干打家劫舍、明偷暗抢的绿林买卖，所以都叫"浑水袍哥"。"仁""义"堂口则不然，俱是一帮有钱有权有势力的袍哥大爷，干的是"权生钱、钱生钱"的体面事，所以叫"清水袍哥"。

本来，像秦九孤儿这样的西山画匠，连入"浑水袍哥"的门道都没有。这是因袍哥堂口还有一门讲究，即男旦、男妓、修脚、剃头之流，凡被划入下九流的行当，从业者皆不许加入袍哥堂口。画烧火画儿既连下九流都算不上，当然更入不了袍哥籍。

但是秦九孤儿通神以后，身阶陡然变了。他虽无尺寸田地房产，虽未积下钱财身家，可一年到头络绎不绝前去请烧火画儿的善男信女，都把他捧到了贤达名流的地位。

而当时桃星垣初创，吕开泰虽聚得一帮兄弟，扎起了大旗，但堂口一无声势二无名气，拉得来人却拢不住心，前途暗淡不明。

这种情势下，一心想壮大势力的吕开泰一眼就盯上了秦九孤儿，他非但要拉秦九孤儿上山入伙，还要请他去做堂口的添座大爷。

添座大爷，顾名思义就是八排大爷名额已满，故而在八排之外添出一张大爷座椅，它表的是龙头大爷对新入盟者格外赏识的心意。为此，当时吕开泰还专门拉着一干袍哥大爷，到古镇街上排开阵势迎秦九孤儿上山入盟。

龙头大爷亲率帮众下山请人，虽是抬举也是威逼，秦九孤儿去也得去，不去也得去。最后，情非得已，他也只能作别逍遥自在的神仙日子，随众上桃星垣当他的添座大爷去了。

秦九孤儿到了桃星垣，自然神通也到了桃星垣，一帮善男信女的香火跟着也烧到了桃星垣。一时之间，他为桃星垣赚得多少名气，长了多少势力，都不必细说了。单说好景不长，他这个添座大爷身份，不久就招来一场杀身的祸殃，竟至于把命丢在了桃星垣。

八

这天，到郑明星说秦九孤儿命丧桃星垣一节时，古镇街上已渐有人声，各家的大门、店窗陆陆续续打开来，一应桌摊、货栏也都依次推上了街面。

郑明星使劲清了清嗓子，"嗯嗯"几声后，再说话时，声音竟显出一层混浊来。

"秦九孤儿上山一年之后，桃星垣爆发了一场内乱。要说这场内乱，它是因袍哥帮众反秦九孤儿起势，却以秦九孤儿自焚丢命告终。"

那秦九孤儿为何会招得桃星垣袍哥帮众齐声反对呢？郑明星摇头晃脑说，这里面头一宗，就是帮中大爷弟兄，总觉得奉他这样一个孤儿为添座大爷有些别扭。

桃星垣毕竟是"义"字堂口，堂口里的大爷弟兄都是绅商富户出身，在当地各有各的身家，各有各的面子，平日的言行举止也都有体面讲究。

秦九孤儿是没娘的孩子，打小在叫花子堆里混，一来没有淘到多少教养，二来更不习惯场面上那些繁文缛节。所以，他到了桃星垣，就跟刘姥姥进了大观园没什么两样，起初大家还觉着一阵新鲜，时间一久，人人都不待见他了。

不过，待见不待见只是表面一宗原因，秦九孤儿真正招来杀身之祸的原因，还是他的添座大爷身份。

名义上，添座大爷是受龙头大爷赏识，才专门邀请上山给了大爷名分。但这个大爷终归在八排之外，叫外面看起来，八排大爷自成一个整体，添座大爷就是一个单独人。偏偏这个单独人又有"外来和尚"的意思，好像其他大爷都是摆设，都不中用，以至于龙头大爷才额外添座设席，请来高人帮衬。所以，添座大爷这个身份，历来在堂口中最为扎眼，也最易驳到其他大爷的情面。

种种原因混在一起,桃星垣上始有人说,秦九孤儿是妖孽魔障,蛊惑了龙头大爷吕开泰。

秦九孤儿是吕开泰执意请上山的,因此吕开泰自始至终保着秦九孤儿。那时候,吕开泰也少壮强硬,敢一意孤行,一度为了防止帮中人为难秦九孤儿,他顾不得身份体面,竟跟秦九孤儿一同起居饮食,寸步不离左右。却没想到,吕开泰这些做法适得其反。他越是护着秦九孤儿,桃星垣的袍哥越是觉得他受了妖人迷惑,因此对秦九孤儿的反感也愈甚。

后来,反感成仇,撵秦九孤儿下山的说法就渐渐串成了舆论。再往后,这些说法传来传去,变成了杀秦九孤儿以祭"义"字旗的呼声。

"秦九孤儿是个无辜人,他本来不想做那个添座大爷,是桃星垣逼他上的山。现在平白惹来袍哥的仇恨,他竟成了妖孽,想走也走不脱身。"郑明星咂了咂嘴唇,长叹一声,脸上表情跟着也凝重起来,"咋办呢,实在熬不下去了,他只好自焚以谢堂口。"

一天深夜,桃星垣上突然传来惨厉的叫声,惊得山上袍哥以为有人杀进了堂口。大家循声冲出来,才见堂口山门前火光冲天,秦九孤儿正坐在一堆柴火燃起的大火中,人已烧得面目无存。

秦九孤儿早往柴火上浇了酥油,大火烧得人不敢近身,加之这天吕开泰出门在外,桃星垣竟无一人上前扑火,大家眼睁睁看着秦九孤儿和柴火烧成一堆白灰。

翌日天明,堂口勤杂人员上前收拾火灰,竟在灰烬当中刨出一颗舍利晶体,一支焦黄金箔。

"秦九孤儿是得了道的,要不然怎会烧出舍利子来?还有那支金箔,上面隐隐现出一段文字咒语,你当是哪几个字?"郑明星问魏小天。

魏小天摇了摇头,他的心思还沉浸在这一段故事当中。

"佛头现,西山断,青河三丈三。"郑明星捋着胡须,抑扬顿挫念出金箔咒语来。

"哦。"魏小天听到这里,也才明白谣儿的来历,一时嗟叹不已。

"第二天,吕开泰闻讯赶回来,对着舍利、金箔号啕大哭。大家上前一听,他却一不哭秦九孤儿,二不哭弟兄情义,哭的是桃星垣杀了神仙,必遭天谴。"

郑明星说,后来吕开泰专门在桃星垣设了牌位,供奉秦九孤儿的舍利、金箔。逢年过节,他都要亲率堂口大爷前来祭拜祈祷,以安秦九孤儿的冤魂,免得他的咒语一朝显灵,祸害人间。

但这以后，却渐渐传出风来，说是秦九孤儿还遗下一件黄金佛头，此佛头妖邪无比，正是"佛头现，西山断，青河三丈三"一句咒语所指。

从此，桃星垣将此佛头作为镇堂法器伏压塔底，永不让它现世露面，这样方才保住一方平安。

桃星垣这一段风波眼看是过去了，不想秦九孤儿的金箔咒语却闹出更大一波动荡来。

因为咒语解开之后，就是西山要断、青河滔天的意思，所以，这话一经传到西山外面，住在青河两岸的人家一时人心惶惶，躁动不安。

恰好就在秦九孤儿自焚之后那段时间，小青河水文频乱。有时大白天河水干涸，一到半夜，却是满河水涨；有时水色突现浑黄，过一会儿又变黑变红。

种种异象，无一不是出大变故的兆头。风声鹤唳之下，青河边上的人只能一门心思想着迁走逃难。

可是，往出迁的主意好动，究竟迁往何处才寻得下田地安身，却是一道高门槛。

个别大户人家在别处置了田产，倒不要紧。有些人寻得着远亲投靠，也勉强能过得去。只苦了一帮寻常小户，灭顶的灾祸悬在头上，竟然只有等死的命。

这种情况下，街坊中间有几个场面人物挑了头，带着一帮青河百姓冲进了县衙请愿，非要县太爷替他们做主。

那县太爷就是曾去西山古镇请过佛头画儿的人，他亲身经过秦九孤儿的神通，也知秦九孤儿遗留人间的咒语、物件绝非儿戏。可上回还能找秦九孤儿解急，这回秦九孤儿也不在人世了，他只能眼睁睁看着百姓请愿，再拿不出任何一门措施主张。

事情就这样一天天僵持下去。最后怎么办呢？郑明星说，最后多亏了吕开泰及时出面，这一场动荡才得以平息。

吕开泰行事素来仁义。本来堂口大爷都劝他，说就算压不住佛头，咒语有朝一日显了灵，断的不过是西山，淹的不过是青河，全都是西山外面的事情，叫他不要插手参与。

吕开泰却说，西山外的风波终因秦九孤儿起，秦九孤儿又冤死在桃星垣上，算起来，堂口人人都欠底下乡亲一笔孽债。

于是，吕开泰不顾堂口其他人反对，只身驮一箱地契文书去了县衙。他找到县太爷,把桃星垣多年置下的田产房契捐出来,全供青河百姓搬迁落户去了。

这部分田产虽然大都在坝区四面山上,质量远远不及青河的肥田沃地,但现时是活命要紧,所以青河的穷苦人家还是千恩万谢领了地契房契,然后马不停蹄搬家离乡,重新立了家道门户。

"哦,这时候就迁过一次人啊?"魏小天听到这里,想起上次溃坝后,青河一片的老百姓已是第二次往出迁了,不禁感慨。

"是啊,所以我就说,那地方风水不好,住不得人。"郑明星说这话时,却望着一边的许福生。

原来许福生祖上就在青河边上,也就是那一次得了吕开泰的恩施,前去抓阄时抓到了西山的地契,自此才搬到西山山里面落户生根。

"嘻嘻,要是没有那次搬迁,我可是正儿八经的城里人,哪儿有机会和你拜把子做兄弟。"许福生笑道。

"哼,"郑明星冷笑一声,"话可不是这样说,你祖上要不搬,是不是就赶上后来的溃坝,你们许家这一门不死也是半条命。"

魏小天听两个老人说了一会儿闲话,忽又问道:"既然第一次人就迁光了,怎么后来又冒出个义田镇呢?"

"那是因为这个地方后来划成了桃星垣堂口的义田嘛。"郑明星咽了一口水,解释道,青河周边老百姓迁走之后,留下大片好田好地无人耕种,后来吕开泰就让县太爷把这片地划给桃星垣,做了堂口的义田。

"那吕开泰就不怕小青河发洪水吗?"魏小天追着问。

"义田义田,又不是一家一姓的私田,它是一个堂口的共同田产,吕开泰只需分派一支袍哥弟兄去耕种经营就是了。"

"那袍哥也得怕洪水啊。"

"袍哥当中有胆儿大的,他们连秦九孤儿这种通了灵的人都敢逼得人家自焚,还会怕几句咒语不成?"

"哦,原来是这么个理儿。"魏小天若有所悟样。

"但是那丧败的风水,却是任谁都逃不掉的。"郑明星又捋了捋胡须,口气像说天机一样,"最初桃星垣靠经营这片义田,势力从西山山里发展进城,成了我们这一带最大的袍哥堂口。结果呢,堂口辛辛苦苦发展起来,就赶上了大解放。你们是知道的,共产党不信神,挖起桃星垣的底细来,说桃星垣是编鬼造神蒙骗百姓,趁机霸占青河土地为堂口义田。加上又查得袍哥大爷人人动过私刑,杀过无辜穷人百姓,所以就把堂口八排大爷全拉到城里枪毙示众了。"

郑明星长叹一口气,最后淡然说道,解放以后,随着青河一带人口日增,就给了乡镇编制,取名义田,义田镇就是这么来的。

这时候,许福生在门槛上摁灭了烟蒂,扔在面前的青石板上,一边冒出话来:"哥啊,别说义田风水不好,听你说这大半天,我就听明白了一个道理,那真是将相有种,富贵有命啊。"

一脚把烟屁股踢开后,许福生方才喘了一口气,接着说:"你看,人家吕开泰的孙子,现在又成了市里的首富。那我可告诉你,他的身家可不是十个八个桃星垣比得上的。"

"他孙子是谁呀?"魏小天好奇地问。

"吕孟庄啊。"许福生和郑明星一前一后说出名字来。

招标血案

九

当魏小天为一颗佛头忙得不亦乐乎时,萧郡早把精力转到市里的"打黑百日会战"上。尤其最近两天,只要逮着一点儿空闲,他车头一拐,情不自禁就冲市公安局刑侦局方向去了。

本来,刑侦局是萧郡的口线,跟局里联络工作犯不着每一趟都动步跑。但自上周起,平日里对接很好的刑侦局新闻处副处长刘军林,一见萧郡的电话就挂掉,发短信也不回,逼得他只好有一趟没一趟地跑过来。

市上今年搞的"打黑百日会战",是从上上个月正式启动的,牵头部门虽是市公安局,具体案子抓办主要还在刑侦局这边。

刘军林和萧郡一向合作得好,所以,这次打黑会战启动之前,是他主动找萧郡商量,在萧郡领衔的法制版上开了一个《打黑百日会战》专栏。

按照两家商定下来的宣传方案,打黑专栏要开一百天,每天同步报道打黑进展,以及中间的大案要案。当时还怕萧郡的采编力量跟不上节奏,在刘军林的建议下,特意从局上抽调了宣传处一名民警,到报社和记者一起写稿子,架势摆得很大。

这次开专栏的主意,是刘军林拿的。刘军林私底下跟萧郡透过底,说公安局这次打黑可能要推成市上规模最大、最彻底的一次,因此,从市上领导到公安局领导都高度重视。

刘军林也是想抓住这次机会,好好办一个打黑专栏出来,让上面领导看得见他转到文职岗位以后的工作成绩。

打黑专栏推出一个多月来,运行得顺风顺水,各方面的反响,尤其是正面反响,也和刘军林之前预期的一样。

有一阵,刘军林几乎天天给萧郡打电话报喜。一会儿说现在市委、市政府的领导干部,每天早上第一件事就是看打黑专栏,甚至搞得大会小会满会场都是翻报纸的响声;一会儿又说兄弟省、市公安宣传工作的同志要到他处里学习经验。

萧郡这边，一方面是前不久车站、码头和地铁上一连好几天出现私卖打黑专栏复印品的现象，后来报社报到市文化稽查，查了几次，情况才见好转。这反过来却说明，打黑专栏有卖点。另一方面，报社月会反馈过一个数据，说上个月报纸零售出现了反常暴增。一般夏天天热，拿一沓报纸在手上不舒服，所以买报纸的人跟着减少，报纸零售就会掉数，但上月印厂天天加印，加印之后仍不够卖。究其原因，当然还是在打黑专栏上。

方方面面的情形，对刘军林和萧郡来说都是好事。但上周星期三，派过来的民警突然说，处里面人手紧张，抽不开身，就不再到报社来了。随后，新闻处竟把供给专栏的稿源和消息都停了。

萧郡当即打电话问刘军林什么情况，刘军林态度一下变得冷淡，说领导叫他停，他不停不行。

萧郡问哪个领导下的命令，是什么原因，刘军林就支支吾吾起来，说领导没跟他讲原因，他也不好打听。

此前专栏运作，全靠新闻处提供第一手案件材料，然后由民警和萧郡这边的人共同就材料内容组织稿件，活干得很轻松，很顺手。现在刘军林出了变故，等于把这条线路突然掐了，没有稿源，打黑专栏立马开了天窗。

萧郡再给刘军林打电话，他把电话挂了，然后去处里面找他，几次都逮不住人，估计是躲了。

今天周一，萧郡料到刘军林不可能不参加周一早上的例会，因此特地赶到十点半例会快结束时，先到刑侦局五楼大会议室外面候着。

一会儿，例会结束了，会议室门开开，民警陆陆续续往出走。一脸晦气的刘军林夹在人群中间，边出门边顾着从耳朵上摸一根烟叼在嘴上，正要拿起打火机点烟时，一眼瞅见了萧郡，他本来拧成一团的脸，变得更加难看了。

"刘处，早上好啊。"萧郡迎上前去，笑嘻嘻地跟刘军林打招呼。

刘军林不说话，看也不看萧郡，只一边往前走，一边挥手示意萧郡跟他去。

两个人一前一后进了办公室，萧郡顺手把门关了。

"小兄弟，你不该来找我啊，你咋还去会议室堵我呢。"门一关上，刘军林就长吁短叹起来。

"刘处，我那边啥情况你不知道啊，已经连续几天开了天窗，你叫我怎么跟领导交代。"萧郡也摆出一张苦瓜脸来。

"天哪,你们一个报社单位,用得着跟谁交代呀,撤了专栏,谁还找你们麻烦不成?"

"刘处,不是这个意思。要说这事跟报社关系不大,可是跟我个人的关系,那就大了去了。就算要撤,我是不是得给领导说个子丑寅卯来?总不能领导问我为啥要撤,我说不知道吧。我在报社算老几,这么大一个专栏,想开就开,想撤就撤?"

"那你随便编个理由吧——"刘军林急得一只手在桌子上敲个不停,想了想又说,"你就说我这边中止合作了,行不行?"

"领导问为啥中止合作了,我怎么说?"

"你就说找过我了,不给说原因。"

萧郡"唉"了一声,双手一摊:"说来说去不一回事吗?"

刘军林一时也没了主意,他狠狠咂了几口烟,之后说话的口气变得坚决了:"小兄弟,我们算是自己人了,我确实有难处,没法跟你说太多,我只能跟你说一点,这事不是我一厢情愿叫停的,实在是迫不得已。"

萧郡听刘军林这样说,估计没有挽回的希望了,遂苦笑一声。末了,又不忘自言自语说一句:"我看不是我们这个专栏开得有问题,怕是有大人物对你们打黑不满意吧。"

刘军林听了,一句腔不开,却连连朝萧郡挥手,意思是别说了别说了。

这天上午,萧郡从刑侦局出来后,看看还有时间,干脆又去了市公安局一趟,找到局政委林勇打问情况。

五十多岁的林勇一开始也是模棱两可,后来可能考虑到两人这些年在工作上多有交情,才私底下点了萧郡一句,让他回想一下,这次"打黑百日会战"的启动仪式上,有没有市上哪位领导到场。

萧郡回忆了一下,说好像没有市上领导来呀。林勇说,这不就对了,你想想看,要是全市启动"打黑百日会战",就算市委这边政法委书记抽不开身,最起码市政府也要派个主管政法工作的副市长去代表出席一下吧。

萧郡听林勇这样说,不禁问道:"不是市里搞的,它也是市公安局搞的呀,前面报纸、电视每天报道得热火朝天的,突然就没音信了,读者多奇怪,还以为你们打黑中途停掉了呢。"

林勇哈哈一笑，站起身来拍拍萧郡的肩："小同志，可别在我面前上纲上线了，叫我说，假设就是停了，也很正常嘛。咱们有黑就打，没有黑的话，难不成就为了给老百姓凑够一百天，还非要往下打不可？那还叫什么打黑呢，那不就是黑打吗？"

萧郡知道这是林勇应付他的话，也就不再往下纠缠。不过，他从林勇的态度中已经揣摩到，叫停打黑专栏肯定不是刑侦局单方面的意思，至少市公安局层面是不同意打黑专栏的。

而且，林勇的口气中似乎还透露出一种意思，好像市上并不支持市公安局搞的这次打黑。如果是这样，恐怕就不是报纸停开一个专栏的问题，很可能这场兴师动众的打黑专项行动已经夭折了。

今年之所以要搞"打黑百日会战"，一个重要原因是之前市招标大厦发生了一场血案。这起案子虽然没有死人，但是闹出去的影响却恶劣得很。

案发当天，正值市招投标中心给环山景观路一期工程开标。开完标大致是上午十一点，十分钟过后，参加开标会的一帮人刚走到一楼大厅，大门外面突然冲进来一伙"黑西装"，个个戴墨镜、白手套，手提一尺多长的钢棍，把这一伙参加开标会的人围住，蒙头就打。

打人总共持续了一刻多钟，等警察闻讯赶到，"黑西装"早已经逃得无影无踪，只剩下大厅里面横躺竖卧的受害人和满墙满地的血。

血案肯定与工程竞争有关。这次的环山景观路工程，是市上最近几年中推出的最大的一个基建项目，工程总标的超过五百亿。工程一期虽只有五十多亿的体量，但竞标一期工程的象征意义大于工程本身，谁家若拿到一期，只要活干得漂亮，后续各期工程竞标时，就享受优先权。

所以，这次工程招标，本来就是你死我活的竞争，公司之间为此发生暴力冲突，应该是意料之中的事情。但一水儿的"黑西装"冲进招标大厦打人，性质就不一样了。

市招投标中心是市监察局直属的事业单位，招标大厦则是中心办公楼，脸面和政府机关一模一样。歹徒冲进来打了一刻多钟，这就不单是打击报复竞争对手，而是根本没拿正眼瞧市政府的脸。

招标大厦血案发生当天，市公安局火速介入，当晚便抓回一部分案件关系人。第二天下午两点，在市体育场，市公安局正式宣布启动"打黑百日会战"专项行动。

所谓"专项"，主要是借这次招标大厦血案，集中对全市招投标领域的黑恶势力进行打击治理。而这个领域当中，不是企业就是官员，再不济也是出力卖命的打手，所以，会战以来，从市上到底下各区、县，先是一帮企业主落网，落网后一供认，又牵出一批干部保护伞。

打黑进行一个月后，外面已明显见到这次行动力度之大，动的是真格。虽然抓的干部普遍级别不高，但落网的老板中，亿万身家的已不在少数，这些人多数还是本市相关行业里的大佬。

其实也正因为这一点，萧郡之前开的打黑专栏才一时洛阳纸贵。

萧郡至今记得清清楚楚，打黑启动仪式上，市公安局局长秦剑雄有一段讲话。秦剑雄文化水平不高，但讲话一向掷地有声，颇有些气魄。那天他站在太阳地里，对着话筒讲话时，脸颊上、脖子上滚着豆大的汗珠，太阳穴突突直跳。

"这些黑恶势力不除，全市招投标市场就永无宁日；这些邪门歪道不打，全市老百姓迟早会遭殃。我们之所以在全市部署'打黑百日会战'，就是要向黑恶分子亮剑，就是要跟他们打一场硬碰硬的战争。他们不是敢提刀砍人吗？好，我们就要给他戴上手铐、脚镣，叫他砍不成人，打不成人。他们不是目无法纪吗？那我们就写个'法'字出来，让他们好好认一认，学一学。"

这几句话说得有气势，体育场四面围着看热闹的老百姓总有好几千，听了都觉得提气，掌声经久不息。

掌声落了，秦剑雄抹了一把脸，扯开领上一颗衣扣，继续说："这些人仗着有钱、有权、有势力，把个招投标市场当成摇钱树，把个政府工程当成唐僧肉，他想吃几嘴就吃几嘴，想怎么吃就怎么吃。我要说，我秦剑雄一不是如来，二不是神仙，我捉不了妖精，拿不了小鬼，可我是人民的公安局局长，也是广大人民中的一员，人民既然给了我权力，我就要把这些黑恶分子一个一个揪出来亮相，哪怕他有再多的钱，哪怕他有再大的权，只要他吃了人民一口，我都要他一口一口给吐出来。"

又是一阵潮水般的掌声。

萧郡是带着采访任务来的，站在热气腾腾的人群中，竟也被秦剑雄一番话感动得热血沸腾。当天他回报社，把这段话原封不动写进稿子里面。第二天，报纸一上街，满城满网络的人，都说秦青天要显灵了。

打黑行动就是这样起的势，行动两个多月来，也的确像秦剑雄说的那样，打出了声威，打出了影响。只是萧郡万万没有想到，如今打黑正在高潮阶段，风向瞬间就变了。

萧郡这两天挨个儿见了刘军林、林勇，虽都只听得只言片语，但他长年泡在公安这条线上，里面的头头道道他是倍儿清，因此思前想后一琢磨，对这点儿变故已大致有个拿捏：

要么是打黑打到大人物身上，凭秦剑雄头上的帽子，已经不敢把"百日会战"一推到底，要么就是公安自己出了娄子，办案出了瑕疵，被人揪住脱不了手。

萧郡后来还想到一个办法，直接给秦剑雄打电话问情况。他琢磨着，现在的情势下，秦剑雄面对记者打去的电话，无外乎两种态度。一是拒绝，比如，接起电话说些推脱客气的话，那这多半说明公安局自己出了娄子，案子上出了问题。二是会接他的电话，还会在电话里给他一些暗示。这种暗示一般都是官员受到体制内力量打压冲击时，习惯性地跟媒体记者传递自己的态度。如果秦剑雄采取了这一步，那说明打黑确乎打到了大人物。

萧郡给秦剑雄打几次电话没接，然后就发短信说了自己的采访意图，这样，秦剑雄很快就回过来。

电话里面，秦剑雄的口气听上去既轻松又沉重，他告诉萧郡："首先啊，我要感谢你们报社，感谢你们开了这个专栏，这对我们的打黑事业是一种极大的支持和鼓励。另一方面，我也要说清一层意思，公安局的打黑工作和报社的打黑专栏，毕竟是两个完全不同的单位，各自独立开展的两项工作，打黑专栏停不停和打黑是否停下来，这之间的关系不建议做过多的联想。当然，我知道你是咱们市里的名记，对公安工作也非常了解和关心，因此我个人还是希望你能体谅我们公安工作的难处、压力，以及种种困难和障碍，现在你们的专栏可能不适合开了，但在合适的时候，你还可以再次拿起你的笔，给我们鼓劲打气嘛。"

十

萧郡跟报社领导做了一通模棱两可的汇报，好歹敷衍过去，这样，《打黑百日会战》专栏也就正式取消了。

专栏取掉以后，萧郡的心却迟迟放不下来，他一心要把里面的情况摸清楚，看公安局这次打黑到底出了什么状况。

刘军林、林勇是萧郡工作上的对接人，除此之外，萧郡在警察圈里还有一些别的人脉。最近几天，萧郡陆续跟这些人接触了一遍，多多少少听到一些花边传闻。

与此同时，打黑专栏不见了，市局的打黑行动突然消停了，这在公安内部自然也会引起猜测。这些猜测裹着一般警察口里传得满天飞的马路消息，一时之间，关于打黑的议论、说法，倒纷纭复杂起来。

说起来，这些消息、说法都一真半假，当中定然夹杂不少水分，一般人只当热闹听了，落不下价值，可一入了萧郡的耳朵，这就好比一堆沙石打上了淘金船，他非要从一堆烂泥石沙中拣出一粒半粒的金子不可。

萧郡习惯性把每天听到的马路消息一条一条写在自家客厅的小黑板上，有事没事，他朝沙发中一躺，然后盯着这些五花八门的消息发一阵呆。

经这样来来回回梳理、对比，渐渐地，萧郡的注意力就落在一个人身上。

这个人叫李万水，是招标大厦血案发生当晚，警方突击行动抓进去的老板，至今也是招标大厦血案的最大嫌疑人。

李万水旗下的万水工程公司参与了环山景观路一期工程的最后角逐，并进了开标会，结果却落标了，但血案发生时，唯独他公司的工作人员无一挨打，全都毫发无损地离开了招标大厦。所以，明眼人一看，他行凶打人的嫌疑最大。

但李万水被抓进去后，每次提审，要么问死不开腔，一句话不交代，要么顾左右而言他，尽说些与案子无关的话。总之，他是打死不认招标大厦的案子，这就给公安落实材料制造了大麻烦。

之前，刑侦局新闻处跟萧郡通报过李万水的案子，当时萧郡安排打黑专栏照例做了报道，报道第二天，又在刘军林安排下进看守所采访过李万水一次。李万水的德行，萧郡在这次采访中颇有领教。

这李万水知道自己见什么人该说什么话，坐在萧郡面前，他根本不理睬提的那些问题，只一把鼻涕一把泪说他自己的话，别人想插话都插不进去。

他说的啥话呢，一概是自己如何白手起家，又如何一步一步兴家立业。说到动情处，竟能号啕大哭，可你看他流的那些眼泪，也不像是造作出来的。

李万水就这样生冷不吃，在这种情况下，公安局一气之下才把他查了个底朝天，连他发迹之前行贿、打人的事都通通挖出来了。

几十宗案件攒在一起，眼看把李万水组织领导黑社会性质组织罪给坐实了。可是，等公安局把案子交到检察院，却又被检察院退了回来。

照公安局这边的口气，是检察院故意从中刁难。检察院公诉科的人一会儿说案件事实不清，要公安局补充侦查；一会儿又说李万水犯的案子够不上组织领导黑社会性质组织罪。这种情形，很可能是李万水找了人，做通了检察院的工作。

公安局这边说了检察院的种种不是，对此，萧郡一方面不敢全信，因为公安和检察院闹这样的矛盾是家常便饭。但另一方面，萧郡也不是完全不信。毕竟到现在为止，李万水的案子还没从公安这一环脱手出去，这就说明检察院至今不同意他们办结的情况。

萧郡原先对这次打黑变动有过两种推测，一是觉得这一轮打黑，可能打上了大人物，公安局惹了自己惹不起的人；二是怀疑打黑出了错案，影响到公安局这一次的专项部署陷入某种被动当中。后来打通秦剑雄电话后，听他说那一番意味深长的话，萧郡心里已倾向于第一种推测，而且，他隐约觉得公安局惹的这个人，就是李万水。

李万水本人的实力、背景，以及现如今闹出来的种种风声，恰好都和萧郡推测的方向沾得上边儿。因此萧郡觉得，不如抓住李万水这根线，顺藤摸瓜往下走一走，兴许能碰些真相出来。

之前萧郡采访李万水，听他说过不少自己的故事，后来又找旁人打听询问，得知这李万水在市面上也算个人物，尤其在市上的招投标市场，颇混出了些名声。

李万水是东郊朝阳区人，没有多少文化，据说至今除了会写"李万水"三个字，平时与人谈合同、办手续，都由他读过小学的媳妇代笔。

早年，李万水在东郊开拖拉机，专门给附近工地送砖拉河沙，渐渐累积一点儿人脉后，才学着别人的样子，去请工地上的老板下馆子进歌厅，然后从他们手上揽活路包工程。

起先，李万水是小打小闹，只敢包点儿泥水、瓦工的活。他这头把活揽下来，那头就通知媳妇去市里劳务市场雇小时工。两头这么一对接，他就把中间的钱挣了。而他自己，依旧还开着他的拖拉机供料送货，一样也不耽误。

这样一路摸爬滚打下来，李万水竟把一帮临时工拉成了一支施工队。施工队在他手上又盘了两三年，摸着门道的他连拖拉机也不开了，一口气办起了自己的建筑工程公司，开始接几十上百万的大工程。这家工程公司，就是一直发展到现在的"万水公司"。

李万水早年在东郊市面上是吃喝嫖赌样样占全，多年就没攒下什么好口碑。但他起早贪黑给人拉沙送砖，务的总算正业，街坊四邻虽忌惮他，不大与他往来，背地里说起他下的那份苦，却是心服口服。

李万水这次被抓进去以后，外面自有人怜惜他，说他千不该万不该就不该开这家公司，结果把自己一步步陷进去，拔不出来了。

李万水刚开公司头一两年，生意还算顺手。那时候，李万水是老一套，请人吃饭、耍小姐，酒桌子上把自己往死了喝，给人拿回扣是一沓一沓的现金。后来工程越接越大，尤其是政府工程，走的都是招投标的路子。李万水大字不识一斗，连标书都弄不透彻，赶上投标、竞标这些事，他原来学的那些野路子就只有靠边站了。

市里搞工程的一帮人还一直传李万水的一个段子。说是李万水第一次去招标办公室报名，真是提了一杆标枪过去的，原来他以为投标是比甩标枪，还在家甩开膀子练了个把来月。

这事情当然子虚乌有，是外面一帮人拿他寻开心，故意编造的一出笑话。不过，李万水后来在工程招标市场上的名声，却比这个段子臭得多。

从警方侦结案情看，李万水曾经在工程招标市场上，可谓是上下其手，全然不把规则放在眼里。

起初，他把吃喝嫖赌拉人下水那一套照搬过来，在招投标各个环节上打点,不是贿赂评标委员,就是提前把标的信息搞到手,再比着招标条件往进递标书。

他在这上面比一般人舍得下功夫,他能打发公司一帮人把每个评标专家的家庭住址打听出来,收了他钱的就要替他帮忙,不收钱的,他就使些泼皮无赖的手段恐吓人家。

到后来,李万水简直把招投标当成看家生意来做,什么围标、串标,他一样都没落下。他甚至闹过一出荒唐事,四家公司竞标一个工程,其中有三家公司的联系人电话,都背在他一个人身上,中间被人点了炮,招标办现场打三个电话验证,结果三个电话挨个儿在他腰里响。

这次李万水被抓以后,专案组找了市里搞工程的老板了解他的情况。这些老板看李万水已经进去了,才一股脑儿吐了实情,说是早前几年,只要李万水看上的工程,他们干脆不去竞标,要想竞标,也是先等李万水那边动静,只有确定李万水不往进搅和了,他们才愿意行动。

在生意场混下这样的恶名,往后发达了,李万水为人处世越来越张狂。

有一回,李万水读初中的小儿子,因为给同学过生日,约着去了朝阳区一家歌城唱卡拉OK。孩子们只管玩闹,到唱完歌准备结账时,服务员检收设备,发现点歌的触摸屏被敲破了。歌城让赔一千元了事。本来这个价码也说不上是讹人,但孩子们来这里,原是比着身上的钱唱了几个小时,到了点,连多一分钟都不敢耽误,这会儿哪里还拿得出一千块来。

歌城这边当班的经理,是个二十出头的小伙子,处事也不老练,想不来这帮孩子的处境,只当是遇见扯皮赖债的客人,横着脸一个劲儿地催孩子们拿钱拿钱。

李万水儿子是个憨大个,人老实,不大开腔,在这群孩子中显得老成。平素这帮孩子又喊他老大,这会儿大家你说我说的,话里面自然也少不了老大长老大短。

经理一看他们还有老大,便只按规矩来,单就望着老大要钱,再不跟其他孩子啰唆。当晚,其他孩子都陆陆续续回了家,歌城这边硬是不让李万水的儿子走。

到半夜,李万水左等右等不见儿子回来,连忙打电话到其他家长那儿问情况。这一问,孩子们说了实话,却把李万水听得火冒三丈——就算是要赔钱,为啥放了别家的孩子,偏要把我儿堵住呢?是欺我儿憨厚老实,还是看我李万水不顺眼?一气之下,李万水叫了几十号人,浩浩荡荡开进歌城去救儿子。

外面后来传说,李万水冲进歌城,一把把他的憨儿子揽进怀里,往大厅沙发上一坐,顺手拖过茶几到面前,把几百万现金倒在茶几上,然后朝手下人发话,砸一个屏幕奖一万块。

这家歌城是小本经营,哪里经见过这样的阵仗。好在歌城老板闻讯后来得及时,估计也都是老江湖,五十多岁的男人,到场后二话不说径直跪在李万水儿子面前,磕头捣蒜地喊叫高抬贵手。

李万水在众目睽睽之下给儿子找回了面子,才平了心头怒火,罢住了手。从此以后,他的恶名却是越发地传得广泛。

这次招标大厦血案一发生,市面上的人一听说有李万水搅和进去了,等不得公安抓人,也不管将来定不定得了案,大家心里面早就认定,必是李万水下的黑手无疑了。

#

朝阳区在城东三环外,名义上虽算在主城区内,却是地地道道的城乡接合部。这两年别的区发展快,朝阳区倒好像没沾上城市经济的边,区上喊了几年的现代观光农业,也迟迟发展不起来,所以萧郡每次进了朝阳的地界,都觉得四下的氛围不如其他区那么热火朝天。

萧郡今天来朝阳,是想去李万水家里找一找他妻子,看能不能从他妻子这边探些口风出来。

李万水家在城中村里面。从村口往进走,是一条闹哄哄的街道,街两边的门店一家挤着一家,从日杂百货到洗头按摩,一直连出去百多米远。

李万水家的宅院刚好在街中段,因为占了好几个口面,却又不像别家沿街留出来一排门面房出租,所以一条闹市到了李家这儿便被切成两段。

宅院有一座镶铜的大门,门下两边各立一只铜狮子。萧郡左右打量了一下，一座宅子显在外面的装饰点缀，都是暴发户的路数。

这会儿将近午饭时分，大门半开着，里面不见人走动，萧郡抬脚便进了门。

进门是天井，站在天井中间，萧郡这才发现，除了大门这一面，其他三面分别是七八层高的楼。这些楼回廊相连，逐层后退，使得天井往上的视觉空间越高便越开阔，真有几分壮观。

楼顶上现出一架白色飞机胖鼓鼓的肚子，这是李万水的私人飞机。一边机翼伸出来，悬在天井上空，机翼挑着一盏斗大的红灯笼，灯笼身上一个黄丝绣成的金字"李"，招摇着山大王的气象。

"谁呀？"右边一幢楼内，有人在房间里面朝萧郡喊话。

萧郡见门上挂着纱帘，看不清里面的人，便走上前去。他掀开纱帘，看见客厅沙发上有三四个人，遂朝他们打招呼，一边报了自己的身份。

"记者？你来干么子？"

说话的是一个四十多岁的女人，一脸警惕盯着萧郡。萧郡估计她就是李万水的妻子周王桂，因此一边递上名片，一边望着她说："我想见一下李万水的爱人。"

女人接了名片，递给旁边一个敦敦实实的女人。这个女人拿起名片睥睨片刻，眼皮都没抬，懒懒地问萧郡："我是他爱人，咋啦？"

"前段时间，在看守所见了老李一面，他朝我喊冤，说招标大厦的案子不是他干的，我今天刚好来朝阳，就顺道来找一下你，看看你们是不是有什么情况，可以跟我们反映。"

屋里的冷气开得足，没有一个人招呼萧郡坐下。萧郡做这一行久了，这种情况没少碰到过，也不以为意。这时候，其中一个年轻男子突然站起身出去了。

周王桂听了萧郡的说辞，脸依旧端得平平的，眼睛却盯着茶几，估计她是在琢磨，要不要跟记者说些情况。

萧郡见周王桂这副神情，以为她在犹豫，便跟着赘了几句开导的话。

这时候，外面响起一阵嘈杂的脚步声，还没等萧郡反应过来，先前出去的年轻人已领着一帮人凶神恶煞地闯进客厅来。

"你想弄啥？"领头的年轻人个头没有萧郡高，他几步冲到面前来，仰着头，指着萧郡鼻子恶声恶气地问。

萧郡一边往后退，一边把刚才对周王桂说的话讲了一遍。说话时，他顺势扫了一眼,看见除了进到客厅的几个人,纱帘外台阶、天井上,还有将近十来号人。

"反映情况? 反映啥情况? 人才抓进去,法院还没判呢,你们报纸就说他是黑社会?"领头的人开始吼叫,额头上青筋暴跳。

萧郡一时有些慌神,急忙解释:"没说他是黑社会呀,只说他涉嫌黑社会犯罪,是涉嫌,这也是公安的说法。"

"去你妈的涉嫌不涉嫌,你到街上去问问,现在谁不说他是黑社会?"年轻人说话时,把右手高高地挑起来,狠着劲儿朝外面指指戳戳,然后又收回来指着萧郡骂,"我看你们这帮做记者的,就是嘴贱。"

年轻人声音越喊越高,外面有人跟着起哄:"打,打呀。"

萧郡看这架势,讲不成理了,现在纵是领头的年轻人虚张声势,恐怕也架不住后面的人起哄,领头人一旦动了手,后面的人就会跟进来,那时他只有干吃亏。

萧郡瞥了一眼周王桂和刚才接名片的女人,两人一动不动地坐在沙发上,面无表情,看来没有拉架的意思。

萧郡已经退过了沙发区,身子快抵住背后的酒柜,他只好且退且拧过身来,一边想脱身的对策。

这时,萧郡看见酒柜上立着半瓶白酒,便一把抓过来敲在了酒柜的方棱上。

"啪"一声酒瓶破碎的炸响,惊得两个女人同时站起身,外面人听见了,也立即挑了纱帘冲进来。

在场的人这才看见,萧郡左手已经钩住了领头男子的头,右手握住半截酒瓶,齿口正对着他的眼珠子。

"往出走。"萧郡头也没抬,命令道。

领头男子闭着眼睛,嘴、脸都在打战。其他人迟疑了片刻,开始慢慢朝外面天井上退。

萧郡依旧钩着男子的头,顶着他慢慢走到了天井。到了天井,地势一下开阔了,萧郡扫了一眼围在面前的人,瞅见一个中年男子正一脸茫然的样子,遂朝他说:"你,拿你的电话报警。"

一看中年男子那面相,就是个没主意的人,这会儿听萧郡点名要他报警,他只好左看右看,四下里跟大伙儿讨眼色。

不承想,天井上的人刚才还气势汹汹地喊打喊杀,这会儿见要他们拿主意,都生怕自己被点上卯,纷纷躲开了中年男人的眼神。

萧郡把这个情形看在眼里,心下已经有底。他猜这帮人八成都是被撺掇来的亲戚近邻,帮忙在边上喊打喊杀壮壮声威可以,真要实打实地干仗,怕没几个愿出力。

他手底下一松,把领头男子放开了。

"你想坐牢容易,别拉你亲戚朋友一起下水。"萧郡一边把半截瓶子扔到旁边的垃圾筐,一边对怔在面前的领头男子说,"你这不是帮李万水,你是给他家添乱,在害他,明白不明白?"

这天,四邻亲戚散去后,周王桂把萧郡迎进客厅,重新让了座,沏了茶,谦声问:"萧记者,你要我说啥呢?"

萧郡便不客气,说:"不是我要你们说啥,是你有没有话想要跟我说?"

周王桂搓了搓胖乎乎的手,谨慎地说:"我是,我是真不晓得跟你说啥话。你都看见了,万水进去后,我一个妇女家,六神无主哇……"

"我这样跟你说吧,"萧郡听周王桂的口气,知她还没放下戒心,就打断她说,"这种时候,记者能找到你家来,对你、对李万水都是一次机会,为什么不试着利用这个机会? 总比你和一帮亲戚一筹莫展强吧。"

周王桂抬起头来看了萧郡一眼,面情上有几分焦急:"可是我能说啥啊,我说有人整李万水,你信吗? 你都不信,别人还信?"

"只要有证据,我为什么不信?"

"天哪,萧记者,这种事能有证据吗? 人家要整你,难不成还提前给你打个招呼立个字据?"

"你可别这样说,凡事就得靠证据。公安局起先抓李万水是因为招标大厦的案子吧,但他不承认,公安也拿不出证据来,所以这一条才没落他身上。你看看,没有证据,就算公安想整李万水,那也不成啊。"

"呵呵,那既然招投标的案子算不到老李头上,是不是放回来就算了,怎么还去挖他的老底? 落实的那些事情,哪一件是现在犯的呢,全都是好几年前的事。这不是专门整人,是什么?"

"你说李万水冤,就冤在这里?"

"我没说冤,我就跟你说,这是有人在故意整李万水。"

"这个……"萧郡颇有些失望,应付说,"不管过了多久时间,总是他做过的案子,我觉得你就凭这一点说公安整你,可能有点儿不妥吧。"

"啊呀,萧记者,你这不是来替公安当说客的吧,"周王桂冷笑一声,"你去看公安局给老李落实的几宗案子,全都是他几年前招投标市场上犯下的,可那个时候,你知道招投标市场是啥行情呢?"

萧郡摇了摇头。周王桂一双胖手摩挲着沙发扶手,情绪激动起来:"我敢说,凡是那几年竞过标的企业,没有一家是干净的,谁都有案底,可为什么单单拿我家老李开刀,还不是我家老李得罪了人。"

"得罪了人?谁?你是说,这次是有人报复老李?"萧郡连声追问。

"这我现在没法说,"周王桂又挤出一脸的不信任来,"也不会说。"

"那你打算什么时候说?"萧郡觉得这个女人心收得很紧。

"我看进展,"周王桂脸上怒气未消,末了,她叹一口气,方才说,"萧记者,我也看得出来,你不是为了我家,不是为了李万水而来,当然,你也不像是替公安帮忙的,你肯定有啥疑惑解不开。老实跟你说,这段时间,来我们家的,啥人都有,各有各的想法,我都没理睬。你呢,我只当你是记者,回头我把李万水的律师介绍给你,她叫丛郸,你跟丛律师多问问情况就是了。反正,我提醒你,这里头水深,老李在当中就是个小角色,你要能帮到我们,就帮一把,帮不到,别给我们带麻烦就是了。"

萧郡听了周王桂这一番话,不好再讲其他话,当即抄下律师电话,转身告辞了。

十二

萧郡从李万水家回去后,第二天早上一上班,就打电话给丛郸,约她聊一聊李万水的案子。

两人本来不认识,可是丛郸一接萧郡电话,就当他是熟人一样和他开玩笑。

"是萧郡啊,人家李万水老婆昨天告诉我,说你这个记者跟亡命徒一样,你说我见你安不安全哪？"

萧郡心想又遇上一个老江湖，在电话这头笑了笑，也就跟着扯淡起来，说一个女律师跟亡命徒见面有什么不安全，亡命徒和色狼又不是一回事。

两人只在电话里开了几句玩笑，便不再陌生了。萧郡原来还想着，要去丛郫办公室跟她见面，但丛郫主动约他晚上一起吃饭，他就顺口答应下来。

丛郫提前订好了一家日本料理，位置就在青湖公园那一片。萧郡因为当天下午没多少事，所以赶到下班时分，提前去店里候着。

这家日本料理，他以前不曾来过，进门是要上几级青石台阶的，迎面的外墙壁上镶了一幅上接着屋檐下挨着地边的日本浮世绘版画，画上只寥寥几笔，就勾勒出一个神态清寂又有几分谦卑的日本僧人的样子，画面着色却不如一般日本浮世绘那般艳丽喧嚣。

店面被这巨幅版画占去多一半的面积，只在旁边留下窄窄一方小门供人进出。萧郡挑帘进了店内，眼前却豁然开朗。偌大一片中厅都不设座，只修了一泓清泉，正突突地往外鼓烟冒水，生生造出日本温泉的气氛。

除了进门这一方，其他三面是一转圈的雅间。萧郡按丛郫的预订去了进门左侧的一间。服务生帮他把格子门轻轻拉开时，他看见里面是榻榻米的铺设，便脱了鞋走进去。

这一间临湖，隔着窗子，窗外青湖公园中荷花开得正盛。萧郡席地坐在小方几前，看了一会儿荷花，觉着无趣，随手从旁边壁龛上翻出一本书来看。恰好这本书是介绍日本风物人情的，萧郡翻了翻，看见中间有一章，专门说到日本的黑社会，因心里对这字眼存有几分敏感，索性就认认真真看起来。

丛郫今晚赴约迟到了，当她悄悄滑开雅间的格子门，装模作样伸长了脖子，往里瞧那个未曾谋面的"亡命记者"时，看见萧郡长发飘飘，正侧身捧着一本书看，不禁尖叫起来："哇，我还说来见流氓记者，你这文绉绉的，书生一个嘛。"

丛郫说这句话，有意夸张了表情，不过，眼前这个文绉绉的大男孩，与昨天周王桂在电话里跟她讲的那个拼命三郎，的确不怎么搭边。

"呵呵，我还以为今天要见个小太妹呢，结果是个学生妹。"

萧郡仰起头来,看见立在面前的丛郸。印象当中,他好像从没见过这种剪西瓜太郎头,挎一条狗熊棉布袋,穿短裙,还配一双白色泡泡袜的刑辩女律师。

"那你就当我是学生妹喽。"丛郸踢掉鞋子,在萧郡对面坐下了。

"看你这打扮,我得认真跟你道个歉,早上不该在电话里和你开玩笑啊。"

"什么玩笑?"丛郸瞪大了眼睛,"噢,你说你是色狼。"

"不是,不是,"萧郡连忙说,"我不是说我是色狼,我是说我不是色狼。"

"没关系呀,色狼要长成你这样,我也喜欢。"

萧郡本来一直觍着笑,丛郸这话出口,直把他听得一愣,不知往下接什么话好。再看看丛郸脸上,却像个没事人样,这会儿都已经看上菜单了。

这天晚上,两人胃口都好极了,彼此又不避生,吃得格外起劲儿。

快吃罢饭,几杯清酒喝得脸色绯红的丛郸,突然想起忘了吃章鱼丸子,连忙又大呼小叫,喊萧郡给他点。

萧郡很少见女生这样排开阵势吃饭,他自己也难得这样的吃兴,等彻底吃罢了,盘盏都收下去换上来两杯清茶,萧郡呷了一口,放下杯子,头一句就问:"你天天都这样吃饭?"

"嗯。"丛郸好像还没从吃饭的状态中苏醒过来似的,嗯了一声,回答得半醒半睡。

萧郡一看她这个神情,兀自笑了,心想还是等她醒了再说话的好。

这时候,丛郸却懒洋洋地说开话了:"刚才看你读日本黑社会的文章,跟寒窗苦读一样,这种马路杂志,你读出什么名堂了吗?"

"你说话东一榔头西一棒槌的,眼力倒是不差,"萧郡敷衍地笑了笑,想起来问,"对了,你学法的,跟我说说看,日本的黑帮组织,怎么还是合法的了?"

"呵呵,哥哥你学什么的?"丛郸问。

"金融。"

"噢,我就奇怪,聪明人问的问题为什么总是很弱智,原来是专业不对口哇。"丛郸晃了晃脑袋,坐正了身子,"日本差不多算是唯一给黑帮组织合法地位的国家,不过,人家的黑社会可不是咱们这收账放鹰打人绑票的地痞。"

丛郸噎得全身打了个冷战,缓过劲儿后又说:"此前呢,我就看过日本警察厅的一份白皮书,说是现在的黑社会连贩毒、操控卖淫的买卖都不玩了,直接把手伸到了金融市场。在日本啊,一度有数百间上市公司怀疑被黑帮的资金渗透进去了。"

"嚯,什么情况?"萧郡也坐直了身子。

"黑帮最高境界喽,你们学金融的有前途了。"

"哦?让我想想,黑社会搞金融,身份彻底漂白了,是不是?"

"别老土了,大叔,人家根本不用漂白身份,人家的格调就那样。我最近还看过日本黑帮专家一个分析,说日本黑帮已经是日本国内最大的私募股权投资公司了。"

"私募股权投资?拿着一把钱到处找公司入股哇,这还是黑社会吗?"

"是黑社会啊,所以像你这样学金融出身的,是很有潜质往新一代黑社会方向发展的。"丛郸揶揄道。

"喊,什么新一代旧一代,别糟蹋咱们学金融的。"

"谁叫你专业这么对口呢,看看人家日本,黑社会老大已经是金融大亨了,再看看咱们的黑老大,还戴着金链子跟人抢工程,还提着刀上招标大厦砍人呢,黑社会都沦落到这个份上了,你们学金融的不着急吗?"

"哈哈,我急什么呀。"萧郡附和道。

"我是感觉吧,咱们的黑社会再这样走下去,再不吸收你们这样的新鲜血液,再不往金融方面转型,它就玩完了。"

"哦,果然是黑老大的辩护律师,满脑子都装着黑社会的发展大计。"

"什么黑老大的辩护律师啊,"丛郸突然把话锋一转,瞪大了眼睛说,"法院没有最后判决之前,我的当事人就是无罪的,你怎么口口声声叫他黑老大。"

"好好好,我错了,再不说他是黑老大了,我发誓。"萧郡举起右手,朝丛郸行了个礼。

丛郸看见他郑重其事的样子,咯咯地笑起来。

这天晚上,萧郡和丛郸聊得杂,两人天上一句地上一句扯到好些话题。后来,到外面天已经黑了,华灯初上,青湖公园里映射满了彩灯的光影,萧郡才想起来问丛郸,李万水怎么就非得请你当她的律师?

"你这问的都是些什么问题呀。"丛郸一脸的不屑,懒得回答。

"不是,我是自打见你真人,就觉得发生在你身上的事,好像都挺反常的。"

萧郡说得一本正经,"按说,像李万水这样的人物,他得请个肥头大耳的大律师,却怎么就把你这样坐没坐相吃没吃相的小屁孩请来了?"

"哈哈,"丛郸笑得无拘无束,她把一个抱枕扔向萧郡,"我有那么可爱吗?说得你好像满心喜欢我似的。"

萧郡接住抱枕,口里一时没了词。

丛郸定了定神,问:"知道咱们律师界的灰网理论吗?"

"不懂你们的黑话。"

"跟你说啊,就你说的那种肥头大耳的名律师,他们一个人,就是一张灰色的网。"丛郸一副街头闲人说江湖的口气,"名律师为什么有名?可不是他个人的名气,而是他结的那张网有名,它能把司法、行政、权力、资本和各种资源编织在一起,形成一张无所不能、无所不通的大网。"

"怎么说这网是灰色的,应该是黑色才对。"萧郡说。

"因为见不得人,平常人也看不见它,所以就叫灰网喽。"

"那我就不明白了,这些个律师一天到晚替人打官司,他都干些什么呢?"萧郡故意问。

"你以为名律师天天趴那儿翻案卷,写辩护词呢,你以为他们打的真是官司呢?"丛郸不屑地说。

萧郡一愣,问:"那他们打什么?"

"打关系啦,"丛郸故意把这几个字咬出些港腔来,乍一听上去,就像是"打官司"的谐音。

"哈哈,原来律师是做这个买卖的呀。"萧郡打趣说。

"去去去,那是你说的名律师,像我们这样刚出道的律师,编不了那样的网,我们打的才是官司,不是关系。"

萧郡笑了笑,不露痕迹地将话转到正题上去了:"照这个灰网理论,李万水还真不该找你,他更应该找名律师才对。"

"不懂了吧,"丛郸说,"李万水这样的人,本来就是这张网上的人,可你想想看,一旦他被这张网踢出局了,他还能糊里糊涂请那些名律师帮他打官司吗,那不就是自投罗网了?"

萧郡听出点意思来,若有所思地点点头。

丛郸继续说:"老板到翻船的时候,醒得早的就想起法律了,所以拼了命找这些打老实官司的青年律师,只有那些还没醒的,还一个劲儿地找那些名律师,他们是想找一张更大的网,以大网治小网。"

萧郡听丛郸这一番话,才知眼前这个西瓜太郎头藏着一成智慧在青春孟浪的外表之下。

"照你说,李万水是被人踢出局了?"

"得了,我这是喜欢你才和你展示一下智慧,一切到此为止,可别再往下问了。"丛郸把萧郡的问题避得开开的,反过来却问一句,"我还没问你呢,你干吗盯着李万水的案子,跟你有半毛钱的关系吗?"

"有关系啊。"萧郡抱一双手在胸前,一只手单单跷起大拇指来,轻轻划着自己的鼻头,他是在想,到底该把话说透,还是继续和丛郸绕弯子。

"干吗这样看我,不会说你爱我吧?"丛郸弯着头,故意向萧郡眨巴眼睛。

"我关注的不是李万水,是市上打黑的事情,"萧郡决定把话撂明白了,"你要有兴趣,可以一起来关注,这对你打官司或许有帮助呢。"

"别,你搞的是公共调查,我收了人家律师费的,要保护李万水的私人权益,咱们道不同,何以为谋。"

"咱俩的道太相同了,都是为人民服务,咱要不合作,简直没法向人民交代。"萧郡嘴上这样开着玩笑,心里有一种强烈的感觉,他觉得自己要想把打黑的事情弄透彻,就非得跟眼前这个西瓜太郎头一起合作不可。

十三

去年,丛郸刚一毕业,就到了现在的律师事务所做了一名执业律师。

这家律师所是她们法学院一位退休老院长开办的。律所规模本来就不大,加之几个合伙人都是退休后的老同志,平时疏于打理,一年到头便很少接业务。

丛郸从大四第一学期,就在外面大律师所实习。那时候,实习工作由学院统一联系安排,律所也是和学院建立合作关系的对口实习基地,因此无论在规模上还是运营上,都比她现在的律所更像一回事。

但整整一年实习期,却没给丛郸留下什么好印象。实习刚开始那一阵,她每天除了装订案卷能勉强坐上一会儿,其他时间差不多都在打印机和扫描仪之间打转身。

中期正式有上案律师一对一地帮带了,却只给了短短两个月时间。上案律师又都是早上不来单位点卯下午不跟单位汇报的主,你打他电话,不是关机就是无法接通,好似躲猫猫一样,弄得丛郸这帮人,整天整天地只好干一件事,那就是坐在办公室里干等老师回来。

实习期临到快结束的三个多月时间,神龙见首不见尾的律师们终于飘回单位来了,还格外主动招呼起这帮实习生来。不过,这时已没什么好差使了。

这三个月,是律所集中安排的客户拜访期,凡是所里律师,不管多大的牌子名气,都得放下架子,去跟企业、老板销售律所的法律服务。

当然,律师们干这活路,不至于像销售员那样跑断腿磨破嘴。丛郸就发现,每个律师好像都有说不清的人脉,只见他们早上坐在办公室打一通电话,晚上就安排好了饭局,然后营销学教科书上说的那些目标客户,甚至目标客户所属行业的政府官员,一步到位全约齐。

偏是这种饭局,男律师们都好带个女实习生出去应酬。也正因为这一点,律师们才赶在这个时节跑回所里来,主动亲近实习生。

丛郸是家族遗传的原因,天生带了八两到一斤的酒量,加之为人又活泛,这一下,她倒成了律所里的香饽饽,有时候遇上几个律师都要订饭局,他们还得商量个前前后后,好把丛郸的时间错开来。

丛郸也不矜持,只要自己抽得开身,也乐得出去见见世面。好在律师约的饭局,一般喝酒归喝酒,说笑归说笑,场面上倒也没有平日里说的那些龌龊事情,所以丛郸她们也不曾遇过难堪。

不过席上多了丛郸这样的女生,大家很容易就闹起酒兴来,尤其是那些老板,谁都想跟她掰一把酒劲儿,可硬碰硬地端起杯子来,还真没几个人能喝得过她。

记得有一回,丛郸遇上拿合同年限跟她赌酒的事。当时一桌饭都快吃罢了，对方老板偏偏瞧不出丛郸的酒量，到签法律服务合同的时候，老板非要换二两多装的红酒杯跟丛郸硬端白酒，说是丛郸能跟他碰几杯，他就签几年的合同。

结果，才碰过第三杯，丛郸还好端端地站那儿，对方一个大男人竟"扑通"一声栽倒在桌子底下，差点儿不省人事——这个人就是李万水。

当天，是所里老律师吴剑晔叫丛郸跟他一起去赴饭局。丛郸是土生土长的本地人，对于李万水的名声，她以前多多少少从街坊邻居那里听到过一些。所以，当在路上听吴剑晔说，这次去和李万水吃饭，她忍不住"天哪"一声喊叫出来。

吴剑晔有专门司机开车，他自己则大腹便便坐在司机后首的位置，前面副驾座上丛郸这一声大叫，吓得他和司机都一愣神。

"怎么了，这孩子……"吴剑晔还没开腔，旁边司机先撇一句话出来。

"老师，李万水不是黑老大吗，咱们还去赴他的饭局呀，好可怕。"丛郸拧过身来，朝年过半百的吴剑晔嘟起了嘴。

"呵呵，因为这个呀，"吴剑晔的一双儿女也就丛郸这个年龄，他和丛郸说话便有些长辈的味儿，"怕什么怕，律师面前哪来什么黑老大。"

"外面都说李万水是黑社会嘛。"丛郸顾自说她的话。

"唉，大字不识一斗，法盲一个，你说他能黑到哪儿去呢。"吴剑晔说道。

这天晚上，丛郸第一次见到了传闻中的黑老大。不过，一直到后来李万水喝趴下，丛郸也没瞧出他身上黑社会的劲头来，只是他举手投足间，倒是脱不开一股子暴发户的气息，满口也是老子天下第一的口气。

这时候的李万水风头正劲，公司做得有声有色。吴剑晔则是业内资深的刑辩大律师，在市里面也是响当当的人物。这两个男人凑在一起，着实算一道风景。

没承想，才过两年多时间，前一阵李万水出事时，吴剑晔突然给丛郸打来电话，说是李万水的妻子找他代理案子，他自己不便出面，也不愿意他们律所出面，所以决定把李万水的案子介绍给她来做。

丛郸进了现在的律所后，经手的案子并不多，但每一起案子都是一帮法律界星宿级的老同志方方面面教着她，她在这一行的长进就格外大。

丛郸对业内的人情世故大致了解一些,听吴剑晔说不方便,心知他一定是碍着谁的情面,不好出来帮李万水的忙,因此就问:"吴老师,你都不便出面的案子,我接手了能帮上人家?"

吴剑晔没有正面回这句话,只在电话里跟丛郸扯了一会儿他发明的"灰网理论",那意思是,他在市里到处都是人情,已经不是自由身,没法子像年轻人这样啥案都能接。

临到快挂电话时,吴剑晔又意味深长地对丛郸说:"李万水现在又不指望你干别的,只要你当一个简单案子去办就行,你只考虑法律、证据两件事,别的都不管,能办到哪一步是哪一步。"

丛郸接过李万水的案子后,丝毫不敢怠慢,这段时间,她已多次去看守所会见了李万水,跟他做了方方面面的交谈。后来,公安局第一次将李万水的案子送检察院审查起诉时,她又马不停蹄地赶去公安局申请调阅案卷。

随着对李万水的案子越摸越熟,丛郸渐渐就看出当中的问题来。一是公安局当初抓李万水的由头,是怀疑他主使了招标大厦的血案,可是这么大一桩案子,公安局自始至终只有空对空的怀疑,竟然拿不出一丝一毫的证据证明李万水涉嫌其中。

这说明什么?这至少说明公安局决定抓李万水的时候,办案思路已经定偏了,很可能他们已经认定招标大厦的案子就是李万水干的,所以才不管三七二十一先一步把李万水控制在手上,然后屈打成招,想靠这种土办法给李万水定案。

这在办案思路上,是典型的有罪推定。

没想到李万水在招标大厦一案上,反弹得厉害,自抓进去以后,就一口咬定不是他做的。他这样硬杠上了,公安局也就奈何不了他。但也正因为这样,公安局气急败坏之下,才翻了他的老底,一气给他落了十多件案子,并搭上了组织领导黑社会性质组织罪的罪名。

公安局这样办案,怕连瞎子都看得出来,挖旧案不过是耍手段,逼李万水认招标大厦案子,才是他们的真正目的。可是,说也奇怪,李万水在招标大厦案子上死磕,在其他案子上却丝毫不做辩驳,全盘认了账。

丛郸把这些老案子细细捋一遍,发现大多是过去李万水在招投标市场上犯下的,这些案子差不多每一件都留下了把柄,连他与人一对一密谋串标的情景都被对方录了视频,这次统统落到了公安机关手里。

这样,丛郸就看出另一个问题,明明公安机关是在招标大厦血案办不下去之后,为了照样拿下李万水顶罪,才去翻他的陈年旧账。按说翻旧账比办新案更不容易取证,但公安却把这笔旧账翻得又快又准又狠,件件拿到了铁证。

这又说明什么?这说明李万水早就是公安嘴边的一道菜,很可能还在招标大厦血案之前,公安局就盯上他了。问题就出在这里,公安局为什么要这样盯李万水,为什么早就掌握他犯罪,却到现在才拿下他?

这次丛郸在看守所会见李万水,李万水朝她声泪俱下地喊冤诉苦,说他被抓进去后,办案人员根本不让他说多余的话,只给他定了一个主题,就是交代招标大厦的案子,如果不交代,或是说与主题不合的内容,办案人员听都不听,也不做半个字的笔录。

丛郸问李万水,办案人员有没有打你?李万水哭得声音都快嘶哑了,说不打不打,他们怕留下证据,他们看我一直不交代,就掰开我的眼皮,拿闪光灯一次一次闪我的眼睛,说是要把我弄成睁眼瞎呀。

丛郸听了这些,原本打算报到检察院去,让检察院对公安局刑讯逼供进行调查,后来她一想,特意跟吴剑晔交换了一下意见。吴剑晔劝她先不要报检察院,一是没有证据,二来报了也不一定能起到什么作用。

丛郸也掂量着时机不好,最后听了吴剑晔的建议,不过她故意问吴剑晔一句:"吴老师,你觉得招标大厦的案子是不是李万水做的?"

"这个啊,真是不好说,"吴剑晔叹了一口气,稍作沉吟,又说,"关键是公安局现在不止揪他招标大厦一个案子,翻的旧账太多,依我看,就算李万水把招标大厦案子扛过去了,光那些旧账摞在一起,也够他坐一辈子牢的。"

"吴老师,我关心的是,假设招标大厦案子真不是李万水做的,那马上牵扯到另一个问题,"丛郸边想边说,"招标大厦的案子就得另有其人吧,这个人会是谁呢?"

"呵呵,你想得太多了,要说这个呀,那就是秦剑雄秦局长的事情了,咱们操不上那个心。"吴剑晔别有深意地说,"你别看秦剑雄现在打黑打得满天飞,老百姓都叫他青天、打黑英雄,他要是一直找不出招标大厦血案的真凶,你看他跟市上领导怎么交代,你看老百姓不叫他狗熊才怪。"

电话里面,吴剑晔的态度一直有些暧昧不明。丛郸本来不用事事都来问吴剑晔的,她之所以要找他,是觉得他和李万水交道深,应该知道李万水案子的真相,因此她刻意来和他讨教、商量,心底是想从他这儿套出真话来。

没想到吴剑晔是说半句留半句,丛郸听来听去,也听不出个所以然来。

其实在招标大厦案子上,就算撇开法律、证据不谈,就凭丛郸这段时间和李万水、周王桂的接触,直觉也在不停地告诉她,李万水并没有做招标大厦的案子,而吴剑晔是老律师了,这点儿判断不应该没有,但他却含含糊糊模棱两可,这里面难道没有更深的文章?

正当丛郸为这些事理不出个头绪,她从周王桂那里听说有记者介入到案子中来,这样,她才决定和萧郡见一面。

丛郸原是想从萧郡这里探听更多消息,没想到见面谈过之后,才知道他知之不多,也是出来摸消息的。

十四

和萧郡见过之后,这两天,丛郸专门去了律所主任黄振家里一趟。

上次和萧郡见面一聊,丛郸听出来,在萧郡猜测当中,原本含有一层意思,怀疑是李万水这边走了上层渠道,做通了工作,才导致检察院故意给公安局难堪,使李万水的案子迟迟不能过关。对此,丛郸口上没说什么,心里却明白,这种可能性几乎没有。

她是李万水的代理律师,从她接触的情况看,李家现在差不多到了墙倒众人推的地步。连一个多年打交道的老律师吴剑晔都不愿碰李万水的案子,估计他的人脉也到不了萧郡想象的程度。

另外，李万水的案子之所以被检察院打回来，实际也非萧郡估计的那些因素，而是她从中竭力争取，才起了关键作用。

她接过李万水的案子，很快意识到一个问题，虽然公安挖了李万水的老底，给他坐实了十几宗案子，但这些案子充其量够个串通投标罪、行贿罪，或者打架斗殴、故意伤人一类的罪名。而李万水除了一家公司，根本谈不上什么组织，手上又没有人命，加之公安一直说不出李万水有没有保护伞，因此，她觉得，即便把十几宗案子摞在一起，李万水也够不上组织领导黑社会性质组织罪。

有了这个认识，丛郸暗暗设计过一条辩护思路，就是先抓案件定性问题，争取把组织领导黑社会性质组织罪一条拿掉。

这样，公安局第一次刚把李万水案送到检察院审查起诉时，丛郸已将提早拟好的一份辩护人意见书，同步呈递到了检察官桌上。

后来，丛郸又多次去检察院做陈述，把其中的法律关系阐述得头头是道，检察官清楚她说得在理，也认为涉黑一条，事实、证据都不足，于是才把案子打回到公安局，要求做补充侦查。

因为了解这一段内幕，丛郸和萧郡聊过之后，摸清了他的底细，知他对李万水一案了解并不深，猜测怀疑也多半偏了方向。不过，萧郡这次跟她说起报社停掉打黑专栏的事情，却又引起她格外注意。这两天，她就屡屡想到一个问题，难不成李万水一个案子，已经影响到市公安局如此大一项工作部署？如果是这样，自己做的这一切，是不是无形之中搅进一个更大的局面中去了？

丛郸自觉拿捏不准这些问题，于是才决定去黄振家里，要向老先生搬一回救兵。

黄振今年七十多岁了，从法学院院长任上退休后，除了市法学会名誉会长的头衔至今赖不掉，其他虚虚实实大大小小的社会职务、头衔都通通辞了，这些年，他就和老伴一门心思在乡下养老。

这天上午十点光景，丛郸在一片绿油油的菜畦边看见黄振家的房子时，黄振正在门前院坝上坐着，一动不动地朝坎下的小水潭垂钓。

黄振坐在一把黄木椅子上,头戴一顶旧草帽。他面前的水潭里长着几棵高高的水草,正随风轻摇。丛郸骤然见到这样的情景,心下亦感染到几分隐居的淡泊宁静。

"老师。"丛郸脆生生地叫了一声。

黄振拧过身来,满眼的慈祥。他一手把着钓竿,连连招呼丛郸去他旁边的石几坐。

这时候,老伴在屋里听到声音,也连忙抱着暖瓶、茶杯出来,招呼丛郸坐下,又是擦桌子,又是沏茶。小小一个院坝,登时热闹起来。

这阵太阳已有些烤人,石几却在一株老香樟的繁枝茂叶底下,让丛郸不时觉得凉风习习,好不惬意。

黄振依旧坐在木椅上,一手把着钓竿,一边和她拉起了话。

黄振问了几句律所近况,操心丛郸适不适应现在的工作环境,又乐呵呵地对着老伴,自我解嘲一样说,我们这些老家伙,尽躲在乡下偷懒喽,把律所交给一个女孩子家,你看,人家居然干得比我们在的时候更有声有色。

老伴满脸慈祥地笑着,在旁边附和,好啊好啊,孩子有出息,有出息了。

丛郸被两位老人夸得心里头甜滋滋的,她也不磨时间,只说自己越来越喜欢这份工作,更喜欢眼下这种工作状态。然后,就转到正题上来,跟黄振说起李万水的案子,还有市里打黑的种种情形。

"你上次来电话问接不接李万水的案子时,我就觉得事情蹊跷,他李万水多大的身家啊,在这样关键的时候,为什么愿意找一个刚刚走出校门的律师?"黄振听了丛郸一番讲述,面情上已然生出兴致。

黄振把钓竿往开挪了挪,又说:"那吴剑晔也是,他不替李万水打官司,暗地里又在替李家张罗官司,五十好几的人了,他还想搞什么名堂。"

"我倒不怕吴剑晔、李万水搞什么名堂,反正接到我手上就是一桩案子,给别人怎么打官司,给他也怎么打,这一块应该出不了啥状况。"丛郸晃了晃头发,然后问黄振,"老师,您说,市局搞的打黑专项行动半途停下来,会不会就是因为李万水的案子办不下去了?"

"为什么这么想呢?"黄振一愣,"这次打黑,抓进去的大老板不是都有七八个吗?"

丛郸从她的狗熊挎包里掏出来一个文件夹，打开后翻到一页递给黄振看："我做了一个分析，老师您看，李万水身上有两个明显和别人不一样的地方，一是这次打黑抓进去的老板中，他实力最强，名声最大，在外头造成的影响也是最大的；二来吧，换从公安局的角度看问题，他们是断定李万水做了招标大厦案子的。"

"你是说，李万水是这次打黑的最大目标？"

"我觉得是，"丛郸指着她画的一幅示意图说，"公安局这次打黑，源于招标大厦血案，打的旗号是铲除招投标领域的黑恶势力，所以，不管他抓多少老板进去，不管动静闹得有多大，公安局最终都得给外界交代两件事情，一是招标大厦的凶手到底是谁，二是抓进去的这些老板最起码得是黑社会。我感觉公安局原来的想法，就是想拿李万水来做交代，但是后来的情形偏离了公安局的预料，李万水不承认干了招标大厦的案子，他们定不了案，然后就去挖了些李万水的旧案，想给他坐上涉黑罪名，结果又被检察院打回去了。"

"这个秦剑雄啊秦剑雄，"黄振拿住文件夹的手不经意地抖了一下，突然语重心长起来，"我一直就说秦剑雄是个法盲，没人信，你看他，一辈子办案就是对付小毛贼那一套，工作从来就是简单粗暴，不讲证据，不讲法律，盯上哪个，拉进公安局一顿打，以为人家都会认命。现在都坐到市公安局局长这个位置上了，你看他思路有半点儿变化没有？招标大厦多大的案子，全市搞一场打黑专项行动是多大的事情，他居然还是那个办案思路，这该弄出多少冤假错案！"

"老师，原来您了解秦剑雄啊！"丛郸问。

"怎么不了解，几年前他当上市公安局局长的时候，组织上来人听过法学会的意见，我们这一帮老同志都对他有成见。这个人啊，在基层所、队和底下区县公安局待了好些年，身上却连一点儿法律的味儿都没有熏出来。"黄振闲居乡下多年，老法律人观念中那点固执却一点儿没消减。

"他后来是怎么冒起来的呢？"黄振干脆丢开钓竿不管，转过身来和丛郸说起秦剑雄来，"就是靠刑讯逼供那一套，打人打出了名，打得地方上的小混混不敢在家待，跑别的地盘上去了，于是老百姓就喊他是青天，说他把治安搞好了。老百姓不懂啊，刑讯逼供这一套一旦形成了习惯，形成了风气，它既能对付小毛贼,调过枪头也能对付老百姓,多少冤案就是这样出来的啊。"

"噢,这样啊,难怪这次打黑又闹得满城人都喊他是英雄。"丛郸撇了撇嘴。

"你的分析是对的,"黄振把文件夹合起来,递回丛郸手上,"秦剑雄办案子就是这个德行,现在八成是李万水的案子绊住他了,他办不了李万水的涉黑罪名,再要办其他人恐怕更不容易。"

"老师,我的担心就在这里呢,如果真是这样,我们现在岂不站在公安局的对立面?"丛郸那张甜甜的脸上,闪过一丝不易察觉的担忧。

"怕啥,你打你的官司就是了,他不敢为难到你头上。"黄振有点儿赌上气了,嗓音陡然高起来,"我们律所他不是不知道,他明白你背后有我们这一帮老人手,你就按你的思路往下办,看他秦剑雄能无法无天到啥时候。"

已经回屋多时的老伴听到黄振高声大气说话,知他又动了怒,赶紧跑出来,在大门口望着他喊:"老头子啊,你好好说话啊,省得老毛病又犯了。"

丛郸也瞧出黄振有些艴气,赶紧上前揽住他胳膊,一边给他敲背捶胸,一边说了些宽慰话。

黄振在椅子上歇了一会儿,情绪渐渐平复下来,然后又说:"丛郸,你这次回市里,记得去见一个人,这个人对市上招投标这一块研究了很多年,是个老人手,秦剑雄为啥要搞个招投标打黑,他应该知道原因。"

这天中午,丛郸留在黄振家吃了午饭。饭桌上,老两口都问她,谈对象了没有。

丛郸头摇得跟个拨浪鼓似的,说自己现在每次出去见人,都刻意收拾得像个女孩子,可也不知男人怎么了,竟没一个喜欢她,没一个找她表白的,她想着去找男生表白了吧,又觉得初恋就这样贱卖了,忒不划算。

丛郸几句话,逗得两个老人乐不可支,他们就问,那有没有你喜欢的啊?

丛郸想了想,叮咛说,我告诉你们了,你们可不要告诉我爸妈,我吧,居然喜欢上一个仅仅见过一面的男孩子。

"是吗?一见钟情也不是坏事,试着往下处一处啊。"

丛郸吐了吐舌头,说:"哎呀,我还没问人家结婚了没有。"

一句话又逗得老两口止不住地笑。

十五

黄振让丛郸去见的人，叫袁国群，也是他这一辈古稀之年的老先生了。

袁国群是从市政协副主席位置上退下来的，算是市里老领导，因此至今仍和老伴住在市委大院的老式宅院里。

今天，丛郸和萧郡赶午睡结束时间一起过市委大院来，经门卫通报，又过了武警岗，才在一丛竹子地边上找到袁老家的小院子。

袁老身上处处显着老干部的做派。他在书房见两位年轻人，稍微听清来意，就转身去一大堆文件中翻找材料。

丛郸在旁边讨乖巧："袁主席哎，黄老师说您对市里的招投标工作有好深好深的研究。"

"哦，是，他是我的老伙计了，当然知道我有研究。"袁国群边说话，边找到一份材料，然后抽了出来，递到丛郸手里，"我也想和你们这些年轻人见面，你们一个律师一个记者对不对？这多好。"

丛郸一看，是六年前的一份政协提案。提案名称为《统筹改革我市招投标体制》。其中，在"第一提案者"栏，填写的正是袁国群的名字。

这份提案写得直白，放到现在叫丛郸、萧郡两人看，依然能闻到里面的火药味。

提案正文开头，是袁老画的一张表格，表格里面详细统计了市里十余起与招投标相关的刑事案子。

因这些案子发生时间截止在五六年前，萧郡和丛郸之前并不了解，待现在一件一件浏览下来，两人都唏嘘不已，惊诧于当年的招投标市场竟然乱到了这个地步。

"袁主席，你说这还叫什么市场啊，整个儿就一黑吃黑的江湖。"萧郡感叹道。

"江湖？"袁国群冷笑一声，"江湖有江湖的道义，江湖还有江湖的规矩呢。

它？它连江湖都不如。"

萧郡听了，一边摇头，一边继续往下看提案。这时候，袁国群又转过身去，在桌角的一只小书架上翻找其他材料。

当年全市政府工程的招投标工作，可以说是山头林立的一盘乱棋。首先是市上和底下区、县分开来搞，市上各部局的工程，专门放在市一级招投标机构交易，区、县各单位的工程则放在区、县一级操作。其次，在市、区两级，每一级再各自为政。比如，公路工程的招投标，有交通局下设的公路招投标中心，市政工程则有市政下设的市政工程招标处，市、区两级的教育工程，甚至配套了各自的教育招标中心。

袁国群认为，这种各自为政的局面，就是全市招投标的致乱之源。"政府各部门手里握有工程，它代表工程业主一方，业主工程招标，放在自己下属的招标机构来操作决断，这就是典型的既当裁判员又当运动员，自己的事情自己说了算。"袁国群在他的提案中这样写道，"自己不受监督，权力任由行使，弊政根源在此，招投标就成了一个臭鸡蛋，跟着，腐败、黑恶、暴力便像苍蝇一样扑上来。"

除了这一方面的考量，袁国群专门为招投标改革跑去基层搞调研时，还发现一个问题。

各招投标机构作为各部局下属事业单位，各有各的办公室，各有各的编制，各招了一套人马，也各建一套招投标工作设施。但由于分解到各部局的工程，一年到头并不多，于是这些招标机构普遍使用频率低，工作量严重不足，从而形成机构闲置、人员闲置，造成国家行政事业资源白白浪费的局面。

"从调研情况看，这些招投标机构，绝大部分是全额财政的事业单位。它们在设立之初，多为解决本单位干部家属工作安置，或是为本单位工作多年的合同工转换身份，是因人设机构，因人要编制，因人定岗位。机构设立之后，一方面自身不注重硬件投入，另一方面因机构过多，导致投入分散，使得各招投标机构普遍缺乏最起码的招投标硬件保障和技术保障。"

袁国群在提案中直言不讳地陈述了他看到的现状："有些招投标机构，仅只配了办公室、办公桌，连评标、开标的专门房间都没有，更别说通信屏蔽之类的必需设备，简直和皮包公司没什么两样。造成这一现象，是因为招标办实际已成摆设，其上级单位的工程招标，完全由上级个别领导决定，招标办成了按领导意见办事,替领导个人决意走手续、盖印章的帮凶机构。"

袁国群从市政协副主席位置上退下来后,直到六年前还是当时一届市政协的委员。他这份提案,就是他当政协委员时,联名其他几位委员共同向当时一届政协会议提交的。

当年,这件提案交上去,在市上轰动一时。而后不久,市政协就将提案转到市政府,市政府再层层转到各个与招投标相关的职能部门。当年年中,提案便获回复,市政府原则上同意在全市范围内启动招投标体制改革。

袁国群就是看自己主张的改革提上了议事日程,觉得心中夙愿已然了却,当年年底,他才因年龄、身体几方面原因,主动辞掉了市政协委员的身份,从此只在家中养老。

六年之后,一把年纪的袁国群,又把当年提案翻出来,拿给两个年轻人看。这其中,却隐着老人家的另一番故事。

原来,全市的招投标体制改革工作在六年前下半年启动后,直到第二年年初才拿出一套新的操作方案来。

这时候,袁国群虽不再是政协委员,但市上考虑到他是老领导,又是这次改革的倡议者,因此还是督催执行部门把新方案送到他家来。

这次改革的牵头部门是市监察局,体改小组组长则由时任市纪委副书记、监察局局长刘子良出任,因此往袁国群家送方案的事就由刘子良亲自出面。

刘子良精瘦一个人,面相生得尖嘴猴腮,他到袁国群家送方案时,虽处处显着谦逊的样子,却总不受待见。

袁老尤其嫌他一副娘娘腔,只接过方案后,连留人喝茶的客气话都没一句,就打发他走了。

刘子良走以后,袁国群才戴上老花镜,把厚厚一沓改革方案从头到尾看了个透透彻彻。袁老这番看罢,一股怒火便涌到胸口上。

袁国群的政协提案功课做得很足,不但陈情了过去招投标的积弊,他还提出一套系统的改革方案。按照他的设计,全市招投标体制改革的要义就在于"统筹"二字,而改革实施的关键一步,就是要把各级各单位的招投标机构统筹整合起来,在全市建成一个独立的大招投标系统。

这个系统一要集纳利用原先各招投标机构的硬件设施,建成一个技术设施一流的大招投标中心,二要实行垂直管理、独立运作——它并不隶属于有工程业主身份的政府部门,但全市政府工程都交由它组织对外招标。

袁国群的这套改革思路,实际是借行政力量之手,朝旧体制切一刀。这一刀先把政府各部门手里的大小招投标机构统统砍掉,然后再给招标机构与政府业主单位之间划一条界限,把招标机构限定在工程中介位置上,让它当好"裁判",政府部门作为"运动员",其部门领导和长官意志再不能胡作非为,转而都交由招标机构裁判。

袁国群的改革方案大致如此,而他之所以对刘子良火冒三丈,不止认为刘子良的新方案偏离了他的意思,他是一味觉得刘子良在这中间耍了手脚。

"为啥说这个家伙跟我耍了手脚?"袁国群至今当着两个年轻人的面说起刘子良,仍露出几许厌恶情绪,"他们根本就不敢去动原先的招投标机构,而是在市监察局下面新设一个全市招投标中心,然后出一个规定,全市上了亿元的工程,必须到市招投标中心交易,至于亿元以下的项目,仍旧留在旧体制当中去循环。"

袁国群说,刘子良这样搞,不只是"瞎扯淡",实质上是要借改革之名,把全市大项目的招标权抓到监察局手上去。为此,当年他多次找到刘子良反映他的意见。

而刘子良一方面跟袁国群解释,说各个招投标机构动辄牵扯到各单位利益,恐一次性统筹收编推不下去。另一方面,他又说这次改革要循序渐进,监察局成立市招投标中心只是一小步,往后还会推出一揽子改革配套措施。

袁国群是处处都不同意刘子良的解释。他觉得,即便照监察局的方案往下推,同样会触及各单位利益,而改革本身也避免不了利益调整,所以,何来的顾忌说他的统筹改革方案就不能推下去?

可刘子良这头不显山不露水地和他辩论、探讨,另一头却暗中加快推动他的方案一路闯过了市委常委会。当年年中,市委就将体改小组的方案确定下来了。

袁国群得到这个消息,首先是感情上接受不了,他觉得刘子良彻头彻尾地在他眼皮底下耍了一手两面派。他这才知道,其实刘子良一直和他虚与委蛇,不过是为了安稳住他,跟他打时间差。

袁国群觉得自己一片苦心,刘子良却拿过去当球踢,他气愤不过。恰好这个当口,市委、市政府刚刚换届,袁国群心想,体改小组的方案是上一届常委会通过的,新一届常委里面,包括市委书记大都是从外地交流过来的干部,未必熟悉底下的情况,尤其招投标这一块,他们可能完全不了解。因此,他就赶紧给新任市委书记宋承言写信,要求停止新方案实施。

且说宋承言收到信后,特意把袁国群和刘子良双双叫到他办公室,让两人当面把争端讲清楚说明白。没想到,这次在新任书记面前,刘子良竟痛痛快快给袁国群一个下不来台。

当时宋承言亲自给他俩沏好茶,让他们各讲各的道理。袁国群心急,连书记的茶都没顾得喝一口,先就把自己提的那一套改革方案从根根到尖尖讲了一遍,之后,他又不忘数落刘子良如何如何骗过他,暗中推动体改小组的方案过了常委会。

袁国群的一通话讲完,刘子良从对面沙发上站起来,朝他恭恭敬敬鞠一躬,说对不住袁主席,之前确确实实是想稳住你。

还不等袁国群接话,刘子良话锋一转,说:"但是,想稳住你袁主席,却不是为了搞阴谋诡计,也不是为了给监察局争权夺利,而是体改小组在面对现实之后,果断地、勇敢地、智慧地推动实打实的改革。"

刘子良没有再坐下去,也没有再给袁国群插话的机会,他一动不动地站在那里,仍然是那副娘娘腔,却讲出来一番大道理:

"袁主席,论级别,我是你下级;论年龄,我是你晚辈。可是晚辈今天为了改革,也不得不冒犯你。你的方案是想用一个大招投标中心,代替原先大大小小的招投标机构。这事情看上去好,好像一下解决了原来混乱无序的状态,全市招投标秩序立刻就清晰简单了。但我要说,这恐怕是一种幻觉,甚至是错觉。改革不是要平定内乱,改革的对象也不是军阀和反动派,我们不能动不动就是老一套,动不动就搬出大一统的思想来。难道建立一个统一的大招投标中心,混乱就自动消失了吗?不会,混乱能走向统一,统一能不能又走向混乱呢?

"再说改革是一门艺术,也是一门优雅的政治技术,不要动不动就苦大仇深,不要动不动就划派分类,实打实的工作还没有推动一步,先浮在上面搞得乌烟瘴气,这个是既得利益者,那个又成了改革顽固派,人心惶惶、情绪对立,自己博个出名倒也罢了,改革的工作叫谁个来做呢?市里大大小小的招投标机构的确有各种各样的历史原因,一下就把它们拔了?话可以这样讲,但工作不能这样做。工作要怎么做?我们先一步把亿元以上的大工程拿出来,这一块暂时由统一的招投标中心管起来。这可不是改革,这是不得已先划出一个安全区,用纪委、监察局的牌子、权威来暂时保证它不出问题。只要这个安全区稳住了,全市的招投标市场秩序就没有大问题。没有大问题了,我们就放开手脚在亿元以下这个区间大张旗鼓地改革,这儿才是改革的主战场。

"那这一块又怎么改呢。首先政府不要动用任何行政力量去改变它,政府要懂得引入市场机制,要开开口子让社会、民营招投标机构进来,要敢于把政府公共工程交给民营中介机构去组织招标。这样才有可能培育社会第三方中介机构的成长,它们才有可能和政府招投标机构展开平等竞争。我相信在这样一种竞争机制当中,一批政府招投标机构自然会死掉,一批民营招投标机构会成长壮大,当然也不排除个别政府招投标机构会做得很好,但只要是公平竞争,它壮大了不是坏事。当一批真正符合市场规律、按市场法则办事的中介机构成长起来,亿元以上的区间就可以彻底向它们开放了,到那时候,监察局这个招投标中心也就到了退出历史舞台的时候了。"

这一番夹枪带棒的演讲,直听得宋承言频频点头,听得袁国群无言以对。

更不曾料到,刘子良话毕坐下,当即从手边公文包里取出纸笔,一阵快笔疾书,写出一式两份的改革军令状,立誓他这一套改革推出后,倘若招投标市场再发生一起恶性案子,他便罢官辞职。

今天,袁国群把这一段故事跟两个年轻人和盘托出,他还口口声声说,他不曾编造一个字、一句话。

萧郡、丛郸两人听完,想法并不在一个节点上。萧郡一来在推敲袁国群的每一句话,这是他的职业习惯,他总是忍不住怀疑,袁国群的话不可能没有水分。二来,袁、刘两人在招投标体制改革上各持的一套观念,竟深深吸引住他,他的思维被引入这一层中,一时半会儿也未及理出是非曲直。

而丛郸心下已想到另一个问题,那就是招标大厦血案发生之后,刘子良立下的军令状该如何收场——尽人皆知的是,刘子良现在已不再是监察局局长,而是本市市委常委、义田新区管委会主任,兼市招投标中心主任。

十六

见完袁国群第二天晚上,丛郸又约萧郡出来。她是刚刚接到黄振电话,从他那里听到一些新情况,觉得该和萧郡说道说道。这样,大约八点刚过,两人便在离丛郸律师所不远的一家咖啡厅见了面。

各人要过咖啡,丛郸先问萧郡一件事:"袁国群昨天把刘子良立军令状的事都讲出来,我以为你今天就要曝光呢,这么大一桩新闻,怎么报纸上连半个字都没有?"

"唉,别提了,到现在我脑子还是一团糨糊,连里面的忠奸黑白都分不出来,曝哪门子光去呢。"萧郡直摇头。

"真是个死脑筋,分什么忠奸黑白。"丛郸也是一阵摇头晃脑,直晃得她那西瓜太郎头的发盖儿打着旋旋,然后说,"算了,算了,叫你出来是想跟你说点儿正经事,你晓得刘子良和秦剑雄之间是什么关系吗?"

"啊呀,你真是天上地下的,怎么把他俩扯到一块儿了?"萧郡眉头拧成了麻花,面情上显出些许烦躁不安来,"不是一个市委常委,一个公安局局长吗,还能有什么关系呀?"

"同性恋。"丛郸脸定得平平的。

"什——么!"萧郡一声惊叫,眼眉都放出光彩来,"还有这样的事?"

"信了吧? 还说我天上地下,看你兴奋那样儿,同性恋你也敢相信,真不愧是干记者的呀。"丛郸奚落道。

萧郡的神色又灰暗下去,淡淡地说:"那他俩还能有什么关系?"

"他俩呀,是发小。"丛郸说,"还不止他俩呢,还有咱们市的首富,吕孟庄,你知道吗,这三个人,老家都是西山古镇的,从小一起长大,后来一直同学到高中。"

听到吕孟庄的名字，萧郡倒是有些诧异，不过他不明白丛郸到底想说什么："他们三个人的关系，和咱们有关系吗？咱们是干吗来的，你都把我弄糊涂了。"

丛郸"咯咯"地笑起来，她喜欢看萧郡找不着北的那张脸："你想过一件事情没有，招标大厦的血案，如果不是李万水干的，那凶手到底是谁。"

"怎么就不是李万水干的呢，李万水不是已经抓了吗？噢，你要跟我说还没审判，没定罪是吧。那好，我也跟你说说法律，没经过最后审判，你是不是也不能肯定就不是他干的？"

"好好好，我们只做一个假设，"丛郸觉得萧郡今天说话不在状态，"我们假设招标大厦的案子不是李万水干的，那你说，还有谁最可能下这个手？"

萧郡这下明白了丛郸的意思。这倒也是个拓宽思路的办法，如果排除李万水作案的可能，招标大厦案子只能是另外参与竞标的公司干的。

萧郡知道，当时进入最后一轮竞争的，包括万水公司在内，一共是三家公司，如果再排除中标公司，就只剩下另外一家公司了。

"另外一家没有中标的公司，好像叫世联建筑集团吧，我记得它是一家外地公司，好像还有国企背景，它能作案？"萧郡又想起一节来，"而且，那天被打伤的人里面，也有这家公司的工作人员，难不成自己人打自己人？"

"我就是来和你说世联集团的，我们主任已经打听到了，这就是一家壳公司，前身是快倒闭的老国企集团，后来经过改制活了下来。企业资质高，可改制推向市场后，它自己不做业务，专门把公司、资质借给外面，坐收管理费。"

"壳公司？你是说这次有人借它的壳么？"萧郡问。

"对，现在有消息在传，说这次借壳世联集团的实际竞标人，就是秦剑雄。"丛郸顿一顿，又专门叮咛，"当然，目前这还只是传闻，小范围的，而且传的层面相对比较高。"

萧郡听到这里，端起来的咖啡停在嘴边上，他怔了分把钟，然后猛然醒过来，斩钉截铁地说："不可能，传得也太离谱了。"

萧郡对秦剑雄的印象，与丛郸大相径庭。丛郸是深受黄振这样的老法律人影响，加之或多或少站在辩护人角度考虑问题，对公安局，对秦剑雄难免怀有对立情绪。

萧郡不一样，他对秦剑雄的印象，多半来自这些年跟公安工作的对接，更多则来自这次打黑。尤其是打黑启动仪式上亲耳所听秦剑雄那一番悲壮的讲话，给他印象极其深刻。

当时萧郡在启动仪式上听完讲话，就感觉这一次打黑并不顺利。实际上，萧郡多年来和公安打交道，秦剑雄讲的那些话，他句句都感同身受。想想在招投标领域打一场黑，枪口对准的不是企业老总就是政府官员，这些人背后有多大势力？这些人一旦和公安局死磕起来，秦剑雄一双肩膀扛得住吗？

萧郡从心底支持公安局打黑工作，打黑专栏取消以后，他之所以还盯着打黑不放，一方面，是出于职业敏感，另一方面，多多少少还夹杂着对于秦剑雄的同情。他耳畔也总是萦绕着秦剑雄在电话里说的那句话，"在合适的时候，还可以再拿起你们的笔，给我们鼓劲打气"。

萧郡现在听说秦剑雄借世联集团的壳去竞标环山景观路工程，头一个反应就是有人造谣抹黑，接下来，他就心生警觉，他觉得黑势力反扑起来恐怕还不只是动用体制内的力量搞搞压制，又或是揪住办案瑕疵死磕，哪怕是造谣放风、混淆舆论这些下三滥的手段，也会一起使。

"哎，你怎么就对秦剑雄笃信不疑的。"丛郸发觉萧郡起了情绪，知他对这样的传闻不大感冒。

萧郡没理会丛郸的话，他拧着眉头想了想，不禁笑了："我说丛律师，如果世联集团是秦剑雄借的壳，李万水又不是作案凶手，照此往下推，秦剑雄不是自己作案自己打黑么？"

"你还是听我把传闻说完吧，你知道中标公司吧？"丛郸问。

"知道啊，金兰集团，咱们市里的公司，有问题吗？"萧郡显出几分不耐烦。

"人家说金兰集团背后的老板就是刘子良，"丛郸不想萧郡再打岔，语速陡然加快了，"这次环山路工程竞标，实际就是刘子良和秦剑雄之间的竞争，因为刘子良拿到了工程，秦剑雄咽不下这口气，他才借招标大厦的案子说招投标领域有黑恶势力。"

萧郡看出来丛郸有些着急，就笑道："我怎么听，都觉得跟说书似的。能有这么些事儿么？照你那意思，招标大厦血案是秦剑雄做的吧，他作案就为了给自己找一打黑的理由？"

"不——是，"丛郸心烦自己说的话老被萧郡误解，"现在还只是传闻，传闻是这样说的，说在全市招投标体制改革以前，秦剑雄就爱在招投标上这样干，凡是他手底下的企业落标，总会生出案子来，案子一发之后，公安就介入调查，顺带就把招投标机构的领导、工作人员弄去审问，只要不听话的，总能落个罪名出来，久而久之，这些招投标机构都要看秦剑雄的脸面。"

丛郸继续说："所以，这次有人猜测，还是秦剑雄故技重演。案是他做的，他想打击刘子良，同时要拿血案为借口迫使环山景观路一期工程竞标作废，然后重新招标。至于他后来搞的打黑行动，现在企业界已经有说法传得沸沸扬扬了，说打掉的企业老板大部分都和刘子良有这样那样的关系，因此打黑打的也是刘子良的脸。"

"血案发生后，市上倒是把招标结果作废了，但这也能算到秦剑雄头上去？这弯子是不是绕得太大了？"萧郡一副不相信的口气，故意反诘丛郸。

"萧郡，你可千万别当我今天是在抹黑秦剑雄，这都是我们黄主任靠他多少年的人脉关系才打听出来的，我觉得，不管这些消息是不是真的，至少外面有这样一种声音，我不明白的是，你为什么就特别害怕听见这种声音呢？"

丛郸觉得萧郡带的情绪很深，对她说的话完全抱着嗤之以鼻的态度，因此颇不畅快。

萧郡听出丛郸不满的口气来，才换了一副认真说话的样子："唉，我就是觉得，公安局打一场黑挺不容易的，现在舆论造出这样的空气，秦剑雄这些人听了，该是多憋屈的事。"

丛郸没有接话，端起咖啡来喝了一口。她现在才意识到，她和萧郡不在一个原点上想事情。她的确要替当事人辩护，后来又受黄振鼓动，自己心气儿也高，就有些挑战公安局打黑的冲动。而萧郡一直以来说的话，却只扭着一个主题，那就是谁把这场打黑逼停了。

丛郸现在琢磨出来，这背后是两种完全不同的立场。说白了，她怀疑这场打黑的合法性，所以下定决心从手头案件开始，找出"黑打"的证据。萧郡却像洗了脑，带着对秦剑雄的笃信，带着对打黑行动的满心追随与认可，一门心思要找出那个逼停打黑的人。

萧郡把滑在鬓角的头发捋到耳朵上夹好，见丛郸良久未吱声，瞧了她一眼，发觉这家伙喝着咖啡还气呼呼的，以致杯子里面随着她的气流一个劲儿地冒泡泡。

"哈哈哈，你犯得着为别人的事生气上火嘛。"萧郡笑起来，"来来来，就顺着你的思路往下捋好了，我倒是问你，有没有可能是刘子良那边给秦剑雄施加了压力，才导致打黑停下来？"

丛郸听出萧郡这话有抬杠的意思，遂放下杯子，劈头问他："你是不是一心觉得有人在整秦剑雄啊？如果你是以这样的想法介入到李万水案子中来，那你就找错庙门了。"

萧郡一笑，调侃道："算了，算了，这样吧，咱俩姑且就算这人间一正一负两种能量，你自怀疑秦剑雄整人，我还怀疑秦剑雄被人整，反正不是整人就是被整，真相总会水落石出的，到时不是你错，那就是我对了。"

"什么不是我错就是你对，"丛郸听萧郡这样开玩笑，觉得也只能如此了，"从现在起，我是正能量，你是负能量，咱们看看，最终是以正压邪呢，还是正不胜邪。"

"好，一言为定。"萧郡端起杯子朝丛郸的茶杯轻轻碰一下，喝过一口，才又问道，"刚才你说吕孟庄？吕孟庄跟这事有何牵扯？"

"哟，脑子不好使，幸好耳朵还没成摆设。"丛郸边伸懒腰边说，"倒没什么牵扯，只是最近有人见他们仁老在一起打高尔夫，秦剑雄不会打，却一直跟上跟下，所以人家怀疑吕孟庄正在调停秦剑雄和刘子良的争端。"

"啧啧，果然是树大招风，你自己都说人家仁是发小，这发小一起打个球，没什么吧，结果也要被人解读一番，这……"萧郡摇头叹息道。

少女红颜

十七

周五下午五点多钟，萧郡边在办公室整理桌子上的材料，边想着下班后约陶荟媛，这时候，搁在桌上的手机突突地响起来。他拿起一看，正好是陶荟媛打进来的。

接通电话，陶荟媛径直问他，报社是不是有个叫魏小天的记者，和他熟不熟悉。

"魏小天？我搭档，怎么了？"萧郡不知道陶荟媛怎么会问起魏小天来。

"你帮我约一下他，我干爸想和他见见，邀咱们晚上一起吃饭呢。"

"什么，你干爸？"萧郡一惊，然后乐呵呵地说，"怎么一个首富，约饭局约到魏小天这儿来了，靠谱儿吗？"

"怎么不靠谱儿啊，魏小天前两天为采访的事去找过干爸，因为不熟，所以两个人没有接洽，后来干爸不是知道我和你熟嘛，就专门让我约一下你俩。"

"哦？魏小天居然找到他了，什么事情啊？"萧郡一时好奇，更想知道其中的原委。

陶荟媛说她也是刚刚接到干爸的电话，所以没来得及细问。她催萧郡赶紧约魏小天，干爸那边还等着回话呢。

于是萧郡挂掉电话，瞅了一眼办公室，没看见魏小天，就给他打手机。

魏小天这会儿已经回到自己住处，接到萧郡电话，听说吕孟庄要约他吃饭，先就骂骂咧咧，说他前两天去孟庄集团总部大楼，竟然连大门都不让进。

萧郡听见魏小天在电话那头冒火连天地骂人，就觉得亲切，顺嘴揶揄他："你能有什么花边新闻找到吕孟庄那儿去了？"

"操，什么叫我找他，我是追那佛头身份追到他那儿的，本来是诚心实意想跟他讨教一番，没想到见他一回比见阎王还难，孟庄集团那保安，愣把我当一推销产品的，门都不让我进。"

"什么，你还在追那破玩意儿哪？"萧郡听明白魏小天还是为佛头的事找的吕孟庄，一时哭笑不得。

"打住打住，别一口一个破玩意儿破玩意儿的，忒难听。我可告诉你，这事情追到现在这个份上，往小了说，它是一新闻调查，往大了说，可就是你说的学术研究啊。"魏小天又和萧郡掐起话来。

"好吧，好吧，我看你现在八成是快出学术成果了，要不人家一个首富也不会托一圈的人就为跟你共进晚餐。"萧郡遂让魏小天在家等着，他顺道过去接他赴宴。

且说两人见面后，不紧不慢赶去酒店方向。在车上，魏小天异常兴奋，他像摆龙门阵一样，和萧郡一折一折说起他如何在七里桥遇上西山画派传人许福生，又如何去西山古镇见到说书老汉郑明星。

萧郡一直听魏小天说完秦九孤儿和桃星垣上的各种掌故，才弄清他因吕孟庄是吕开泰的孙儿，这才去找的吕孟庄，因此笑道："小天，一个记者去听说书人讲故事，这种做新闻的野路子，怕只有你们美院教得出来。"

"甭管哥哥的路子野不野，反正现在吕孟庄要请咱吃饭，你就跟着蹭饭去吧。"萧郡和陶苕媛之间的事一向背着外面，魏小天并不知道，因此他突然想起来问，"不对呀，萧郡，怎么吕孟庄约我，非要通过你呢？"

"都知道你是我大哥，当然要通过手下小弟约你了，"萧郡开了句玩笑，才又正经说道，"我一个朋友是吕孟庄的亲戚，就这么找过来的。"

"哦，我就说嘛，要是你萧郡直接有吕孟庄这样一个首富朋友，我以后改口叫你哥得了。"

两人说着话，一会儿工夫就到了酒店门口。大约周末的原因，酒店露天停车场上已经没有车位了，萧郡便绕道去了地下停车库。

在停车库，赶巧陶苕媛也到了，于是他俩相跟着把车一左一右并排停在了一起。

萧郡停好车准备下车，见魏小天还愣在位子上不动，问他咋了。

"我的妈耶，快看旁边的豪车，还有车上下来的女孩，冷艳绝色天下无二，我保证你长这么大没见过。"魏小天神经兮兮地说道，边说边拿眼睛瞟外面刚刚锁好车门的陶苕媛。

萧郡笑了笑，没有作声，待魏小天下车后，他才望着陶苕媛说："陶苕媛，我这哥们儿说你冷艳绝色天下无二，他长这么大是第一次见呢。"

"啊？这就是魏小天吗？"陶苕媛看见面前窘得脸红的魏小天，伸出一只纤手来要和他握手。

"呃……这个……"魏小天看着陶苕媛的手，却一个劲儿地搓弄自己的手，半天伸不出来。

"他在琢磨出左手好呢，还是出右手好，你要再盯着他看一会儿，他就会觉得，他那头长发也不对劲儿了，他见到美女就这样。"

萧郡在一旁拿魏小天开涮，直窘得魏小天浑身不自在，稍后三人一道乘电梯上七十七楼的顶层旋转餐厅时，魏小天对陶苕媛投过来的目光依旧躲躲闪闪。

出了电梯，迎面是偌大一片泳池，一池水微波不兴，倒映着夕阳西下时西边天空的火红云彩，让人一下子像是置身湖光暮色当中，顿时心旷神怡。

泳池边上有一处高台，高台上才是形似天文台样的白色旋转餐厅。餐厅是玻璃的墙面和屋顶，从外面看，只看得见里面的光影，一进到屋内，从里往外看，整个城市就尽收眼底了。

吕孟庄从桌子另一端站起来迎客，他个头比魏小天略高，穿一身墨蓝色的西装，肩平胸阔，俊帅伟岸，眼神里带一成笑意一成良善又带一成威严，举手间白丝的衬衣袖边若隐若现，一种儒雅、倜傥的气息便把面前两个长头发的小青年笼罩了。

他招呼大家坐下，关切地问萧、魏两人，屋里空调凉不凉。待大家都落了座，他又叫服务生拿来菜单，递给每人一份，说是今天周末聚会，要各人都点一个菜。

魏小天打开菜单翻了翻，看每个菜动辄千儿八百的价格，就不知道该如何下手好。他愣了半天，冒出一句话来："这店也太宰客了吧，个个儿菜都老贵老贵的。"

萧郡觉得魏小天的话上不得台面，就从旁递话道："吕总今天专门请客，你就拣自己最喜欢吃的点。"

"问题是这上面的菜我也没吃过啊，咋知道哪个菜好吃不好吃呢。"这个当口，魏小天又和萧郡杠起来，他这是哪壶不开提哪壶，偏又望着萧郡来一句，"我还不相信你吃过这么贵的菜。"

萧郡正不知如何处理这样的场面，吕孟庄说开话了："这儿的菜，价格确确实实是虚高了，有的味道甚至还不如街边小餐馆，我们以前也跟这儿的老板提过建议，不能这样高，太离谱了不好。但是他卖的什么呢，他就卖这个旋转餐厅的风景，这会儿咱们感觉不到，一会儿全城灯亮了，视觉效果是非常好的。而且，全城就他一家酒店有这样一处地方，所以，你别看它是宰人的价格，生意还紧俏得很，我今天就怕订不上，早上一上班就打电话给这儿前台预订的。"

吕孟庄语速平稳，声音自带一种磁性，说出来的话句句接着地气，一层一层的意思也都明白透彻，只让人觉得又亲切又平实。

萧郡边听他说，边就想到，也许这会儿自己装出来的老练，早被这个男人看得一清二楚了。登时，他脸颊泛起一层滚烫来。

这天的周末小聚，大家边喝酒边扯闲，相谈甚欢。

吕孟庄为人真切，在两个年轻人面前既不拿大，又没有花架子。大家随性扯了东一个西一个的话题出来，若说到商业上，只要是他懂的，他就一条一款说得透透彻彻，要是遇上年轻人的时兴话题他不明白，就一老一实地询问根根绊绊，别人给他讲时，他面情上也是诚诚恳恳。

后来，还是吕孟庄首先提起佛头的事情，这样话题方才转到正题上。他问魏小天，听说你找我，是因为金控大厦工地挖出来的佛头？

魏小天便又把郑明星讲的各种掌故转述一遍，然后说："想着吕总是吕家唯一的孙辈，算是连到桃星垣最直接的一条线，所以就想来和你讨教，看你知不知道佛头的什么故事？"

吕孟庄没有直接回答，他感慨道："听你讲这些故事，感觉祖上的事对你们记者来说，的确还是有一些探究价值。但是，我们做后人的，感受就完全不一样了。你看，魏记者，正因为我爷爷辈在旧社会当了袍哥大爷，解放时才被枪决，留下我父亲又因出身不好，到了新社会也没少挨整，早早就去世了。我还是靠母亲一手拉扯大的，当中吃了多少苦啊。所以，现在不想提过去的事情。"

坐一旁的陶荇媛，听到吕孟庄这番话，竟然扑簌簌掉下眼泪来，她拿纸巾擦了擦，拉开凳子起身出去了。

魏小天不知就里，望了一眼萧郡，又望了一眼吕孟庄。萧郡和吕孟庄都知陶荇媛父亲早死，这会儿她定是听话生情，但都没跟魏小天解释。

吕孟庄接着又告诉魏小天："实际上，从小到大，我基本上不愿去碰祖上那些旧事，当然也因为父亲早死，没有渠道去了解。所以，别说是佛头，就是你刚才讲的各种掌故，许多我还是第一回听到呢。"

"哦，是这样，那我就明白了，你是根本不了解这一块。"魏小天失望地说道。

"是啊，不了解，也就帮不上你什么忙。"吕孟庄谦谦君子一样说话，紧接着又问道，"对了，你刚才说秦九孤儿在桃星垣自焚之后烧出来一个金箔，金箔上有一句咒语，原话是怎么讲的？"

"佛头现，西山断，青河三丈三。"魏小天一字一顿地背出来。

吕孟庄接住便说："我发现，你所说的佛头的事情，其实从头到尾只这句金箔咒语提到过，除此之外，既没有人见过这样一颗佛头，也无人知晓咒语中的佛头到底长什么样子。"

"哦——"魏小天一时没明白吕孟庄话里的道理。

"我是说，你怎么就能肯定，金控大厦工地挖出来的佛头，就一定是金箔咒语所指的佛头呢？"

"这个嘛……因为从造像上看，挖出来的佛头出自西山画派之手，而秦九孤儿最早就是干这个的。"

"呵呵，我倒要给你提一个反对意见，万一这颗佛头是别的西山画匠造的呢？"吕孟庄一老一实地说。

"这个……"魏小天嗫嗫嚅嚅。

"我说你是野路子，你不信，现在吕总一个新闻外行都能给你挑出问题来，你还是省省工夫得了，别在一颗破佛头上浪费时间。"萧郡不胜酒力，才只几口红酒下去，已有醉意，于是少了顾忌，当面奚落起魏小天来。

十八

这天晚上吃罢饭将近十点，整个城市都璀璨起来。这时候的旋转餐厅，好像一只太空气球，在无边的黑夜中寂寞穿行，一低头，却将人间的繁华览尽。

萧郡、魏小天在餐厅和吕孟庄作别，陶苕媛因为要帮吕孟庄处理些事情，就留下了。

出门的时候，萧郡脚下有些踉跄，吕孟庄看出来，上前扶了一把，一边关切地叮嘱他今晚莫要再开车了，一边又问要不要安排司机过来送他。

萧郡说不用了不用了，门口就有的士。旁边魏小天赶紧矮过肩膀来，架起他就走，边走边数落："喝这点儿酒，脸上跟涂一层腮红似的，这身子比林黛玉还娇贵啊。"

吕孟庄、陶苕媛笑笑地跟在后面，一直送两人进了电梯，又才折返旋转餐厅去了。

走在泳池边上，陶苕媛问吕孟庄："你们祖上袍哥堂口怎么和我是一个名字呢。"

"音同，字不同。"吕孟庄把"桃星垣"三个字介绍一遍，然后拉起陶苕媛的手，进了餐厅。

"还真是巧啊。"陶苕媛感慨道。

"所以我说，你就是我的宿命。"吕孟庄放开陶苕媛的手，拉她过来吻了吻她的额头。

陶苕媛让吕孟庄先坐下，再打了电话叫服务生上来结账，然后又一脸妩媚地望着吕孟庄，撒娇说："那，你为什么要给我开这间茶楼呢，难道，'萄苻苑'茶楼也是你的宿命吗？"

吕孟庄摩挲着陶苕媛的头发，眼睛望向城市灯火的尽头，一脸惆怅地说："那就是个念想吧。"

这时候外面响起服务生的脚步声，两人便分开了。

且说这边萧郡、魏小天一进电梯，魏小天就放下他，让他自个儿站稳当了，然后一脸正经地问："你给哥哥说句老实话，你是不是对陶苕媛有意思了？"

"有啊，你没有吗？"萧郡一脸酒醉，回答得模棱两可。

"我有意思顶个屁用，我看陶苕媛倒是对你有意思呢。"魏小天一笑，又问道，"你怎么和这样的美女搭上线的，偏偏人家干爸还是吕孟庄，你撞车撞的？"

"什么眼神哪，一晚上了，你都没看出人家是《早间新闻》的主持人么，以前她和我一道跑刑侦局的。"

"《早间新闻》？市电视台？我说怎么有点儿面熟呢。"魏小天恍然明白过来，拐着弯长长地"哦"了一声，忽又问，"哎，对了，这女孩叫个陶荅媛，袍哥堂口叫桃星垣，你说巧不巧。"

"世上巧事十之八九，有什么奇怪的。"萧郡懒懒地靠在电梯墙上，口里这样应付着魏小天，脑子里却想起陶荅媛家的茶楼来，心下说，人家的茶楼还叫"萄荇苑"呢。

两人出了酒店，在酒店门前檐廊下稍等片刻，就滑过来一辆的士，因回家并不同路，萧郡先让魏小天坐上走了。

接着萧郡又在檐廊下站了几分钟，却一直不见的士的影子，他想想明天再回来开车麻烦，这时身上的酒劲儿也慢慢在消退，遂转身去了酒店停车库。

到了车库，萧郡坐上车，先未启动，自己呼几口气，发觉酒气还在，便不敢贸然上路。

他像以往那样，换座去了后座歪躺下来，随手从车门储物盒摸出两支口香糖嚼了。本来他喝得不多，就打算这样嚼几回口香糖，再稍微眯一阵儿，待酒气酒劲儿都散尽了，再去开车。

口香糖两下嚼得萧郡的腮都酸了，不久，他就迷迷糊糊睡过去了。

又不知过了多久，待他猛然间睁开眼来，发现视线正前方挡着车门柱。他默默回想一下，自己到底是被什么惊醒过来的，却怎么都想不起来。

他懒得起身，把一双脚搓在脚垫上，一点儿一点儿给劲儿，身子才慢慢立起来。这样视线渐渐偏过门柱，透过车窗，他先看见陶荅媛的车，然后穿过车窗，看见车里面一个男人捧着一个女人的头，吻在了一起。

萧郡的神经像被人挑了一针，他直感觉头皮发麻，眼睛定住了竟似不能动弹。

这时车库顶上的灯管洒下来白光，正好透过车前玻璃射过来，把吻在一起的两个人的轮廓清清楚楚投射在萧郡眼前，他看清了，是吕孟庄和陶荅媛。

这天晚上，萧郡一直等陶荅媛的车离开之后，他在车里又坐了一会儿，才心灰意冷地开车出了车库。

他漫无目的地在街上游游荡荡晃来晃去，其间接到陶荅媛问他是否到家的短信，他犹豫一阵，干脆回信说，这会儿开车在外面转呢。

过会儿,陶苕媛回过来问,你喝了酒还开什么车?你什么时候去开的车?我怎么没看见?

萧郡看了一下表,估了一下刚才她在车库的时间,就写进短信,又在后面赘了一句"再见",发过去之后,便关了手机。

直到凌晨一点多,萧郡才无精打采地回到自己的公寓。他洗了个澡,换上睡衣,把室内空调打到最低,然后把房间灯关了,留在家里的一部手机也关了,拿一杯水,坐到窗台的大理石面上去了。

萧郡租住的这间青年公寓,只有二十来个平方。在这一片窄小的空间中,飘窗窗台倒成了他在这个城市放任思绪和情感的最好的地方。

窗外是市政公园的一片小湖,这会儿湖边路灯的光清清冷冷,它们打在湖面上,映出夏季夜晚难得的寂静和清凉。

萧郡又要失眠了。每次失眠,他就来窗台上坐着,坐在黑暗中,隔着窗玻璃瞅向外面空空如也的夜。

其实,他常常在这样的夜晚,在这方窗台上,就这样想起陶苕媛。

陶苕媛缥缈如烟,却早已成了他的思恋。这些年,为了抓住这份思恋,他不管不顾地守望这个女孩。只是在感情面前,越守望就越被动,不知不觉中,他竟坠到她的情网中去了。

萧郡不是不懂女人。尽管还年轻,在认识陶苕媛之前的光阴流逝里,他是放浪形骸的那一类人。

两年前,当陶苕媛走进他的生活,那时他的身体和心智才刚刚告别凶猛的青春,才刚刚迈入青春的另一份沉静——他就是以这份沉静,来迎接陶苕媛的。

他还记得,当他第一次和陶苕媛不顾一切地拥吻在一起,当她的唇与舌朝他送来湿漉漉的温润,当他的手滑过她的腰、腹、臀、腿,手心触摸到那些并不陌生的妖娆起落时,他就明白了,其实她早就经历过了深沉的情爱与缠绵。

可是等他去到她身体里面,触碰到她的私密好像一颗羞涩的苹果,她的渴望好像滚涌的火山,她的快乐在痉挛中喷薄而出的时候,他忍不住捧起她艳若夏花的脸,一遍一遍地看那纯澈如水的眼睛。

萧郡从来就没有看懂过,陶苕媛的眼眸背后到底是深邃还是稚嫩,又究竟藏着什么样的情爱与缠绵。

其实,差不多也就从那时候起,陶苕媛便宛若一粒红尘,开始在他的情爱世界里缥缈萦绕、千回百转。

从此以后，这个女孩凄艳冰冷，却又爱欲肆虐，落寞孤寂，却又脉脉温情——其实也就是这样，叫他一个走在成熟边缘的男人，心甘情愿丢下了自己的成长，来不及思考该远离呢，还是该呵护这个女人，甚至也不管人家收与不收，接不接受，就一厢情愿地把心和情感都交出去了。

应该说，萧郡很早就知道了，来到身边的陶荟媛一定有她自己的故事和情愫，还有一扇紧闭的心门。

他曾经尝试推开这扇门，但在他们将近两年的交往当中，所有的努力都归于零。

还可以说，陶荟媛之于萧郡，并非一扇未开启的心门那样简单，在萧郡的直觉当中，他早已察觉她的情爱世界里一定还藏着一个人。

今天晚上，他终于知道了，这个人是吕孟庄。

其实也不能说，他是今晚才知道这个人是吕孟庄。以往，陶荟媛经意不经意在他面前提起吕孟庄，虽都是只言片语，可她的神情，尤其那些遮遮掩掩，早就让他觉察，她和这个男人之间，大约并非女儿与干爸那样单纯，他们之间或许还有更深一层的情感牵绊。

萧郡的心灵深处，早就悬了这种预感的，在今晚，这一切方才落定，所以，对他而言，今晚来得不突然。

不过，也因为提早的预感，也因为心里有过沉淀，因此到了现在，心里倒也没什么割舍不下，也丝毫觉不到她的背叛。

现在从头想起来，他和陶荟媛之间，似乎只有过欲望的亲近，原本就不曾有过任何一种爱情的契书和约定。

陶荟媛对他从无所求，也不曾要他半句许诺。一个女生做到了这一步，她的意思也就再显眼不过——打一开始，人家在他这里要的就不是爱情，也定然给他预留不出爱情。

只怪萧郡自己糊涂，怪他不长眼睛不看眼前，不管不顾在陶荟媛这里甘心做一只猥琐的蛤蟆，贪恋着渐渐升高的情爱的水温，总是舍不得跳出去。

他这般轻浮和草率，活该他遭这不体面的结局，终于在一个优雅而强大的男人面前，以一种不堪和无力，尝尽了感情上的挫败感。

这天下半夜，空调持续不断吹出的冷气，总算让室内温度降到最低点，窗台的大理石面也开始渗出一层冰凉。

萧郡感到阵阵凉意,他渐渐把腿收起来,抱在自己怀里,这样,他就像一只刚刚从温水里蹦到雪地上的蛤蟆,瑟瑟缩缩蜷在了窗台上。

十九

陶荅媛颓然坐在空落落的书房里,面前桌子上躺着手机,屏幕闪烁着呼出电话的蓝色背景光,于暗夜中映出她那张冰艳的脸来,此时竟有些惨白。

每次听到手机报出对方关机的声音,她就机械地摁一下重拨键。她已经这样断断续续拨了好几十通电话,萧郡却始终没有开机。

今天晚上,陶荅媛跟吕孟庄一起回了南郊秀溪山庄的别墅。这是一栋小别墅,几年前吕孟庄专门给她置办下来的。不过最近他俩只周末过来住一住,平时她一个人是很少来这里待的。

从酒店到别墅的路上,陶荅媛并没有察觉到异样,路上她还问吕孟庄,对萧郡、魏小天两个人印象如何。

她是想听对于萧郡的看法,但吕孟庄先说起了魏小天:"小天这孩子人倒实诚,但感觉不大吉利,总觉得他身上有那么一股子戾气。"

"戾气?"陶荅媛听得有些害怕。

"你看他沾手的事情,佛头啊,咒语啊,"吕孟庄轻笑道,"一个记者,怎么尽关心些歪门邪道的事情。"

"也是,他说的那个'佛头现,西山断,青河三丈三',说得神乎其神的,听着都瘆人。"陶荅媛坐在后座,她伸手拍了拍前面吕孟庄的肩,好奇地问道,"哎,你说,他说的那些会是真的吗?"

"他那都是胡搅蛮缠,"吕孟庄笑了笑,继而语调深沉起来,"上次我不是跟你说过,叫他们不要围着佛头炒,毕竟是从我工地上挖出来的东西,真要炒出妖风邪气来,对金控大厦的名声也不好。"

前段时间佛头的报道刚一出来,吕孟庄确实这样叮嘱过陶苦媛,只是陶苦媛看佛头报道只出了头一次就再无下文,便没把他的话往心里去,也没在萧郡面前刻意提起过。

却没想到萧郡身边还有这样一位搭档,竟顺势挖出许多神神鬼鬼的事情来,真正把一颗佛头越说越邪乎了。

不过陶苦媛转而一想,这都是无关紧要的事,因此她不再说这个话题,径直问吕孟庄:"你还没说,你对萧郡什么印象呢?"

"萧郡啊,很不错的年轻人,"吕孟庄犹豫了一下,"不过说句实在话,我还算有阅历的人了,也看不大懂这孩子。"

"看——不——大——懂,"陶苦媛重复着吕孟庄的话,但她似乎已懒得往下追根刨底,就一双手伸到前面去轻轻扯吕孟庄的耳朵,撒娇说,"我觉得他像是你年轻的时候,我很喜欢他。"

"呵呵,你又没见过我年轻的时候。"吕孟庄一手开车,另一只手回过来拉住陶苦媛的手指头,"是的,他给我的印象也不错,像他这个年龄,言行修到这个程度,难得。"

吕孟庄的手以及他说话的声音,透着他这个年龄男人的磁性,总能一下子让陶苦媛变得慵懒。

陶苦媛觉得潮起来一丝酒劲儿,跟着身体的每一个部分都开始疲倦,她不再说话,把下巴搁在吕孟庄靠背一侧的肩搭上,任脊背和腰都懒懒地凹下去,这样,臀和腿就无所顾忌地舒张开来。

到秀溪山庄有将近一小时的车程,车驶进山庄大门时,陶苦媛已经睡着了。

山庄里面有一条盘山道蜿蜒而上,路面隔数十米布设一道减速带,吕孟庄每过一道减速带,脚下十分用心,生怕惊到陶苦媛的瞌睡。

越野车安静地往高处行进着,先前城市的灯火和喧腾早已彻底被甩在了山下面。山庄的路灯和别墅放出来的灯光,也差不多被密密层层的林木吸收尽了,只偶尔走过一两位巡夜的保安,除此而外,半座山都像是睡着了——一座城市夏天的夜晚,竟似只有这样私密的山庄,才盛得下私密的情爱。

别墅是一栋青砖灰瓦白墙的徽派小楼。去别墅的一小段支路用方砖铺成,砖道旁边草地上立有尺把高一截石碣,白天从这儿经过时能看到石碣上刻有

"隐世"二字，正是吕孟庄手书的颜楷体，字中颇得几分苍劲雄浑。

车驶进一层车库停下后，陶荅媛才醒过来。这时候吕孟庄下了车，走到后面给她拉开车门。她却赖在车里不下来，径自攒着劲儿伸懒腰，嘴里伴着一阵无拘无束的呻吟。

吕孟庄俯身进车里面，一手揽了她的腰，想把她抱出来。她就拉住他，钩过他的头来，又要他的吻。

吕孟庄的吻一直很轻，可她越来越惦记他那种熟透了的温热，每次只要触碰到那层温热，便会有一种无可救药的快感流遍她全身——久而久之，这已长成她身体里的"毒瘾"。

陶荅媛一直被吕孟庄吻到全身都虚脱了，这才放开他，任自己四仰八叉地横躺在后座上。

吕孟庄立在车下，看她袒胸露腹全不顾忌羞丑的样子，笑了笑，重又躬身进去，重新搂了她的腰，一双手将她托了出来。

陶荅媛在吕孟庄的手上"咯咯"地笑起来，说他摸到了笑穴。吕孟庄把手换一个地方，她仍觉得酥痒，尖叫着在吕孟庄手上滚来滚去。

两人边说笑边打闹，边进了室内电梯。

上到二楼，进了卧室，陶荅媛一看时间都快十一点了，估计萧郡已经到家，便从吕孟庄的怀里跑出来，拿上手机进了里间书房，随手掩了房门。

陶荅媛给萧郡发了那条问候短信，然后在萧郡回过"再见"之后，她的情绪和意识都一起决口了。

她开始不顾一切地一次又一次给萧郡打去电话，一次又一次听他关机的提示。有一阵，她气得把电话摔到了书桌上，自己也忍不住哭了。

不过她没有出声，泪水就像溢满的池塘一样，流淌得安安静静。

吕孟庄本来已经洗漱完毕，这会儿穿上睡衣躺在床上，边看书边等陶荅媛。

他突然听到一点儿动静，像是摔东西的声音，又见书房门是虚掩的，里面没有开灯，他就下了床。

他到书房门前，轻叩了几下。陶荅媛没有应声，他就推开门，顺手把书房顶灯打开。这时候，陶荅媛哭着朝他咆哮，不要开灯不要开灯。

在吕孟庄面前，陶荅媛像现在这样情绪无常已不是第一次。以往，她也会没来由地变得暴躁、激动，并突然朝吕孟庄咆哮、哭叫。

吕孟庄走到书桌边，把一盏小台灯拧到勉强有些光线，才回身过来把顶灯关掉。

然后他看见趴在书桌上的陶荟媛已经哭成了一个泪人。他走到她跟前，从身后抚着她的肩，问她怎么了。

陶荟媛一句话也没有说，索性转过来扑进他怀里号啕大哭起来。

吕孟庄一边抚着陶荟媛的头发，一边看见了摔在桌子一端的手机。他拿起手机，拿到陶荟媛面前问，他可不可以看看。陶荟媛一边点头同意了，一边依旧哭个没完。

屏幕上还显示着她拨给萧郡电话的次数，吕孟庄看到后，一直抚着她头发的手不经意地颤抖了一下。

也许陶荟媛觉察到这一丝颤抖，她抓回手机，三下两下翻出萧郡回给她的短信，再把手机递回到吕孟庄手里。

吕孟庄看了短信，才知道发生了什么事情。但他好像说什么都不合适，只能把陶荟媛单薄的背揽抱得更紧。

"我要去找萧郡。"陶荟媛突然说。

"现在找他吗？"吕孟庄轻声问。

陶荟媛犹豫不决地答应"是"。吕孟庄叹了一口气，就像父亲关切女儿的恋爱一样，试探着说："现在你找他，你要和他说什么呢？说了，又能起到什么作用？"

陶荟媛无助地摇着头。

吕孟庄又问："再说，你下定决心为你的爱负责任了？"

陶荟媛还是在摇头。

"所以，你现在去找他，还是给不了他任何承诺。即便你给了他承诺，你想想，你的这个承诺可靠吗，你能为你的承诺负责吗？如果你负不了责，那你是不是加重了对他的欺骗？"

陶荟媛头摇得更加厉害，一双手在吕孟庄的肩背上越掐越深。

"其实，他今天知道了这一切，对你而言，你是不情愿的，但对他来说，这不是最公平吗，他不是早就应该知道这个真相吗？"

在这间死寂般的书房里，吕孟庄的声音和他说出来的话，开始一点一点帮着陶莕媛梳理她混乱如麻的情绪。

　　"所以，你早一天让他知道这层真相，实际上你就减少一分对他的伤害。这个，恐怕是你能做出的最大的善，你应该在这种善意面前感到心安才对啊。你现在是很痛苦，可你应该知道，你这种痛苦人人心里都会有，所以并不可怕。"吕孟庄看见陶莕媛渐渐听进去了，继续不紧不慢地说，"这就好像尘世中大多数人一样，我们都会为身处这样一种关系感到不安、自责，我们总是觉得这样违背了道德，违背了世俗，并总在担心外人看见了这一切。但是现在，担心变成了现实，我们的恶被人看见，而且是被自己心底最在意的人看见。于是啊，我们就觉得内心苦苦维持的东西一下子全戳破了，什么也抓不住了，好像失去了一切。"

　　吕孟庄顿了顿，接着往下说："但是你想想，戳破这层真相的人又有几个，不就只有萧郡一人吗？你把自己的恶让他看到了，然后让他做出他自己的选择。你再想想，一直以来，你不就是这样做的吗？你为什么老跟我说，你在他面前不由自主就要回避爱情、婚姻这些字眼，为什么躲着他求爱、表白，你不就是在暗示他、告诉他，你不可能给他好的未来，不可能和他简简单单走下去吗？以前你只是暗示，今晚好比你把想说的话全部挑明了。既然挑明了，那你心里还有什么阴影呢？你应该比以往更坦然、更安心，你应该等着他的反应，由着他去选择。你说是不是这样？"

　　随着吕孟庄一层一层往下说，陶莕媛横七竖八的思绪渐渐牵出了头绪。这样，她的哭声变得越来越弱，后来变成零零星星的抽泣，她掐住他的手也慢慢松开来，到最后，她一边听他说话，一边去抚摸她掐过的那些地方。

　　在陶莕媛眼里，吕孟庄的确更像她心灵的父亲。在他面前，她总是可以像今晚这样，毫无保留地敞开心扉，无所顾忌地发泄情绪。而不管她善，还是她恶，她都只是一个孩子，他永远会揽她入怀，抚摸她的头发，给她安全与信赖，并用他细腻而温暖的逻辑，把她那些繁杂荒芜的情绪归束到一条清晰可循的道路上去。

　　这天晚上，一直到下半夜，当城市一端的萧郡坐在公寓冰凉的窗台上，渐渐梳理出自己的情绪时，在秀溪山庄别墅内那张咖啡色圆床上，陶莕媛已经在吕孟庄宽阔的怀抱里深沉地睡去。

二十

吕孟庄是在陶荟媛情窦未开的时候,走进她生活中的。

那一年,陶荟媛刚刚从偏远的乡下初中考到市里重点高中。在新学期开学典礼上,她作为班上的贫困生代表,和其他十多名同学一起,走到主席台上接受一笔足以支撑她三年高中学业的奖学金。

陶荟媛的父亲,在她读小学时就死了。父亲去世以后,母亲带着她回了乡下娘家,和外婆相依为命。外婆年迈,母亲则因父亲的去世终年沉浸在悲伤当中,神志好一阵儿坏一阵儿。

可以想见,陶荟媛在乡下熬完初中已经颇为不易了。到她考上城里高中,母亲死活不同意她继续念书。

开学时,还是裹着小脚的外婆抱住了母亲的腿,她才逃脱出来,后来随了同乡几位同学、家长一起,赶到城里学校报了到。

那时候孩子们都小,家贫成了他们幼小心灵中难以化解的自卑。陶荟媛也一样,当她和同学们走到主席台上站成一排,她始终低着头,不敢去面对主席台下任何一双眼睛。

这时候,矮矮胖胖的校长先走到台前去,他对着麦克风呜里哇啦喊了一通话。

校长是讲大道理的,陶荟媛听见他和乡里的校长、老师讲的没什么分别,依旧是一成不变地告诫大家要学会感恩,要好好学习,将来要报效国家,还要做对社会有贡献的人。

诸如此类的话说了一大堆后,全场见不到什么反应。校长一时就想造点儿气氛,竟一转身指着身后的陶荟媛他们,嘶哑着朝台下喊叫,同学们,看看这些贫困学子,他们靠奖学金都在一心求学,那你们呢,你们衣食无忧,你们没有理由不好好学习,对不对呀?

操场上就像唱诗班一样起落了两声"对——""对——",紧跟着就是一片稀稀拉拉的笑声。

台上的陶荟媛和孩子们听见笑声，头埋得更深了。

奖学金是吕孟庄资助建立的。那时候，他的企业已经粗具规模，他像大多数事业有成的企业家一样，开始兼顾了慈善事业。而他做慈善，又和一般的老板不同，几年里，他把大部分资金投给市里一批中学，建立起了"孟庄奖学金"。

这天，当校长讲完一通套话，他要求全体师生鼓掌欢迎吕孟庄致辞。于是，吕孟庄在依旧稀稀拉拉的掌声中走到了麦克风前。

待掌声完全落下，他先说了一句，孩子们好。

这是陶荟媛第一次听见吕孟庄的声音，她觉得这一声格外亲切。但她低着头，只感觉前方站着一个高大的身影。

这时候，她又听见身后主席台有老师在窃窃私语，一个女老师说，难怪都说吕孟庄是美男子，一表人才也倒罢了，连说话的声音都是极有味儿的。

另一位女老师冷笑两声，倒过来数落起校长，你看吧，咱那校长站旁边像不像个耍宝的，真是丢死人了。

"美男子"对于那时候的陶荟媛来说，是一个模模糊糊的概念。她心下正在念叨这个词，就听吕孟庄讲起话来："孩子们，原来我想，今天应该是一场振奋人心的奖学金大会，所以我才专门安排了时间，穿了崭新的衣服和皮鞋，打了崭新的领带，来参加这个大会的。"

陶荟媛听见台下学生又是一阵哄笑，主席台上的老师也讪笑起来。

吕孟庄等笑声过去后，继续说："可是今天振奋吗？孩子们一上主席台来，我就注意到，个个萎靡不振，头不敢抬，胸不敢挺，好像接受奖学金比接受批评还不如。"

操场上的学生还在阴一声阳一声地笑，吕孟庄又说："再看看你们，个个儿嬉皮笑脸，漠不关心，你们是不是觉得，奖学金大会就该是穷学生的大会，你们是来围观看戏的，还是来看他们笑话的？"

吕孟庄的语气渐渐加重，大家这才知道他不是上来说风趣话的，操场上的笑声、说话声开始一点儿一点儿消失。

"今天，无论台上还是台下，孩子们，尽管你们的表情截然相反，精神面貌截然不同，但你们对待贫穷的态度其实是一模一样的。你们都觉得，家里穷是一件丢人现眼的事情，对不对？所以呀，台上的孩子自卑得抬不起头来，而台下的你们沾沾自喜，甚至在嘲笑台上的他们。

"叔叔要告诉你们，在你们现在这个年龄，贫穷和富贵都是你们父辈的，它压根儿就不属于你们。你们家里富裕，是因为你吗？当然不是，那是因为你的父母起早贪黑勤苦辛劳。你们家里贫困，也和你没有半点儿关系，那不过就是上一辈留给你们的现实，它等着你们去奋斗改变。

"所以，条件好的孩子，你没什么可骄傲的；条件差的学生，你也完全没必要自怨自艾，觉得低人一等。我要说，今天，凡是来到这个学校的学生，只要你们进入了课堂，拿起了书本，你们就是平等的，你们就踏上了同一条起跑线。跑道一样宽，路程一样远，在这条跑道上，大家一起往前冲，这个时候，谁还在乎你的穿着，谁还关心你的家庭，大家只拼速度、拼成绩，只有你跑在了前面，你才有可能被别人注意，如果你是第一个冲刺过线的人，所有人就会为你欢呼。"

随着吕孟庄越说越激昂，操场上开始一阵一阵地响起掌声来。掌声中，陶荙媛身后老师们的议论声也大起来。

她听见有老师在感叹，真没想到，一个做生意的还有这么好的口才。

另一位老师就接过话去，说吕孟庄可不一般，人家是七七级的大学生，当年在学校就是学生会的活跃分子，你说他咋能不会演讲？

这天，吕孟庄演讲到最后还专门介绍了他的奖学金。他说，"孟庄奖学金"就是要奖励那些自信、阳光、有骨气、有志向的学生，只要是这样的学生，不管遇到什么困难，都可以理直气壮不卑不亢地向他们申请奖学金。

他的一句结束语更让陶荙媛记忆深刻，他说孟庄奖学金要和上进的学生交朋友，做同路人。

当全场再一次响起连绵不绝的掌声时，陶荙媛才慢慢抬起她的头，她开始勇敢地看操场上那些同学的脸。

这一看，这个一向活在阴霾中的少女，竟然再没有看到她想象中那些鄙夷和嘲弄，却见到了满眼的希望和信任。

而此时，那个高大的身影刚刚快步经过她身旁，掠过来一阵风，她觉得是那个秋天掠过的最温暖的风景。

接下来是正式颁发奖学金的环节，是由校长念学生的名字，吕孟庄和他妻子刘书云一起出来，一前一后颁奖。

当吕孟庄走到陶荙媛跟前，校长刚好念到她的名字，吕孟庄听到了，好像惊奇不过的样子，连忙翻开证书来看。

他似乎对陶莕媛的名字产生了很大的兴趣，边看边问："孩子，这名字谁起的呀？"

陶莕媛回答："爸爸起的。"

"爸爸从小给你起的这个名字吗？"

"嗯，嗯。"陶莕媛不住地点头。

"哦，好名字，好名字，好名字。"吕孟庄看了陶莕媛一眼，把证书递给她，就往前走了。

然后妻子刘书云跟上来，又到了陶莕媛面前。按议程，刘书云该和陶莕媛握手，并说几句勉励、祝福的话，可她拉着陶莕媛的手，一下怔在那里，过了半晌，她才文不对题地夸起来，说陶莕媛简直是个美人胚子。

高中三年，因为有"孟庄奖学金"的支撑，陶莕媛在无忧无虑中专心于自己的学业，并在每个学期的每次考试中，差不多都拿到了好成绩。

按照"孟庄奖学金"的要求，受助学生的学习成绩、品德修为，都要由学校逐月通报给奖学金方。吕孟庄和刘书云也会不定期到学校来跟受助学生见面、谈心。

刘书云自打见过陶莕媛一面，就格外喜爱她。加之她和吕孟庄一直膝下无子，心有缺失，因此一来二去接触后，她待陶莕媛竟如待亲生的孩子一样，除了平日里关照问候，逢周末、节假，她还有心开车来学校接陶莕媛，就像家长接孩子一样，接回家去百般地心疼照顾。

有一回周末，他们三人在家里吃饭，刘书云不停地给陶莕媛夹菜，说孩子在学校里过得苦。

旁边吕孟庄看见了，笑呵呵地说，真把人家莕媛当自己孩子了，以前还知道给老公夹菜的，现在只要莕媛在桌上，就只顾心疼莕媛去了。

吕孟庄本意是想说刘书云喜爱陶莕媛，没想到话一说出口，味道变了，竟让刘书云多了心。

刘书云为人倒是知书达理，只是不育孩子这一宗，让她心里过于敏感，所以她听着吕孟庄的话，就落起泪来。

"又哭了，我的话又没说好。"吕孟庄心疼刘书云，但有外人在场，他不好像平时那样暖热她，就改口去修他前一句的意思，"我是看啊，你俩的感情比母女还深，你干脆认菩嫒做你的干女儿吧。不然你对她那么好，连我都嫉妒。"

陶菩嫒听见吕孟庄这句话，竟也呜呜地哭起来，哭着哭着，就"妈"一声喊出来，一下扑进了刘书云怀里。

陶菩嫒一是感念刘书云待她，现在看见她泪流满面，也觉心疼；二是想到自己的妈妈喜怒无常，这些年来，母女间连正常交流都没有，更别说在一起说一句半句知心话。

因此她这一声"妈"哭喊出来，其实是心底下郁结已久的感情突然间破顶了。

这样，两个人就抱在一起哭个没完没了。她们虽不同年龄，各人的伤心也各不同，但女人的哭声搅和在一起，都一样慰藉着彼此的感情。

打这以后，陶菩嫒就正式改口叫刘书云做干妈了，刘书云也比从前更加心疼她了。

其实高中三年，陶菩嫒只和刘书云走得亲近，和吕孟庄并没有多少交集。那段日子，她甚至很少见到吕孟庄。所以，在她后来的记忆中，好像那三年里，她和吕孟庄就只见过两回，一回就是她认刘书云做干妈那次，一回就是高三毕业的那个暑假，她过十八岁生日，刘书云专门叫吕孟庄回来给她过生日。

那天天快黑尽了，吕孟庄才风尘仆仆赶到家。当时是陶菩嫒去开的门，她穿着刘书云给她新买的白色裙子。

当她把门打开，吕孟庄看见她时，她注意到他眼睛闪过了一丝明亮，然后他收回眼神，一边朝客厅走，一边和妻子开玩笑："书云啊，我说你怎么老得这么快，原来你这一天净把心操在女儿身上了吧，才几年的工夫，你看她简直出落成姑娘家了，比你年轻那阵可是要漂亮多了。"

二十一

高中毕业以后，陶菩嫒考去了北方的城市读大学。这个时候，外婆、母亲都已经先后去世，只剩了她一人，因此她就过起了孤儿的生活，人在哪里，家也就在哪里了。

当初高考填志愿，干妈刘书云给过她不少建议。但那时候她一天比一天长大，渐渐有了心眼，看刘书云左推荐右推荐都跑不出本市的几所大学，就知她是私心，不想她走远了。后来，她是自己做主，才考去了外面。

刘书云是扒心扒肝地疼过陶苕媛，也动了母女的真感情，可是相处时间长了，尤其陶苕媛渐渐知事以后，也就能感觉出来，她这位干妈和自家屋里的妈妈精神状态差不了多少：自家妈是早死了丈夫受到刺激，神经落下毛病，而刘书云大致就是为不育子女的事害下了心病。

刘书云在表面上端庄得体，脾性也极温良，她不会像陶苕媛自家妈那样情绪失控，甚至闹出神志不清来，但在她心里，尤其情感深处，她待陶苕媛却也是十二分地敏感。

就说考大学的事，先头通知书还未下来那一阵，她非要留陶苕媛在她身边过暑假，后来，录取通知书送到，打开一看是外地的学校，她的脸唰地就青了。

刘书云心脏不好，稍一激动，人就像缺氧似的，鼻子口里上不来气。这次为陶苕媛背地报考到外面，她竟然也发作了一回心脏病，当场气喘脸青了不说，脚手都打战，额头上也是汗如雨下一般。

拿到通知书的第二天早上，刘书云准备了一个大红包，塞给陶苕媛后，就委婉地让她回乡下老家了。

陶苕媛倒不见怪，她多少料到这一天，她没觉得自己背叛了刘书云，不过仍感念几年来刘书云对她的照顾和牵心，临别时，她依旧恭恭敬敬给刘书云磕了头，叫了一声妈。

这样，两个女人又抱头痛哭一番，还是各哭着各的伤心，哭罢就此别过，再无牵连。

短短三年时间，陶苕媛已经长大了，心智和情感却又比同龄人早熟了不知多少成。

她是从支离破碎的家庭中走出来的，遭了非比一般的人生磨难，因此她心里也有自己的敏感。

她会感念刘书云对她的种种好，她会心诚嘴甜地叫她妈，但她终究不可能把心交给一个外人。

其实，这也怪不得她，一个人越是从破碎的家庭中走出来，她的心也就越难走进另外一个家庭。

　　且说大学时期的陶莟媛，在了无牵挂的孤独生活中，开始举步行走自己的人生路。从后来看，她走的步子是急了点儿，不知不觉间，竟把她自己变成了一个双面人。

　　一方面，她把自己看得重，把前程抓得极紧。在一个班的同学里面，数她读书最下功夫，数她对自己的未来算计得周全。

　　当时在一拨尖子生里面，尤其是女生，大部分还都只抱了死读书的见识，可陶莟媛除了把学业课程上的事牢牢抓在手里，她那时就已经知道要去学校外面参加形体、礼仪之类的修习和培训。

　　但在另一方面，她又把自己看得轻，尤其把自己的身体看得轻贱。才进大学不久，一是迫于经济上的压力，二来心里也早有沉淀和思量，因此她轻而易举就翻过了外面社会的门槛，开始挣那些花红柳绿的钱。

　　她沉到这一行里，倒是有她的资本。所以，在她大学时期，当她一面以苦读书的面容出现在同学和老师面前时，她同时还有了另一张脸，这张脸就像是凄艳的幽灵，在暗夜的城市，在奢华糜烂的酒店床榻，尽情地放任着欲望和呻吟。

　　当陶莟媛兀自走着她脚下的道路时，大二下学期的某天中午，她突然接到刘书云的死讯。

　　她上大学以后，已经和刘书云断了联系，但吕孟庄还是通过学校辗转联系了她，将刘书云的死讯通知给她。

　　吕孟庄在电话里语无伦次地说了一大通话，大致意思是讲，他妻子这一生最遗憾的就是没育下孩子，唯独认了一次干女儿，就是陶莟媛了，因此他希望在妻子的葬礼上，有她这个干女儿的追悼和拜祭。

　　陶莟媛在电话里听到吕孟庄熟悉的声音，有一种说不出来的亲近。她理解吕孟庄所说的话，她对刘书云心底的那些遗憾也能感同身受，她甚至刚刚听到刘书云死去这一节，就忍不住流下泪来。但在心底里面，她不愿再去面对这样一场葬礼，尤其是以女儿身份，再去祭别一个妈妈。

　　陶莟媛一边抽泣，一边听完吕孟庄说话，最后，她还是硬了心肠，推说这几天正在期末考试当中，走不开身，只能等期末考试结束以后再回去拜祭她。

吕孟庄一听她在考试，连忙歉声说，那算了，那算了，真不该在这个时候来打扰，然后又关切地叮嘱她，叫她一门心思考好试就行了。

吕孟庄的话总说得真切，陶荟媛只在电话这头听他叮咛要好好考试，就觉得他的手伸了过来，环抱在她肩上，正轻轻地拍打着她。

这个场景，是她读高中时，常看见他每次出门之前就这样揽过刘书云，然后站在她身边拍打她的肩膀，嘱告几句关切的话。

那学期结束之后，陶荟媛就回来祭奠刘书云。吕孟庄去机场接的她，她一上车，看见吕孟庄脸色憔悴，头上平添一层白发，知他还在妻子去世的痛苦中没有挣脱出来，她心里竟莫名地生出一阵一阵的心疼。

"干妈走了之后，你就照顾不好自己了吧。"车上了路，坐在后座的陶荟媛说。

陶荟媛从来不叫吕孟庄干爸，即便之前她认了刘书云做干妈，即便吕孟庄偶尔也叫她一声女儿，但当着吕孟庄的面，她一直都只叫"你"。

吕孟庄长长叹息一声，说失眠有些厉害。过一会儿，他才又苦笑一声，自我解嘲说："古人都说吧，人生有三大悲，幼年丧父、中年丧妻、老年丧子，你看看我，差不多算是都赶上了。"

陶荟媛从后面望着吕孟庄的面庞，仿佛一下子读到这个强大男人心上的伤痛。她再没说话，身子朝前挪了挪，轻轻地把头枕在了他座椅一侧的肩搭上。

这天，他们从机场一路直奔郊外的墓园而去。一路上，陶荟媛安静地歪在吕孟庄身旁，吕孟庄一边开车，一边就拉拉杂杂说起他和妻子刘书云的过往。

吕孟庄和刘书云都是七七级大学生，他们从大一就相爱了，然后在一个班上共同度过了四年最美好的光阴。

刘书云来自江南的书香家庭，她身上与生俱来的端庄和优雅，整整吸引了吕孟庄一生，也正因为这样，两人在大学时期就誓言结成了终身恋人。

大学一毕业，他们作为"文革"之后最早一批大学生，披着满身的骄傲和光环，双双去了当时改革开放的最前沿。此后的十多年，两个人心性相依，共同打拼，累积起了亿万资产。

再以后，他们又赶着新一轮发展机遇，从沿海回到家乡，投身到家乡的开发建设当中，就这样再经过十数年，才有了今天的成就和家业。

"你知道书云有多细心吗?"吕孟庄自言自语一样,在前面兀自说道,"上学那会儿,她家里条件比我好,春季开学的时候,她能从江南拿一袋妈妈煮的鸡蛋,坐几天几夜的火车,拿到北方来给我。"

吕孟庄说到这里,突然泣不成声了:"书云……书云她怕煮鸡蛋在车上被挤坏了,拿给我不好看,一路上就把它们单独抱在怀里,等我去站台上接住她,你……你知道吗……我拿过鸡蛋来,还带着她的体温。"

陶苫媛没有作声,一动不动依旧那样歪着,泪水却止不住地往下淌。

她想起高中时候,周末只要吕孟庄在家,早餐总是煮鸡蛋。她后来悄悄问过刘书云,怎么鸡蛋总是他一个人在吃,就吃不腻么?刘书云笑着告诉她,他哪里吃得腻,倒是我煮鸡蛋都煮腻啦。

这天去墓园的路上,吕孟庄还告诉陶苫媛,刘书云因为膝下无子受的刺激很大,早些年就诊断出了抑郁症,尤其最近一两年,症状越来越严重,最终没能撑得过去,就喝药自杀了。

"早年我也劝过她,领养一个孩子就是了,结果去孤儿院看过好多次,都不称她的心。她心气儿高啊,要孩子漂漂亮亮的,又要人聪明,哪有那么合适的。后来她见着你,应该是真心喜爱你的,你看那几年有你陪着她,她精神状态多好。"

陶苫媛对刘书云得抑郁症以及她自杀,都不觉得意外。不过她听吕孟庄的话,猜他还有另外的意思不好说出口,该是怪她从刘书云身边离开,给刘书云心上落下了阴影。

"怪我那时候小,不懂干妈的心。"陶苫媛顺着吕孟庄的意思勉强说道,但她心里仍觉着自己该有自己的选择,因此她想了想,又问吕孟庄,"那么你呢,你当时就知道这个情况吧,怎么不从旁边点拨我一下,留我在你们身边?"

吕孟庄定定地看着车前方,过了好一阵子才叹气说道:"怎么点拨你,我也差不多是从你那样的家庭环境中走出来的,你心里想啥,我能猜不到吗?我是早就知道你在她身边待不长的,只是没想到你一上大学就去了外边。"

顿了一下,吕孟庄又说:"恐怕你干妈看得比我更明白,她心里虽不愿你离开,可她知道你该有你自己的选择,该有你自己的路要走,她只能放手。其实,你在她身边呢,她可能能好上一阵,但她的心病是断不了根的,迟早还是要走到这条路上来。"

这天,两人在车上说了近两个小时的话,才终于到了墓园。拉开车门下车的时候,看到外面明艳艳的天,陶荟媛忽然感觉到,她和吕孟庄之间,两颗心似乎从来就离得不远。

吕孟庄从车后备厢里抱出一只盒子,里面装的是冥纸、香烛。他端了盒子一声不响地走在前面,一脸的肃穆戚然。

进了墓园,到了碑前,陶荟媛先看见大理石碑头上精刻了一张刘书云年轻时候的照片,照片上,她一袭白裙,清秀干净。

这张照片不由得让陶荟媛记起她十八岁生日那天,刘书云送她的那条白裙子。她还记得吕孟庄从外面回到家里,进门乍看到她的白裙子时,他眼里掠过的那一丝明亮。

二十二

这天,在刘书云碑前烧完纸、点上蜡烛,两人就回城去了。在城里一家酒店简单吃了中午饭,吕孟庄有和陶荟媛告别的意思,就问她,暑假你有什么打算,回不回家。

陶荟媛望了一会儿吕孟庄的脸,笑着说:"家?哪儿是我家?外婆、妈妈早都过世了,老家的房子也卖了。"

吕孟庄一惊:"什么,你亲人都去世了,我怎么从来没听说?"

陶荟媛无可奈何地摇了摇头,又笑笑说:"你那会儿常在外面吧,我都没怎么见过你,跟你也不熟悉。干妈她知道啊,两个老人去世,她都给过我钱,这样我才办完她们的丧事。原来她是背着你给我的钱。"

"没有,那是她没告诉我你家的事。"吕孟庄望了望窗外,一脸的倦容,"那你要回学校吗?那今晚我给你订酒店吧,你明天再走。"

"嗯——差不多吧——要回学校吧。"陶荟媛犹犹豫豫地回答,之后,她觉得自己应该争取点儿什么,她坐端正了,双手从桌面上拿下去,又有些迟疑又很坚决地问吕孟庄:"那——干妈留我的那间房子呢?"

"你说顶楼上那间小卧室吧,好像打你上大学,就没有人管过那间房了。"吕孟庄淡淡地说。

"今天晚上让我还住那间房吧。"陶莠媛说完这话,感觉脸颊泛起一阵烫热。

"哦,行啊,好啊。"吕孟庄没往多处想,顾自答应着,一边就拿出手机来翻号码,"那我现在就打电话,让保姆过来把房间收拾一下。"

"你家请保姆了?"陶莠媛问。

"你干妈走了十多天,家里没个人照顾还是不行,就暂时雇了一个。"

"哎,你让我在你家勤工俭学吧。"陶莠媛突然想到一个恰切的借口,顿时语气都轻快起来。

"勤工俭学?"吕孟庄不明白她要说什么。

"对,勤工俭学。"陶莠媛兴致勃勃,在吕孟庄面前掰起手指算起账来,"你看,今年暑假整整有两个月,我要是回学校,只能去外边做家教,中间少不了要托中介介绍,来回还浪费掉不少时间,而且挣得也很少。不如你雇我好了,这样我既勤工俭学了,又可以在这里安心学习。多划算呀。"

吕孟庄看陶莠媛说话时的劲头,心里多了一丝欣慰,也就答应她了。他随口又问陶莠媛:"对了,你大学上了一两年,钱都是怎么解决的呢?"

"奖学金加勤工俭学呀。"陶莠媛在撒谎,但她现在说这样的谎话已经面不改色心不跳了。

吕孟庄投过来赞赏的目光,这时候他把手机放下,说那干脆不叫保姆过来了,从今天起,你就在我家勤工俭学吧。

这是陶莠媛想要的话,她也料到吕孟庄会答应她。她本是不习惯撒娇发嗲的那一种人,但在吕孟庄面前,听他应承下来了,她赶紧挤出一副欣喜若狂的样子,她觉得,只有这一副表情才能把心里的念想掩藏过去。

陶莠媛就这样待在了吕孟庄身边。尽管她赶上这个男人心情最不好的时候,但和他相守一片私密空间,这该是她少女时候就有过的憧憬。

吕孟庄果然失眠很凶,常常半夜半夜地睡不着觉。有时候,陶莠媛把早餐都做好了,见他还没下来,就径直上楼去他的书房了。

进门看见大灯亮着,桌案下厚厚一摞宣纸,全是新写的字,他自己则歪在角落的沙发上睡着了,陶莠媛就知他又熬了一宿。

"你会不会是病了，要不要看看医生？"

陶苕媛看着吕孟庄日复一日地睡不好觉，饭也吃不香，她心里不是滋味，偶尔就这样问几句。

吕孟庄倒是没把自己的状况当一回事，回回见她这样问，不过敷衍几句便过去了。

有一个夜晚，月光如洗，他们坐在楼顶的露天庭院中，一边喝着红酒，她一边问吕孟庄："爱一个人，像你那样刻骨铭心，到底是一种幸福呢，还是一种痛苦？"

吕孟庄沉默良久，说："爱是一种习惯。当她离开你之后，你去想她，也就成了一种习惯。倒是很难说得清，这种习惯是幸福，还是痛苦。"

"许多人说，像你这种情况，只有找到了新感情，才有可能从过去的感情中解脱出来。你觉得这种说法对吗？"

"为什么要寻找新感情呢，为什么要把自己解脱出来呢？你说说看。"吕孟庄问。

"因为你看上去太痛苦了，总不能一直这样啊。"陶苕媛黯然说道，"你知道吗，你现在给我的印象，和我上高中时刚见你，完全是两个人，那时候觉得你好强大，没有东西能摧毁你的意志。"

吕孟庄觉得这话很好笑，打了个哈哈，心不在焉地说："人都要变的嘛，你也一样，刚见你时就一丫头片子，看看你现在……"

吕孟庄说到这里，见陶苕媛正目不转睛地看着他，话到嘴边就忍回去了。他抿一口酒，一伸手把旁边一根葡萄藤拉过来把玩，一边把话题岔开了："这个小庭院，就是你干妈收拾出来的。"

陶苕媛却不接他的话，望着他追问："现在的我怎么了？你说完呀。"

很早的时候，陶苕媛就莫名其妙地会去在意吕孟庄对她的看法。她是打小就明白自己长得有多好的，但自见到吕孟庄以来，她似乎一直都渴望知道，在他眼里，她会有他妻子那样好吗？

"说呀，快说，现在我怎么了？"她催促吕孟庄。

"你啊——也是大人了。"吕孟庄对付着说。

那段时间，吕孟庄再没有出去，他在外面的许多事务，也都通过电话安排处理了。

陶苕媛简直成了吕孟庄身边的生活秘书,白天她给他做好一日三餐,晚上就陪他聊天到很晚。

有时候,一起说话到了夜深,各自都准备起身回房时,陶苕媛就会感觉到,对面这个强者的内心,渐渐对她起了一丝不舍和眷恋。其实,这种眷恋只轻轻淡淡一层,但在双面生活中迅速长大的陶苕媛,已然能准确将它触摸到手心。

于是,陶苕媛就想,她可以往这个忧伤男人的心上贴得更近一些了。

这样,每次起身之后,她就经意不经意地走去吕孟庄面前,口上说着,来,拥抱我一下,我们告别今晚,话音未落,她人已经钻进他怀里了。

吕孟庄总有些迟疑,但终究还是伸出手来,轻轻地抱一抱她。可是吕孟庄的手刚刚放在她肩上,她就退出来,然后站在咫尺之远的地方,摇着手,一脸不舍地跟他说晚安。

陶苕媛的二十岁生日,正巧赶在了暑假中间。生日这天早上,她去外面买了各式各样的蔬菜、水果,切了一大块鲜牛肉,又去超市搜罗一通,挑了番茄酱、沙拉酱之类的物什玩意儿,大包小包地提着回来了。

从下午起,她就把厨房门一关,一个人在里面忙前忙后起来。吕孟庄不知是她生日,中途去厨房敲门,问她在鼓捣什么呢,她也不开门,只朝吕孟庄叮咛,今天要等太阳落山了才许他进餐厅。

傍晚时候,吕孟庄眼看窗外最后一丝霞光也消逝尽了,才听见陶苕媛在底下客厅喊了他一声。

他心怀好奇地迈出了书房门,下了几步楼梯,就看见客厅没有开灯,只客厅一头的壁橱上点了一支蜡烛。

吕孟庄心下猜到几成,当他推开餐厅门时,眼前已是一片烛光温馨。餐厅长桌铺展开了琳琅满目的西餐,还有红酒,精致的生日蛋糕,以及调到若有似无缥缈醉人的萨克斯音乐。

今天,陶苕媛费尽了所有的思量和手巧,为她自己,也为吕孟庄做了这一餐烛光晚宴。她从烛光后面站起来,穿一袭白色裙子,化了淡淡的晚妆,头发在后面松松地绾成一团云髻。

她突然就长大了,款款走到吕孟庄面前,把一杯红酒递在他手里,示意碰过后,举起酒杯对他说:"来呀,祝陶荟媛二十岁生日快乐,祝她顺利、美满、永远幸运。"

吕孟庄方才醒过来,他随着陶荟媛把祝词说了一遍,又说祝她永远漂亮,这才把杯里的酒一饮而尽。

"对不起,荟媛,不知道你生日,也没有给你礼物。"吕孟庄坐下后,颇有些歉意地说。

"今天我们共进烛光晚餐,这就是你给我的生日礼物啊。"陶荟媛盯着吕孟庄看,眼里流溢着光彩。

然后,两个人开始频频碰杯,两个人的谈话也在曼妙的氛围中变得悠长而遥远。

陶荟媛越来越艳冶,吕孟庄也渐渐感觉到了这段时间以来从未有过的放松和舒展,仿佛头皮也往外透开气了。

他开始目不转睛地看陶荟媛。其实在他眼里,陶荟媛的美丽并不如妻子刘书云那样温婉。他常常把妻子的端庄秀丽看作春风化雨,但对于陶荟媛的绝色,他一直觉得有一种逼人的气息。这种气息会让他这样阅历的男人生出阵阵惶惑。即使他在男人中堪为强者,即使眼前的绝色触手可及,他也会背着"红颜祸水"的忌惮和戒备,所以,很多时候,他是真的想走近一些,却又不得不抽身远离。

但今晚,或许从踏进餐厅的那一刻起,"红颜祸水"那样缥缈的理智注定都要如花般散去。

大约是午夜,他还坐在餐厅的椅子上,手里拿着半杯红酒,在一片朦胧中,他看见陶荟媛骑在他身上,正一点儿一点儿吮吸他的唇与舌。

他又看见他的衣服被撕掉,他的皮带被扯下来,然后他看见了陶荟媛披散着头发,正在他腿中间摇曳起伏。

他把头顶在了椅背上,张着嘴仰望着天花板,这时候,他想起妻子来,他喘着气问陶荟媛:"荟媛……我们这……这样,你干妈……她……会不会……恨……恨我们?"

陶荟媛慢慢站起来,扔掉了白裙子,然后她妖娆的身体重新骑在他身上。

在一声长足的呻吟之后,她俯下身来,咬着他耳朵,悄声地说:"是干妈叫我来陪伴你的呀。"

二十三

陶莐媛就这样走进了吕孟庄内心最柔软的地方,一停便是好几年。到了现在,她已是谈婚论嫁的年龄了,像她这样把人生看得紧要的女孩子,反倒在吕孟庄、萧郡一老一少两个男人之间游龙戏凤起来。这中间,倒是另有一番蹊跷。

这头一门蹊跷,正好也是陶莐媛心里始终解不开的谜团。按说,陶莐媛是十二分地相信,她是贴住吕孟庄心上的人,但这些年下来,她愣是没搞明白一宗,吕孟庄到底拿她当啥人看呢?

当初,陶莐媛是由着心里的念想主动走到吕孟庄身边。那时候,她年龄小,也要上学,在这样一个男人身上,她只顾着眼前的快乐,从来没往后做过设想。

毕业以后,回到市里工作,人一进社会,尤其她一个女孩子家,抬头低头少不了要面对婚嫁、成家一类的议论,于是周遭的环境就推着她不得不去思量和吕孟庄的关系。

这一思量,她就发现问题了。吕孟庄待她如何?凭她这些年的感觉,吕孟庄决计不是拿她做个伴儿那样简单。以这个男人的品性和修为,恐怕他也不屑于找个年轻漂亮的女人在他身边打发时间。

她一毕业回来,吕孟庄就交给她一套钥匙。这套钥匙既有他公司、家里一应门锁的钥匙,又有保险柜和银行里面各个公、私账户的电子口令。之前,这套钥匙是作为家底的备份,专门由他妻子刘书云保管的,如今她毕业回来,这套钥匙就交到她手上,这等于是把家交给她了。

另一个情形是她毕业参加工作时,吕孟庄对她的态度。她是学传播的,大学几年中,学业上从没懈怠过,毕业成绩也拿到了前几名。但一走出学校,面对偌大一个社会,她就觉得,学校里的试好考,想拿名次也不难,但真要拿这些名次到社会中去谋一份职业,却好像是一件上不得台面的事。

有些吃透了社会的人力资源官,尤其见着她这样的女生,实实在在只顾看她脸蛋就要录用人,简历都懒得去翻,更别说去看哪一门哪一科的成绩了。

所以,刚毕业那段时间,她多少有些失落,加之心里又连着吕孟庄这样一层依靠,她把眼前的工作挑来拣去,最后竟也高不成低不就起来。

这个时候,吕孟庄就像开导自家的孩子一样,不厌其烦地开导她。其中他有一些话,她最是记忆深刻。他说,你有我了,也就拥有我的一切了——他这句话是专门递给她的,这就是在告诉她,他的家,他的财富,都是留给她的——而他特意选择在这个时候,把一套钥匙交给她,也就是要表达这一层意思。

他又劝陶莕媛,还是该拥有一份自己的工作,该把从小到大这些年的努力接起来,连成一条线,一步一步走一条自己的路出来,在自己的心里开创一片完全属于自己的天地。

他苦口婆心地说:"只有这样,你才不会像你干妈那样,在我这里完全把自己丢掉了,找不着自己了。你得找到自己,有自己的一片天,这样你的精神才不会因为我一下子立起来,一下子又垮下去。"

他甚至还说了重话:"就算哪天我不在了,我知道你和我一样,在这个世上有自己的人生,有自己的事业,哪怕也有自己的家庭,自己的爱人,我都会欣慰。"

陶莕媛听他说到这里,就捂住了他的嘴,不让他再往下说了。这不是一个粗糙男人讲得出来的话,她已经听得出话里的意思,这些话里面有这个男人对她的心疼,给她的承诺,还有对她的安排,以及留给她的宽阔无边的包容和自由。

她突然一阵冲动,一边抱紧他,一边掐他,一边咬他,连声音也打开战了,她问吕孟庄,你……你就没想过要娶我吗?

吕孟庄把她娇细的身体搂紧了,恨不得让两颗心挨在一起,他告诉她,没有想过,你是我的干女儿啊。

"我是你的干女儿吗?除了……除了干妈,从来就没有人知道我是你的干女儿哪,你也从来就不是我的干爸,对不对?"她突然又想从他怀里挣脱出来,她想看着他的眼睛说话。

吕孟庄没有放开她,任她在怀里挣扎,挨了半天,他安静地说:"我无法回答这些问题,也回答不了你这些问题。"

那次,陶莕媛一直没有挣脱吕孟庄的怀抱,对于她问的话,吕孟庄也就止于那几句回答,再没多说一个字。

那以后,她去了电视台工作,不久,她认识了萧郡。再往后一直到现在,她在人前认了吕孟庄是她干爸,她又让吕孟庄知道了萧郡这个人。不过,她偶尔还会发疯一样地逼问吕孟庄,你是过不了干妈认我做女儿这一关,还是怕我们结了婚要不上孩子?还是因为年龄的差距,觉得和我结婚了,在外面不好看?再或者,那就是你不够爱我了,你压根儿也没想过娶我做你的妻子?

陶苦媛这样百般地追问。可不管她怎么问,吕孟庄的反应始终只有一个,就是一声不吭地摇头。他的意思倒也明显,就是她说的这些话都不是他的想法。可是,症结到底在哪里,究竟出了什么状况,吕孟庄自始至终又不往外吐半个字出来。

这样的情形,叫陶苦媛看上去,倒像他心里憋了什么隐衷苦楚,娶不成她似的。

还有另外一门蹊跷,却仍要从吕孟庄和陶苦媛在一起的那个暑假开始说起。

那年的暑假特别长,整整有两个多月。在头一个月份里,陶苦媛记得,她被吕孟庄总共安排住了三回酒店。

本来她是住吕孟庄家里的。刚开始住三楼那间房子,二十岁生日过了以后,她就天天和吕孟庄住一间房睡一张床了,好似一家人那样。

但有一天,吕孟庄突然告诉她,说已经给她订好了酒店,要她出去住一天。

吕孟庄只字没提这样安排的缘由,陶苦媛也不好问,只估计是有客人要来,她一个姑娘家待在他家里多少有些碍眼,因此也就随了安排。

陶苦媛头回在外住酒店是月初,大约间隔半个来月,吕孟庄又安排她在外住一次。之后,再过了十来天,临近月底,他第三次安排她住了酒店。

第一个月就这样三回,到了第二个月,没想到吕孟庄依旧又是这一套安排。

这下陶苦媛忍不住好奇,就问吕孟庄,家里到底要来什么人,非得她出去躲着?

吕孟庄还是啥话不说,只回了陶苦媛一眼。陶苦媛记得,他眼神淡淡的,好像这个问题她问得多余,他也没必要解释似的。

吕孟庄家在义田新区圆山园内。吕孟庄给陶苦媛安排的酒店,也在义田新区范围,离家只隔着两条街。陶苦媛一是好奇,二来也闲得无聊,在那个暑假最后一次住酒店时,吕孟庄清早送她到酒店,他前脚开车离去,她后脚就叫了一辆的士回到了圆山园。

圆山园是义田新区建得最早的别墅小区,至今十多年过去了,周遭还没见新修的别墅小区能够后来居上的。

小区内的地势本来是一马平川,唯独正中间突起一座圆包山头,从前被唤作圆山,所以小区也就借这一处山形地势取名圆山园了。

陶荟媛之前留意过,吕孟庄家别墅大门正好朝着圆山。而圆山上柳木成林,枝叶茂盛,其内又建有亭子、连廊,极便于隐蔽栖身。因此,她回到小区,径自上了圆山。她就是想看看,吕孟庄究竟在接待什么人。

陶荟媛上到圆山才八点光景。她来得算巧,刚刚找好眺望的地儿站定,就见一辆米黄色富富态态的小跑车开去了吕孟庄家地下车库。

她在山上离得不近,只在车减了速拐往车库小路上时,隐隐约约透过前窗看见开车的该是一个短发女人。待车转过身往前去了,她就只看得见圆润流滑的车屁股了,连车牌号也看不清。

车进地下车库后,人自室内电梯就上到屋内去了,陶荟媛在圆山上什么也看不见。

后来她一边坐在亭子里看书乘凉,一边在圆山上待了一个上午和一个下午,却始终未见着任何人从别墅中出来,吕孟庄一直也没出现。

陶荟媛知道吕孟庄夜里有到楼顶阳台乘凉的习惯。因此,她回酒店吃过晚饭后,挨到快十点,又上了一趟圆山。

这时,吕孟庄已经在阳台坐下喝茶了。他坐在葡萄架下面,和往常一样不开灯,所以陶荟媛从圆山上往下看,只能借路灯的灯光瞧见他一个人影。

过了一会儿,通往阳台的一扇门被推开,门里面露出一片灯光,洒到阳台一角。逆着这一片光,一个短发中年女人从门里面走出来。陶荟媛看见女人手里提了一只白瓷瓶,她款款走到吕孟庄桌边,一弯腰一起手朝桌上的杯子续了热水,然后就拧身回到那片光里,进了门,回手把门闭上了。

当天晚上,一直过了午夜,女人再没出现。随后,陶荟媛悄悄下了山,溜回酒店了。

第二天,早上十点多,吕孟庄按时来接她回家。他看上去平静如常,像是昨天什么事也没发生一样。她就不动声色,回家后抽空去地下车库看了看,车库里早已见不着那辆米黄色小跑车的影子了。

那个暑假,陶荟媛曾经想过拿这件事问一问吕孟庄的,犹犹豫豫几天后,新学期开学了,她只好带着疑问去了学校。

新学期正值大三前半年,课程一下排得满满的,陶荟媛顾着学校这一头,也就抽不出时间回吕孟庄身边。

这样,吕孟庄每隔半个月左右,就飞过去看她一回。和他相处的环境心境都换了,她渐渐也懒得去想暑假那些烦心事。

寒假她再回来时,吕孟庄开了一辆崭新的英国进口白色越野到机场接她。接住时,他就把车送给了她,当场又叫她开上,然后一路开去了南郊的秀溪山庄。

秀溪山庄的小别墅,就是这时候他买下送她的。当时吕孟庄把钥匙、房产手续交到她手里,说这儿就是她自己的家了。

从此以后,一直到现在,他只来这个家陪她,她再没有去过他圆山园的家。

二十四

自打车库里面被萧郡撞见后,已经过了将近一周,陶荟媛仍没接到萧郡的任何信息。吕孟庄给她开导过,她大致也想通了,但她还是不情愿就这样和萧郡断了联系。

她在网上看了看,发现在线通信的所有工具都已见不着萧郡的 ID,来来回回刷电子邮件,也刷不出他来。于是,她就决定主动约他出来,把彼此心里的话说一说,做不成恋人做个朋友,这事或许也就放下了。

她给萧郡打手机,萧郡接通后,问她是哪位。

陶荟媛听出萧郡不是装出来的,估计他删了她的号,这会儿当是外人打给他的。

她也没料到萧郡这头处理得如此干净,犹豫了一下,她才说:"萧郡,我是陶荟媛,这是我的手机。"

"哦，我就说这号码有些面熟，对不起啊，陶苦媛，我是前两天生你的气，就把号给删了。"

萧郡说话的口气像是对朋友兄弟一样，陶苦媛也注意到，他叫了她的名字，不再叫她桃儿、杏儿了。

"晚上你有时间吗，我们一起吃晚饭吧，"陶苦媛有些怕萧郡拒绝，又补充道，"我找你说点儿事情。"

"好啊，正好我还没有吃饭呢，你订地方了吗？"

出乎陶苦媛预料，萧郡答应得利利落落。这倒也是他的性格，凡事都能把住火候，连收拾起感情上的事情来，也没有半点儿拖泥带水、黏糊不清。

这样也好，陶苦媛少了尴尬，便把订好的晚饭地点告诉了他。

陶苦媛这次订的餐厅在二环边上的一条老巷子内，是一家四合院的私房菜馆，两人以前都从未来过的。萧郡猜她的心思，可能是怕老地方见面难免想起过去的事，所以才挑这个新地方。

一小时后，萧郡赶到餐厅，陶苦媛已经坐在靠窗的一张小桌子边等候多时了。

"你来得挺快的，我这一路上可没少堵车。"萧郡边坐下边找话说。

"是吗？哦。"陶苦媛的声音有些僵硬，这样应着声，一只手不停地摩挲面前的水杯。她不大好去看萧郡的脸，只好眼睑低垂，心不在焉地盯着杯子里的水。

萧郡今天应约出来，其实也抱了和陶苦媛一样的想法，觉得出来见一面，好说好散更恰切一些。

这会儿他一见陶苦媛不知所措的样子，又止不住心疼，不过他在心里提醒自己，再不能放任自己泛滥情绪了。

萧郡坐下后，服务生跟了过来，给他倒了一杯水。待服务生倒完水转身走开后，陶苦媛终于憋出一句不合时宜的开场白来。

"对不起，萧郡。"

萧郡原本不想接这个话题，他喝了一口水，看了看陶苦媛，看她依旧躲躲闪闪的目光，就叹了一口气，说："有啥对不起呢，感情上的事，只好由着感情，哪里说得清对错。"

萧郡是由衷地说了这句话。他这话说得推心置腹，虽然说的就是他们两个的事情，却又刻意拉开了一些距离，因此就不至于使他们的谈话滑到暧昧不明的气场里去。

这种诚恳和距离感,也帮陶莕媛找到了调门,她一下也会说话了。

"有时候,我在想,我是不是一个坏女人,或者说,在你心目中,我是个坏女人。"陶莕媛说到这里,看了一眼萧郡,问,"介意我提吕孟庄吗?"

"不介意,你说吧。"

"我甚至觉得,包括在吕孟庄心目中,他可能也会觉得我是一个坏女人吧。"

萧郡看见陶莕媛眉头的焦虑,但他不确定她到底想说什么。

这时候陶莕媛又说:"我就是想知道,像我这样的女人,在你们男人心目中,其实就是个坏女人,对不对?"

萧郡"哦"了一声,只好轻描淡写地说:"别人怎么看你,对你很重要?"

"萧郡,你就说,你是怎么看我的,我只在意你的看法。"陶莕媛不容萧郡绕开话题,口气有些着急。

萧郡没说话,看了看她。两人四目相对,她的眼睛却湿润起来。

"我是真觉得,感情问题上,论不成对错,尤其论不出好坏是非。感情这个东西,是多变的,今天你爱他是对的,明天你的感情转移了,爱了另外一个,难道就错了吗?我不这样认为。所以,我也觉得,只要你是感情所致,那就不要去管对错。"

陶莕媛听了萧郡这话,也就不好再说什么了。她一直觉得萧郡和吕孟庄有几成相像,尤其这两个男人在帮她归整思绪、梳理逻辑的时候,都有一种惊人的能量。

"萧郡,我再问你一个问题,你可以不回答,你也可以觉得我浅薄,但我真是忍不住想问你。"沉默良久,陶莕媛开始问第二个问题。

"问吧,我尽量回答。"

"你爱过我吗?"陶莕媛问这句话时,头也没抬,窗外飘进来的风掠着她额前的几缕刘海,那张无可挑剔的面容更让人怜惜了。

萧郡听到她这样问,心里涌起一股暖热。他看了一会儿陶莕媛,他喜欢那张精致绝伦的脸。这两天,他心里也在想差不多同样的问题,还爱陶莕媛吗?想来想去,终究也给不出答案。

"你爱吕孟庄吗?"萧郡犹豫了一会儿,收起了心头那一丝悸动,他还是不想纠缠不清,所以故意反问一句,借此来打发陶莕媛。

"我爱他。你呢,愿意回答我吗?"

陶莕媛面对难决的问题时,她那些叫人心疼的温柔可怜,顷刻间就能化成坚硬的理性。这种坚硬带着几分压迫感,它曾经为吕孟庄所察觉到,现在,萧郡也隐约触摸到一点儿。

这恐怕才是陶莕媛的心性。这些年来,她从一个残破不全的家庭里走出来,一步步去面对社会、生存、工作,以及自己的内心和情感。在多少次人生抉择的十字路口,她都守住了该有的理智和权衡,才终于走到了今天。

"陶莕媛同志,"萧郡心里释然了,语气也变得轻松起来,"我必须得提醒你,当一个女人爱着一个男人,她是不能去问另一个男人爱不爱她的,这样会伤害她爱的男人。"

陶莕媛无可奈何地摇了摇头。她太了解萧郡这样的男人,他和吕孟庄一样,当他不愿意回答一个问题时,他的态度和话语都不可能给你一丝一毫的答案。

这天晚上,两人在私房菜馆吃过饭聊罢天,差不多也都收到了对方的心意。

其实都是明白人,也都付出过感情,因此都不会去糟蹋之前有过的这一段。现在两个人要分开,既犯不着纠缠不清,也不用装作陌路的人。还是像陶莕媛说的那样,断了关系不做恋人,做个知己,也算是给自己有个交代。

吃完饭出来,看看时间尚早,陶莕媛就让萧郡陪她在巷子里走一走。路上,陶莕媛跟萧郡提起一个话头来:"萧郡,我还是应该和你认真道个歉,虽然,我和吕孟庄的关系一直瞒着你,但是他一直知道我和你在一起。"

"啊?他知道?"萧郡立即就想到一个问题,"那他就不介意?"

"是啊,你看你们同样是男人,你都介意我有别人,为什么他不介意呢?"陶莕媛有些惆怅,她其实是想从萧郡这儿找找答案。

"这个……他尺度不会这么大吧,你觉得他真的爱你?"萧郡问。

"这倒是真的,说句实话,他爱我的那种程度,你根本想象不到,打个比方吧,假设你这也算是爱我,那他的爱简直 N 倍于你。"

"N 小于等于零吧?"萧郡顺嘴开了句玩笑,又接着对陶莕媛说,"要真是你说的这些情况,那我觉得他这个人已经超出某种理智范围了,咱们这些凡人压根儿解释不了,你也没办法按正常思路去理解。"

陶苕媛沉默无语,走了一段路,她长长叹一口气,跟萧郡说:"也许我能理解他了,他一定是有什么原因不能和我在一起。这就好像我和你之间一样,当我们确定不能走到一起,成了现在这样一种状况后,说实在的,其实我内心很想让你做我的哥哥,做我的亲人,而不是做什么虚无缥缈的知己。"

陶苕媛这样一说,萧郡也似乎有些理解:"你是说,他把你当亲人了?"

陶苕媛没说话,这时,巷子街灯的光照过来,正好打在她脸上,萧郡看了看她,她眼角正挂着泪。于是,萧郡就从包里拿出一块手绢来,递到她手里。

"哎,算了算了,我还是告诉你一件关于他的事情吧。"陶苕媛擦完眼睛,把手绢收起来放进了自己的包里,一边感慨着说了实话,"我是真的除了知道他爱我,别的对他一点儿都不理解。以前,我还有你这样一个男人可以依靠,起码心里面觉得可以抓住你,现在你一离开,我再面对他时,都有点儿缺乏安全感了。"

萧郡不知道说什么话,只好跟着她慢慢往前踱步。接下来,陶苕媛就把那年暑假发生的吕孟庄安排她在外住酒店的事,跟他讲了出来。原来这件事在她心里这么多年,早已搁成了心病。

"你说,那个去他家的女人,会不会是他另外的情人?"陶苕媛问。

"这我哪里能帮你想得出答案。"萧郡又说,"只要你确定他是真心爱你,过去那么多年的事情,你也不能记那么深啊。"

"哪里过去了,一直就没结束啊。"陶苕媛摇了摇头,又拿出刚才的手绢来擦眼泪,"这些年,他每个月都会有那么三天,非要住他自己家里,谁也不能打扰他,你说,他干什么去了?"

"每个月三天吗? 他这还有规律了,真是的……"萧郡附和着随了几句埋怨。

"有规律,前几年我就摸出规律来了,他的日子都是固定好了的,总是阴历每个月的初一、十四、廿七。"陶苕媛说。

"这——样?"萧郡一惊。

"是这样,有段时间我也是无聊,就把这些日子画在日历上,画着画着,我就注意到这个规律了。你说,萧郡,他这到底在干什么呀?"

"那你怎么不直接跟他问清楚呢。"

"他和你一样的人,他不会说,我再问也没用。再说,这事问清楚好呢,还是不问清楚好,我一直没想明白。"

萧郡无奈地摇了摇头，不知道再劝说什么好，就陪着陶荟媛嗟呀感叹了一会儿。

这天晚上，两人在巷子里来来回回转了好几个圈，竟然一下说了比前两年他们在一起时还要多的私心话。

到告别的时候，陶荟媛把手绢叠好还给了萧郡，脸上也有了笑容，她说："我才发现，我们早该是这样一种关系。我居然没有一丁点儿的压力，反倒觉得更轻松，更亲切，也更加信任你。"

萧郡尴尬地笑了笑，不知如何回她这句话好，这时，他想到先前陶荟媛还在忧心吕孟庄，在这道别场合，他也该拿出几分当哥哥的样子安慰她几句。

"你就好好珍惜他对你的感情吧。至于你的担心么，说实在的，现在社会上生意做得大的人，迷信的也不在少数，没准是啥酸过场穷讲究呢，你还是尽量别去想了，只要他人没事，只要他关心你，这就够了吧。"

陶荟媛带着满脸的笑容和泪水看着萧郡，等他说完了，她走上前去，钻进他怀里。

萧郡就抱着她，手在她肩背上轻轻地拍打。拍打出来的节奏、轻重缓急，竟都和吕孟庄一模一样。

水山计划

二十五

因为陶荟媛这档事,萧郡一连好几天没去单位打照面。今天早上,外面的天阴阴沉沉像要下雨一样,他在家犹豫了一阵子,觉得坐立不安,后来就想着上班能打发些时间,才动身往报社去。

进办公室已经快十点了,经过办公区中间走廊时,萧郡习惯性地朝魏小天的位子望了一眼。

魏小天还没来,那张黑皮革的转椅孤零零地停在格子间。萧郡没来由地一恍惚,好像看见魏小天佝偻着身子窝在那椅子上一样。

魏小天本来体态肥硕,平素坐在办公室里,也就一副快要垮架的大倭瓜样儿,压得椅子都要散架了一般。因此萧郡只当是眼睛花了,也没多想,径直去了自己的办公区。

几天没来,桌子上堆了高高一摞报纸。萧郡今天无心干事,就拿起报纸来翻了翻。未见什么串得上串的新鲜事,他都是顺便扫上几眼,又一一将报纸丢回桌上。

在位子上干坐着翻了一会儿报纸,又在网上东瞅西瞧了一阵,萧郡倒发现,不过才半个来月时间,从网络到报纸,先前还风声雷动的打黑,说停也就停了,现在一概成了过去时,没人理会它了。

萧郡心下琢磨,这舆论真是风一阵雨一阵的。先前遇上打雷,大家只管听雷响,而后赶上下雨,就四下里跑开去寻摸雨伞,等到天一放晴了,各人又都找地方躲太阳去了。

萧郡如此不着边际地瞎想一阵,之后百无聊赖地瞥了一眼网友,看见丛郸正好在线上,索性就把这点儿感触发了过去。丛郸那头立即回过话来:"你死哪里去了,几天没见你消息,一上线就发如此大一番感慨,你是要出家了吗?"

萧郡跟丛郸天上一句地上一句闲扯了一会儿,接到报社行政部龙刚副总打来的电话,让马上去他办公室一趟。电话里龙刚没说原因,萧郡心想,是不是过问他这几天没来上班的事?挂掉电话后,就站起身蒙头奋脑地朝外走。

龙刚的办公室在三十五楼,萧郡每次推门进去,都先要观览迎面落地玻璃外那一片城市景象。但今天敲门进去后,萧郡头一眼看见满屋坐着单位大大小小的领导。他一愣,望着龙刚开了个玩笑,说该不会组织这么多领导来批斗我吧。

满屋人都没有吱声,龙刚也是一脸阴沉,只努了努嘴,示意萧郡坐下。

"叫你来,是跟你说一件事情,魏小天刚才在外面出了车祸,人都……唉!"龙刚不好往下面直说。

坐萧郡旁边的一位领导碰了碰他肩膀,小声告诉他:"魏小天死啦,人都已经送太平间啦。"

萧郡心里一颤:"什么?魏小天?刚才的事?"

"就刚才呀,"龙刚一边一个劲儿地叹气,一边告诉萧郡,"我们行政部一接到交警电话,就派人过去了,也跟魏小天家人联系上了。"

萧郡愣坐在那里,这时候旁边领导又碰碰他:"我们考虑他家人过来之后呢,单是行政部的人这样公对公去对接不合适,所以叫你来帮忙一起接待。你跟魏小天关系好,又是搭档,你出面接待,他家人在感情上可能更好接受一些。"

魏小天租住在一片破落的老社区里面。本来他是图这儿房租比其他地方便宜,但此处又不近地铁也不近公交,平时上班赶急了,他就只好打出租。

今天早上大约和萧郡出门时间差不多,魏小天挡了一辆出租车,沿老路线往报社方向去。才出小区没多久,魏小天的车正不急不慢在自己道上行走,斜刺里就冲过来一辆大货车,一头撞上了出租车。

货车车头左前的三棱尖角,恰好扎在魏小天这一侧的车门上,冲击力又大,竟一直顶着出租车摔到二十多米外的一处水泥地台下。

只撞击这一瞬,魏小天就被凹进来的车门碾作了一团,估计出租车飞出去还没落稳的时候,他人还在空中就已经丧了命。

报社这边接到交警通知后,行政部的人立即赶去现场。随后就反馈回来信息,说货车司机已经被控制,警方初查的情况,是货车司机右侧超车时操作失误。

现在魏小天的遗体已经送到医院太平间,行政总监也跟到了医院。萧郡在此时接过单位安排,心想无论如何都要先去医院看魏小天最后一眼,因此又带了行政部另一名同事,一起赶去医院。

往医院路上,萧郡顺便给魏小天的父亲去了一个电话,说了自己和魏小天的关系,又叮嘱他们一家人过来后只管打他手机。小天父亲在电话那头说不出什么话来,"嗯嗯"地连声应允,末了回一句"再见",已经是一副哭腔,那声音听得萧郡鼻子一酸。

之后萧郡到了医院,与等在那里的行政总监会合。一见面,他就问行政总监李天明,能看魏小天吗?李天明一个劲儿地摇头,说他是从车祸现场陪着医院的人一起送魏小天回来的,哪里还能看哪。

萧郡听出话里的意思来,魏小天可能已经没了人形。当下,他和李天明无话,各人寻了一处椅子坐下,静心等医院和他们办下一步的交接。

这天,萧郡不时想起魏小天从前的音容笑貌来,只觉得活生生一个人转眼就到了另一个世界,这样生命无常的事情,真正来得太过突然。而他自己心里也是空落落的,觉着原本没有在意过的生命,其实就不在手里一样。他这样想着,更滋生莫名的悲观。

第二天中午,魏小天父母和他一个姐姐赶上飞机过来了。萧郡和行政部的一干同事才去机场接人。

在机场接住时,萧郡又觉得意外,原来魏小天一家人穿着寒酸,神情怯怯弱弱,举止间又都没见过世面的样子。萧郡原先只听魏小天说他家在东北农村,却想不来他的家人竟是这样一种景况。

一起坐上车再次前往医院,好一阵大家都没说话,车里静默得像是一下子钻进了黑夜。一直快到医院,司机无心念叨了一句,说到了到了。小天母亲兴许是听了这句话,实在憋不下去了,她坐在最前的副驾驶位置上,就开始呜呜地哭起来。

母亲这一哭,坐在二排的父亲和魏小天的姐姐也忍不住抽泣起来,渐渐他们三个人就哭成一团。车上人听了,劝也不是,说也不是,只能塞些纸巾,任凭他们恸哭。

随后，一行人进了太平间，殓房的工作人员把他们带到魏小天的存尸柜前。

还没拉开柜子，一股冷气已经从头到脚袭来。而后待柜子慢慢拉出来，魏小天的遗体也一点一点出现在大家眼前。

魏小天的姐姐只望了一眼弟弟的脸，就不吭一声瘫坐到尸柜前，跟着父亲也瘫了下去。

这下惊得跟前的人先乱了手脚，幸得行政总监反应快，才又连忙招呼大家上前去扶两人起来。

这个当口，魏母竟趴到魏小天身上，一边胡乱地抱他，一边呼天抢地地哭叫起来。殓房工作人员又急忙上去拉她，却生生掰不开她的手，费劲了一阵也只好作罢。

魏母哭得惨然，只几嗓子后便已嘶声，喉咙鼓鼓地只剩喘粗气的劲儿。这时她看上去已经虚脱了，神情恍恍惚惚，全身打着冷战。

这样又过一会儿，魏母才渐渐恢复声气。她还是抱着魏小天的遗体，开始"儿哪儿哪"地唱念起他在世的种种好来，情形就和农村办丧事时晚辈向死者哭丧一样。

魏母哭诉的话含含混混，周围的人只能听个大概。她大致念的是魏小天上大学时如何自成自立，上班后又是有一分往家里寄一分。因此她哭，儿哪，从小到大，你只替家里受苦，还没来得及享福呢，你怎么就走了。

萧郡光听这长一声短一声的哭，心就像被人撕碎了一般。魏母又说起这些苦难，他的眼前就一幕一幕滑过魏小天和他相处时的场景。

他想起魏小天狼吞虎咽的吃相，大大咧咧地骂脏话，挎一包摄影器材汗流浃背地跑路，还有他在办公室睡觉，呼噜打得震山响……萧郡比魏小天长两岁，这些年他一直拿魏小天当毕业生看，总觉得他前脚跨进了社会的门槛，却还留着后脚在学校里面。

现在听他母亲唱念这些过往，哪一件不是男儿大汉才能干得出来的。萧郡想，就是换作自己来扛这样的家庭责任，怕也做不到魏小天那样坚强。

此时萧郡对魏小天有了一份歉疚，也多了一份敬重。再看魏小天在殓尸袋里一动不动，还是那副肥硕的身形，他实在悲痛不过，泪水就一个劲儿地往出涌流。

二十六

　　丧事紧紧凑凑办了三天，第三天一大早，魏小天火化后装了骨灰盒，才算告一段落。魏家人在这边多一天也待不下去，火化完后，只草草去魏小天的住处打理了一下衣物，又和肇事方、报社办完抚恤补偿的事，就带上骨灰一起回东北老家去了。

　　这几天，萧郡一直没白天没黑夜地陪着魏小天的父母，晚上就住在殡仪馆内部的小宾馆里面。

　　忙忙碌碌中，他私底下电话联络过车祸的办案交警，打听肇事方的情况。因为警方很快就定性是一起普通车祸，他要的这种私人信息，倒也不难打听出来。

　　几经询问过后，就知道肇事司机是常跑这一带的本地人，出车头天晚上打了一宿牌，所以第二天一早是迷迷糊糊上路，到超车时一不留神，方向就冲魏小天的出租车撞上去了。

　　这样说起来，到底还是一场寻常车祸，怨只怨魏小天命薄，活该他撞见这样的冒失鬼。

　　萧郡因此也暗暗提醒自己，既然交警调查的情况就是这样，自己也犯不着在魏小天的车祸上疑神疑鬼。

　　可是，也不知是殡仪馆里的松柏、香烛把人熏迷糊了，还是自己神经绷得过于紧张，他虽在心里不时提醒自己莫要想歪了，但得着空闲，思想稍一抛锚，脑海里冷不丁就跳出他和魏小天在金控大厦工地上见过的那尊佛头来。

　　那佛头本就生得妖风邪气，见一面是忘不了的。只是萧郡当初对三教九流、神神鬼鬼的事情不感兴趣，加之注意力一直都放在打黑的事情上，所以没把心思往佛头上放。但魏小天在这尊佛头上迷得很深，又是去美院跟老师打问西山画派，又是上西山古镇拜访说书老汉，后来还找到吕孟庄——他这一转圈的奔波来回，萧郡是尽知尽晓的。

魏小天在时，萧郡只一个劲儿地觉得他这是野路子、瞎折腾，现在魏小天一死，他再想起佛头，想起那张怪模怪样的脸来，纵使他平素从不迷信，这会儿也免不了生出许多怪力乱神的想法。

他就想，魏小天是不是中了佛头的邪呀，你看他自打招惹上佛头以后，好像把魂魄都丢在上面了似的，整个人被佛头牵着往前走，最后硬是招了这样一场横祸，命都给收了。

如此胡乱思想一通，萧郡便记起武传风这个人来。当初他和魏小天一同去文研所拿佛头鉴定，碰到过武传风。那时他对佛头的事还不上心，也就没在意这个老人家，可是现在，连武传风坐在茶几前盯着佛头看的情景，都在他眼前变得格外清晰起来，尤其当时武传风的眼神和表情，现在想起来，真让他一阵一阵地觉得瘆人。

所以，这天中午送走魏家人，萧郡独自开车从机场折回市里时，连自己的住处也没顾上回一趟，就鬼使神差直奔理工大学找武传风去了。

他倒是想问问武传风，你几次三番到文研所看佛头，到底出于什么原因，这颗佛头背后，到底藏了些啥名堂。

理工大学水利工程学院的教学楼，在学校中心一处喷泉边上。萧郡找到这里时，正值下课休息时间，一楼教室外面的走道上，一簇一簇的全是学生。

萧郡走上前去跟同学打听武传风的住址，同学一听，俱是很惊讶的样子，说武老已经去世了啊，怎么还找他呢。

萧郡怕同学跟他说的不是一个人，特意又提醒，他找的是武院士，九十多岁啦。

"就是武院士啊，那边报栏上的讣告还没撕呢，你去看看。"一位高高大大的男生抬手一指教学楼前的报栏。

萧郡赶紧走到报栏跟前，一看，果然有一张毛笔手书的白纸讣告。讣告头一段写着："原理工大学水利工程学院院长、中国工程院院士武传风教授，于╳年╳月╳日零时二十分在家中不幸逝世，享年九十一岁。"

萧郡看到这里，知是武传风本人无疑了，心里也是惊愕不已。他略略推了一下时间，武老去世的日子，大致离他们上次在文研所见面还不到一周。那时节，他正忙着到处找刑侦局刘军林，争取打黑专栏继续往下合作呢。

萧郡本是心有蹊跷才来找的武老，不想武老早已去世，看讣告上又没交代死因，他一时更犯了疑惑。

讣告是一张全开纸，一手工整小楷满满铺了一页，总有好几百字。往下面，一板一眼说的尽是武传风的生平经历，萧郡便立住脚认认真真看起来。

原来，武传风是在临近中华人民共和国成立前夕考入中央大学水利工程系学习，毕业时，就赶上了1949年中华人民共和国成立。

当时，中国百废待兴，像他这样的技术人员，正是人尽其才的时候，所以他旋即被安排参加了水利部长江水利委员会的工作，从此开始了他的水利人生。

最开始，武传风也是从水利枢纽工程的设计、施工、质量检查干起，历经水利规划、工程指挥等关键岗位，数十年间，竟把一身心力全部倾注给国家成百上千的水利工程。

在这个过程当中，武传风不断贯通中西、兼收并蓄，日益奠定自己在水利工程领域的学术权威地位。

20世纪90年代中期，已在理工大学水利工程学院任教的他，才如愿当选为中国工程院土木、水利与建筑工程学部院士，得到了生平最高的学术荣誉。

讣告除了对武传风治学颇多着墨，末尾又另起一段写他一生如何勤俭节约、扶危济困云云，其中还特别提及一件事，说武老这些年一直把个人工资拿出来捐给公益基金。

萧郡看到这一处时，心里不禁咯噔一下。原来，讣告中特意介绍武老捐助的公益基金，竟是市里专为西山水库溃坝的遇难家属子女特设的救助基金。

萧郡是外地人，以往也不知道西山水库溃坝的事，还是上次和魏小天去文研所拿佛头鉴定结论时，听文研所副所长刘功说，西山水库在十多年前溃了坝，淹了义田新区那一片地方。后来又听魏小天说，西山水库溃坝和佛头之间有关联，还记得他说过一句咒语，什么"佛头现，西山断，青河三丈三"。

因此，这会儿萧郡看讣告看到这一节，不由得就把武传风去文研所看佛头的事也关联起来了。

萧郡想起来，刘功曾跟他们分析过，那尊佛头很可能就是西山水库溃坝时，顺水冲下来的。萧郡隐隐约约就觉得，武传风又是去文研所看佛头，又是资助西山溃坝基金，这中间，定然串着一条什么样的线才对。

萧郡在报栏前驻足良久,心头的疑虑也一层一层加深了。

讣告是以水利工程学院治丧委员会名义发的,萧郡仍不放心,这天下午,他又专门找到学院行政办公室问了问情况。

行政办一位领导副手出面接待萧郡,以为他要报道武传风的事,竟莫名其妙显出抵触情绪来,当下就说,武老死后学院和相关单位都已经在报纸上发过讣闻,除此再无其他情况向媒体奉告。

萧郡还没见过哪家单位对老同志去世的事如此讳莫如深的,可自己又不知就里,不好跟人计较,便压住话头不再往下说。

到后来,学院总算提供了武老家的住址,萧郡拿到这个地址,也只好悻悻离去。

武传风生前住理工大学院士楼,这一处房子是理工大专门配给他个人的。

院士楼的位置挑得精巧,坐落在校内一段湖堤上。萧郡才走到湖边,远远就望见对面堤岸上全是生长经年的柳树,每一株都生得郁郁葱葱,如此连成一线,把它身后那排欧式小楼掩映得若隐若现。这幢楼就是院士楼了。

萧郡依地址找到武传风家,见武家大门两边还贴着白纸黑字的挽联。他上去摁门铃,门铃响了一通后,里面却没有人应声,也没人来开门。他等了片刻,又开始摁,这样断断续续摁了好几下,门还是没开。

这个时候,旁边一户人家的防盗门却打开了,一位头发花白的婆婆,脚不出门槛,只前倾了上身,探出头来跟萧郡说话。

"小伙子,他们家人白天在外面上班呢,晚上才得空回来。"

"哦……"萧郡一面跟婆婆致了谢,一面犹犹豫豫想问她武传风家里的情况,想了想这俱是私人的事情,冒冒失失在邻居间问来问去不妥当,便又打住话头了。

这天从院士楼离开后,萧郡再未在理工大学多待一刻,便出了学校,回到自己的公寓。

萧郡回家时,顺带抱出后备厢里一只半新不旧的纸箱子,费劲地扛到屋里放下了。

昨天下午,萧郡和单位行政部的人陪魏小天家人去收拾他住处的遗物。打开门一看,老式一室一卧不到三十平方米的房子里,算得上物件的,只一张床、一个塑料衣柜和一台电脑。

收拾这些遗物,本是为火化时随出殡仪式跟花圈一起烧给魏小天。可衣服能烧,电脑总不能烧,要说留着让魏家人拿回老家去吧,可老两口明明大字不识一斗,非让他们拿回去等于是折腾他们。

萧郡懂事,看到这种情形,便主动提出来说,自己正好差一台电脑,还不如把魏小天的电脑卖给他好了。

魏家人本分,想不到这是萧郡替他们分忧,只觉得如此一来,倒也方便,就应允了。

于是,萧郡当场从外面找来纸箱给电脑打了包,又估着当初的购价凑了现钱给魏母。

当时萧郡只想着替魏家人分忧,没想过这台电脑往后做什么处理。现在彻底办完魏小天的丧事,他拉着装了箱的电脑回到公寓时,才意识到这毕竟是魏小天的遗物,扔不得也卖不得,更不好送人,就只好先搬进家里,往后再看了。

萧郡哪里知道,一箱遗物放进家里,总是不能以平常心去对待。

起先,他把电脑堆放在客厅一处空闲角落里。因为箱子是临时找来的,箱顶纸板一直没压顺,翻的翻翘的翘,箱顶就扯出好大一条豁口,装在里面的机箱隐隐约约看得见。

萧郡自己在客厅进进出出,眼睛忍不住总朝箱子上瞥。一瞥见箱顶的口子,看见里面是魏小天的电脑,心里就别别扭扭地不自在。

萧郡试着把箱子挪了几处地方,挪来挪去总也绕不开注意力。他又找来黄色胶带,把箱顶那一处豁口封严实了,又给箱子缠了好几圈,一气将它推进床底下,方才作罢。

二十七

学院行政办公室遮遮掩掩的态度,反倒让萧郡对武传风的死萌生了好奇和兴趣。只是这种事不能明着跟人问长问短,他就只好设法联络理工大学的熟人。

后来，几经周折总算找到一位大学同学，家里有亲戚住理工大学里面的，他就非要同学帮他问个究竟。

这同学是个利落人，很快就从亲戚那里问了个一清二楚。回过头来，等同学把问到的情况一一说给萧郡时，他听了，又止不住为武老惋惜。

原来，武传风堂堂一个院士，一生修身治学挣来声名，到老竟是在儿女跟前怄了气，喝药自杀死的。

萧郡当记者这些年，多少有些神经质，乍一听这个死因，还不相信，就反复跟同学问细节。

结果同学说，武传风死后，公安机关都去做过细密调查，认定了自杀的结论，根本不曾有其他方面的牵扯。

武传风跟儿女的矛盾，在理工大教师里面，尤其在水利工程学院这边，确实早就闹得尽人皆知。

他本来有两儿一女，大儿六十多岁，最小一个女儿也该四十多岁的人了。没想到两个儿子都不贤孝，尤其大儿，近些年竟不跟武老往来，父子间像是断绝关系了一样。

"两个儿子都是普普通通的工薪家庭，一直嫌武老没给他们置下半分的财产。可武老也是个怪人，你说他没钱吧，他还把个人工资都拿去搞捐助。"同学告诉萧郡。

"就为这事闹的?"萧郡问。

"差不多就是这些家长里短的事，另外就是为房子，武老这辈子就那一套院士楼公寓，他不给两个儿子，却让女婿跟他住，这也和两个儿子置下了气。"

萧郡忍不住问，老子把房子留给女儿、女婿住，亲弟兄也能说得起话么? 同学说，哪里是，他女儿早就死了。

原来武老的幺女儿自小体弱多病，身体条件欠缺得厉害。早年武老心疼她，才招了一个瘸腿的女婿入赘，组成新家庭。没想到，女儿命短，婚后生下一子，身体便日渐一日地虚弱，不等儿子满周岁，她已先一步离开人世了。

武老的爱人也是早死，所以女儿一去后，这个家庭只剩武老和女婿带一个孩子过活。

女婿是工人家庭出身，没读多少书，这些年一边拖着条瘸腿四处找班上，一边和武老打着替手带孩子。武老年事渐高，阴天下雨少不了犯毛病，这又全靠女婿来悉心照料。

听学院的人传，武老曾经劝过女婿再娶，可女婿一来不想离开武家，二来怕也不忍给刚出生的儿子找个后妈，便把个人的婚事一拖再拖。这一拖，就拖成了现在的老光棍汉。

"也不怪外人说，武老的两个儿子确实不像话，看到家里这种情形，从来没提出过要把武老接到自家去住，还闹着要把女婿赶走。其实学校老师哪个不知道他们是冲着武老房子来的。"

萧郡的同学也是个心直口快的年轻人，他虽是从学校亲戚那里听来的情况，说到这些情节，在电话里也愤愤不平起来。

"武老这次自杀，是吃了过量的安眠药，到女婿发现他时，就已经咽气了。两个儿子可倒好，听说武老死了，竟连父亲的丧事也甩手不管了，从头到尾都让女婿和学校冲在前面操办，他们像看热闹一样。"

"怎么还有这样的后人？"萧郡听到这里，也是气愤不已。

"可不是吗，几百万的房产面前，你看人都不是人了。"同学陪着萧郡在电话里感叹一阵，才又想起来叮咛他，"对了，你现在该知道学校为啥对你们媒体态度不好了吧，他们也是觉得这些事上不得台面，不想让媒体知道。要我说吧，武老也够不幸的了，你们媒体委实不该往进瞎掺和。"

"掺和啥呀掺和，我原本就没想过要报道。"萧郡应着同学的话。

"嗬，你不想报道，干吗托我打听人家情况。"同学对他的话不以为然。

"好奇呗，真不是为了报道。"萧郡没法跟同学说他的心思，只好将就着说道。

了解武传风去世的原委后，萧郡心头仍有东西搁着，一时半会儿落不下去。

这天上午，他到办公室，才一打开电脑，网上就有丛郸和他打招呼："萧大记者，你怎么又冒出来了？"

"什么叫冒出来，看你用的这个词儿。"萧郡回过去。

"前几天你不才在网上闪了一下么，又不见了好几天。"

萧郡随手就敲出一行字来："怎么，几天不见，你想我了么？"但他立即意识到，这话浮浪了，因此赶紧删掉，改换了说法，"哦，对了，你这一说我才发现，这段时间我就没怎么好好上过班。"

"得了吧,你上班也不用老坐办公室,你是不是自个儿去挖打黑的内幕去了? 有什么消息可别忘了我这个死党。"

"谁跟你是死党,再说我哪里是工作去了,我这段时间一直在瞎忙,没一件是和工作有关系的,更别说去挖什么打黑的内幕。倒是你这家伙怪,看起来不就懵懵懂懂一学生妹嘛,怎么对社会上的事情比我们做记者的还要上心?"萧郡一气把要说的话全回过去。

"什么叫忙却和工作无关,难不成你要成家了吗?"

"去去去,是我们单位一个记者出车祸死了,这两天我在帮他处理后事。"萧郡不能跟丛郸说他和陶苕嫒的事,所以只说到魏小天这一段。

"啊,车祸?"丛郸发个郁闷的表情过来。

"是啊,你看生命多无常,还是我一关系特近的搭档,年龄只比我小两岁,那么年轻,多可惜。"

"唉,这种事……"

"我就觉得人渺小,生命真的很脆弱,一场车祸一个意外,说死,你就死了。"

"滚蛋吧,什么叫说死我就死了。"

"哦,对不起,说错话了。我是说啊,你平时也多注意,遇着车了小心一点儿。"

"没事,我不开车的,只要你别让我给你料理后事就行了,那一套是怎么料理的,我都还没学会呢。"

"这孩子,说话这么不靠谱的。算了算了,你对人生还没有体会,跟你说什么都是白说。"

丛郸发过来一长串白痴的表情,萧郡看见了,一个劲儿地摇头。后来,两人又胡乱掰一阵嘴劲儿,掰着掰着,又扯到打黑的事情上去了。

这回是萧郡先问丛郸:"这段时间我是在瞎忙,你呢,你该是一直追着打黑的事不放吧? 可有新情况?"

"嗯,律师和记者不一样,你们记者是全体读者养,所以没人管你们,你也就可以瞎忙,我可是李万水的代理律师,我拿了他的钱就要帮他跑路,我要是瞎忙了,人家可就取消合约了。"

"问题是,你替人家跑出什么新情况了吗? 对了,你那个阴谋论呢,找到证据了没有？"

"阴谋论？我啥时候有阴谋论了？"

"你别忘了，是你跟我说环山景观路工程是秦剑雄和刘子良在争，还说招标大厦的案子是秦剑雄做的，连他打黑也是为了打击刘子良。"

"这怎么叫阴谋论，我都跟你说过多少次了，这是我们主任从一个小圈子中打听到的传闻。"

"传闻？呵呵，你信不信，大部分传闻的原动力就是阴谋论。"

"我不信，依我的观察，我觉得一件事往往有阴谋才有传闻，如果没有阴谋，大家甚至都懒得传。"

"你这是诡辩，你就说，你到底找到证据没有吧。"

"别，咱们一个话题一个话题来，先给我把阴谋论说清楚了，再说证据的事。"

"这事能说清吗？"

"怎么说不清，我举个现成的例子给你，一下就说清了。告诉你吧，同样在我们市里一个非常非常小的圈子中，有人传你这个萧大记者是首富吕孟庄的情敌，你说，这个传闻是阴谋论呢，还是事实如此？"

萧郡看到丛郸发过来的这段话，虽一个人对着电脑，竟也忍不住脸上热一阵凉一阵。

他这两年和陶荟媛交往，因为心里总觉得不踏实，也就从没有对外说起过，陶荟媛那边大致也是这样处理的，因此这是极私密的一件事，怎么这样的事还是传出去了，而且传成了这个样子？

萧郡等心情平静了，想了想，问："一个非常非常小的圈子？此话怎讲？"

"此话不怎讲，它就一传闻呗，你权当阴谋论好了。咱们换话题吧，你现在是不是可以告诉我，你为什么要追打黑的案子了？我感觉你明显是站在秦剑雄那一边的。"

萧郡又是一惊，不知丛郸为何说出这样的话来，他又摸不清虚实，就佯装轻松地说："好厉害的丫头，看你一天到晚疯疯癫癫的，原来每句话都有来头，你到底想说什么呢？"

"好，我直说，我不怕你站在秦剑雄的立场上调查这件事，但我怕你搞这一场事的最终目的是对准吕孟庄的。换句话说吧，如果你有啥私人目的，这件事我跟你是没有办法合作的。"

"你这个想法是你自己的原创,还是已经有这样的传闻?"萧郡警惕地问。

"这想法是我的原创。不过,你也别紧张,刚才我说的传闻? 还只停留在八卦的阶段,人家只说到首富的情人成了记者的女朋友,还没有人知道这个记者正在调查打黑案呢,只有我知道。"

"好,我明白了,我回答你的问题。首先,同不同情秦剑雄,或者说,我是不是站在秦剑雄这一边,这是我的个人感觉,截至目前,我的直觉还是相信,'打黑百日会战'就是被人逼停的,因为秦剑雄打黑伤及某些人的利益,这个道理不会错。至于这些人究竟是谁,这也就是我追着调查的目的所在了。当然,你说的其他情况我不想和你深聊,我只能说我有我的职业操守,任何人怀疑我搞调查是为了挟私泄愤,那真是阴谋论了,我根本不可能针对吕孟庄搞什么调查。"

"我相信你的人品,相信你的职业操守,也怕你一时冲动,把路跑偏了,所以我才和你说的这些。"丛郸回道。

"好,不扯远了,现在该我问你了,我确定你一定有新消息了,说吧,什么情况?"萧郡已经猜到,丛郸今天主动找他说这一番话,必然是她得了什么新进展,想和他交换意见,但又有所顾忌。

"检察院好像有动静了。"果然,丛郸的话急不可耐地就传了过来。

萧郡暗自笑了笑,问:"检察院? 李万水的案子吗?"

"好像还不是,好像是说要立案调查秦剑雄。但这个消息不确切,纯粹是传闻。"

"调查秦剑雄? 这不就是你之前传闻的升级版吗? 可是我今天早上看新闻还见秦剑雄在出席市上一个啥会呢。"

"唉,我也不知道,老实说吧,我还以为你这段时间神出鬼没就是为了这个事呢,原来你啥都不知道。"

"就这样听来的消息,你也敢相信啊。"

"是啊,所以我心里没谱嘛。"

"你呀,整个儿就一不靠谱。"

这天,两人在网上聊了半响,不觉已到下午快下班的时间,双双下线之后,萧郡办公桌上的座机突然响起来,他抓起来接了,听见是一个中年男人的声音。

二十八

"请问……你是萧郡记者吗?"电话那头,说话人有些迟疑。

"是的,你是哪位?"萧郡问。

"我叫李松平,是……是理工大武传风老师的女婿啊。听说……听说你去学校找我了?"

"哦,我以前和武老见过一次,本来是想找他请教点儿事,真没想到出了这么大的意外。"

萧郡听他说话,已觉出他是个本分人,又想着自己原是怕惊扰到他,才绕来绕去托人打听消息,结果转了一大圈,还是让人家知道了,不禁心中有些惭愧。

对方却没在意他的这些回答,径直切了话题,问他晚上能不能抽出时间来。

"有事吗?"萧郡不解。

"我……我……萧记者,你要是方便呢,就请你今晚来一趟我家里吧,我想跟你说点儿情况。"

"你是说武老的事情吗?这个啊,我后来听你们学校的人说过了,大致知道些情况,都说你对他很好,只是武老年岁高了,一时想不开,这又不怪你。"

萧郡估计李松平找他,是怕他不了解家庭的矛盾,以至于生出误解,所以连忙搜话安慰他,好打消他的顾虑。

"不是不是不是,我是有别的情况要找你说的,你要是能抽出时间,就请你过来一趟吧。"李松平态度恳切,停了一下又说,"萧记者啊,我是专门看了你好多新闻报道,才给你打这个电话,我是信任你的。"

萧郡听到这里,意识到李松平打来这个电话是提早做了准备的,看样子他确实有情况要讲,那自己也不便推辞,就一口答应晚上去他家。

在街边一家中餐厅马马虎虎吃过晚饭,萧郡就往理工大学李松平家去。一路没少堵车,到他进门时,已近八点,外面天差不多黑尽了。

四十出头的李松平,走路歪斜得厉害。他穿一件浅蓝条纹的白衬衣,衬衣宽宽大大,笼在他瘦瘦薄薄的身板上,显得他文弱不堪的样子。

孩子怕才十来岁,被李松平从里间叫出来跟萧郡打了个招呼,也是一副怯生生的样子,而后就让他回房间做作业去了。

李松平的脸上一直见不到笑容,他确认孩子的书房已经关严实了,转身来到客厅,开始给萧郡冲茶。

萧郡坐在沙发上,他看客厅的面积,就知是一套大房子。屋内装修虽不起眼,满屋的地板、转角的隔断,一看又都用的是上好材料。萧郡心里就想,难怪他同学说这是几百万的房产。

李松平把一杯茶放在萧郡面前的茶几上,自己坐到另一张沙发上。他不甚会说应酬的话,稍稍坐了片刻,叫了一声"萧记者",就开始讲起正题来。

"你前两天到我家来,邻居已跟我说了。后来你托学校其他老师打问情况,这些我都知道。我现在是在超市里上白班,晚上才有时间,没办法,只好约到现在了。"在自己家里,李松平讲话比下午在电话中利落得多。

"是我影响到你们了,对不住啊。"萧郡表了歉意。

"我是认认真真在网上查过你做的报道,虽没见过你本人,但是就信任你。以前岳父在世的时候,你们那有个叫魏小天的记者也来找过我们,不知怎么回事,老不放心他呀。"

李松平说他查过报道,可能是实情,像这样打办公室座机找记者的人,大都是这个路数,因此萧郡对他这句话并不往心上去,倒是听说魏小天也来过,让他吃了一惊。

"他也来过?"

"嗯,对呀,你还不知道吗?"李松平被萧郡奇怪的表情弄得摸不着头脑,"你们不是同事吗? 我以为你们是为同一件事来的。"

听李松平这样说,萧郡全然不知深浅了。他本来想问魏小天是为啥事来的,但觉得不妥,就端起茶呷了一口,然后放下杯子,不经意地问:"魏小天这小子,自己来也不说一声,他是啥时候来的?"

李松平没接萧郡的话,径自从茶几底下抽出来一张报纸。他将报纸打开,摊在茶几上,然后指给萧郡说:"我知道你们是为了这个事情吧。"

萧郡一看，见是他和魏小天做的那起佛头报道。当时这篇报道是他写的文字，魏小天拍的照片，所以他俩的名字都署在报道后面。

"魏记者具体啥时来，我记不清日子了，反正他那次来，岳父把他拒绝了。岳父去世以后，这段时间我一直在考虑，考虑来考虑去，觉得应该先把情况讲给你们记者才妥当，所以就找了你。"

"哦，这样？"萧郡抑不住一阵心热，他听明白李松平找他来是想说佛头的事，这正是他前两天找武传风的原因，没想到费尽了周折，却有人主动找上门了。

"对，我请你来，就是想跟你说佛头的事。"李松平望着萧郡，伸手把眼镜往鼻梁上推了推。

"哦，佛头啊。"萧郡边说边从包里拿出录音笔。

"咦，这个不用了不用了，不用录音。"李松平连连摆手。

萧郡不知李松平为啥介意录音，他又不便当面追问，就一边往包里放回录音笔，一边悄悄摁下了录音键。

李松平挤了挤眉头，清了清嗓子，便把话头一下拉到他刚刚结婚的时候。

且说十多年前，李松平入赘武传风家。当时，武家两个儿子早已各自成家，在外各有各的门户、家小。所以，李松平一进武家门，自然就跟着住进了现在的院士楼。

结婚的时候，李松平并不知武家的事情。婚后不久，他才渐渐看出来，两个哥哥和武传风之间的关系处得很紧张。

有一段时间，两个哥哥隔三岔五回来和武传风吵架。李松平在一旁听，听他们口口声声说的，都是武传风捐款的事。

两个哥哥说，武传风不该不顾自家儿女死活，一个劲儿地拿钱往外糟蹋。武传风怄极了才回一句，工资是自己的，自己想干啥就干啥。

父子口上虽这么吵，其实说的都是钱上的事。因为李松平自己没有能力解决这些经济问题，加之又住着武家的房子，便不好开腔搭话，更不好劝架说理。

有天晚上，李松平和妻子武莲躺在床上，说起家里这一堆的矛盾，俱是唉声叹气，不知往下如何处理。

武莲倒是知道两个哥哥的难处，就先替他们焦心："也怨不得他们，这段时间两家一齐赶上单位里集资建房，回来找父亲帮几万元的忙，父亲是眼睁睁帮不上。"

听妻子这样说她两个哥哥的情况，李松平跟着就埋怨起来："咱爸咋想的，哥哥他们就差几万块，还说跟他借。这不就是两三个月工资的事嘛，他怎么就不愿意。"

"唉，你该晓得，这几年，爸的工资大都捐给西山水库那边，剩下的就是我俩在花，你叫爸上哪去找这几万块？"

武莲说完，继续叹她的气。李松平想了想，就说："武莲啊，我一直搞不明白，西山水库那边的孩子，一来有政府帮，二来社会上还有老板在帮呢，他们专门设了基金，我看电视上说，那些老板一捐就是几十上百万的，咱爸那几个钱，多不多少不少的，拿去能起什么作用啊，人家那么大一笔基金，也不短他那点儿钱。"

武莲爱惜父亲的名声，就不爱听李松平这样说话，遂反斥他："你懂什么呀。"

"武莲，你可别说我不懂，哥哥他们隔三岔五过来和爸吵，闹得学校说啥的都有。晓得实情的，他们说咱爸在做好事，不晓得实情的，还以为两个哥哥是看我入赘，专门来攒我呢。"

"好了好了，我知道外面说啥的都有，可是嘴长在别人身上，我们管得了吗？你呀，你是根本不晓得咱爸的难处，尽考虑你自己。"武莲气得侧过身去，拿背对着李松平。

李松平本来就憋一肚子气，索性借这个话题把一肚子苦水都倒了出来："咱爸的钱，你还不能说是咱俩花了的，他余的那点儿钱，连每个月给你买药都不够，家里其他开销，还不是我在维持？我这头撑着家，两个哥哥却堵吵堵闹，外人都说我也是靠爸在养活，你该听到过吧。"

李松平是憋上气了，越说越不饶人。武莲却在夫妻间最知进退，见老公把话挑得这样明白，也就不应声了。过了良久，她才又转过身来，一边叹着气一边语重心长地跟李松平说："爸呀，他是有罪孽的人，他捐款又不是拿来博名声，他是要赎他身上的罪孽。"

"罪孽？"李松平不知就里，就追着问武莲，"爸那样的人，有啥罪孽？"

二十九

据李松平跟萧郡说,他就是这一次和武莲床头吵嘴,才从她口里听得武传风和佛头的事。这些年来,他顾忌武传风的名声和利益,一直替武家守着秘密,并不曾向外人泄露半个字出去。现在武老去世了,他心想老人家已经入土为安,生前身后的事情却就这一桩没有了结,因此才主动找记者说出原委,看媒体能不能帮他些忙。

说起来,武老身上这一桩罪孽,是颇久远的一段故事,追起源头,竟要从中华人民共和国成立前他上大学时候说起。

武传风在中央大学工学院水利工程系就读本科时,有一年冬天,眼看就快放寒假了,他和身边一帮同学忙着四下打问回家的车船。

武传风因回家路途遥远,家里又在偏远的乡下,几番找学校的乡谊、同路询问回家的门路,却始终未得下落。眼看别的同学一个个离校,他只好赖在宿舍里干等。

就在这个时候,系里本级级会的一位总干事叫秦鼎昌的,找到他,说是"回天社"假期要去邻近的外省搞一次"寒假生活营"活动,邀他一起参加。

武传风本来是寒门学子,几年来在学校菲薄的一笔开支已经难以维持,后来是靠着专业成绩拔了全校的头筹,得了当时国民政府的奖学金,才勉强能够撑下去。所以,他对于夏令营、冬令营这一类绅商子弟的假期活动,本是毫无兴趣的。

但"回天社"别有自己的来头,也有专门吸引武传风这种穷学生的地方。当时处在国共内战的大气候下,中央大学内学生社团都各有各的名堂,像"回天社"这样的组织,是从过去的"三青团"演变而来,因此明里他们虽只办办板报、搞搞演讲,暗中却和国民党当局有千丝万缕的联系。

"回天社"在学校一帮社团当中,向来动作最多、声势最大,他们的社团活动大多也都得到国民党当局的暗中支持,因此"回天社"的成员无论是办板报,还是参加忠党爱国的游行,甚至发动学生在课堂上跟那些抨击国民政府的教授发难,事后或多或少都能拿到一笔补贴。

"回天社"这点儿门道,在中央大学校内,早已经是公开的秘密了。也正是出于这个原因,在校内五花八门的社团之中,武传风对"回天社"是另眼相看的,他还一直幻想加入进去,好跟在这些政治活跃分子后面跑跑跳跳混些贴补。

在此以前,武传风就跟秦鼎昌提说过几次,要他帮忙介绍加入"回天社"。可秦鼎昌了解他的心思,知他是混吃混喝来的,所以从来没有真正引荐过他,只要么开玩笑说他党、国大义全不懂,要么提点他,说他这种书呆子一门心思读书就是了,政治的事碰都不要碰。

秦鼎昌是"回天社"的核心成员,同学中间又传他家是富甲一方的大地主,因此无论资财背景还是在学校的交游,与武传风相比,自然一个天上一个地下。只不过秦鼎昌的为人倒不是一般富家子弟那样趾扈张狂,他素来重仁义、好交结,尤其在武传风这样的尖子生面前,他能把自己的身段往低了放。所以,同级几年来,他和武传风不但交好,平素对武传风还多有接济帮助,两人的友谊自是不一般。

武传风想进"回天社"一直进不去,这回学期末了,秦鼎昌突然邀他参加"回天社"的"寒假生活营"活动,武传风就以为,这该是拉他参加"回天社"吧?不承想,他问秦鼎昌是不是这个意思,秦鼎昌说不是这个意思。

武传风纳闷,为啥"回天社"不吸收我,却要拉我参加冬令营?秦鼎昌没多说原因,只说这次"回天社"的活动是他在家乡联系的勤工俭学,他老家要修一座中型水库,却没有工程设计方面的技术人才,因此工程方就让"回天社"网罗一批学生过去,到时做好了工程,人家是要按市面的价码给报酬的。

一听说有钱挣,武传风这才把"回天社"的事丢开。不过他心里又犯嘀咕,既是水利工程设计,工程方还按市价出钱,如何不去请正儿八经的工程师?

秦鼎昌就解释,国共内战一开打,国内水利工程领域的高级人才奇缺,国统区个别水利专家的政治动向一时又不明朗,因此工程方根本不敢贸然请人,这才就近通过他这条线找到"回天社"帮忙。

这下武传风释了疑惑,一时又担心起自己的学业功底不足,怕自己肚里的墨水不够,去了之后派不上用场。秦鼎昌就给他戴高帽子,说中央大学水工系的头名状元都派不上用场,那这个国家还有啥指望?

秦鼎昌一番鼓动,武传风自己也心热不已,于是,第二天一大早,他只简单拿了几册书随身,就匆匆上了"回天社"生活营的车子,随一帮从来没见过面的同学赶去了邻省。

一路无话,只有车子在山间路上颠来簸去。这样走一阵停一阵,直到第三天下午,终于抵达邻省地界。这时候,武传风从前来接他们的人的交谈中,才听来一耳朵,说这次要去修建的水利工程,叫作西山水库。

原来,武传风这次来的地方,便是他后半生守望到死的城市,而他这次被"回天社"请来做设计的水库工程,正是五十多年后在一场暴雨中轰然溃坝的西山水库。

当时,临中华人民共和国成立已经不远了,共产党的军队向南渡过了黄河,国民党则一路败退,把进攻战打成了防御战不说,许多防御战线也都渐渐守不住了。西山这一带地方,虽还在国统区腹地,属于国民党的大后方,但战线迫近的消息也一天比一天紧。

武传风在学校的时候,两耳不闻窗外事,不曾听过这样紧的风声。现在和"回天社"的人一起来修西山水库,在路上停歇小憩,就听到满天飞的马路消息,说是共产党马上就要打过来了。

武传风和"回天社"的一干学生,被水库工程上的派员接住后,连县城也没进,直接领去了水库工地。

那时候,西山水库已经修到半中间了,他们这帮学生一到工地上,就被划分开来,安排去了不同的工程处、工务所服务。武传风则单独由秦鼎昌带着,去了工程指挥部的一间单独营房。

这次出发之前,秦鼎昌悄悄教给武传风一个化名,嘱他在工地上要时时刻刻记得自己叫武树明。

武传风不懂,问秦鼎昌,好好的勤工俭学,有啥见不得人吗,怎么还要用化名?秦鼎昌还是懒得跟他说原委,只说武树明是"回天社"一个成员的名字,叫他化作这个人的名字,就是要他冒充这个人的身份。

武传风就更犯糊涂了。我要加入"回天社",你不让;现在却叫我冒充"回天社"的武树明,这里面到底有啥讲究?秦鼎昌就拉下脸来跟他打招呼,说这是政治,政治上的事,你这个书呆子不懂,只管按我说的做,不害你就是了。

说实话,当时武传风对秦鼎昌说的这些话不大理解,还一直琢磨他葫芦里到底在卖什么药。直到中华人民共和国成立，眼看新政权拿着"回天社"的名单，四处搜捕"回天社"成员，清查"回天社"的反革命罪行，他才恍然大悟，要不是秦鼎昌让他冒充已经死去的武树明，要不是秦鼎昌一直不让他进"回天社"，像他这样实实在在参加过反革命活动的人，别说是躲过清查，早连命都交出去了。

秦鼎昌和武传风只在营房住了一晚，第二天一早，两人就被通知去了工程指挥部见上峰。因为指挥部的头头脑脑已经把武传风当作"回天社"的成员，他们说起话来也就没有丝毫的禁忌避讳，只一股脑儿把全盘计划和工程意图都道给了他。

指挥部的人先甩给武传风几大卷图纸。武传风打开一看，纳闷了，水库工程的设计不是全都做好了吗，还叫他来搞哪门子设计？

指挥部的人就把图纸拉过去，指着下沿角签写的一长串设计人员名字，问他认不认得。武传风把名字瞧过一遍，说认得呀。原来这套图纸悉出自他们中央大学水工系的一帮老师之手，其中好几个还都是他的授业老师。

指挥部的人告诉他，西山水库工程早在几年前就由县政府聘请中央大学的教授做了全盘设计，但工程建设一直到近几个月才正式启动。现在主体工程刚好建到一半，之所以请他来，就是要他从这个阶段介入工程改造。

接下来，指挥部一个头儿模样的人郑重其事地通报了工程改造的几点要求，他说西山水库设计库容在一百万方以上，建成之后，就好比是压在县城西北角上的悬湖，现阶段的改造，关键是在坝体内部设计一套秘密溃坝系统，用这套溃坝系统对接水库工程，日后系统一旦启动，要能实现水库大坝的全面溃坝功能。

武传风听得一头雾水，问为什么要设计溃坝功能？为啥要让好好的水库溃坝呢？指挥部的人看他木木愣愣问出这样的问题，大家一阵哄笑，然后才跟他讲了个通透，说是眼下的战局对国军不利，迟早国军一撤退，共产党是要打进城的，共产党来了咋办啊，你只能让他们先进城吧，待他们安营扎寨收拾停当了，这头就神不知鬼不觉地启动溃坝，来他个关羽水淹七军。

这样一说，武传风就明白了，原来修西山水库不过就是一道瞒天过海的障眼法，整体工程实际都是冲着将来可能杀进城的共产党下的圈套。

武传风那时读国民政府的大学，政治上接受国民党训导，因此对共产党不过只有概念，也就丝毫想不到，接受这样的"反共"任务有何处不妥。且说他自领了任务回到营房，便开始一头扎进工程设计当中。

那以后，他这间营房就成了指挥部的大脑中枢，类似工程勘测这样的指挥部分支部门，统统都围绕他运转起来。秦鼎昌则当起了他的"勤务兵"，天天陪在他左右，不但负责他一应起居生活，还负责在指挥部各个下属部门之间通联跑腿，帮忙传递各式各样的资料、数据，以及沟通不断调整变化的设计思路。

秦鼎昌虽长武传风几岁，终是两个年轻人在一起，相处时间一长，难免彼此之间的话也多起来。这样，武传风又才陆陆续续从秦鼎昌口中了解到，像西山水库这样的工程，当时国统区有不少城市都在暗地里搞，有的披一张水利工程的皮，有的干脆搞成了地下爆破工程。

秦鼎昌说，他们内部人都管这些工程叫'水山计划'。这名字原是一帮士绅议出来的秘密代号，按照字面上的意思，是说利用山形水势，建造西山水库这样的针对城市的大规模破坏性工程。只不过，这个说法传到各省各县后，有的地方已然走了样，有人就搞起了爆破工程。

秦鼎昌平时绝少在武传风面前提"水山计划"的事，只不过偶尔两人在营房喝了酒，他自己喝到了七八成，才止不住地要说"水山计划"的根源脉络。他也是个怪人，回回说起"水山计划"，都是连哭带骂，哭的却都是国民党，骂的也都是蒋介石。

秦鼎昌跟武传风哭：国民党啊，就是那扶不起来的阿斗，政府、军队都腐败，已经烂到根上去了，跟共产党一打仗，把自己输个精光不说，连国统区的老百姓也都扔给共产党不管了。眼看国民党指望不了，国统区又一天一天沦陷，这才有各地的忠义士绅秘密串联起来，在城市里面搞'水山计划'，其目的，就是要在共产党打进城后，靠这些秘密工程做最后一搏，倘若成功了，就能给国军反攻赢得机会，这些个士绅商贾也算替党国尽了回天之力。

秦鼎昌作为"回天社"的核心成员，口里动辄说的是党国大义、阴谋阳谋，武传风听来听去，心里却不踏实。有回他问秦鼎昌，这么说西山水库是私人出钱修的？当初不是说工程方许给我们一笔钱嘛，到时工程设计图交了，找谁要钱去？

秦鼎昌就连哭带笑地跟他交了底，说西山水库的修建表面上虽由县政府出面张罗，对外打的旗号也说是造福桑梓的"民生工程"，可那都是虚晃一枪，私底下，工程的出资人和控制人都是西山最大的袍哥堂口桃星垣。

秦鼎昌拍着胸膛问武传风，桃星垣重信又重义，可你知道，它最不缺的是啥？

武传风说，不知道。

秦鼎昌就哈哈大笑说，银子啊。

武传风一听，也就放心了。

三十

李松平说武传风的过往，居然牵扯到了桃星垣，这让萧郡又吃一惊。萧郡以前是听魏小天讲过桃星垣的，也听吕孟庄聊过几句他祖上的事，现如今听李松平提起桃星垣的枝节，竟然处处都和他知道的情形对得上卯，心下先把李松平的话信了一半。

不过，对于李松平不断说到的"水山计划"，他总觉得离奇了些，因此就半信半疑地说："要说那会儿国民党想方设法破坏城市，我是信的。我以前还看到过这方面的资料，那说的是青岛，青岛临解放前，国民党驻军就从上海秘密调来两万公斤炸药，计划撤退之前把青岛的大港、码头、水源地、发电厂这些城市基础设施统统炸毁，当时搞得人心惶惶，最后还是共产党发动地下党实施了阻止。可是，你要说地方士绅大规模密谋'水山计划'这种事，我还从没听说过。"

"我也是听妻子跟我说了'水山计划'这一段后，好奇不过，这些年私下里看过不少的书，其中也注意到青岛毁城这样的资料，但确实也没见过有关'水山计划'的记录。"李松平说，"不过我在想，那个年月，地方上的士绅要搞'水山计划'，就算他有财力物力保障，真不一定找得来工程师，解决得了工程技术、设计方面的问题，所以，我估计当时有很多'水山计划'工程，实际上都流产了，并没有真正搞起来。"

"这倒也有可能。"萧郡笑笑地说，这时他又想起一个环节来，不禁问李松平，"对了，西山水库建成后，就只溃过一次坝吗？到底解放的时候，'水山计划'

启动没有?"

"十多年前那次,是西山水库唯一一次溃坝。"李松平今晚话说得太多,口干舌燥的,他却顾不得喝水,这会儿趁着话题节奏慢下来,便又摸出一根烟点上,边点烟边就说,"当时桃星垣堂口、各地分支机构以及堂口掌控的民团武装,是在一夜之间被从天而降的解放军分割包围的,堂口那些大爷一个也没漏掉,后来都枪毙了,你说,他们哪来的机会启动'水山计划'呢?"

"这么说,解放时'水山计划'没有运行?"萧郡沉吟道。

"是啊,问题是解放时它不运行,可解放都几十年了,它给运行了。"李松平贪婪地哑吧着烟。

"什么?"萧郡一阵惊愕,"你是说,西山水库十多年前的这次溃坝,是因为'水山计划'的原因?"

"是啊。"李松平望着萧郡。

"是?"萧郡怕自己话没说清楚,因此特意补充道,"你是说十多年前有人启动了'水山计划',才致使西山水库溃坝的吗?"

"是啊,是啊。"李松平连声说。

"不对吧。"萧郡一下想起来,此前文研所的刘功跟他讲到西山水库溃坝时,好像说是暴雨所致,因此就提醒李松平,"我听说那次溃坝之前下过一场大暴雨呢,会不会……"

李松平目不转睛地望着萧郡,频频摇头,他那意思已经很坚决了。

"那次溃坝死了一百多人,你知道不?"萧郡又像是问李松平,又像是自言自语。

李松平还是没有说话,还是定定地望着萧郡,只是先前还摇头,现在变成点头了。

萧郡盯着李松平看了一会儿,坐不住了,他习惯性地从沙发中站起来,双手插在裤兜里走到了客厅中央。他在水晶灯下站住,头上顶着一片白光,突然就转过头来问李松平:"还是不对,你说'水山计划'是专门针对县城的,可那次溃坝冲的明明是义田新区,义田新区在十多年前还属于郊区呢,根本就不在县城,若要再往解放前说,我听人讲,那地儿就是桃星垣的义田。"

"你不是本地人吧?这你有所不知,小青河改过两次道呢。"李松平不慌不忙地解释道,"没错,最早小青河是从义田经过,河道路线基本就是现在的样子,后来修西山水库，人家同步就把河道改了，改从县城中间穿过，目的就是要毁城。小青河这一改几十年过去了，直到水库溃坝的前几年，因为城市要扩建改造，摆不开地方，市政府才又把青河改回原来的河道。你看现在市中心为啥有一个青湖公园，就是青河两次改道形成的，不然也不会叫青湖。"

"原来是这样。"萧郡恍然大悟，嘴上不禁说道，"那市政府这次改道，真是万幸了，要不然洪水走了老城区，还不知道要死多少人。"

"是啊，咱这儿人也都这样说。"李松平应道。

萧郡依旧在琢磨"水山计划"，他想想又说："也怪，小青河从城中间经过时，'水山计划'没启动，河道都改回郊区去了，它怎么又启动了，这怎么解释呢？"

"可不是嘛，我也想不通这一层，前面我就说，它在解放的时候不启动，解放都几十年了，为什么还要启动'水山计划'，到底是啥人启动了'水山计划'，他们想干什么？"李松平的焦虑似乎全在这句话里面。

"你咋就断定这次溃坝一定是'水山计划'，而不是别的原因？"萧郡问。

"呵，"李松平苦笑一声，"因为佛头现世了呀。"

李松平说这话时，顺手把之前翻出来的报纸推到灯光下，萧郡这会儿瞧一眼报纸上的佛头照片，只觉得一阵恐怖从脚板心蹿到脑门心上。

这样，他才又记起来，今晚李松平不是要跟他说佛头的事吗，怎么扯了大半夜都还在"水山计划"的话题上。

"'水山计划'和佛头有关系？"萧郡坐回沙发上，不经意地把报纸塞到了茶几底下。

"这颗佛头，就是溃坝系统的启动装置。"李松平注意到萧郡的动作，却装作没看见。

"什么？"萧郡猛一把又把报纸拉出来，"你是说有人拿这颗佛头启动了'水山计划'？"

李松平被萧郡这一声喊叫吓了一跳，连声说："对呀，对呀，就是拿这佛头启动了溃坝，然后佛头随洪水冲到下游，埋在金控大厦工地下十多年。"

当时，指挥部名义上是叫武传风设计整个溃坝系统，待武传风细细把交付的工程资料消化完，他这颗水工系头名状元的脑袋，纵是在人情世故方面再木讷迟钝，也瞧出来指挥部在工程安排上的心机。

事实上，指挥部事先已把一座水库工程拆分成了三个不同的功能系统，分属不同系统的工程都可以独立进行设计。

这三个系统中，一头一尾分别是溃坝启动系统和大坝系统。其中，启动系统就好比一把钥匙，水库大坝则好比是锁头，指挥部的意图是，一旦拿钥匙打开了锁头，西山水库这座容积上百万的悬湖，顷刻之间就会冲击下游城区。

武传风承担的任务部分，恰恰处于中间系统，也即是在启动系统与大坝系统之间设计出一个感应传递系统。这个系统更像是锁芯，从功能上讲，它对上要能响应启动系统发出的启动指令，向下要能将这一指令传递给大坝，进而触发大坝终端产生瞬间的溃坝运动。

武传风既承担中间一环的工程设计，指挥部当然要给他提供一头一尾两个系统的工程资料。在这两套资料中，大坝系统的资料、图纸均出自他老师之手，故他研究起来是轻车熟路，但那一套启动系统资料，无论是工程图纸还是背书的工程说明，完完全全都是野路子，当中使用的度量规制和尺线标注竟还是木匠师傅的老把式，计数用到了天干地支，四方定位也是"朱雀""白虎"那一套，这叫武传风消化起来颇费了一番气力。

不过，正是两套截然不同的工程系统摆在武传风面前，他也才看明白其中的门道——显见是指挥部的老把式解不开中央大学的工程图，才找他来帮忙——所以此次指挥部请他来，与其说是对他中央大学水工系头名状元的身份高看一眼，倒不如说是相中他的师承关系，叫他来做一回工程翻译，好让木匠把式的钥匙能拧开中央大学教授的水库工程。

指挥部的种种盘算按下不表，且说武传风来来回回一番研究，加之不断和指挥部其他部门沟通对接，没过多久，他竟把启动系统内置机关的运动轨迹摸了个一清二楚。

这样，还不等寒假收假，他就一股脑儿拿出了五六套衔接工程的设计方案。后来，指挥部按照他的方案一个一个模拟测试，总算验收通过了。

武传风交了差后，如约拿到报酬。又过些日子，临到新学期开学，指挥部就派了汽车，照旧让秦鼎昌带领"回天社"这一干学生返校。

武传风后来思量，返校途中出的一场意外，应是事先秦鼎昌算计好了的。

当他们的车行到第二天，经过那一段前不着村后不着店的盘山公路时，秦鼎昌突然喊叫司机停车。他借口说附近地面常有共匪骚扰，因此要先行上山顶察看情况。司机把车停下后，秦鼎昌就招呼大家在车上留着，然后叫武传风下车陪他一起上山。

武传风并不知道，在那个兵荒马乱的年月中，当他跟在秦鼎昌后面一步一步走向山顶的时候，他也正和汽车上那些茫然无知的同学，走向了命运的不同方向。他和秦鼎昌上到山顶，四下看了看，见不着"共匪"的动静，正要折身返回时，就听轰一声炸响，停在山腰公路上的汽车就在一片火光中爆炸了。

且不说这一段杀人灭口的安排被秦鼎昌如何解释成"共匪"下的黑手，只说武传风安然回到学校，一边遵照秦鼎昌的叮嘱，绝口不在外人面前提及他去西山水库的事，一边又在忐忑不安中渐渐续接上了两耳不闻窗外事的学校生活。

当初武传风乍一接触到西山水库启动系统的工程资料时，就产生了浓浓的好奇，即便他后来摸清了阀门机关的运动轨迹，勉强完成了衔接工程的设计任务，但他总觉得那一份老把式的工程图里有他不曾吃透的玄妙。为此，武传风悄悄抄带了一份启动工程图，以后到他再回学校，还时常不忘琢磨图纸里面的门道。

也就是这样，武传风萌发了对中国古代建筑工程设计的兴趣，在大学最后那一段不长的时光，他开始在中央大学图书馆内搜集借阅这方面的古籍，当这些古籍到了他手，他越看越觉得引人入胜，越看越不能罢手。

这一段特殊的学习经历，甚至对武传风一生的学术建树都产生了深远的影响，几十年后，他之所以如愿摘得了水利工程方面的院士桂冠，确乎与他在一座又一座现代大型水利工程中鬼斧神工般地运用中国古代水利理念和技术有莫大的关系。

也就是在这一段学习经历中，武传风机缘巧合见到一本叫作《营造法式》的古籍善本。这本书是北宋年间政府颁行的一本经典工具书，里面集纳了当时中国的建筑设计、施工经验，可说是中国古代建筑工程技术的集大成者。

武传风拿到这本书一读，自是爱不释手，却不曾想到的是，他最终竟从这本书中钻研出西山水库启动工程的门道。以后，他就是照着《营造法式》的章法，没日没夜地推演那一份工程图，这样一环一环推下去，才把隐藏在工程图内的秘密一层一层剥开，启动系统中启动装置的构造形制，也才被他一寸一寸还原出来。

李松平现在告诉萧郡，"水山计划"的"启动装置"就是那颗怪模怪样的佛头——那佛头真好比是启动这座城市"核弹"的按钮,手握这个按钮的人只要把它送进启动系统的阀门,一个庞大的毁城计划便在神不知鬼不觉中运行开了。

三十一

这天晚上,李松平从西山水库说到"水山计划",又从"水山计划"说到了佛头。他是个烟鬼,一边说话,一边烟不离手。到了下半夜,茶几上一只盘盏大小的烟灰缸硬是堆起了冒冒一山烟头,客厅里面也像是下了一场大雾。

在一片烟熏雾罩当中,萧郡眼前开始一幕一幕闪过魏小天的脸、佛头的脸,还有武传风的脸。他一时又想到,眼下这三张脸都是死人的脸了,心下便涌出一阵惑乱不安。

"你爱人跟你说了这些秘密,然后你又独自和武老生活这么多年,这期间你没就这些问题跟武老求证过?"萧郡问李松平。

"哪有,当时妻子跟我说这些,只是想让我理解岳父为啥朝西山水库溃坝的救助基金捐钱。妻子把这件事看得比天大,到她去世前交代后事,连我们孩子都没舍得叮咛一句,就只嘱托我要替岳父保守这个秘密。所以,这些年我在岳父面前假装啥都不知道,免得刺激他。"

李松平叹了一口气,接住就说:"这倒好,我没刺激他老人家,让你们把他刺激了。"

"我们把他刺激了?"萧郡不明白李松平的话。

"就你们这篇报道啊。"李松平敲了敲报纸上那张佛头照片,朝萧郡说,"外头都以为岳父自杀是为几个不孝儿子,哪里是这样啊,只有我知道,他完全是被这个刺激的。"

李松平说,武传风虽亲身参与"水山计划"工程设计,但他的内疚并不在于此。"他心里真正过不去的坎儿,是他一直隐瞒不报西山水库的隐患。他曾经在武莲面前埋怨,说自己一辈子贪生怕死,解放时,怕自己被打成反革命没敢向组织说,解放后,又生怕说不清影响到自己,就一天一天往过拖。没想到一拖几十年,硬生生挨到水库溃坝,害死那么多人。"

"那怎么说我们这个报道刺激到他了?"萧郡对李松平前面一句话颇有些介怀。

"我可不是说你们有啥责任,"李松平赶忙解释,"在岳父看到佛头报道之前,他虽然一直内疚,但他不是没有侥幸心理。毕竟溃坝之前下了暴雨,而且暴雨大得出奇,不排除暴雨导致溃坝的可能性,况且,政府公告的调查报告也说主要是天气原因。溃坝后,岳父还去现场看过,所有的工程痕迹全都冲掉了,根本辨别不了原因。但金控大厦工地挖出佛头之后,水库溃坝的原因不就清楚了嘛,这下他再没法安慰自己,也躲不开身上的罪孽了。"

萧郡听李松平这一番话,登时就回想起武传风在文研所拿卡尺量佛头的情景,他现在终于明白了,武传风当时为啥会有那些奇奇怪怪的表情。

这时李松平又顾自说话:"说实话,自打妻子跟我讲了岳父的事,时间一长,我都把这档事丢一边去了,没太在意。佛头报道出来时,我也注意到这条新闻,当时只觉得佛头怪模怪样的,让人浑身不舒服,都没往西山水库溃坝的事上面联想。甚至岳父拿到这份报纸后,我看他盯着佛头照片双手抖得像筛糠一样,还只以为他是风症发了。后来是你们那个魏记者跑到家来找岳父,被岳父板着脸拒绝了,我才一下想起'水山计划'这件事来。我是真没想到岳父会受这么大刺激,竟然要寻短见,早知这样,我就不跟他装我啥也不知道,直接和他挑明了,好好开导他,也许他不会走极端。"

萧郡一边听李松平自怨自艾,一边就冒出新的疑问来:"你爱人有没有说过秦鼎昌的下落?"

"秦鼎昌?"李松平抬起头来,"他是个神秘人物,他把岳父送回学校之后,从此就消失了。后来,岳父到了理工大学工作,知道秦鼎昌是这一带的人,也悄悄打问过下落,却始终没找到这样一个人。"

"哦,"萧郡想了想,又问道,"老李,你想过没有,在十多年前,当时那种环境下,一个人启动'水山计划',搞一场溃坝出来,他到底图个啥?"

"这你问到点子上了,你说这个人图个啥?说是毁城呢,当时小青河已经改道了,毁不了城。难不成是报复社会?如果是这样的话,那也太恐怖了!"

"报复社会!"萧郡跟着念叨了一句,不以为然地说,"他报复什么社会,溃坝之前,义田是郊区,溃坝之后,义田倒成了经济新区,这几年发展最好,变化最大,老百姓最幸福,他报复上谁了呢?"

"终归死了一百多人呢,现在大家说起义田的发展,好多人还都感慨,说义田的发展是拿一百多条人命换来的。"李松平说。

萧郡听了,摇头叹息一阵,便不再说话了。

萧郡听李松平说了大半夜"水山计划"的事,只觉得脑子里面塞得满满的,一直到天快亮了,他才回到自己的公寓。

回家之后,洗漱一通上了床,他却翻来覆去睡不着觉。

这次当着李松平的面,他忍下了许多话。其实,当他一听完李松平说的"水山计划",他头一个反应就是魏小天说过的那句谣儿,"佛头现,西山断,青河三丈三"。据魏小天讲,这谣儿是桃星垣上的一段传说,它原本是秦九孤儿死后遗留下来的金箔咒语。

什么咒语、预言,自然是无稽之谈,但如今却又听到一个"水山计划"——"水山计划"的启动机关是佛头,溃坝发生的水库在西山,行洪正在青河,淹的就是义田——人为造出来的一处秘密工程,竟然完完全全合了金箔咒语的预言。

更叫萧郡生出无限联想的是,"水山计划"由桃星垣斥资修建,神乎其神的金箔咒语也源于桃星垣,这一前一后两者之间,到底串着什么样的关联?已经消失的桃星垣袍哥堂口,究竟藏了多少怪事秘辛?

这天晚上,萧郡百思不得其解,后来就慢慢睡着了,睡着不久,他梦到了魏小天。

"萧郡,我好冷。"魏小天站在萧郡面前,全身暗淡无光,看不清他的表情,他背后的天也是灰蒙蒙的。

"现在不是夏天吗,你还冷?"萧郡问。

"你看,我全身都冻硬了。"魏小天把自己左右两只胳膊都掰下来,拿给萧郡看。

"你这不是冻硬的,是车给你撞断了。"萧郡觉得魏小天好像已经忘了自己出的车祸,就提醒他。

"我没有出车祸,是你出车祸了。"魏小天告诉萧郡。

"是你,你看,你的头都撞断了。"萧郡一眼看见魏小天的脖子上有一条断口,他心里高兴,觉得这样就可以说服魏小天,于是他边说边走上前,伸手去端魏小天的头。

萧郡把魏小天的脑袋从脖子上端下来,给魏小天看:"看,你的头在这里。"

魏小天没说话,萧郡就看了看手里的头,这才发现明明是自己的,不是魏小天的。

他心里有些着急,觉得自己端错了,赶紧把头扔了,又去端魏小天的头,端下来一看,还是不对,是李松平的。

他心里越发着急,想着明明是魏小天的头断了,怎么会端错?他又一连端了好几回,仍然不是魏小天,只一会儿是吕孟庄,一会儿是陶苦媛,一会儿是李万水,一会儿又变成了武传风,全都是自己认识的人。

萧郡觉得自己一双手都端累了,他就想,莫非真是自己搞错了?于是,他把自己的头端下来看。

一时光线不好,萧郡怎么也看不清手上人头的面目。这时魏小天说:"你看,这也不是你。"

萧郡再把头捧到眼前看,果然不是自己的头,而是金控大厦工地上挖出来的那颗佛头,面目仍旧让人毛骨悚然。

萧郡心想,完了完了,自己的头什么时候变成了佛头,怪不得魏小天一直不相信他。

他想着把佛头扔了,却又不忍心,这样自己以后就没有头了。咋办咋办?萧郡急得手足无措,猛然间,他就惊醒了。

萧郡醒过来,已到下午时分,自己头上身上冒着虚汗,一双手正卡在自己脖子上。

隔空谋杀

三十二

萧郡在市档案馆的查档登记簿上，再次看到了魏小天的名字。这让他错愕不已。

他还是前两天和李松平谈过一宿话后，才想到来市档案馆看看。刚才在档案馆接待室，他和工作人员把来意说了，工作人员转身在计算机里检索一遍，告诉他，馆里存有西山水库溃坝的资料，可以查询，随手就把查档登记簿递给他。

大约平时来档案馆查询资料的人不多，一年的查档登记簿上也只填了前面五六页。萧郡翻开来，找到一页正要往上填写，一打量才发现上面一栏里赫然写着"魏小天"几个字，直吓他一跳。

他对魏小天签名的笔迹尤其熟悉，一看就知道，是魏小天本人来过档案馆了。再仔细看登记日期，竟在一个半月之前，距魏小天车祸身亡也就一周多时间。萧郡回想起来，自己那段时间正为撞上陶苕媛和吕孟庄的关系，一个人闷在家里疗心伤呢。

登记簿上信息不多，萧郡让工作人员帮忙查一下，魏小天来档案馆查的是什么资料。工作人员犹豫了片刻，看看两人登记的是同一个单位，最后还是查了，查到魏小天也是来调西山水库溃坝的档案。

萧郡一听，表面上不动声色，心里已生奇怪。魏小天从找美院雕塑老师到去西山古镇拜访说书老汉，以及后来跟吕孟庄见面，他嘴上一直说的是在追踪佛头身世。

当时萧郡只当他是爱好这一类物什玩意儿，甚至看他在这颗佛头上痴迷得厉害，还以为他中了邪魔妖道。却怎么也想不到在这种癫狂的表象之下，魏小天这样一个粗糙的人，竟然不显山不露水地把调查延伸到西山水库溃坝上来了。

萧郡心中忐忑，待另一位工作人员带他进了阅档室坐下后，他暗自纳闷，难不成魏小天也听说了"水山计划",知晓佛头和西山水库之间的关联？

可仔细想想又不对,李松平上次说,魏小天找到他家后,武传风是拒绝了采访的,武传风死后,李松平觉得魏小天不可靠,也就没敢找他说情况。如果真是这样,魏小天应该没有渠道知道"水山计划"的事。

"精怪了。"萧郡心里这么想着,一边自顾自地摇头叹息。这时候,工作人员抱了几盒档案过来,放在他面前的桌上。

萧郡是外地人,虽然最近因为佛头的事几次三番听人说起过西山水库溃坝,终究还是不知道当年溃坝的具体情形,也想不来那个场面,这回拿到档案了,他就想看个究竟。

档案中刚好有一份新闻剪报,剪贴的是西山水库溃坝前后市里日报大大小小的报道。萧郡因为看新闻看习惯了,先就拿起剪报看。他这一看,这座城市尘封已久的一场灾难便重新显现在眼前。

十多年前,西山水库溃坝时,已到半夜两三点钟。当时一阵炸雷打过后,只听得"轰"一声巨响,前一秒电光下还照得白闪闪的水库大坝,后一秒已经没了踪影。大坝一开,水库上百万方的积水和淤泥,立时排山倒海一般崩塌而下。

这一幕被当夜值守在水库附近高处的防汛办工作人员看在眼里。当时他们只能借着频繁电闪,看见洪水冲过豁口形成几丈高的水头,那水头就像一条黑龙似的,沿着西山坡发了疯似的往山下扑。

有时候水头撞上一面崖石,激起的水柱射上天后又落下来,竟然"啪啪啪"地打在防汛人员身后的林子里,那儿的位置原本比水库高了近千米。

且说洪水和泥石流像塌方一样扑下来,迎头就灌进小青河里。小青河刚刚改道没几年,河道又窄又浅,泥石洪水顺着河道往下扑,水头扑到哪里,河道便被填平到哪里。只这样一来,洪水也就翻过河岸朝四下泛滥,于是沿岸庄稼一扫一片,房子、大树连根都卷了。

大水肆虐一晚,第二天天刚蒙蒙亮,逃到西山上面守了半夜的乡亲朝山下一望,只见义田地界上仿佛成了黄泛区,整个儿陷入污水烂泥中去了。

那时候,义田镇街道就在小青河西岸上,临河一边的房子、人家统统都不见了,横穿镇子的街道也只剩下了半幅路。

房子、土地遭的灾情再大，尚且能去面对，地上的人口、活物受的那份蹂躏简直就惨不忍睹。

一般洪灾水祸，遭难的人还能落个全尸，这次却是洪水裹挟泥石扑下来，遭难死去的人多是身子一处脑袋一处，偶尔能挖出个全尸来，周身也像被刮过一层皮一样，纵然是家属前来认尸，哪怕面前就是亲人的尸骨，也分不清面目相貌，摸不出胎记、疤痕，近在咫尺都无法相认。

正因为这样，这次溃坝死去的一百多名乡亲，无一人能落得全尸，最后只好把他们的尸骨合葬在一起，修了义冢。

萧郡看到这里，鼻子一酸。报纸摊在他手上，他怕再往下看自己承受不了，赶紧抬起头来望向窗外边。

他想起李松平说的，武传风之所以一直坚持往西山水库溃坝的救助基金里面捐钱，就是因溃坝之后他第一时间来现场看了灾情，精神上受了震动，从此只得靠捐助安慰自己的内心，到后来佛头现世，确认了溃坝是因"水山计划"后，他的精神才彻底崩溃。

原先李松平这样说，萧郡并不能感同身受。对于武传风一直瞒住"水山计划"不报告的事，之前萧郡多的也是理解和同情，他总觉得这事不能全然怪罪于武老，当中该有多少社会、时代的原因是掰扯不清的。但现在看了溃坝造下的滔天罪孽，萧郡都不由得对武传风生出一种鄙夷来。

"这武传风行事做人也忒窝囊了，他要是不贪生怕死，不只顾着自己的一亩三分田，但凡早一天报告'水山计划'，也许西山水库早就拆了改了，何至于挨了几十年，非要义田镇的上百条性命遭受如此不堪的劫难。"萧郡望着窗外银杏树上一片正在变黄的叶子，暗自在心里责备已经死去的武传风。

萧郡心里生了这等情绪，就有压不住的恼怒一个劲儿地往脑门上冲，一时就静不下心来看档案，遂把手上的剪报放回桌上去了。

他又觉出武传风这个人没有半点担待。"真正是老实人老老实实害人，做了孽不上算，到头来又只顾自己心里不好受，竟寻个短见一死了之。你倒是留一口气出来做个人证也好啊，等找到了'水山计划'的凶手再去死也不迟。"

萧郡这次来档案馆，原本还抱有别的想法，这下看了剪报上记载的一幕幕场景,觉得自己的想法幼稚了。

他本来是想,既然有"水山计划",既然有人提着佛头上西山水库制造这样大一场灾难,那说穿了,还都是借刀杀人索命报仇的事。

过去桃星垣搞"水山计划",是一帮地主士绅企图"回天",要的是共产党的命,可后来中华人民共和国成立几十年了,还有人制造溃坝事故,这个人无非是想要水库底下哪一家哪一户的命吧?

因此萧郡跑来档案馆查资料,其中一个目的就是想看档案里面会不会有这方面的蛛丝马迹。但现在一了解溃坝的阵势和灾情,他的想法自然就动摇了:这么大一场灾难,洪水冲哪家不冲哪家,岂是人能控制得了的,再说凶手总不至于要义田镇全镇人的命吧?倘若真有一个人和全镇都结了仇,那他的身份早该得到确认。

这次萧郡看剪报,还留意到一幅灾后航拍图。这张图虽因年久已有些模糊,却把十多年前这座城市的旧貌显示得明明白白。

萧郡在这里工作了五六年,以前对城市的格局变迁印象模糊,现在拿着航拍图与新地图比对研究,一下把这座城市的脉络理清楚了。

这座城市的脉络还在西山。西山是一条南北纵向的山脉,它现在算是市区和西面郊区的分界线——西山西面是山区农村,从西山东麓起,整个东部坝区就是城市区域了。

当年溃坝时,东面城区远没有现在的规模。那时,从西山东麓一直到那条南北走向的小青河之间,大片的土地还都属于义田镇农村。过了小青河再往东走几里地,才是当时的城区,也就是现在的老城区。

老城区包括西城区和东城区两个行政辖区,义田镇则归属于西城区。十多年前义田镇是西城区唯一一个农村乡镇,它以小青河为界,与东边的城区街道办分隔开来,全镇地盘都不在主城区范围之内。

但溃坝事故发生以后,义田镇却因祸得福。萧郡就知道,灾后重建第二年,义田镇便从西城区划出来,升格为市一级经济技术开发区,也就是义田新区。从此新区受市上直管,行政上反比西城区高了半级。

十多年来,这座城市蓬勃发展,主城区域随之一圈圈向外拓展。单说二环之外,往东就增设了朝阳等区,南面近山的秀溪县也拉进来升格为秀溪区,与主城完全连成了一片。但不管城市的架子拉得有多宽,全城的老百姓心里却跟明镜似的,知道这十多年的高速发展,关键还靠义田新区。

大约五年前,义田新区一个区的经济体量差不多就已占到全市的三分之一,占到主城区的一半以上,所以,从那时候起,市、区官方的口径就把义田新区称作是"西山下的明珠",这个称谓一直叫到了现在。

萧郡此前还听到坊间有一个形容义田发展的桥段,说这里的老百姓原本从不戴手表,只识得"西山时间",他们瞟一眼太阳到西山的距离,就知晓一天的时间到了几点几刻,但后来义田新区的高楼一幢一幢立起来,挡住了西山,于是"西山时间"没有了,变成了"义田速度",意思是要看这座城市的发展有多快,就看义田的大楼拔得有多高。

萧郡独坐在档案馆里,想起这一连串的变迁发展,已渐渐平复了情绪。他心下安慰自己说,义田新区能发展到今天的样子,对那死去的一百多条人命,无论如何也是个慰藉吧。

三十三

顺着青河大道一直往北,过二环后,萧郡开始渐行渐左,前方的路也缓缓转到西北方向去了。

青河大道是一条双向八车道的景观路,光是沿河那一排老银杏树,棵棵挺拔参天,绵延好几千米。现在已是深秋,萧郡开车从这里经过,就像蹚过一条金黄而又辽阔的河流。

青河大道是义田新区名副其实的门户,这不单是因为它在今天呈现得如此宏伟壮观,十多年前,当西山水库溃坝之后,面对遍地狼藉,一切恢复重建的工作首先就是从修建青河大道开始的。

萧郡昨天去档案馆,在馆里泡了一天还嫌不够,赶着天黑回到自己公寓,一头又扎进网上扒拉义田新区的资料。

他在新区官方网站上看到一篇介绍建设历程的文章,文章中有一句话被他记住了:"如果说义田新区是全市经济建设的龙头,那么青河大道就是义田新区建设发展的龙头。"

这本是一句官样的套话,但萧郡现在揣着这句话在青河大道上跑一程,立刻就把脚下这条路的味道嚼出来了——当初义田重建第一步,就是沿小青河西岸拉通了青河大道,而后接住青河大道往西山底下修路,一条一条的市政路一年一年修下来,搭起了义田新区的骨架,正是有了这副骨架,一幢幢高楼大厦就像做填空题一样,十多年间,竟把义田新区的地盘填得满满当当。

当车从金控大厦前面经过时,萧郡顺道瞄了一眼工地方向。短短几个月时间,一幢黑压压的庞大建筑已经从围墙里面冒出半截来,远远瞅过去,见有工人正攀在脚手架上敲敲打打。

萧郡在车里,听不见铁锤钢钎敲打的声音,所以当他扫过那一眼,惊觉如梦似幻一般,那些工人就好像蜘蛛东爬一只西爬一只,而塔吊、脚手架、伸向外面的钢筋,则像是庞然大物身上长出来的手,正四下里张牙舞爪。

萧郡眼前倏地一下,又觉得有人蹿过了车头。这种警觉,和他第一次来工地看佛头时出现过的情形一模一样。萧郡心下悸然,遂骂了一句,说这佛头要了百多人的命,怕是没有灵性也有魔性了。

今天萧郡是要去西山水库,所以一直沿青河大道走了大半个时辰。现在已经过了三环,渐渐到了西山脚下,就见前面的地势一层一层抬高起来。

这儿是西山坡到坝区的缓冲地带,路右手边,过去是西山水库泄洪渠与小青河的连接处,现在泄洪渠被填了,只有一股清冽的泉水从山坡地下暗渠流出来,注进小青河,使小青河成了水色活泛的市政景观河。

那次溃坝之后,重建时为了彻底根除水患,干脆在西山豁口的西头进水处筑了一座大坝,截住青龙江进水。进水一断,西山水库报废了,小青河也一度成为一条旱沟。往后考虑市政景观改造,才又从西头大坝底下钻一条暗渠出来,还走以前水库的线路,将青龙江的活水引入到小青河中。

青河大道一直抵住了西山山根,尽头处被一条上山的路接住,这时路面开始收窄,道路也被掩映进漫山遍野的红叶当中。萧郡瞅了一眼路牌,看见"民心路"几个字。他贪恋这一路上的红叶秋色,只缓缓地顺着民心路往山上爬坡。

临近坡顶,忽觉车头一沉,车身一下子放平整了,萧郡这才放眼往前看,立时一个世外桃源般的花园社区呈现在眼前——这就是他此行要找的溃坝移民小区——孟庄。

光看名字就知道,孟庄小区和吕孟庄是有几分渊源的。

事情是这样:当初西山水库溃坝之后,重建资金的缺口大得吓死人。一是义田镇老街报废了,需得重觅地方给镇上三百多户灾民修建安置房;二来全镇要恢复农业生产的话,马上面临大规模抬田修地,尤其要把水毁地从淤泥中抢救出来,这是一项浩大的工程。

那时候政府穷,不要说西山区政府,就是市政府,财政上还欠全市教师三年工资发不出来,根本拿不出钱来搞重建。

一次西山区政府常务会议,商量重建资金问题,时任常务副区长就发言说,靠区上、市上这点儿财力,就算把灾后重建的任务倒过来捋一次,从最小的工程开始,我们都啃不动。

财政穷到这个地步,区政府一帮领导也想不出什么好主意来,就打算行权宜之计,计划暂时拿上级民政拨付的一笔救灾款子,在义田水毁稍轻的地方盖些简易安置房,先让灾民住下来,再慢慢筹钱复田复地,恢复生产。

没承想这个消息传到灾民耳中,大家炸开锅了,说领导这样走一步看一步,没个全盘计划和安排,家园要到什么时候才能重建起来?

义田镇的人原本就为小青河改道的事憋了一肚子怨气。他们站在自己立场上看问题,总觉得这次受灾,千错万错都是小清河改道的错。因此镇上一些人就放出话来,说这次安置解决得好便罢了,如若安置不好,他们全镇人就是手挖脚蹬也要把小青河河道改回去。这话说白了,就是让小青河祸害到主城去。

这下政府作难了,想进一步,必然遇到老百姓抵触,万一激起变故,没人敢担这个责任;想退回去,生生又拿不出钱来搞重建。可要这样挨下去,风险更大,多挨一天便多积一份矛盾,后果自不待言。

就在两头相持不下的时候,吕孟庄出面了。萧郡也是昨天看了档案,又上网查了过去的许多资料,才了解到吕孟庄跟义田灾后重建之间有极深厚的一段渊源。

吕孟庄本来是西山山里人，大学考到了外面，成了七七级那一批"天之骄子"。毕业以后，正值改革开放初年，吕孟庄去了沿海地区淘金，一直到西山水库溃坝之前，他已挣得亿万身家，刚刚从外面衣锦还乡回到市里。不承想，回来不久竟碰上水库溃坝这样的大灾大难。

那时西山区政府正急得焦头烂额，遂打起民间筹资的主意。有次政府争取到市工商联支持，得以在市委礼堂向全市民营企业家做了一次救灾汇报。说是汇报，其实是劝捐，就是想动员老板们有钱出钱有力出力，一起参与灾后重建。

结果，一场会下来情况比想象的还要糟糕。明大义的老板，倒是认钱认捐，但都不愿沾手重建的事。有些不明事理的，干脆把汇报当热闹听，听完就抛到九霄云外去了。

当然，那时候市里的一帮老板气候都不大，就是捐钱，也不过万儿八千的手面。

萧郡昨天在档案馆看剪报，意外发现这一段重建的纠葛中，还有李万水的事。当时李万水也是受邀参会的民营企业家之一，他是东边朝阳地界的人，估计接到工商联通知时没搞清状况，以为是啥出头露脸的事，就贸然跑去大礼堂，才到会场听了一阵，方知是西山区的赈灾会议，他站起来便走人。

也是活该他出名，刚一出会场，他在大厅被市电视台、市日报的几个记者撞见。赶会的记者可能是例行公事逮着参会老板随意问问感受，没想到李万水一点儿政治觉悟也没有，对着镜头说了一通狗屁话，说他在朝阳发财，凭啥把钱捐到西山来。只这一番话，李万水一下成了重建时家喻户晓的反面典型。

吕孟庄与李万水不一样，他是刚刚回到家乡，亿万身家并不为人知晓，论名气远不如李万水，所以他本来不在政府邀请的民营企业家名单里头。但在大会结束后，别的老板都躲瘟疫一样躲着西山区领导，吕孟庄却拿着银行出的资产证明主动找上门，表示愿意投资参与灾后重建，同时郑重提交一份参与重建的合作方案。

就这样，吕孟庄和西山区政府达成了合作重建协议，从此他在家乡的事业也就正式起航。

现如今的青河大道、接连大道的几条主要市政道路，以及彻底整治西山水库，包括后来义田新区地面上的许多大型基础设施、房地产开发投资，都是靠吕孟庄冲在前面带着一帮民企老板干出来的。

事实上，吕孟庄一身的气魄和胆识，大致也就从这一次显了身手后得到了各界公认，他在市里的好名声也是自这儿起实打实地攒出来的。

萧郡昨天看到这一节，因为对李万水、吕孟庄两人都有所接触，就不免生出感慨，觉得世上什么人走什么道，好像都是冥冥之中注定的。那李万水一辈子破马张飞，到头来也没逃脱牢狱之灾，而吕孟庄当年拿一份重建方案找到政府，后来又把真金白银统统砸进义田镇的污水烂泥中时，可能连他自己都想不到，义田这片土地会变成今天的样子。

不过，感慨归感慨，萧郡今天特意上西山水库，倒不是来为贫儿富主们寻因果报应的。他是了解到，当年吕孟庄整治西山水库时，搞了一个连环工程，他把坝区工程上开挖出来的土石垃圾统统调往西山，填平了已经报废的西山水库，然后把这一片回填好的地盘打理出来，修建了安置小区，凡义田镇的灾民，十户有九户都已经移民定居到这里了。

这个移民小区，就是以吕孟庄的名字命名，叫作孟庄。孟庄在这十多年间历经区划调整，现在成了义田新区下辖的一个居民社区。萧郡这次上孟庄来，是为"水山计划"的事，他也是苦于找不着别的头绪，才想着上这里来碰碰运气。

三十四

深秋的孟庄，看上去一片好景致。

原来的西山水库被填平后，填起来的这一片开阔地正好夹在南北两面山坡之间，形似一座场院带了两扇天然屏风。这季节，两面坡上都是枫树、红叶，其间或有白桦，但凡风吹开一片树叶来，它们白亮亮的树干便在太阳底下熠熠闪动着光辉。

小区自北往南总共有五排房子，全是一袭连排别墅，虽外在的样式跟不上现如今新修的洋楼，却到底还是别墅洋房那份气质。房子都只两层高，红砖瓦、白墙面、洁白的条石石阶和护栏，看上去一派的新鲜明艳。

当初填水库时，故意留了中间一方水域做池塘。池塘四下都开了水口，从水口伸展出一条条小渠，把池水引往小区的房前屋后。这水清净活泛，里面的鱼儿、水草样样长得好。萧郡沿着渠边走，总有一队一队的鱼儿顺水跟上来，他一驻足，那鱼儿又像受到惊吓一样，齐刷刷地掉过头，回身游开了。

萧郡本来是无可奈何才上孟庄来碰碰运气，没指望寻摸出哪方面的答案，因此也就没有约人，也不知该去哪儿打问，遂漫不经心地在小区里走。这时他看见池塘边一座凉亭上倚栏坐着几个老人，就转身朝他们走过去。

等萧郡上了亭子间，这才留意到，这儿坐的五个老人，有三个人跟前都放一把拐杖，另一个坐着轮椅，后面大约是他老伴，佝偻着背，双手一刻不离扶在轮椅把手上。

萧郡上前打招呼。老人们见是生人，又是年轻小伙子，并不热情，只礼节性地点点头。萧郡拣老人对面的位置坐下后，看轮椅上的老人一直望着他，就说："老先生，你们这地方好啊。"

"好好好。小伙子是从城里上来？"

"啊，是，我是外地人，在这儿工作几年了，今天还是头一次到你们这儿来，简直跟世外桃源一样。"

"你们城里上来的人都这么说。"轮椅上的老人呵呵地笑，语气也亲热起来。他转过脸去望着其他几位老人，又说，"孟庄这么好，那还不是托人家吕孟庄的福啊。"

几位老人都点头附和，连扶着轮椅的那位老婆婆，也低着头一个劲儿地自言自语："吕孟庄好啊，吕孟庄好啊。"

"你是记者吧？"轮椅上的老人问萧郡。

"是，是啊。"萧郡不知道他怎么问起这样一句话，忙不迭地答应。

"我们这儿常来记者，来了也都像你这样走一走，问一问，我以前就给庄里人说，咱孟庄今天是好，可是吃水不能忘了打井人，我们得主动向记者多说说，说说人家吕孟庄的功劳。"

"是，是，我知道，是他给你们修的这些房子吧？今天上来一看啊，这哪是安置房，和别墅没什么区别了。我说句话都不怕你们见笑，就你们这房子，我工作一辈子也挣不下一套。"

"哈哈，修房子算啥，房子该他吕孟庄修，按照当时的重建方案，我们义田的地一次性交给他开发去了，他安置咱们，那是他分内的事。"轮椅上的老人拧了拧身子，对萧郡说，"可是，就算是他的责任，他只要按合同把安置房修好交给政府，也就没他的事了，但吕孟庄不是这样做事的，他一直把咱孟庄的人伺候着，叫我们这些老人说，那他真比当儿当女的都孝敬哪。"

听几位老人你一言我一语介绍，萧郡这才知道，十多年来，吕孟庄最上心的慈善事业，还不是在学校里搞奖学金，也不是大大小小的扶贫助困，而是把孟庄老百姓当作自己的家人来专心伺候。

孟庄刚修好时，因为赶工，资金也有欠缺，房子难免有些粗糙，从外面的台阶、护栏到屋内的装修，都做得简陋，小区里也没有现在的池塘和水渠。

就因为这样的光景，起初，灾民都不敢往进住，说这儿前不着村后不着店，跟座鬼城似的。吕孟庄听到这些说法，就先把自己一家搬过来住了，还跟灾民放了话，说他吕孟庄一日不把小区建好，便一日不离开孟庄。

果不其然，没过几年，随着他在义田地面上的生意越做越顺，资金一下周转开了，他回头来做的头一件事，就是无偿往孟庄投钱，加大改造。老人们告诉萧郡，现在看到的孟庄，十几年中已经加改过无数回了。

萧郡"哦哦"地应声，而老人们数起吕孟庄的好来，更是收不住口。

"逢年过节，给家家户户买米买油办年货，买了也就是了，还送到各家门口。庄上谁家红白喜事，他在了必定亲自来，他要外出了，也让他手下有头有脸的老总到场。就是现在，他有事没事，车一开就转到庄上来，他在小区里走，看见哪儿还能修个花园，哪儿的水要改一改，马上打个电话，他的工程人员拉着材料就上来了。"

"难怪，年年评比他都是咱们市的首善，原来是这样做事情的。"萧郡这句感慨，发自内心，他原先没把吕孟庄做慈善这件事往大了看，总觉得人一有了钱，大致都是这个路数，或多或少都会去沾点儿慈善的喜，但现在一听孟庄人讲，才知吕孟庄是这样做慈善的。这哪是沽名钓誉的人做得出来的？

这天，萧郡在亭子里和老人们长拉短扯一会儿，感觉大部分话题都在说吕孟庄如何如何的好。萧郡此行的目的不在这上面，另外，老这样围着吕孟庄的话题转,他自己也有些不自在,因此渐渐就不接话了。

可老人们知他是记者,越说越热情,后来非要带他去吕孟庄住过的房子看一看。萧郡没弄清状况,以为这是人家私人住处,推说这样去看不好吧。

"去吧去吧,他这房子是专门留下来参观的。"老人家一个劲儿地劝萧郡,"这也是人家吕孟庄大仁大义的一个见证,小伙子你想想,现在社会上还有几个老板能像他这样做人做事啊。"

却不过老人们的一番盛情,萧郡只好搀他们起来,然后,一行人朝小区最西头吕孟庄当年住过的房子走。

这一路穿过小区,因为几个老人腿脚都不利索,走得实在比爬还要慢。萧郡一直没好意思主动问老人们怎么落下的残疾,这会儿老人边走边说,庄里差不多每三四家就有一个他们这样的残疾人,全是那次水库溃坝时落下的伤残。

事情过去十多年了,老人们讲这话时平平淡淡,萧郡听着却心下戚然。刚才他在亭子里坐着,也不时留意到,小区里到处都是瘸腿架拐的人出出进进。

"真要没个吕孟庄,你叫我们这些人怎么往下活呢。"老人们跟萧郡说,萧郡听了频频点头。

几个人一路说着话,渐渐就到了吕孟庄的房子跟前。萧郡发现,这房子和其他房子的样式、外形大同小异,别的房子几经改装了,单剩他这一间保留了以往的老样子。

"他在这儿住了两三年吧,当时就是这个样子,他离开之后,这儿一点儿也没改动,就让它保留原样,好让大家知道吕孟庄是怎样一步一步改造咱这儿的。"老人在旁边介绍。

房前圈着一圈栅栏,栅栏门关着,萧郡紧走几步去推,没有推开。这时几个老人连连叫住他,说莫推莫推,已经叫人来开了。萧郡这才注意到,栅栏门特意上了一把锁。

一小会儿工夫,开门的女孩边跑边朝他们这边招手示意。老人告诉萧郡,女孩是这房子的解说员。

"解说员?"萧郡不解。

"是啊,这里是吕孟庄住过的地方,他和我们一起吃苦受累好几年呢,现在保留下来,就是要给外面来的人看一看、学一学,看人家吕孟庄是怎样做事的。"

"哦——"萧郡点头表示理解,这时候解说员已经把门打开了。

看得出来解说员没有多少经验,解说介绍全然没有应变,只按一套词儿背书似的跟萧郡背诵一通。

她一口一个吕总,从进门起就指着屋内的陈设、物件,说这是吕总坐过的,那是吕总用过的。

萧郡跟着解说员在楼上楼下走了一通,越听就越觉得不是味儿,真好像是参观逝者故居似的,不禁随口问了一句:"是谁的主意让这儿保留下来对外参观的?"

估计这样的问题以前也有人问过,解说员早有一套说法,这会儿也就认认真真地回萧郡,这个呀,可是孟庄全体住家户对吕总的一片心,吕总他人好,一直说不要保留他这间房,让出来给庄里人,还多次叫我们把这个参观项目停了,但是我们孟庄人哪能答应,我们是吃水不忘打井人,这么做是要大家都记住他,记住他是一个大好人、大善人。

解说员还告诉萧郡,她自己本来是社区的孩子,在这儿当解说员,每月有几百元的补贴,这钱都是由全体居民共同出的。

听完一通解说,萧郡走出门来。刚才几位老人嫌上楼下坎不方便,没跟着进去,这会儿却还在门外候着,这就让萧郡颇为歉意。

他连忙上前说,老先生久等了。老人们都说,这是哪里话呀。老人们竟还有安排,要带萧郡再去看一块功德碑。

原来这功德碑也是全孟庄人捐资建的,立在东头的一处小广场上,萧郡推辞不过,只好跟过去看了看。倒也是普普通通一块碑,并无特别之处,萧郡见碑文记录的是吕孟庄历年来建设、修缮孟庄的大小事迹,就装出一脸的正经细细读了一遍。

待萧郡把碑文读完,一起跟过来的解说员又在旁边解释,说功德碑和刚才的旧居,都是庄里人送给吕总的心意,另外还有上山那条路,为啥起名叫"民心路"呢,这也是庄上人跟政府争取来的,就是想让吕总知道,他每一次去来庄里,都走在庄上人的心坎上。

几个老人也从旁附和:"人家吕总啥都不缺,你说咱这些小老百姓咋报他的恩呢,也只能给他修个功德碑啥的,有个碑在这里立着,那至少也是千秋万代的名声啊。"

萧郡没有吭声,他今天刚上孟庄时感觉心境开阔,这会儿看了旧居和功德碑,竟然有些不畅快。

他倒不是嫌老人们这一套做法有什么出格,其实老人们的话他能理解,他们的心意、想法,也都来得实实在在。

怪只怪他自己,好像是莫名其妙就觉得庄上有一种气氛不对味儿,只是一时半会儿又说不清,究竟是哪里生出来的古怪。

他本来还听说,埋葬一百多名溃坝遇难者尸骨的义冢,就在孟庄后山上,原是想着要去看一看的,这会儿也全无兴趣了。

这天萧郡下山时,才注意到民心路口原本扎有高高的一座彩门,彩门上一副对联,横批就是"民心路"三个大字:

天也大地也大吕孟庄的恩情大;

爹也亲娘也亲老百姓的口碑亲。

三十五

晚上七八点光景,萧郡的车从理工大学东门进了校园。理工大正门朝北,东门是一道便门,门外有一段不长的林荫道,平时走这条道的人少,这会儿晚上,更显得僻静。

今天下午,萧郡给李松平去了电话,约好晚上来他家里再说说佛头的事情。因为心里有诸多疑团解不开,萧郡就像面对一片深不见底的黑夜,莫名地少了安全感。以前他来理工大总是走正门,这回,他专门把见面时间约在天黑之后,还刻意挑了这条便道进校门。

到了李松平家,两人在客厅坐下,萧郡先跟李松平说了他去档案馆查档案的事。李松平听了,"哦"了一声。

萧郡顺口问他:"会不会还有其他人也了解'水山计划'?"

"其他人?"李松平一脸茫然,"你是说档案馆有人知道'水山计划'?"

"不是。"萧郡犹豫了一下,才问,"以前魏小天找到你们家,你们到底跟他说过'水山计划'的事没有?"

"没有没有,绝对没有,当时我和岳父都在家,那个魏记者根本没有进屋来,只站在门口说了他的来意,因为我们都不愿意接待,他就走了。"

"他只说要了解佛头的身世?"

"当时我去开的门,问他干啥,他说是采访岳父,我喊岳父出来,岳父到门口也问他要采访啥,他只说想了解佛头的身世,再没说其他话。"李松平边回忆边说,"对了,岳父把他拒绝了之后,他可能是想讨好岳父,又说想了解岳父资助贫困家庭的事。"

"武老也拒绝了?"

"拒绝了。那个魏记者啊,毛毛躁躁,岳父不大喜欢他,我也不喜欢他。"

"那他就走了?"

"当然走了,不走他能干啥?"

萧郡"哦"了一声,他在想,魏小天来找武传风问佛头身世,也许并不奇怪,或是因为他见武传风去过文研所,以为老人家知道底细。但是,他居然问到武传风捐贫助困的事上去了,莫非他真是晓得"水山计划"?

"哎,萧记者,你怎么老在我这儿问魏记者的事呢,你们有啥不能直说?"李松平有些不解。

萧郡犹豫了片刻,干脆告诉李松平,魏小天出车祸死了。

"啥?"李松平的眼镜差点儿没滑落下来,"魏记者出车祸了?"

"是啊,就是在他死之后,我总觉得他这场车祸出得稀里糊涂,总觉得他的死和佛头之间有什么关系,这才来学校找的武老,不然的话,我压根儿就不会关心佛头这样的事。"

萧郡接着就把魏小天调查佛头的前前后后,以及他出车祸的情形,跟李松平讲了。

李松平立着耳朵听萧郡讲了近半个小时,除了偶尔眨一下半下眼,人就像冻住了一样。

"萧记者,"李松平的声音打着战,"你是不是觉得,有人给魏记者制造了一场车祸？"

"……"萧郡犹犹豫豫，欲言又止。

李松平接着就说："而且，那个制造车祸的人，就是启动'水山计划'的人？"

萧郡仍是不开腔，李松平就把话往破了说："杀人灭口哇。"

李松平这一声就像是哭出来的，听得萧郡顿时起了一身鸡皮疙瘩。

"老李，我觉得这件事是不是应该报警，让警察来查一查？"萧郡试探着问。

"报警，拿啥报啊？"李松平一脸的急躁，他弯下身去从茶几底下抽出一张揉得皱皱巴巴的纸，拍在桌面上，"你看你看。"

萧郡拿起来一看，是公安局出的一份《不予立案通知书》。他问："这怎么回事？"

"前两天跟你说了'水山计划'的事情，我才想到要跟公安说一声，让他们也上手查一查，看到底是谁启动了水库溃坝。结果呢，我跟他们好说歹说，他们就是不相信，非问我有什么证据，证明我不是在编瞎话。这不是为难我吗？我是听我老婆说，我老婆是听我岳父说，现在老婆、岳父都死了，我去哪儿找证据。"

萧郡听李松平这样说，也才意识到，说到底，"水山计划"只是一人传一人的故事，确确实实没有证据。反过来，萧郡就想，既然"水山计划"的真实性都打上了问号，又何来的理由把魏小天的死与"水山计划"，与佛头调查联系在一起呢？

"唉，怎么与佛头有关的事，每一件都不好捋清楚。"萧郡感慨了一句。

李松平低着头，一双手不停地揉搓。

萧郡走后，已经快十一点了，李松平把孩子安顿睡下，一个人回身到了客厅里。他把客厅的落地窗帘全都拉上，才走到茶几一侧的小沙发，忐忑不安地坐下。

他最近老喜欢关客厅的窗帘，不管白天还是晚上，只要一个人在家的时候，他忍不住就会这样。他这个毛病，是自武传风去世之后就不由自主得上的。刚开始只随手一个动作，渐渐就成了习惯，到现在，简直成了一种强迫症。其实院士楼的安保级别是学校里面最高的，他在这儿住了七八年，这一点，他再清楚不过。

今晚萧郡告诉他魏小天车祸死亡的事，让他心里受了震动，他甚至差一点儿就乱了方寸,在萧郡面前掩饰不住自己。现在萧郡已经走了快半个时辰了,他心里仍然七上八下的。

他无所适从地拿起茶几上的眼镜来戴上,感觉眼前一下清亮了许多。又踌躇了一会儿,他站起身来,蹑手蹑脚地朝儿子的卧室走。到卧室门口,把耳朵先贴着门听了听动静,确定儿子已经睡着了,他才又蹑手蹑脚去了书房。

书房是武传风生前使用的房间,武传风走后不久,李松平给房门加了把锁,为的是防儿子平日里溜进去。

这会儿他悄悄把门打开,顺手摸到墙上开关,开了一盏昏暗的壁灯。待自己进屋后,回过来小心翼翼把门反锁了,没弄出一点儿响动。

书房一张书台上,乱七八糟堆着好些书,书堆上面依墙立一张武传风的遗像镜框,约一米高,还是学校在追悼会期间专门制作好送来的。

从那次追悼会结束后,李松平回到家,就把遗像立在这儿,再摆了一只碗在前面,盛满米算是香炉。

他现在心里一毛躁,也找不出好法子来纾解,只能悄悄来这房间给武传风烧香磕头。

他顺手取了一支香点燃,插进碗里。然后他退了两步,跪在地上朝着遗像边磕头边作揖,边就背书一样祷念起来:

"爸,看在武莲,看在你外孙的分上,饶了我这个不肖女婿。女婿从没安心整你,只怪我笨,怪我一时糊涂。可也怪别人下的圈套太深了,女婿我应付不了。你现在在阴间入土为安了,你千万要明白,女婿这样做没有一点儿私心,全都是为了你外孙,为了他将来的日子考虑,你可千万要保佑我,保佑我把孩子抚养成人,不要让我出事了,丢下你外孙无依靠……"

李松平啰里啰唆说了一大堆话,听起来却既不像忏悔,又不像祈祷,倒像是和死去的武传风掰扯是非一样。

是李松平亲手毒死了武传风,但他却骗过了所有人,不止萧郡,甚至包括当初参与武传风死亡核查的调查组在内。

现在看来,连李松平自己都觉得,他毒死岳父完完全全是被人利用了,可是,一想起别人给他下的那个圈套,他觉得又不能怪他往进跳——不是他贪婪,委实是别人杀人于无形的伎俩太高超。

可能也正是依着这点儿想头，这段时间，李松平一方面害怕武传风在阴间不得安宁，寻上他给他报应，所以遇点儿风吹草动，就来烧香磕头求保佑。另一方面，回回烧起香来，他都是满肚子的苦水往外倒，好像武传风活该被他毒死，而他却背了莫大的冤枉一样。

此处先按下李松平如何跳进杀人圈套不表，单说武传风贪生怕死苟活了一辈子，没想到最后却被招赘进门的贪婪女婿害死了，这也算是一报还一报。

三十六

时间回到武传风在文研所里见到佛头的那个下午。

那天，在萧郡、魏小天、刘功三个外人面前，武传风是按捺住自己的情绪，勉强拿一把卡尺将佛头各个部位的尺寸长短挨个儿量了一遍。测出来的结果一点儿不出他的预料，这些数据和他之前从西山水库启动工程图上推演出来的佛头形制、构造，竟然一模一样。

看到这个结果，武传风心里登时也就明白了，西山水库溃坝的罪孽再也不能推到当年的一场暴雨身上，实实在在就是有人拿佛头启动了"水山计划"，才造下这滔天的罪孽。

只说当时他想到这一层，撑了几十年的心劲儿差不多就要崩塌了，后来他硬是靠一把冰凉的卡尺攥在手里，生生攥出一手心烫热的汗来，这才勉强挺过去，挺到大家相互告别了散去。

其实他哪里掩藏得住自己，当时他面部那些抽搐扭曲早被一旁的萧郡看在了眼里，只不过那会儿萧郡对佛头的事不以为然，也就没往心里去。

武传风这些年一直揣着"水山计划"的秘密没敢往出说，除了性子懦弱，怕担责任，其中还有一层顾忌，这就像李松平给萧郡分析的那样，他内心深处终究无法确定，到底西山水库溃坝是有人启动了"水山计划"呢，还是因那一场暴雨引发的洪水。

就因这一层顾忌,武传风常常像个可怜的孩子一样,托着各种借口来安慰自己。他曾经天真地幻想,如果是洪水冲垮了水库,那就与"水山计划"扯不上关系了——如果不是有人启动了"水山计划",溃坝死人的罪孽再大,也不能说他瞒了大家一辈子,把一座水库拖到吃人害命那一天了。

他每每这样想,心里还能宽慰些,可是这样的心境从来都不长久,过不了几天他又得扪心自问,哪来的证据说溃坝不是因为"水山计划"呢?

于是,罪孽、不确定、恐惧、矛盾,就像一网荆棘套住他的风烛残年,搅得他的灵魂不能安稳。

往后这些年,他一面像患了强迫症,顾不得家里人反对,一个劲儿地朝溃坝救助基金里面捐钱;一面又指望水库溃坝的许多疑问就这样一天一天挨过去,好让他赶紧走完人生最后一段路,待他离开人世,一切都入土为安了,生前身后再多的纠缠也都可以撒手不管了。

可是,等不到他死,佛头却现世了。他是在拿到报纸看到佛头报道的头一刻,差不多就断定了这颗佛头的来历,只不过他仍然憋着心劲儿,直到用尺子一寸一寸量下来。

现在,血淋淋的事实就这样呈现在他这个九十岁的老人面前。

不管这个老人是否即将走到人生终点,不管他曾经有过多么卑微的灵魂,不管他做过多大的忏悔与救赎,他现在都必须重新抉择自己的人生——继续逃避还是勇敢面对,或是选择卑微地死去——他总得给自己一个交代。

李松平并未从妻子武莲那里听说过任何关于"水山计划"的故事,他被这样一起离奇的事情拉扯进来,也仅仅是佛头现世以后的事。

那天下午,武传风硬撑着从文研所回到家里。当时李松平刚好换休在家,听见武传风在外面掏钥匙的声音,他赶紧起身去开门。

门开开来,他正要开口叫"爸",却发现武传风呆头呆脑地立在面前,精神气象和平日判若两人。他还以为老爷子心脏上的毛病又犯了,连忙将他搀进客厅沙发坐下,问要不要拿药给他。

武传风显然是心里有事,只木然地摇了摇头,一脸的黯然。李松平见武传风是心事所累,就给他倒了一杯水放在茶几上,然后径自坐去旁边沙发看报纸。

武传风呆坐了片刻,一口水没喝,长长叹了一声气,就起身回书房去了。

这天晚饭,武传风竟连饭也不吃,定定地坐在书房椅子上发神经。一直到晚上十一点过后,李松平招呼他喝完一天的药,看他还是六神无主的样子,就试探着问他是不是在外面遇上哪样难办的事情了。

武传风抬起头来望了一眼李松平,老人家到了这个年龄,眼神里流露出来的无助让人感到又可怜又害怕,可他嘴角抽搐了半天,终于还是把话忍回去了。

李松平把这个情形看在眼里,也就估计到他是遇上难以启齿的事情了。

往后几天,武传风的情况仍不见好转,饭不按点吃,觉不按时睡,一天到晚就坐在书房里,要么见他趴在桌子上写些没完没了的材料,要么就见他目不转睛地望着窗子外面,仿佛眼水都要干枯了一般。

这期间,李松平又见到记者魏小天来拜访武传风,听他说是要了解什么佛头的身世,说是要了解武传风捐款的事,结果都被武传风莫名其妙地拒绝了。

李松平渐渐就留意起来,武传风到底在写什么东西。他偶尔趁武传风去卫生间,或是自己早上起得早了,见武传风还在睡觉,就悄悄去书房里面翻看他写的那些材料。

武传风并不防备李松平,写完的材料都摊在抽屉里,这样,李松平也就断断续续把武传风写的内容看了个里外明白。

武传风写的是一份交代材料,光材料抬头就署了好几个单位的名字,其中既包括理工大学校党委、校长办公室,还有市政府、市公安局和检察院。

原来,他从文研所回来后,几经思虑考量,一来觉得自己罪孽深重,该承担自己的责任;二来也想让地方政府和司法部门对水库溃坝重新展开调查,若能把幕后凶手找出来,多少也给自己减轻一重罪恶。所以,他就下了决心来写这样一份材料,要把自己参与"水山计划"的经过原原本本地跟组织说清楚讲明白。

武传风是以戴罪之身来写这份材料,又考虑司法部门将来要依此办案,因此他是边回忆边推敲,笔下事无巨细写得极其认真和严谨。

而李松平拿到这样的材料一节一节往下看,自然也就把"水山计划"的来龙去脉理得一清二楚,甚至连当中牵涉的秦鼎昌这样的人物、模样也在心里有了印象。

李松平后来找到萧郡讲的那一番故事，无一句不是照着材料抠下来的，只不过他将出处一换，不说是武传风写的，却说是早已死去的妻子武莲讲给他的。

当然，李松平这一番移花接木的说法，包括他刻意选择让萧郡知道"水山计划"的真相，内中自有他的如意算盘在里头。

不过，这都是后话，暂不细说。且说大人有大人的舍弃，小人则有小人的求索，正当武传风在人生的最后一站下定决心了结他大半辈子的纠葛时，他身边的女婿却不得不像他年轻时一样，开始为眼前的一针半线算计起来。

李松平一条腿瘸了，走路虽不利索，心眼却极好使。他才把材料看个大概，已知武传风是老来糊涂意气用事，这样一份材料一旦交到组织手里，轻了落个晚节不保，严重起来怕连身家、性命都要交出去的。

李松平实在憋不住，有天晚上见武传风还在一个劲儿地赶他那没完没了的材料，就去书房坐下来跟他挑明了话头，叫他赶紧收手罢住。

武传风知道李松平看了他写的材料，既不奇怪也不生气，他可能也是想有个家里人能帮他理一理思绪，因此就反问为啥要罢住呢。

李松平就说："爸，你想过你做这件事的后果是啥吗？"

武传风说："我就是想让组织尽快知道这件事，尽快查，尽快抓住凶手。"

李松平跟着就问："那凶手要是找不出来，抓不住呢？"

武传风听到这句话，有些犹豫，然后勉强说："抓得住抓不住，我也得给死去的那一百多条人命有个交代啊，不然我死了都不敢下地狱。"

李松平就知武传风的糊涂犯在这里，心下一点儿也不怜悯他，只问他："死了的人你要给交代，活着的人你还要不要交代呀？你就当我是死人，当武莲是死人，你外孙可是活蹦乱跳的，天天喊你爷爷呢，你替他想过没有，你要不要给他一个交代？"

武传风听到这里，一时老泪纵横起来，哭着跟李松平说："我欠那一百多条人命的，我也欠你的，欠武莲的，还欠外孙的，可我有什么办法呀，我现在不这样做，心里不得安宁哪。"

李松平心里犯着焦急，出口的话也就开始没个遮拦："你这辈子也没给后人留下一针一线，这份材料一交出去，你就进了监狱，到时你的工资、这儿的房子全都没了，你一个独人在那里面倒是可以安宁。可是你的外孙呢，他住哪儿，他往后怎么办，他就靠我这个瘸子爸爸在超市里面当清洁工养活吗？"

武传风的脾气本来也不好，但在李松平面前，这些年他总觉得对不住人家，心里老有亏欠，因此说话也就柔和得多。这会儿他就边叹气边抹眼泪边问："松平，那你说我该咋办？"

"咋办？"李松平伸手从桌上摸过来那份材料，作势要撕，"爸，你就当什么也没发生过一样，好好过你的日子就是了。"

"干什么，别动！"武传风见李松平要撕材料，立时翻了脸吼起来，"你给我放下。"

李松平被这一声暴吼吓得全身一抖，他看武传风几根眉毛都已经立了起来，不敢稍有迟疑，赶紧又把材料放回桌上去了。

李松平把材料放回桌上后，看武传风依旧怒气冲冲地盯着他，就一瘸一拐地往书房外走。他不知趣，边走边撂下了挖苦话："爸，你别骗自己了，你几十年都瞒过来了，害死了那么多人，到了这把年纪，黄土都掩到脖子上了，你还指望写一份材料就把一身的罪孽洗干净了？洗不掉的。"

"滚！"武传风朝李松平的背影骂了一句，又几步追上去，把书房门"砰"一声闭住了。

三十七

和武传风吵完架的第二天下午，李松平下班走在路上，他手机接到一个陌生人打来的电话。

当时他正往超市附近的公交车站走，离车站还有几十米远，腰里的手机就"笃笃笃"地振个不停。他拿起手机接通，对方径直问他，是不是李松平。

李松平乍一听到电话里的声音，知道对方是个男人，但又总觉那声音有些不对劲儿。当时路面上吵吵嚷嚷，他估计是外面杂音大，以致走了音，才没往心里去,就冲着电话说自己是李松平,你是谁呀。

对方没说自己是谁,但已经听出李松平的不耐烦,所以就在电话里嘱他别紧张,说是今天一直等到他下班才打这个电话,是有重要的事情找他合作。

"我不紧张。"李松平没好气地说,"你到底是谁呀,我认识你吗跟你合作?"

"合作不一定要认识,只要你我有诚意就行。"对方不温不火地说。

李松平听对方说话不着调,啪一下将电话挂了。挂掉电话之后,他才注意到来电是一个座机号码,遂打了查号台查询,得知是市郊区的磁卡电话。

这时他一想,对方连自己的名字都知道,还知道这会儿刚刚下班,这哪里像是陌生人的骚扰电话?

李松平正纳闷,手机又振开来,他一看是刚才的号,赶紧接了:"你到底是谁呀?再不说我报警了啊。"

"我打你的电话,报了警,警察管得了?"对方仍然不急不躁的样子,"我觉得你不妨先听我说话,看看我的诚意在哪里,至于最终能不能合作,主动权完全在你手上。"

李松平这会儿已经走到车站的广告牌底下,因为背着街,杂音少了,他就能辨出对方的声音明显经过处理,好像混着一阵阵电流的嗡鸣。他心下一紧,意识到今天这个电话不同寻常。

这时候,对方说:"你现在转过身来,看见你前面树底下那个绿色垃圾桶了吗?"

李松平听这话,又是一惊,心想莫非对方一直在监视自己?可是转而一想,不对呀,刚刚查号台还说来电号码在市郊区呢。

李松平一转身就看见街边人行道一棵树下有一个绿色垃圾桶,尽管他此时身处车水马龙的街头,他仍然感到一阵恐惧,所以就故意提高嗓门朝对方喊:"你们到底是什么人哪?"

对方根本不理会他的问题,只让他赶紧走到垃圾桶跟前去,口气显得不容置疑。

他犹豫了一下,还是去了。人才走到垃圾桶边,不等跟对方报位置,听筒里面已经传来吩咐,叫他把左边桶里那个黑白相间的塑料袋拿起来。

这时,李松平已经断定,他的一举一动正被人盯着。他环视了一下四周,见街上仍是川流不息的车,公交站那边全是忙着上车下车的乘客,此外再见不到半点儿异常。同时他又意识到,对方不该在大马路上,因为听筒里显示对方说话的环境安静而且封闭,根本没有车鸣人喊的嘈杂。

李松平正犹豫,对方又讲开话了:"不用害怕,袋子里面是二十万元现金,这是我给你的见面礼,你把它拿上,先不要打开,然后继续往前走,去前面左手边那家快餐店,现在店里人多,你去卫生间,在卫生间你可以打开检查,检查之后我再打给你。"

李松平听完这一番吩咐,还想问个究竟,不想对方已经挂了电话,听筒里立时响起"突突"的忙音。

他又四下瞭了一遍,周遭依旧如常,对方说的那家快餐店就在前面不远处,透过玻璃墙,看得见店里人头攒动,正是生意忙得不可开交的时候。

李松平脑子里有许多事情都没想清楚,但他的手却没什么耐性,突然一下就伸进左边桶里,拎出了那个黑白相间的塑料袋。他是憋着一口气,心想神神秘秘地闹这大半天,倒要看看袋子里是真有钱还是假有钱。

李松平拎出袋子来,还有些放心不下,回望一眼垃圾桶,确定里面再没有另外一个黑白相间的塑料袋,这才转身往快餐店走。

路上他先是提着袋子,走了几步下意识地掂一掂重量,感觉里面像是装着钱,所以才又把袋子拿起来稍稍卷了紧紧地夹在腋下。

快餐店里的卫生间有隔断、有门,李松平等到一间后,匆匆进去就将门反锁了。

他连裤子也没脱,先朝便坑蹲下,然后连忙打开塑料袋,这才一眼瞧见袋子里装着结结实实两捆百元大钞。两捆钱一样大小,成色都半新不旧。李松平一辈子没见过这么多钱,光看堆头估不出量来,就抠开一张用手指搓了搓,发觉质地和真钱差不多。

就在这时候,电话又响起来,他一接,对方吩咐他,让他随意从这些钱里面取一张出来,然后去餐厅点餐。而后又告诉他,等他点好餐开始吃饭,会再打给他,说完又挂了。

李松平已经明白,这是对方让他验钱,便就挑挑拣拣抽一张出来捏在手上,然后重新把黑白塑料袋扎好。

随后他站起身来。这回却不再把袋子往腋下藏,而是将提带朝手背上挽了一圈,牢牢将一包钱攥握在手掌上,然后拧开门,去了餐厅。

看见钞票顺利过了收银台验钞机,李松平攥住袋子的手不经意又紧了紧。他现在确信,自己真真实实提了二十万元现金在手上。

不过,截至目前,他还不清楚对方究竟要和他合作什么事情,他一边等服务员配餐,一边就暗暗给自己打气,若是叫干违法乱纪的事情,宁愿不要这些钱。

李松平在人声嘈杂的餐厅好不容易找到一个空位坐下,正准备腾出一只手来吃饭,电话响了。他接通后,对方抢先叮咛他,只要听着就行了,不许讲话,然后又郑重其事地告诉他,总共要说三个意思,叫他听仔细了。

"第一,我找你做的事情,对你来说只是举手之劳。我知道你每天晚上要给你岳父服药,你只需在配药的时候将药量增加一倍,他服掉之后当晚就会死亡。他死之后,你把他最近写的那份报告找出来烧掉,烧成灰冲进马桶,然后再按突然死亡对待,正常打120、报警,以及通知他子女就行了。

"第二,你做的事情在法律上不会留下任何证据。你岳父死后,不管任何部门调查到你,只要你一口咬定是他自己吃的药?说他可能是为儿女的事情想不开寻短见,那就不可能有任何证据证明是你下的手。

"第三,做不做这件事,对你往后的人生非常重要。如果你做,你将另外得到两百万元的报酬,这两百万不是事成之后给你,而是做之前,只要你决定做了,明天下班之后,你照样经过那个垃圾桶,就会再捡到一个黑白袋子,不过两百万不是小数,你要提前随身带一个包。如果你不做,情况你是很清楚的,只要你岳父把材料交出去,你就会一无所有。"

对方的声音一直很平稳,语速不紧不慢,只一口气下来,就把三层意思说得清清楚楚。

李松平手上攥着二十万,耳朵贴住手机使劲儿听,愣是没敢落下一个字。听对方说完了,他全身已渗出一层冷汗,想到这是杀人的事,也就顾不得人家先前叮咛,清了清嗓子准备回话严词拒绝。

不想他正要开口,对方制止他了:"合作不合作,你不必现在就表态。如果不合作,明天你把二十万订金放进垃圾桶,只当什么都没发生过。要是合作,照我说的把另外的两百万拿走。你不要问我任何问题,知道太多对你没有好处,这二十万订金和我今天做事的方式,包括我刚才说的三层意思,这都是我的诚意,你今晚回去可以慢慢斟酌。我想这件事对你来说,不过是人生的一次选择,怎么选择,主动权都在你手上,我建议你不妨给自己多留一个晚上好好想一想,没必要一时冲动。"

对方停顿一下后,接住又继续开导:"你今晚回去还需要推敲的,其实是这里面的法律关系。你应该想到,这世上毕竟还有我知道这件事,如果我有一天指控你,你怎么办?那我现在就教你理一遍,你首先应该想到,我有什么证据来证明是你配的药?显然,我拿不出证据。那我可能会说,我给你打了这个电话,做了这些安排,你也收了钱。但是,请你记住两个情节:第一,你从接电话至今,没有说过一句话,更没有答应做这件事;第二,我顶多有证据证明你在垃圾桶有弯腰、拾塑料袋的行为,但怎么证明袋子里面装的是现金,装了多少现金呢?也证明不了。其实,就算能够证明你答应了合作、接受了报酬,这和你最终有没有在你岳父的药里面做手脚,完全是两回事。到底是你配的药,还是你岳父自寻短见,这个只有你岳父才说得清,可是,那时候他已经不在了。"

对方是个细致入微的人,而且他有一番精心的计划。他平和的声音和一层一层的逻辑,就像是一个近在身边的朋友和人谈心一样,让李松平不知不觉间放松了,思绪也渐渐着了道,他开始情不自禁地把自己带入到对方描述的一个又一个场景当中。

这天下午,李松平一瘸一拐地回到家里,见武传风还在书房赶他的材料,儿子也已经到家了,他就把一包钱拿到自己卧室锁进柜子,然后出来赶紧收拾了晚饭。

晚饭后,武传风一声不吭又进书房去了,儿子在客厅看了一小会儿电视,随后也进自己房间做作业。

李松平依旧像个家庭主妇那样拖地、洗碗,忙出忙进。其实他心里乱糟糟的,一直在想下午的电话,一直在推敲对方说的话,可是推敲来推敲去,也推敲不出个所以然,好像道理早被人家说完了,自己没有半点儿思考余地,仅剩下在做与不做之间下决心。

李松平思来想去,半点儿拿作没有,就这样磨磨蹭蹭,一直到了晚上十一点,又该伺候武传风服药了。

这些年,武传风一直被心脏和神经两处的毛病纠缠,早已经是药罐罐。他白天刻意控制药量,晚上睡前这一顿就很关键,药量提高了,服用也得格外定时定量。而一应配药、研药的事务,一直都是李松平在做。

平时一到服药时点上,李松平就从里屋提一篮子药出来,然后照着处方单取药配药。后来熟悉了,才不用回回看处方,但因为药量大,武传风吞服起来困难,李松平每次都要先拿研钵把这些片剂研成粉,连胶囊都要一颗一颗剥了,再混在药粉里给他喝。

这些药当中,有两剂属于高危易致毒精神药品。之前,医生专门为此做过交代,说稍微过量,像武传风这种心脏情况,登时就能毙命。因此,平日里李松平配药极为小心,生怕配错了闹出人命。

但这天晚上,李松平把药篮放在茶几上,从中取出研钵,又依次取出药瓶,拧开盖子往研钵里倒药时,他才一下子恍然大悟,其实在这个家庭环境下,他多倒一片药少倒一片药压根儿就是个手势问题,与犯罪不犯罪扯不上边儿——别说不承认自己配了药,就算是自己配的药,不过一时疏忽了、配错了,多倒了几片,能治个啥罪?

三十八

第二天下午下班之后,李松平特意挎了一个双肩包,包里装着昨天的二十万元。经过街边那个绿色垃圾桶时,他一眼就看见左边桶里躺着一个黑白相间的袋子,他一伸手把袋子拖出来,双肩包提早已打开,他顺势把一袋硬邦邦像是砖头样的东西塞进了包中。

他挎着双肩包去了前面的快餐厅,像昨天那样进了厕所,然后打开塑料袋看了看钱,整整二十捆,包扎得整整齐齐。

他依旧抽了一张出来,去餐厅点了一杯饮料,验过钱是真的。当他拿着饮料准备出门的时候,手上电话就振动起来了,还是昨天那个磁卡电话。

"我告诉你,你永远不能把这些钱存入任何一家银行,也不要试图散给其他人分存,不能一次性大额使用,比如买房,更不要找黑市的人去洗这些钱,这样都会留下痕迹。目前你只能将现金放在家里,慢慢使用,等接过你岳父的房子,开始变卖的时候,我会帮你操作,让你这笔钱变成正规合法的收入。"

对方还是老一套,说完之后就挂了电话。李松平懂对方的意思,这几趟交道打下来,他已经觉出对方是实打实做事的人,而且没有半点儿拖沓,从始到终都利利落落,这给他心上平添了安全感。

这么大一堆钱到底如何处置,这也是他昨天晚上翻来覆去思考的问题,今天敢来取钱,他其实早打好了主意,要把这二百二十万先拿回父母那边放着,过一阵风声不紧了,再拿回来。

李松平挂掉电话之后,径直走到街边挡了一辆出租车,朝北边父母家方向去了。

十多分钟以后,他进了家门,这时候父母两人正在做晚饭,见他回来,就问他要不要吃饭。李松平只说回来取点儿东西就走,转身进了里屋。

这是一套老式单元房,又在一楼,里间的房子逼仄、阴暗、潮湿,李松平久不回来,这会儿感觉无处下脚。

不过他早计划周全了,父母床底下有他一只铝皮盒子,原本是工具箱,可以腾出来装下这二百二十万元。

他往床底下一摸,就摸到铝盒子,拖出来后,把里面的铁屑、灰尘抖了抖,然后就把双肩包里两只塑料袋搬出来,一一压进盒子当中。他还提前准备了一只锁,钱压进去后,拿锁锁了,再把盒子推进床底下去。

不到一分钟的时间,他就把事情办得利利落落,拍了拍手上的灰,这才丢心落意地站起来朝出走。母亲见他出来,问孙儿最近咋样,他敷衍着回了一句,就出门去了。

李松平是家里的独子,后来入赘到了武家,没想到武家的日子也过得紧巴巴,他自己又不挣钱,就一直顾不上家中二老,现在父母年过七十了,还靠低保过一天是一天。

这些年媳妇武莲走了之后,李松平其实是夹着尾巴在武家守到现在,他自己心里清楚，他守的哪里是武传风，守的还是武传风那一套房子。

他今天真是想取一把钱出来塞到二老手里，让他们好好高兴一下，可是事情还没到最后一步，他还得沉住气，等事情都上坎了再说。

这天晚上十一点，李松平按计划研好了药，再晾了一杯热水放在桌子上，然后像以往那样喊武传风喝药。听武传风应了声，他赶紧溜进卧房，生怕和临死前的武传风见最后一面。

李松平进了卧室，却丝毫没有睡意，他两下关了灯上了床，屏住呼吸听外面的动静。

他听见武传风趿着鞋出了书房，到了客厅。武传风每回喝药之前都要咳嗽几声，清清嗓子，然后拿起药匙开始喝药。

李松平听见他咳嗽了，心头骤然一紧，他想着要是现在冲出去阻挡住，一切都还来得及，可是他的两只手却死死把在了床沿上。

当李松平在床上一分一秒地煎熬自己，外面武传风已经一匙一匙喝完了药。

李松平不清楚药性到底如何，他倒是想好了，若是武传风死不了，到时追究起责任来，他就说自己配药时大意了。若是死了，他便说这一顿药是武传风自己配的。

药性并不如医生说的那样厉害，武传风喝完药没见异常，他像往常那样慢条斯理地关了客厅的灯，然后去了自己的卧室。

这天晚上，李松平一夜没合眼，也始终没听见武传风再有什么动静。第二天早上，他装模作样起了床，径直去厨房准备早餐，然后还像平时那样叫武传风起床。

在一连叫过几声没见回应后，他才去卧室。一推开门，看见武传风安详地躺在床上，人已经停止了呼吸。

这下，李松平就按事先想好的步骤，先去书房找到那份报告材料，拿到卫生间一把火烧了，灰烬冲进了马桶。

然后他开始号啕大哭，边哭边拿起电话给武传风两个儿子通知。待一通电话打完，他再抹着眼泪鼻涕出去敲邻居的门，说岳父死了。

且说武传风死后，一切都波澜不惊。先是理工大成立了治丧委员会，依照一套规矩给武传风办丧事。

两个儿子先头听到父亲死了，竟是谁也不肯回来，后来禁不住学校几个血气方刚的老师上门去请，他们实在抹不开脸面，才勉强回来应付了一下场合。

在治丧期间，考虑到武传风是喝药致死的，校方还第一时间通知警方介入调查。但这次调查只能草草了事，轮到办案警察询问李松平时，李松平应对自如，他说以往都是他给岳父取药配药，从没出过差错，那天晚上岳父非要自己配药，结果就出了天大的事。

警察问李松平，武传风好端端的为啥现在要寻短见。李松平就说，自己也想不通啊，就说岳父和两个儿子闹得不愉快，那也是好些年前的事了，这几年大家都相安无事的，平时也没见啥事不顺心，真是何苦来的。

李松平看似轻描淡写的几句话，句句都拿到了火候。加之武传风两个儿子在治丧期间的作为，让人都以为武传风是怄了儿子的气才故意喝了药。

这种种因素簇在一堆，竟顺顺当当帮李松平清洗了嫌疑。最终，警方的调查也只能以自杀做结论。

萧郡上次去学校，看到讣告上说武传风是因抢救无效死亡，这实际是治丧委员会综合了学校领导以及外面好几家单位意见后，统一拿出来的措辞。

这样的措辞，一是外界挑不出毛病，二来给武老挽回了体面，也不至于给学校、市上造成不利影响。

一起杀人的勾当就这样神不知鬼不觉地被掩盖过去了。只可怜武老一辈子贪念自己好过，到老竟被身边的贪婪小人取了性命、身家，落得个冤魂遗恨，和那溃坝中死去的百多条人命也没什么两样。

这要论说起来，真个儿就是冤冤相报。

按说李松平处理完岳父的丧事，他这一番勾当也算圆满了，接下来只消一门心思过他的神仙日子就是，却为何后来又主动找到萧郡，把那个化作灰冲进马桶的"水山计划"全盘兜了出来？

原来，这当中生了一段又奇怪又不奇怪的插曲。

武传风头七过后，李松平得空便回了一趟父母家。他回家后，一个人又去了里屋,把床底下的铝皮盒子拖了出来。两百多万元的现钞打成捆装在一只盒子里,多少有些重量,李松平只把盒子拖出多半截来,就地开了锁。

他掀开盒盖一看,原先压在盒中的两只黑白袋不见了,取而代之的是几块黑乎乎发了霉斑的砖头,这些砖头该是原来就落在床底下没有拾掇出去的。

他脑袋"嗡"一下就要炸了,全身一下跟丢了元阳似的,一屁股坐到了地上。

"妈,妈!"他喊叫母亲赶紧进里屋来。

母亲进了屋,迷迷瞪瞪看不清李松平的表情,只知道他坐在地上,就问:"松平,你坐地上干啥?"

"床底下的铝盒子,你俩动过没?"李松平望着母亲的脸问,问了之后,他才觉得这话多余了,就算父母动了盒子取了钱,也不可能往里面装些砖头。

"啥铝盒子,啥铝盒子?"母亲有轻微智障,一手扒住墙,一个劲儿地问。

李松平慢慢从地上站起来,他想起来,父母应该一天到晚都在家里的,既然有人进来把盒子里的钱都换了,多少该有些迹象:"妈,你们这两天没出去吧,一直在家对吧,没有外人来吧?"

"没,就亲家去世了,你叫我们去守了两晚上夜。"母亲说。

李松平一下就明白过来,人家这一趟手脚恰恰是在父母参加岳父丧事,趁家中无人的时候做的。

他无力地挥了挥手让母亲出去,自己颓然坐在床上,他现在满心后悔,自己怎么就忘了提防对方来这一手?

李松平一直没糊涂过,当初对方在电话里和他谈合作,他就已经想到,对方必是那个启动"水山计划"的凶手无疑,之所以下重金找他毒死岳父,其实要的就是杀人灭口又借刀杀人这一手。而他是看对方做事实诚、可靠,一时才甘愿冒险做了刀口舔血的买卖,却没想对方还是个吃肉不吐骨头的狠角色,借了刀、灭了口,最后连尾巴都不会给自己留。

李松平确信对方不是吝啬这点儿钱,而是怕这么大一笔巨款落在他手上,保不齐曝了光牵出案子来,才故意玩的这一出。

这一出真真是又准又狠,他现在一来报不了警,也不敢报警,二来连对方半点儿线索都没有掌握,他就只能哑巴吃黄连,自个儿把苦水、悔恨往肚子里咽。

不过,李松平这样的人,既能顶着周遭的议论在老岳父膝下苦守他的房产,又能为两百万现金下得去狠手杀得了亲人，自然也不是什么省油的灯，且说他心里空落落地回到理工大家中后，天天翻来覆去地思量，不久也就想出些斗法的路数来。

李松平头一个就意识到，武传风火化以后，他配药杀人这件事必是再怎么翻也翻不出来了。这也就是对方在电话里教会他的，管他谁来指控，当晚配药的事情终归只发生在他和岳父两个人之间，岳父既做不了证，就算往后讲法论理起来，任谁也说不起二话。

事实上，当李松平在这些问题上的思路一天一天清晰起来的时候，差不多也就是萧郡去理工大找武传风的当口。

李松平最终决定跟萧郡兜底"水山计划"，他是有两个盘算，一来，当然是想借媒体之手找一找"水山计划"凶手的线索；二来，就算线索找不到，他也要让那个藏在暗处一直监视他的人看见，他李松平不是软柿子，不会轻易善罢甘休。

李松平曾经仔细琢磨过对方，既然他们杀个武传风都要兜老大一圈，显见他们做事还是有章法、有忌惮，也就不至于贸然朝他这样的人突然下死手。

再则，他也知道，他家里可能一直被人监视，但是真要叫这些人上院士楼来作案杀人，恐怕这个后果和代价还不如在他身上花两百万——这样一笔账，他想对方那样的脑袋不该算不清楚。

可是，算路不打算路来，又所谓道高一尺魔高一丈，现如今，当他从萧郡口里得知魏小天的事情后，他才深深意识到，他未免把事情看得太过乐观了——纵是对方再斯文，再怕留下证据，可杀人灭口不留证据的手段也太多了，人家杀一个记者也不过跟碾死一只鸡似的，他李松平一个瘸子，还不是人家菜板上的肉？

茶碗阵法

三十九

转眼就进了冬季,天气一天比一天冷起来。偶尔一个早上,从城里往西山方向看,能看见山的高处覆盖了一层淡淡的雪,好像烟云一样。这薄薄的烟云,随着上午太阳越来越亮,才一片一片化开了去。

萧郡喜欢这里的冬天,尤其再过些日子,雪会落满这座城市的大街小巷。到那时候,这座城以及人们,像是裹了一层厚厚的棉装,然后顷刻间全都收敛了喧嚣和锋芒,变得安静了。

萧郡心里依旧守着"水山计划"的秘密。只是到现在,他面前仍两眼一抹黑,这个秘密既不能被证实,由这个秘密所推想出来的启动了"水山计划"的凶手,也根本无从找起。

"水山计划"的调查没有进展,所以,这段时间,萧郡再没往李松平那里跑。李松平自打从萧郡口里得知魏小天的情况后,觉得顾命要紧,再不敢上蹿下跳,连出行在外和休息在家都格外谨慎,自然也不主动联络萧郡。

这样一来,两个揣着天大秘密的人,竟然不约而同把这件事搁置下了。

这期间,李万水的案子倒是有一些新进展。前面公安局第一次将案子移送检察院审查起诉后,丛郸跟检察院反映,说李万水不够黑社会罪,检察院为慎重起见,也就将案子打回到公安局,叫他们做补充侦查。

公安局可能是不满检察院这样为难他们,一时闹了情绪,拖了一段时间后,连起诉意见书半个标点都不愿修改,又第二次将案子交给了检察院。结果检察院也就杠起来,拖一段时间,眼看时限快到了,就照上回的办法把案子再行打回公安局,仍叫补充侦查。

丛郸看着案子在公安、检察两家来回折腾,也只好从旁干等他们走完程序。

案子上的一应准备,丛郸该做的早都做得扎扎实实,所以,这样一来,她倒也乐得清闲,只有事没事就借口说案子,又来找萧郡喝茶聊天。

这天中午,萧郡去丛郸律师所附近办事,丛郸听说了,非要他上律师所去看她。

电话里面，萧郡回答说："你好端端的，我去看你做什么？"

"我要死了，轮得上你来看我吗？"丛郇说话伶牙俐齿的。

萧郡办完事后，就顺道去找丛郇。他是第一次到丛郇办公室，原以为是在写字楼里面，等到了地方，才发现是在法学会院子里的一座两层旧楼上。

律师所办公室在二楼走廊尽头，只一个房间，律师所铜牌没往显眼处挂，在进门的窗台上歪靠着，牌子上的镀铜已开始剥落，露出密密麻麻的锈迹来。

"这边请，记者同志。"丛郇见萧郡进了门，就从位子上站起来，伸手指了指桌子对面的一把藤椅，一脸俏皮地招呼他。

萧郡笑笑地，先没说话。他边坐下，边把房间打量一圈，看见两面墙上泛着陈色的锦旗重重叠叠，忍不住取笑："早知道我该带一面锦旗来送你，上书'送子娘娘，妙手回春'。"

"大不敬，小心被雷劈啊。你仔细瞧瞧锦旗上的时间，都是上个世纪的，这可是一帮老法律工作者的风骨，容不得你这样亵渎。"丛郇一只手叉在腰里，像个红卫兵小将似的站在萧郡对面。

萧郡笑了笑，这时一眼扫到面前桌沿上的灰，遂慢慢用手指划过，然后举起指头来给丛郇看。

丛郇看见他的脏指头，忍俊不禁，连忙从旁边一堆文件中翻出一盒湿纸巾来，抽出一张丢在他的指头上。

萧郡手指顶着湿纸巾不动，一脸困惑地望着丛郇说："我就挺纳闷，搁别的女生都该脸红了，你这气定神闲的，是不是做了律师的女人都这样理性，并且沉得住气？"

"去去去，你才理性，你全家都理性。"丛郇边说话，边抓住萧郡的手腕，另一只手跟上来急急忙忙擦他手指上的灰尘。

萧郡一直盯着丛郇擦完手指，看她把纸巾扔进垃圾桶，才问："这桌上的灰，你就不管了？"

"谁说不管了，你慢慢擦吧。"丛郇顺手把一盒纸推到萧郡面前，那意思是要他擦干净了。

萧郡和陶苦媛分手之后的这段时间，只有丛郇如此近地走进他的生活和情绪。两个人在一起时，他会不经意地拿她和陶苦媛对比，比如，丛郇不漂亮，又比如,丛郸青春逼人。

　　眼下,他想到心性这一层。和陶苔媛比起来,萧郡就觉得,丛郸这样的女孩子,真真是通通透透的一个人。

　　这天,两人在律所说闲话说得正起劲儿,丛郸手机上突然接到李万水老婆周王桂打来的电话。周王桂告诉丛郸,李万水已经交到检察院手上了,叫她赶紧去一趟家里,商量往下该怎么办。

　　丛郸挂掉电话后,萧郡站起来说,走吧,反正我下午没事,正好给你当牛做马一回,开车送你过去。

　　丛郸听他这样说,正合心意,遂接过话头有意无意地开了句玩笑,说那就给你个机会喽,让你做一回我的白马王子。

　　去周王桂家的路上,萧郡问丛郸,李万水的案子有啥新进展吗?

　　丛郸说,前面公安局把李万水的案子移送检察院,结果被检察院打回两次,叫公安局补充侦查,现在公安局做了新证据之后,第三次把案件移送检察院审查起诉了。

　　"这不早晚的事么,他家人之前都晓得吧,怎么现在急匆匆地叫你去?"

　　丛郸撇着嘴笑了笑,没有吭声。

　　"怎么是这个笑法?"萧郡一打眼瞅见丛郸不屑的样子,就问她,"我哪里说得不对了么?"

　　"太不对了,法盲。"丛郸奚落起萧郡来,一点儿都不客气,她接着说,"我就等这一天呢,你知道不?"

　　"哦? 什么情况,这是?"萧郡是真不明白。

　　"同志,案子移交到检察院,犯罪嫌疑人就要换押,现在李万水已经从公安局换押到检察院了。"丛郸嚷道。

　　"嗷,这个谁不知道,别忘了我是公安专线记者。"萧郡看不出这里面有什么门道,"咱们市里,公安局每次向检察院移送案子,或者检察院把案子退回公安局让做补充侦查,犯罪嫌疑人都得换押一次,这可不是什么新鲜事。"

　　"是——吗? 那你倒是跟我说说看,前两次换押和这一次换押有什么不同?"丛郸有意吊萧郡的胃口。

"不同？那有啥不同？我看就一模一样的。"萧郡不以为然。

"来，姐姐教你一手吧。审查起诉这一环，最多是三次。"丛郸坐在旁边的副驾驶上，神气活现地朝萧郡举起三根手指头，"公安局头两次把案子移送检察院审查起诉，都有可能被打回来进行补充侦查，但是，第三次就不行了，检察院只有两个选择，要么做不起诉决定，等于把案子否了，要么就案子向法院提起公诉，那等于认可了公安局的案子。现在李万水的案子已是第三次移交到检察院，不管检察院就案子做什么决定，李万水本人可是最后一次换押到检察院了。你知道这次换押意味着什么吗，傻瓜？它意味着呀，李万水从此就脱离公安局的控制喽。"

"哦——"萧郡故意提高了声音，他这下才听明白里面的门道，忍不住伸出一只手来揉了揉丛郸的西瓜太郎头。

"滚滚滚，我的发型。"丛郸打掉萧郡的手，连忙又拉下车前的镜子理了理自己的头发，然后说，"我的师傅们告诉我，最后一次换押之后，犯罪嫌疑人的家属不找律师则罢，如果找，必有天大的猛料。"

"曜，人家说棒槌下河三年才能成精，你这参加工作才接了几个案子啊，就成精怪了。"萧郡嘴上调侃丛郸，心里想着，一个小女生投身在一帮老法律人门下，竟然就老练到这个地步，他自己当记者五六年，还赶不上她一月半月学下的。

一会儿工夫，两人赶到周王桂家。家里只有周王桂一个人候着。她把丛郸两人迎进客厅，招呼坐下又沏了热茶，就开始顿顿扯扯说了一通案子进展。

萧郡见周王桂说话吞吞吐吐的样子，多了一重心眼，遂问："周王桂，你要是介意我在这里听，你就直说啊，我今天是送丛律师来的。"

"不不不，萧记者，我不介意，我看到你今天和丛律师一起过来呀，我心里还踏实些，只是，只是我不知道咋跟你们说老李的事情，你们才会相信。"周王桂面露难色。

这话把萧郡和丛郸都听得莫名其妙，不约而同都问了一声："啥事？"

周王桂被这一声问过，喘了一口气，才又吞吞吐吐地说："我，我问你们，你们前几次会见李万水，他，他手里拿东西没有？"

这是周王桂的第一个问题。萧郡和丛郸对视一眼，两人都被问得云里雾里。

"手里拿东西？在看守所会见嫌疑人，他能拿什么东西？"丛郸不解周王桂

· 200 ·

想问什么。

“拿了一杯水吧。我采访他那次，他说他要喝水，当时还是大暑天气，民警拿冰过的矿泉水给他，他还不要，非要人家拿杯子接一杯温水，还叫人家把手铐解开，这才同意接受采访的。”萧郡还记得这个细节，就一五一十说了。

“哦，对对对，你这一说，我想起来，我会见他几次，他好像也是这样。”丛郸赶紧从旁补充道。

周王桂听到这里，眼睛一亮，把胖胖的脸也凑过来一些：“那他怎么喝的?”

“什么？怎么喝的?”这下连萧郡也觉得她的问题不着边际。

周王桂并不着急，看了看丛郸。丛郸摇了摇头，也是不知就里。

这时候，就见周王桂双手端起面前一只茶碗，端到和嘴一样高的位置停住不动了。

她不是把茶碗递到嘴边去喝，而是先朝天仰了仰头，再伸长了脖子凑到茶碗上吸了一小口，还伴着“嚯嚯”的吸水声。

周王桂放下茶碗后，看了看两人，见他们还是一脸疑惑，就又端起茶碗来，把刚才的过程重复一遍。

这一回动作做完，萧郡头一个反应过来，他望着周王桂点点头，连声说：“对对对，他也是这样喝的，我记得没错。”

“你听说过‘茶碗阵’没有?”周王桂一脸正经地问萧郡。

“茶碗阵?”萧郡不知道周王桂又要说出什么怪话来，一脸茫然地盯着她，“没听说过。”

周王桂轻叹一声，又清了两声嗓子，这才跟他们说起“茶碗阵”的原委。

四十

李万水是个粗糙人，后来虽然发达了，修了大宅子，买了洋飞机，生活习惯却还是饿了吃饭渴了喝水那一套，对喝茶这样的讲究事，既磨时间，又品不出味道来，他自然是从不沾染的。

可是，有一年夏天，李万水突然买回一套高档茶具。周王桂以为他拿来送人呢，结果他煞有介事地吩咐她把茶具洗了，说是自己要用。

周王桂不以为然，心想，喝茶就喝茶吧，总是他觉得钱垫着底了，有了地位、身家，装开了斯文人。

没想到，李万水这回喝茶竟喝出古怪来。没过多久，周王桂就发现，他回回喝茶，竟都有一套固定的礼数要耍完，还有好几次，周王桂撞见他，见他手把着茶杯，在面前茶几上推来划去，活像是拿着一颗棋子琢磨棋局的景象。

周王桂长到这个岁数，可是从没见过这样琢磨茶道的，她看李万水整日里神神秘秘，心下不禁犯开疑惑，莫不是这个王莽在外面中了哪门子邪吧？

于是，再见李万水这样喝茶，她就当头抵面吵他："妈的，喝茶就喝茶吧，咋个和跳大神的婆娘差不多，你这是喝茶呢，还是喝药呢？"

李万水头都不抬，"嘿嘿"两声冷笑，回话说，你一个妇道人家，瞎屎扯哪样。

周王桂一听，见他还遮遮掩掩，就当他是真中了邪，连吼带叫冲过去揪他的耳朵，把他往沙发上摁："老娘叫你醒醒。"

李万水一副火暴脾性，又是个花花肠子，平时在外勾三搭四不挑不拣的那一种，可回到家来，在这胖媳妇面前，他们是磨出来的感情，所以他又信她又仰赖她，每回干起架来，他嘴上不饶人，真要抓扯撕挖，他还是晓得让她三分。

"妈卖×，凶婆娘，你听我说啊，听我说啊。"李万水耳朵被揪得生疼，脸贴住沙发一个劲儿地喊叫。

周王桂听他喊叫，这才放了手："我说你个崽儿中了邪呢，原来你还知道疼啊，快说，给老娘往明白了说。"

李万水一边坐起来，一手招架着周王桂，防她再出手，一边拖长了腔调，没好气地说："老子在练'茶碗阵'，你懂不懂啊。"

原来，李万水最近在外认识了一个场面上的人，打过几回交道后，彼此都觉得对路，遂交成了朋友。

前不久，这朋友关照他，说市里面有个人际圈，圈内都是贵人，他若愿意进圈子，搭上线后，保准在市里能通天入地，把各路关系摆展搁平。

李万水是生意人，听说有这样的人脉圈子，那还不削尖脑袋往进挤，所以就叫朋友赶紧介绍他进去。

朋友又跟他交底，说这圈子是好，独有一样讲究，便是一套"茶碗阵"。圈内人之间平时很少照面的，遇事交接、托付，也不像常人要开腔说话，而是全靠一套"茶碗阵法"来交换信息。

这些古怪玩意儿，李万水听不大懂，也是不相信的，但朋友的身份、行事的手面他见过，知人家不是来跟他打诳语，所以也就爽快地同意入到圈子里面去。

入了圈之后，朋友手把手教他"茶碗阵法"，他人笨，这才专门买一套茶具回来练手。

按照朋友交代，这事情机密，本不能让外人知道，连妻室儿女都不该晓得的，但李万水心里多少还是有些打鼓，加之他这人有一样特点，他在外头男人堆里虽也是个场面人物，当家拿主意的事却是一直靠家里的胖媳妇，因此他自入圈以来，好几次都想跟周王桂讲入圈的事，让她拿捏一下，只是一时半会儿没下定决心，现在周王桂倒逼上身了，他索性就说出来了。

周王桂听了这一番曲折，觉得事情不太着边际，不过她断事利落，两下就找到了妥帖法子。

她教李万水："这事也不复杂，终归人家没叫你往进摊一分钱，他也就骗不了个啥。喝茶就喝茶呗，叫练'茶碗阵'，你就练吧，至于他的关系到底有没有，等咱家再要办啥大事，你就用这'茶碗阵'托圈内人帮忙啊。果真要帮得了，不信他也不行了，要是帮不了，指定就是骗人的。"

李万水听了这个思路，觉得是有进有退的路子，从此就安心玩他的"茶碗阵"去了。

周王桂也只当这一出是外面男人们玩的哪样新潮玩意儿，自弄清原委后，也再没往心上去过。

"那个引荐人是谁？"萧郡问周王桂。

"我到现在也不知道。"周王桂回答说。

"你得信任我们，只有我们掌握了情况，才使得上劲儿帮你。"萧郡料定周王桂说出这一折，必是有求于他们，因此催她讲实话。

周王桂苦笑一声："我说萧大记者，事情到这份上了，我不信你们还能信谁？当时我也问过他一句，到底那个朋友是谁，他不说啊，他说他们有规矩，这个死活不能讲，我呢，就觉得事情太离谱，看他神秘兮兮的只觉得笑人，哪还去跟他刨根问底。"

"那你懂'茶碗阵法'吗?"丛郸问周王桂。

"就是不懂啊。他跟我正式说'茶碗阵'的事,就那么一回,当时他只说了个大概,就是我给你们讲的那些情况。我是觉得,只要他不是中了什么邪门歪道,脑壳没毛病就行,这事也就这样过去了。"

"你就再没有留意过?"丛郸又问。

"没有没有,他那'茶碗阵'前后玩了不到半年,就再没见玩了,连茶具都扔了好些年。我后来为啥再没过问这事,也是见他既不喝茶了,又没再提起过,以为这都是些扯淡的事儿,已经过去了呢。"

"那你们用这'茶碗阵'接触过什么人,托人办过事吗?"丛郸继续问。

"你要说托人办事,咱们做生意的人,倒是常有的事,可谁又知道他托的人是哪条线上的呢,是不是'茶碗阵'那个圈子里的人呢。他在外面的交际,我是不大清楚的。"

"这样……"丛郸也犯了纳闷,一时沉吟起来。

"也就是说,这些年你压根儿再没留意过'茶碗阵'的事,甚至根本忘了这件事,是这样吗?"萧郡问周王桂。

"是啊,是这个情况。"

"那你今天为啥叫丛律师来,为啥要专门跟丛律师讲这件事?"萧郡问。

周王桂听了这话,点点头,又清了清嗓子,才对两人说:"萧记者,丛律师,不瞒你们说,老李进去以后,我怕他吃亏,所以就想办法在看守所那边找了些人关照他。我是早就听人说了,说老李在看守所玩水杯子的事。当然,这些给我带话的人,他们是觉得奇怪才跟我说的,可我一听他那个玩法,就知道他是在摆'茶碗阵'。你们想想看啊,老李他进了看守所还在摆'茶碗阵',这是啥意思啊?"

周王桂说到这里,一张胖脸上挤满了恐惧。萧郡听她最后一句话打着战,只觉得脊梁骨渗出一阵阵冰凉。

这时候,丛郸开了句闲腔:"嗯,我会见那几次,老李在面前桌子上把水杯推过去滑过来的,我还以为他心里烦躁呢。"

"在看守所里面,就算他摆'茶碗阵',他要摆给谁看呢?像我们两个,根本不知道什么是'茶碗阵'。"萧郡望向丛郸,兀自言语。

"是啊,可怜啊,到这个时候了,你说他还在看守所摆'茶碗阵',这是哪个杀千刀的把他害成这样。也怪我啊,一件事没给他操心好,就把他害到这步田地,但凡我当初要多问他半句,也不至于到现在还两眼一抹黑啊,想帮他都不知道门路。"周王桂边说边就号哭上了。

萧郡瞅了一眼周王桂那张扭曲的脸,一时心里感念,没想到这样一对夫妻,表面上过的是粗糙日子,夫妻感情竟能如此细腻。

"周王桂,你先别哭,我问你一个问题,你得说实话,"丛郸拉了一把周王桂的袖子,"你既然早就知道李万水在看守所有这个情况,为什么早不跟我说,而是现在才跟我说?"

周王桂一下子不号哭了:"这个,这个,呃……"

"好了,我再问你,你现在把'茶碗阵'的事说给我了,却又说得不清不楚,关键的人和关键的环节,你都弄不清,那你说这大半天,究竟想叫我替你做什么呢?"丛郸问起话来咄咄逼人。

"丛律师,那你得想一下了,怎么才能帮我啊。"周王桂被刚才一个问题打蒙了,这会儿又清醒过来,就有点儿拿腔拿调。

"不是啊,我的周姐,你家的事已经非常清楚了,招标大厦的案子没有落到老李头上,公安局这一次移送检察院的起诉意见书上也已经把这件案子从中划掉了,这你应该知道的。"丛郸是个能屈能伸的人,话锋陡地就变柔和了,"至于那些旧账,人家公安局的材料做得扎实,但我的辩护思路也跟你反复沟通过了,我们尽一切努力,给老李拿掉这个涉黑罪名。"

"丛律师,你方不方便再去问问老李,到底他那'茶碗阵'是要摆给谁呀?"周王桂连丛郸的话茬都不接,显然她对拿不拿掉黑社会罪名不太关心,也许在她眼里,啥罪名都一样。

四十一

"你觉得'茶碗阵'是真的吗?"这天回去的路上,萧郡边开车边问丛郸,"会不会周王桂在搞什么古怪呢?"

"'茶碗阵',"丛郸犹豫了一下说,"是真的吧,咱俩会见李万水时,不是也都见他在玩水杯,也就是周王桂学的那些样子,你说这能是她在编谎话?"

萧郡无可奈何地摇摇头,过了一会儿,他顾自说:"如果周王桂没有撒谎,如果真有这样一个圈子,这可不是一个简单的圈子啊,这就是一个秘密组织。"

丛郸没有接话,出神地望着路前方。

"居然用'茶碗阵法'说话,这都什么年代了,真还有人搞这些名堂?"萧郡仍在自说自话,"有啥话就不能直接说吗,偏要费这些折腾,我真是搞不懂这些个大老板,他们一天到晚脑子是怎么了?"

"哼。"丛郸从鼻子里笑了一声,欲言又止的样子。

萧郡转过头来看了一眼丛郸:"咋了,我又说外行话了?"

"不是啦,我是觉得,你怎么有那么多话非要说出来呢,哪有白马王子像你这样的呀。"丛郸把话岔开了。

萧郡呵呵笑起来,遂又问:"周王桂叫你去找李万水问情况,你啥时去?"

"得,周王桂那话是说给咱俩听的,你自己去问李万水吧,别问我。"丛郸心不在焉地说。

萧郡倒是真想找李万水把"茶碗阵"的事问个一清二楚,可是他知道,人换押到检察院手上后,再要见李万水就得托检察院的门路,而他在检察院这边一点儿交情都没有,所以,他现在只有仰仗丛郸了。

"明明人家是当着你面说的,我不过是你的车夫,我说,我这当牛做马的,你要跟李万水那儿问到情况了,别不告诉我啊。"萧郡半真不假地调侃道。

丛郸偏不接他的话茬,只当没听见他说话,径自又扳开车前的镜子,专心理起额前的刘海来。

其实在李万水的案子上,萧郡和丛郸的关系多少有些微妙。两个人都急着搞清真相,又都觉得对方有特殊渠道,因此口上一直说是合作、交流想法,其实都指着从对方那里听些自己不晓得的情况。

但这次萧郡感觉不大对劲儿,他知道"茶碗阵"的事重要,也知道丛郸定会去想办法把这件事弄明白,但他没来由地就觉得,丛郸自打听周王桂说了"茶碗阵"之后,好像有意和他拉开距离,作势要"单飞"似的。

这天,萧郡把丛郸送到法学会大门口,两人告别时,萧郡忍不住试探了一句:"丛郸,我怎么感觉这一别之后,咱俩再也不能相见啊。"

"见不见有什么关系，我又不是你女朋友。"丛郸站在地上，扭过头来朝萧郡发哮。

"这孩子，说变脸就变脸。"萧郡开了句玩笑，脚下一给劲儿，老越野"轰"一声吼，就像一头野猪拱了出去。

丛郸今天听周王桂说"茶碗阵"的事，她心里明镜似的，倘若李万水当真加入了这样一个人脉圈子，恐怕他黑社会的罪名也就落定了。萧郡说这人脉圈子是秘密组织，真要照周王桂说的情形看，这个组织不但秘密，背地里还不知道干了些什么见不得人的勾当。

"茶碗阵"这样的事，在萧郡这一类做记者的人听来，总不免觉得荒诞，他要不是亲眼见过李万水在看守所要水杯子，恐怕真以为周王桂是在编鬼话。

可是丛郸不一样，她还在法学院啃书本背讲义的时候，就知道这些江湖暗语、秘密规矩大多和黑社会绑在一起。所以，丛郸今天自打听说"茶碗阵"，她生出来的心思、烦恼压根儿和萧郡不一样。

萧郡还问她，会不会去找李万水问情况。这真是外行才问得出口的话，如若李万水和黑社会有染，而且染上这样一个号称能通天入地的组织，这等性质，哪能是一个律师去跟当事人私下勾兑的事，照律师的规矩，她该立马去跟检察院如实作汇报才是。

但是，身为一个辩护律师，去给检察院反映自己当事人的犯罪线索，这一套做法在教科书上写得明白，可切切实实落到自己头上，叫人难免会觉出别扭来——这不就是明着拿人家钱给人服务，背地里却把人往火坑里推嘛。

再有一样，丛郸接手案子以来，定好的辩护思路就是至少替李万水拿掉黑社会罪名。为此，这几个月来，她狠下了功夫，尤其当公安局把李万水的案子移送检察院时，她是几次三番跑检察院，非说公安局落的涉黑罪名不当，非拿着起诉意见书挑一大堆案件毛病。怎么案子都让检察院打回去两次了，现在自己又跑去跟检察院反映，说李万水涉黑？这不是自己打自己的脸吗？

丛郸一时没有拿作，回到律所后，她把门一闭，就赶紧给律所主任黄振打电话。

黄振还住在乡下，听丛郸讲完这一通烦恼后，就呵呵笑起来："丫头，这事情没啥烦的。"

"怎么不烦啊,难为情死了。"丛郸在电话里撒娇。

"哦,你看你看,你说到一个'情'字,这不就清楚了嘛。我问你,情大还是法大呀?"黄振循循善诱,轻言细语地问丛郸。

"老师,那当然是法大喽,可我现在是头比法还大。"

"头比法还大,那就是头脑发热,头脑发热就会意气用事,意气用事可不得了,那是法的天敌。"

"唔……"丛郸应着声。

"丫头,你记住一点,你是一个法律人,任何时候,你只要讲一个法字,就错不了。"黄振说,"现在叫你去检察院报告,是挺难为情的,我能理解,我们当初也都经历过这个时期,不过,就我自己的经见来说,今天你这样做了,明天不会后悔,但你若不这样做,很可能你一辈子都要后悔。"

"是啊,我也想到这一层了。"

"想到这一层就对了。"

"那——老师,我把律师费退给她吧,这样我能好受一点儿。"

"哈哈,我啊,当初也就是你这样,磨不开情面,才把律所开成这个破落样子。"黄振笑声爽朗,不过他后面的话却是另一个意思,"律师费你是没必要退的,你安心拿着吧。"

"可是感觉不好。"丛郸说。

"以后再遇到这种情况你要退我不拦你,但这个案子你是没必要退的。"黄振说。

"这是为什么呀?"丛郸不解。

"就我看,那周王桂背后一直有高人点拨呢,要不然,她一个妇女家,她怎么晓得要掐现在这个点上跟你说这么大一件事?她这次找你说这件事,肯定是有人参谋过的,她知道这事是啥后果,甚至她都料定你会跟检察院反映。"

"天哪老师,这是什么情形?"丛郸在电话里尖叫起来,"她知道这些还跟我讲,那她是想在背后给李万水一刀喽?不像啊老师,我看周王桂对李万水感情很深,也不像是装的啊。"

"你想哪去了,哪是这么回事。"黄振的声音开始变得沉重起来,"这个周王桂啊,她这么做有两种可能,一种可能是做出个样子来给李万水那个圈子的人看;另外一种可能,她这就是和那个圈的人开战了,斗法了。"

"为什么呢,为什么是这样呢?"丛郸急切地问。

"因为这个圈子把李万水抛弃了。你想想,如果这个圈子的人真能通天,真打算帮李万水,真要找关系走门路的话,应该是从公安局这个环节做工作。可是呢,李万水的案子被打回去三次,公安局都给扛下来了,这说明啥,说明公安局是铁了心要办李万水,而且这个想法一直没有动摇过。而公安局这么坚决,很可能是没有人往他这一环做工作。周王桂以前瞒着你,她应该是在等圈里人出手帮李万水,现在等到这个结果,她看没指望了,所以就想来个鱼死网破——反正你们不帮我老公,我就把你们给拱出来。"

"但是,老师,就算案子到了检察院,不是也可以做工作吗?反正都是托人求人的事,不定非得在公安这个环节吧?也可能公安局和李万水杠上了,所以谁找都没用,但等案子全部交到检察院后,反倒可以盯住检察院一家做工作呢。"丛郸认为黄振的推断有漏洞,"那我们怎么敢断定,周王桂是因案子第三次送到检察院之后,觉得没希望了,才来拱圈里的人?"

"这就是我为什么一开始就跟你说,周王桂背后是有高人指点的。可以说,只有对检察院的运作机制非常了解的人,他才知道这案子第三次到了检察院后,再想找人活动的可能性已经没有了。"黄振说了这大半天,仍然不急不躁的,"检察院手上的权力,也就是前面两次把案子打回去,这第三次,表面上看,它好像还可以做不起诉决定,把公安局的案子彻底否掉,可是,检察院敢吗?公安局已经摆出死磕的架势了,而且人家好歹搞到李万水的一些死证据,检察院要是敢否了这案子,公安局这边闹不闹事?所以呀,检察院现在最聪明的做法,就是原封不动地按公安局的起诉意见,把李万水起诉到法院,这样就把球踢到法院手里了,法院你爱驳回驳回,爱定罪定罪,爱判几年判几年去。这也就是说,李万水现在在检察院只是过一道手续而已,别说是没人帮他,就算他那个圈儿的人想帮,找检察院也是白搭。"

"老师,那还可以在法院人身上做工作啊。"丛郸揪住一个问题,就要打破砂锅问到底。

"法院就更没法做工作了,这案子影响该多大,审判又是公开的,法院它就再想钱,也不会傻到在这种事情上舔血。"

"老师,我算彻底明白了,周王桂现在是扒心扒肝地指着我去检察院报告,好把那个圈子的人扯出来。"丛郸边笑边说,"咦,这个女人了不得啊,我还正纳闷,这么秘密的事情,她今天怎么也不避记者,原来这是一箭双雕,让律师和记者为她冲锋陷阵。"

黄振也呵呵笑起来:"幸好你没退人家律师费。"

"不行,我得加收她律师费,我这是帮她搞掂对手,这件事和她老公的案子已经是两样活儿了。"丛郸在电话里开着玩笑。

黄振沉默了一会儿,还是忍不住叮咛一句:"丫头,你得小心啊,这回你可不是跟公安局作对了。"

四十二

检察院大楼只有五层高,方方正正的,大楼通身被瓦蓝色的玻璃幕墙包了个严实,看上去就像天上落下来一块水晶石,落在这覆满白雪的草地上。

丛郸被一顶红色毛球帽和白色羽绒服包裹得棉滚滚的,一双手还塞在毛茸茸的挂肩手套里,就径直朝检察院大门里面走。

"你,站住!"

丛郸正取下挎包,准备过大门安检,被这一声喝叫惊住了,扭头一看,见是旁边门卫房里的保安,一副呆头呆脑的生面孔。

"干吗呀,吓我一跳。"丛郸白了门卫一眼。

"你干吗呀,"门卫巍巍不动,瞪着一双大眼睛跟吓小孩似的,"一边儿耍去,别来这儿胡闹。"

"嗵,大叔,你什么眼神啊,我是律师,不是未成年少女,我要去公诉科办事。"丛郸边说边掏出律师证来,递给门卫。

门卫接过律师证还没打开,抬眼看见对面传达室的哥们儿咧着嘴朝他笑,一下会意了,遂把证件递出来,点头示意丛郸可以进去。

丛郸过安检进大厅后,门卫就和对面传达室的小伙子隔着过厅聊起来。

"这还真是律师啊,年龄造假了吧?"门卫笑着说。

"咱这儿出了名的娃娃律师,检察长都惹不起,听说死较真死较真的。"传达室小伙子一手挡在嘴边上，朝门卫喊话。

"曛，什么人花钱不好好请个律师，请这样式儿的，这能代个案子不能啊？"门卫甩着大脑袋。

"听说还代的是个大案子呢。"传达室的小伙子撇了撇嘴。

丛郸进了大厅正上楼，外面这一番议论被她听得一清二楚，她没好气地"喊"了一声，"咚咚咚"就上了三楼。

公诉科王方宏科长是个五十多岁的老男人，回回见丛郸进门，头一件事就是把丛郸从头到脚打量一番，今天还是一样，足有半分钟时间打量完丛郸的穿着后，他才缓缓问道："丛律师，又来了？"

"是啊，王科长，找你有事。"

"李万水的事吧？"王方宏顿了顿，拿手指了指天花板说，"以后啊，李万水的事你得上四楼去，就我头上的办公室，是上面抽调来的得力干将，也是年轻人，和你——差不多，你们应该能说到一起去。"

"上面还抽人来办李万水的案子呀？"丛郸经意不经意地呵呵笑着，心下却是一惊。

"是啊，你们年轻人可靠、水平高嘛，所以上面就专门派年轻人下来督我们的阵，指导我们的工作。"王方宏话说得酸酸的，又朝丛郸挥手，"快上去，快上去吧。"

丛郸从王方宏办公室出来，一边朝楼上走，一边琢磨，看这架势，李万水的案子至少在检察系统是捅到上面去了，这意味着案子将不可能在本市内简单消化掉。

不过，上头关注李万水案，也有各种可能性，一种可能当然就像王方宏说的，是公事公办来督导、协助底下办案，但万一是李万水托人托到上头，然后派人下来横加干预案子呢？真要是这样，那她今天就算是来找碴搅局的。

只是上一层楼的工夫，丛郸就想了很多，等她心神不定地敲开房间门，一眼瞅见窗边椅子上坐着的人时，她第一个意识，就是自己可能疑神疑鬼想得太多了，也许上头派这人下来，什么想法都不曾有。

"哎，你是陆成检察官吗？"丛郸望着那一对厚厚的起了圈线的眼镜片打了个招呼。

眼镜片没见动，只嘴巴嗫了嗫，两颗雪白的龅牙就先跑出来："我……我是，你……你是？"

丛郸边去办公桌对面的椅子上坐下，边介绍自己的身份。

"哈哈,原来你就是丛律师啊?"陆成突然大笑一声,站起身来,随他这一声笑,他的短眉毛、高颧骨和龅牙,就像乱七八糟的花瓣一下子全打开来,连镜片上的那些圈儿都跟着涨大了似的。

丛郸也赶紧站起来,两人像模像样地握了一会儿手。放下手后,各自坐回位子上,丛郸忍不住问:"陆检,你多大了? 我怎么看不出来。"

"哈哈,我长得很骗人,跟你说,我上学时同学不知道我多大,工作时同事不知道我年龄,这次到你们市里来出差吧,自打进这检察院,问我年龄的,你这都不知道是第几个了。"陆成大约觉得这事情很有冲突,很有戏剧性,笑得脸上的花瓣儿一张一缩的,"我呀,我实话告诉你,我二十五。"

"哦哟,吓我一跳,你要不说,我都以为你三四十岁啦。"丛郸张口就来。

"啥——"陆成脸上的花瓣儿一下子又抠紧了,"人家都说我像没毕业哪。"

这天,丛郸在陆成办公室足足坐了一个多小时,才把她掌握到的"茶碗阵"的来龙去脉,说了个一清二楚。

陆成听得认真,问得也仔细,到丛郸把一席话说完,他又抠着花瓣儿脸琢磨了七八分钟的样子,然后才一把抓起手边的座机打电话。

"王科吗,我需要一份李万水进看守所以来历次提审、会见的视频资料,麻烦您务必叫同事在今天下班之前送给我,谢谢。"

陆成挂掉王方宏的电话后,立即又拨院办公室主任的电话:"主任啊,我是小陆,麻烦您给我准备三套保密协议书,要盖章的,我十分钟后下来取。"

陆成打完两通电话,看了一眼丛郸,没说话。丛郸倒是发现,陆成办起事来,比他长相利索多了。

"陆检,你权力还蛮大呀,科长、主任都成你的办事员了。"丛郸说。

"公事就公办嘛,这样省事啊。"陆成双手一摊,勉强应付了一句,眼睛却盯着桌面在想事情。

"你现在是这案子的主办检察官了?"丛郸眨巴着眼睛问。

陆成被这问题弄得莫名其妙,抬眼来望着丛郸:"没有啊,上头叫我来协助检察院办案。"

"哟,陆检,你这也叫协助啊,我看你讲电话那口气,完全是钦差大臣的架势。"丛郸笑着说。

陆成没理会这番话,却问丛郸:"丛律师,把你说的萧郡记者、黄振主任电话给我一下,我现在就要给他俩打电话。"

丛郸边拿出手机翻找电话本,边问:"你还打他俩电话,你跟人家说什么呀?"

"我得和你们仨签保密协议。"陆成说。

"啊?"丛郸举着电话的手停在胸前,吃惊地望着陆成,"陆检?"

"哎呀,得签。"陆成倒不是不耐烦,他看了一眼丛郸的大眼睛,竟有些不好意思起来。

"我说陆检,李万水的案子我跟到现在,从公安局到检察院,都还没有人让我签保密协议,我是代理律师呢。"丛郸边说边翻出电话号码来,就把手机递给陆成看。

"我又不让你保密别的,我就让你保密'茶碗阵'一件事,别的,我根本不管。"

陆成抄下电话后,径直就拿座机通知二人了。丛郸在一旁看着他打电话,见他先联系的黄振,也知道叫人家"老师"。

出乎丛郸意料的是,陆成把意思跟黄振简单说了一遍后,电话那头大约就同意了,然后陆成一边对着电话说感谢理解,一边又招手让丛郸过去听黄振的电话。

丛郸接起来,黄振就告诉她:"丫头,检察官这样做,有他的道理,我已经同意了,叫他随时过来找我签都可以,你也要支持人家的工作。"

丛郸"哦哦"了两声,说过再见后就挂了电话。她把电话递给陆成时,朝他撇了撇嘴。这一撇嘴,陆成又受不起,脸一下红了,随后他就拧过身,自去拨萧郡的电话。

跟萧郡说话,陆成却不客套啰唆,只报了自己的身份,然后就以通知的口气叫萧郡马上来检察院找他。

"陆检,你这是看人下菜啊,你刚才给我老师打电话,咋不是这副态度呢,你也让他立马、现在到检察院来呀。"丛郸等陆成挂了电话,就奚落他。

"那当然得有所区分,你老师是法学泰斗,他懂这个,咱让他签保密协议那是晚辈尊重他、保护他。"陆成说。

"那记者呢?"丛郸问。

"记者？我好几个同学在当记者呢，我研究过，跟这帮人你可别客气。你不客气，公事公办，他还把你当回事，你要一客气，他一准给你讲出一大堆道理来，没一个你能辩得过他。"

陆成本科师从国内学术权威读心理学，本科毕业没找到工作，这才掉过头去重读了法律硕士。这两下一搅和，他现在工作了跟人打交道说话，总还透着一股子心理学的味儿——爱琢磨人。

这天，当萧郡匆匆忙忙赶到陆成办公室，和陆成面对面握手时，一旁的丛郸觉得，萧郡简直被衬托成完美无瑕的美男子了。

萧郡见丛郸也在，其实心里已大致猜到是关于李万水的事，但当陆成拿出保密承诺书，又交代了签约原因后，他脸上还是露出来一丝诧异和不屑。

"检察官先生，你这踩过界了吧。"萧郡坐在门口沙发上，翻了一下协议资料，就推到一边去了。

"哈哈，你这可是道上的话呀，萧记者。"陆成笑了笑。

"哦，那我得换个说法，"萧郡也笑笑地说，"我在想啊，你今天让我签了这份保密协议，那我可变成哑巴了，检察院把记者变成了哑巴，这叫什么呢，能叫破坏生产工具罪不？"

"哈哈，那叫破坏生产经营罪，萧记者，你说话太幽默了。"陆成已经觉出萧郡的抵触情绪，"我不跟你扯那些，我不敢也不想干涉记者的新闻自由、采访自由，但是，你得替检察院考虑一下，如果检察院正在展开调查，你们媒体出手，会不会对一些关键的当事人打草惊蛇，甚至影响到检方的调查部署？"

"陆检，你这个担心是有道理的，不过我得问你，我们媒体可不可以反过来怀疑检方，认为你们借保密协议封口堵嘴，甚而至于暗箱操作'茶碗阵'的调查呢？"萧郡针锋相对地问。

"哈哈，你呀你呀。"陆成那张构造古怪的脸上终于显出来一丝尴尬，他意识到面前这个肆无忌惮的记者镇是镇不住的，要抚慰人家才行，只是他一时又想不出话辙儿来。

这时一直在旁边看热闹的丛郸，抓住这一瞬息"停火"的当口，悄悄朝萧郡丢过去一个眯眯眼。

她那意思是，厉害呀。

四十三

陆成最终说服了萧郡，他的说辞是，果真有一天检察院在"茶碗阵"的调查上暗箱操作，又或者调查工作无果而终，给上下左右没有一声交代的话，他会头一个站出来向媒体曝检察院的丑。

且说陆成这头和萧郡、丛郸、黄振一干人处理完保密协议的事，当天下午就拿到了李万水在看守所的视频资料。当晚，他一个通宵没睡觉，硬是把李万水进看守所以来历次提审、会见的场景看了个透透彻彻。

第二天早上还不到上班时间，在检察院餐厅吃早餐时，他见着王方宏，就让王方宏安排他提审李万水。

王方宏问，安排在哪一天呢，陆成说就今天早上。王方宏"哦"了一声，说那好吧，我安排一个同事和你一起去看守所。

"不是去看守所，我想就在咱们院里提审他，麻烦把他送过来一下。"陆成说。

王方宏看了一眼陆成，才说："弄他过来是可以，不过他身上案子重啊，来回路上的安全就得操心了。"

"不要紧，王科长，我打算九点半见他，你看行吗？"陆成看了看手上的表说，"另外，你就抽科里的李静陪我一起提审吧，反正在咱们自己的审讯室。"

这下王方宏不吃饭了，他把手里的包子放下，定定地看了看陆成那张奇怪的脸，觉得这年轻人不大通人情，想想却又是工作上的事，不好跟他较劲，才又拿起包子来，咬了一口说："行，我负责把人弄过来，给你调李静，那你俩这么年轻，可不要辜负大家的希望啊，争取让李万水开口说个一句半句的，这样笔录上才有得写。"

陆成也不生气，放下筷子，把嘴凑近王方宏，悄悄朝他低语了一番。

检察院审讯室在地下一楼，陆成在进到审讯室大门之前，先在门外立了片刻，眯上眼睛给自己调了调情绪。旁边同事李静，也是才参加工作不久的年轻检察官,她见陆成像是在祈祷的样子,差点儿没笑出声来。

陆成如此着急地要提审李万水,自有他一番算计,他抽调来这里已经有一周多时间了,一直都没有动作,这不是他不想动作,而是苦于没找到抓手。直到昨天丛郸跟他讲了"茶碗阵"的事,他才一下子找到状态,他当时意识非常清晰,此行如要不辱使命,就得从这里下手。

但李万水最近的状况,陆成又是尽知尽晓的。李万水的抵触情绪比以往任何一个时候都强。此前陆成随同事到看守所瞧过,他是问死不开腔,这已经让好几个上案检察官束手无策伤透了脑筋,所以这次提审,一方面,陆成看得重,可说是成败在此一举,如果今天从李万水嘴里问不出内容,后面的工作也就一点儿拿作没有。但是另一方面,陆成心里并无十拿九稳的把握,他不知道自己这三拳两脚究竟啃不啃得动李万水。

稍后进了审讯室,李万水已经在受审席上等着了。李万水好几年前就秃了头,一颗大圆脑袋溜光,没想到在看守所关了这几个月,竟然把秃头治好了,现在生出来薄薄一层浅发,只可惜是一根比一根白,衬得一张圆脸膛苍老了许多。

陆成、李静两人坐下后,李静先就拿她的学生腔朝李万水做了两个人的自我介绍,又特意说陆成是上面派下来的专案人员。

李万水圆滚滚的身体窝在受审席的椅子上,戴着脚镣手铐,听李静说话,他连眼皮都没抬一下。

"李万水!"李静有些发急,从审讯桌里面站起来,高声喝道。李万水这才把头抬起来,却一点儿不示弱地瞪着李静看。

陆成望了李万水一眼,一边伸手拉李静坐下,一边开了腔:"李万水,你没必要斗眼神了,在这儿待着,怎么都比看守所强吧,叫你出来走动走动,你还一点儿不珍惜。要盯,有本事你一直盯着,都不兴眨眼的,你能盯多久?我看顶多一分钟。"

陆成这样一说,李万水大约才意识到,自己在跟一个小女孩置气,遂收了眼神。

这时候陆成转过来跟李静说话了:"对了,你一般喝茶还是喝咖啡啊?"

"我?"李静指了指自己,一脸茫然,"我喝白开水呢。"

"那咱院办有好茶没呀?"陆成摇着笔杆问。

"你要喝茶?"李静瞪大了眼睛。

"哎呀,刚才都忘了,你去拿点儿茶,再去,再去我办公室拿上两三个茶碗下来吧,这大冬天的。"陆成就像扯闲淡一样,跟李静说。

李静"哦"了一声,这回知道陆成是真跟她说喝茶的事,就起身出去了。

李静出去以后,陆成东望望西望望,过一会儿又从包里摸出一面小化妆镜来,把镜子摆在桌上,嘴里嘘嘘地吹着气儿,一门心思拔起脸上的胡子来。

李万水自打进看守所以来,还没见过这等做派的办案人员,他原本神经绷得紧,这会儿大约也看出来,今天这两个年轻人可能是应付差事来的,他渐渐也就把自己放松了。

一会儿李静拿来茶叶、杯子,陆成就慢条斯理地冲起茶来。冲好一杯后,他先端到李万水面前的桌板上,然后又返身回来给自己冲。

等他把自己这杯冲好了,拿起来要喝的时候,抬眼一看李万水:"哦,你戴着手铐不好喝,是吧?"

陆成说完,就把提早准备好的手铐钥匙摸出来,走到李万水跟前帮他解了手铐。他站在李万水旁边,边收手铐边望着茶杯说:"这茶还不错呢,你看茶叶形状多好。"

"对了,你喝茶吗,李万水?"陆成边回自己座位,边拉家常样地问,他面情上装得随意,其实心里头揣着万钧压力,他就怕李万水不接他的话,那他的戏不好往下演。

"茶——"李万水对着人家拉家常的话,也不好较真,身上憋着的那股子戒防劲儿也使不出来,就拿起杯子来抿了一口,应付着说,"喝吧。"

李万水在看守所里已被办公案人员、律师、记者各色人提审、会见过无数次。陆成昨晚看过这些视频资料,觉得一下子找到了李万水摆"茶碗阵"背后的心劲儿。

李万水刚进来时,他是逮着机会就向办案人员要杯子要水,把他那套"茶碗阵"摆一回又一回。但因为一直见不到回应,渐渐地,他心劲儿就一次比一次淡,有时候提审到中途,他想起来再摆一回,有时候干脆就不摆了。案子几经移送、打回之后,李万水该是越来越绝望,慢慢连杯子和水都懒得要了。最近这一段时间,他不但彻底罢了"茶碗阵",还跟办案人员使上了性子,所以才回回不张腔不说话。

陆成琢磨这个情况,料定李万水是心死了。

这会儿陆成回到自己座位上，端起茶碗自顾自地起了式。他端起茶碗举到嘴边上，仰头望了一眼天花板。

这时候，李万水虽在看他喝茶，面情上还没有动静。

随后陆成弯下头来，拿嘴皮衔住茶碗沿，把茶水吸出一阵有节奏的"嗤嗤"的声音。

这声音一出来，李万水原本塌下去的脑袋和脖子，眼见着就像是趴在窝里的火鸡那样，徐徐地伸出来。

到陆成放下茶碗，学着视频里面李万水手卡茶杯的线位、手势，开始沿着图形、路线滑动茶碗时，旁边的李静突然发现，李万水的眼眶当中竟然莫名其妙盈满了泪水。

"李万水！"李静突然喝了一声。

这一声喝叫，吓得陆成一下子收了先前脸上还从从容容的笑意，一顺手，又把茶碗捎翻下桌，"叭"一声打破了。

"你这是干吗——呀，李静，大一声细一声的，"陆成一脸无辜地望着李静，"你要吓死我呀。"

李静一脸歉意对着陆成，嘴上有些不服气："陆检，那咱还问不问话呀？都这么长时间了，啥也没干。"

"就是问话，那不也得先把这儿收拾利索了嘛。"陆成拿两根手指捻起审讯桌上的一片儿茶叶，边甩水边说。

"好，那我去拿抹布、拖把。"李静脸上不大高兴，站起来，踢了一脚椅子，转身就出去了。走到门边上，她又气哼哼地扔下来一句："干不来提审，就别浪费我们的时间呀。"

李静走出门之后，陆成依旧专心捻面前桌子上的茶叶片儿。这回李万水急了，喊了一声领导，就连忙端起茶碗来，要摆"茶碗阵"给陆成看。

李万水把茶碗举到嘴边，仰了一下头，栽下头来才准备咬茶碗沿，陆成就把他挡住了："行了行了，别摆你那个烂'茶碗阵'了，有要紧话赶紧说吧，我就这一次和你见面的机会，别人谁还理你的死活呀。"

"呃……"李万水放下茶碗，欲言又止。他猴急猴急地朝陆成努了努嘴，意思是房间里面有监控。

陆成还是不紧不慢捻他桌上的茶叶片儿，捻起一片才对李万水说："我说你呀,就是一辈子踩不上点儿,所以才坐这儿呢,我是干啥吃的呀,咱的审讯都还没开始呢,有个屁监控啊。"

"是吴剑晔出卖了我,我的材料全部在他那儿。"李万水喉头一鼓,冒出一句话来。

"他?"陆成犹犹豫豫,又心不在焉似的,之后又弯过头瞅了一眼门口。

李万水赶紧抢了一句:"就是给我公司做了多年法律顾问的律师啊,我就是他介绍进圈子来的,是他把我卖了。"

"哦。"陆成不敢随便搭话,只能这样应着声往下拖。

一直在隔壁透视玻璃后面监控审讯的王方宏,知道吴剑晔这个人,他怕陆成是外地人,不明白李万水已经说出关键内容,遂和李静一起转出来,快步进了审讯室。

王方宏边往审讯桌边走,边望着李万水说:"原来是吴剑晔把你给卖了,那你这些年没混个名堂啊,就混了一身的臭名声。"

李万水认得王方宏,顿时也就明白自己中了计,他像一个蔫了气的皮球,颓然窝回到椅子当中。

四十四

前后不过一刻多钟的时间,四十好几的李万水就在二十出头的陆成面前经历了由绝望到希望、从大喜到大悲。

这是一场摧折人心意志的心理战,李万水苦苦撑了数月,到最后关头却轻易输掉了这场战争。陆成和王方宏却不客气,这天,他们趁热打铁,把个心理防线彻底垮掉的李万水拷了个里熟外焦。

其实,李万水走到这一刻,本来也只剩自保一条路,因此掉头转弯并不难。他几经权衡之后,索性就跟检方谈了条件摊了底牌,答应配合检方在"茶碗阵"调查当中转做污点证人,至于他掌握的圈子内幕,必定知无不言、言无不尽,以此来给自己立功赎罪。

这样，李万水就当着检方把他如何进入圈内，如何在圈里运作，又如何被人出卖的前前后后，一口气倒了个干净。

当然，后来从李万水交代的情况看，他对"茶碗阵"圈子所知有限，而这个圈子的组织运转规则，的确也被设计到了匪夷所思的地步，并非他这个层面的下线能窥得全的。

吴剑晔是李万水的上线，当初吴剑晔发展李万水时，跟他说，圈子就是市里面的一圈人脉，圈中有各色人，只是这些人都有身份有地位，手里各有各的资源，大家相互联结在一起，成了一个人脉圈。

李万水就纳闷，那这个人脉圈不就和市面上的富人俱乐部、高球俱乐部是一回事嘛。

吴剑晔便反问他，就拿高球俱乐部来说，你们这些老板凑在一起能干啥，还不就是闲得无聊找个乐子，聊聊天、打打球，消磨消磨时间？

李万水不解，问吴剑晔，那你这个人脉圈玩的是哪样呢？

吴剑晔只比了两根手指头出来，说圈里只许玩两样，"权"和"钱"。

李万水一听就笑了，你真当没文化的人就是睁眼瞎？好歹我在社会上摸爬滚打这些年，"权钱交易"大致还知晓一点儿，这些上不得席面的事，哪是靠进圈子交朋友办得成的，只要拿着票子找到了对路的领导，一手交钱一手交货就是了，老话管这叫"有钱能使鬼推磨"呗。

吴剑晔打住他的话，说快别扯什么"有钱能使鬼推磨"了，我只问你两件事情，看你答得上来答不上来。

第一，你手头提一包钱，却找不到领导官员的门路，这种情况遇没遇到过，遇得多不多？

第二，手头有钱了，当官的也找下了，可官家人偏偏不和你照面、谈价码，送钱都非得经中间人一手，这种情况有没有过？

李万水自打发家之后，这些年公司、家里的法律事务统统交由吴剑晔打理，吴剑晔好比他的私人管家一样，对他的情形是尽知尽晓的。因此吴剑晔这样一点拨，他也就生了感慨，说社会人情真是变了，前些年手头紧，却感觉钱好使，就没有拿钱蹚不平的事，这两年怪了，手头钱多了，摆不平的事情却是一桩连一桩。

吴剑晔比李万水年长，就举个投脾性的例子来教他，说社会人情啥时变过啊，尤其是"权"和"钱"之间的事，它就跟男人女人身下长的一对玩意儿似的，从古甲子到现在，都是你念着我，我惦着你，无一时无一刻不是你想到我这里面来，就是我想往你那里面钻。

可为啥前些年，你的钱就好使？那还不是因为你做的买卖小，托的是芝麻大的官儿。

你钱少、他权小，你俩做的是洗头房里几十元一炮的勾当。这号买卖，往大了说，它虽也沾得上"权钱交易"几个字，但归根结底，不就是你拿钱她又腿的事嘛。

你算算，你俩一天搞十回，十次交易也才千把块，这等于你找了个街道办干部送他一条烟，然后人家许给你个扫厕所的活。

但是现在不一样了，你有钱了，眼光高了，扫厕所的活你瞧不上了，洗头房里的妹儿倒找钱让你搞，你也不搞了。你要干啥，你要做大买卖，你盯的是千万上亿的大工程，托人走关系就得找当大官、有大权的，这中间的权钱交易，动辄也是百万千万元的谱儿啊。

人到了这一步，为啥又觉钱不好使、事不好办了呢？说穿了，你现在要巴上当大官的，就和你想搞模特、搞明星一样。你想想啊，模特、明星是你想搞就能搞的吗，是你撒多少票子，人家就又几回腿的吗？当然不是了，到了这个阶段，各人都有讲究。

吴剑晔拿这一番例子说事，李万水自然也就把当中的经脉道理听了个明白清楚。他好奇不过，叫吴剑晔再跟他说说，到了这一步，当官的究竟有些啥讲究。

吴剑晔让李万水设身处地想一想，假设现在要争一个亿的工程，官家的路子也是通的，你怎么跟人谈价钱，怎么把钱送出去？

李万水说，按照行情，一亿工程少说也得送领导五百万，五百万元怎么送？转账、现金都不妥，那还真没辙了。

吴剑晔说，怎么送是一回事，谈价码又是一回事。先说谈价码，你觉得送五百万是行情，万一这人心不黑，预期只有一百万呢，那你不就亏了？倘若遇上心黑的官员，非要一口吃八百万，你只送五百万，人家收吗？所以，谈价钱的环节是万万少不了的。可是，在哪儿谈，怎么谈？面对面，人家怕你录音留证据，电话谈更不敢,若说是比手势,又怕录像,再说,你比个五出来,人家咋知道你是五十万还是五百万,是人民币还是美金呢。

李万水就说,对了,有人给我说了一种方法,去浴场里面洗澡,大家脱得光光的下了水,谁也录不成谁的音啊。

吴剑晔连连摇手。你那倒不是洗头房的买卖,可顶多,也就是进了宾馆、酒店去嫖娼,价格比洗头房翻个一倍两倍,办事地点换了换,没准儿嫖的女人还是刚刚从洗头房出来的。你呀,你也不琢磨琢磨,手头掌握上亿工程的官员,哪个愿意跟一个老板上澡堂子去脱得光光的谈价钱?

再说送钱,你也知道,上了五百万,现金、转账这些招数都不好使,纪委、检察院是一查一个准,查实了,大家都完蛋。所以,就算和官员谈妥了价码,人家还要看你的钱是怎么个送法,你要说转账、给现金,人家立马就知你不是办事的人,你迟早要给人家带灾,人家也就不和你往来了。

说到底,给官员送钱,不单要讲诚意,还得讲技术。你总得有一套办法,把这钱洗得干干净净,洗进官员背后的公司,洗进他代理人的账户,要想着法儿把这钱变成官员的合法收入,他才会和你来往,才敢给你办事。

李万水说,洗钱要比挣钱难,这事情,就不是咱这个脑子办得成的了。

吴剑晔却说,洗钱不难,难只难在双方信息的沟通上。你要给对方官员洗钱,你就得和他坐一起掐码子,你怎么洗,他怎么接,由哪个账户进,从哪个账户出,一分一毫的,你俩要掐得一清二楚,这才能操作得天衣无缝。

吴剑晔举了个例子,假设官员手里有一套老宅挂在市面上卖,本来挂一百万都没有人要,但你叫他编个理由挂六百万的价格出来。然后由你手下公司出面,正大光明地买下来作为老宅投资。这不就把五百万送到官员手里了吗?关键是,整个买卖过程属于市场行为,同行顶多看你笑话,说你投资吃了亏,但法律上是没法给你这次购买定性为行贿的。

又好比官员指定的代理人有一只股票在手上,你要能砸下几千万去炒这一只股票,等官员代理人在这只股票上获利五百万,你再出来。这个时候,你账面上也许损失了五百万不到,但是你却实实在在给对方送去了五百万元的合法收入。

李万水听这些例子,就不如先前听嫖娼那样好懂。吴剑晔只好又来给他打比方,说这就好比你和女模特搭上线后,想给人家五百万,叫她陪你睡一年。她要明目张胆收了这五百万,是不是一辈子说不清楚,跟男朋友跟家里人两边都不好交代,拿着钱也不敢大手大脚花? 怎么办呢,你雇她做你公司的一名高级商业代表,然后把你拿下的工程算作她的业绩,叫她合理合法拿走五百万提成。女模特挣下这笔钱,连税都交过了,别说大手大脚花,她都敢拿出去跟人显摆一辈子,说她也是商业精英人士出身。

这个例子算是贴到李万水心尖上去了,经这样一番启发,他也就对吴剑晔说的那个人脉圈产生了莫大的兴趣,当下连忙催问吴剑晔,圈内人究竟使些啥手段来玩转"权"和"钱"的?

这样,吴剑晔也就跟他说出了"茶碗阵"的秘密。

原来这一套"茶碗阵法",正是圈内人沟通交流的秘密语言。人与人沟通,无外乎说话、打手势、做表情,而一套"茶碗阵法",喝水有声音、有节奏,端茶有手势,分左手右手,放茶碗更有东南西北前前后后,把这些声音、节奏、方位、手势编在一起,就演变出另外一套交流说话的规矩来。

吴剑晔说,圈内人相认相辨、说事拉话,全都靠这一套"茶碗阵法"来完成。圈内两人谈一笔交易,可以不张腔不动嘴,只管面对面坐着喝茶就是了,而内中更有高手,甚至能嘴上说一套事,"茶碗阵"又说一套事,谈笑风生间就把该谈的交易谈完了。

李万水听得心花怒放,就问,进了圈子是不是先要挨个儿把圈内人都认识一遍,以后就好找人谈事合作了?

吴剑晔说不是这样,圈内人要么有钱,要么有权,个人资产过不了亿的,根本不让进来,而进圈的人,都不是来玩的,都要么冲着"钱",要么冲着"权"而来,所以进圈之后,只有当你提出一个具体项目需要找人合作时,你才能和那个愿意跟你合作的人见面。

李万水问,假设现在我要从朝阳区政府手里拿图书馆工程,我咋知道找圈里哪一个?

吴剑晔说,我介绍你进来,我是你上线,你想拿这个项目,把想法告诉我,我转告我上线,我上线再告诉他上线,这样,你的信息最终会到达一个有权力帮你的圈内官员手中。他如果愿意合作,他把信息传回来,这样你俩再约时间约地点,见面之后用"茶碗阵"谈。

李万水觉得这个方法真正是神奇,但又有疑问,假设圈内没有这样的官员,那我不是白进了？

吴剑晔说，如果没有这样一位官员，这就不是圈内的事，你自己就按外头的办法去找门路想办法，圈内帮不了你，但也不会干涉你的自由。可你要说这是白进了圈子，话也没错，进这个圈子一不收你费，二不让你出力，本来你就是白白进来的。

李万水原以为圈子和市面上的俱乐部一样，要收会费，现在听说不要钱不出力的，他反倒不解，搞这个圈子的人究竟图什么呢？

吴剑晔说，圈里人要么有钱，要么有权，哪会看得起会费那点儿收入，大家之所以联在一起结成圈子，那是因为"钱"在找"权"，"权"也在找"钱"，"钱"和"权"的圈儿越大，自然圈内人的机会也越多。比如，你现在看中了朝阳区的图书馆工程，没准儿朝阳区哪个管事区长，眼下正愁找不着合适的老板合作呢，如果你俩都在圈内，你们合作起来岂不安全？

李万水一听，是这个理儿，他随即又生一问，万一圈内还有别的老板看中了图书馆工程，岂不是圈子内部要打架了？

吴剑晔说，打不了架，圈子就好比菜市场，做的虽是"权钱交易"，却最讲求买卖公道，愿买愿卖，生意就做成了，一方不愿意，任谁也强迫不了。

李万水是拉河沙出身，后来在招投标市场混了几年，也吃了不少哑巴亏，最不信买卖公道这句话，就反驳说，万一我知道他不和我做生意，却把生意给了圈内其他人，我就掀他们的底，举报他们呢？

吴剑晔问李万水，好，要举报拦不住你，可你拿什么举报，你拿得出人家行贿受贿的证据吗？

李万水想了想，钱都洗干净了，外人当然拿不出证据。但他心里还不落底，又故意想个辙来挑吴剑晔的刺，假如他俩摆"茶碗阵"被我录了像，我又是懂"茶碗阵法"的，拿这一堆材料去举报，他们如何抵赖？

吴剑晔说，哪用抵赖，人家两个一口咬定不懂什么"茶碗阵法"，反过来指控你编造谣言构陷栽赃，你想想看，到时你怎样把自己洗得清白？

李万水说，那简单，逼急了，我就把你供出来，说你教我的。

吴剑晔听了，哈哈大笑，笑完先问李万水，到时我也说你栽赃，你怎么办？

见李万水答不上来，吴剑晔才又说，进这个圈儿，关键还要履行一样手续，但凡履行完手续的人，永远不会背叛这个圈儿。所以，你说的那一种情形，压根儿就不会在圈子中出现。

四十五

吴剑晔说得神乎其神的进圈手续,有一个名头说法,叫"交身家"。这个"身家",一不是指资产家财,二不是说性命身家,它指一个人一生中亲手做下的罪孽,或是犯过的国法。"交身家",就是要把自己犯法造罪的事,交代托付给圈子,这些事在圈子当中留底存证了,方才表示各人将身家托付于圈子,自此也就成了真真正正的圈内人。

吴剑晔叫李万水"交身家",就是让他把自己这些年造下的罪孽,一五一十地写出来,再附上证据材料,证明所写不虚,句句属实,形成一本《原罪书》。

按照吴剑晔的说法,圈内每进来一个人,都向上线"交身家",这份"身家"材料,也就是《原罪书》,由上线再交给上线,一直交到圈子老大手上保存,并不为圈内其他人所掌握。

这也就是说,圈内每一个人都有"身家"托付,而各人对上只知一个上线,对下只知自己的所有下线。

李万水心想,但凡自己这些年干过的稍有名堂的坏事,大都是吴剑晔指点策划的,现在给他"交身家"有何难?只是他不明白一点,这样组起来的圈子,岂不是人人都是戴罪之身,真个和罪犯俱乐部一样?

吴剑晔说,什么罪犯不罪犯,抓进去的才是罪犯,抓不住的就是好人。咱这个圈子,说白了就是一个"权钱交易"的安全交易平台,它一给圈内人提供更多的交易机会,二给交易提供一套安全规则,这样把不合法的变成合法的,把落证据的事变成无据可查的事,外人抓不住证据抓不住把柄,犯罪从何说起呢?所以,你别说什么罪犯俱乐部,真要我说,这圈子是无罪俱乐部,圈外才是罪犯俱乐部,你看圈外人那一套玩法玩下来,十个有九个不都进监狱了吗?

且说吴剑晔这一番开导讲解,李万水最后也就将信将疑入了圈子,交了"身家"。往后几年，他在圈内线上确实运作过一两件大买卖，也都成功了，这样他就更加笃信圈子了。

而这一次，他之所以参与到环山景观路一期工程竞标，其实就是接到圈内上线吴剑晔的指示。

吴剑晔跟李万水讲，圈内有人要和圈子外面的人竞争环山景观路一期工程，线上传过来的意思是，要在圈内找一家资质条件符合招标要求的公司配合围标，一旦围标成功，使圈内人中标，对方就一次性支付他两千万元的报酬。

本来依李万水公司的实力，就算把环山景观路工程给他手里，他也干不了活，所以从来没打过这项工程的主意，但是这次叫配合围标，这是他的拿手好戏，加之一来是帮圈里人做事，二来又有两千万元的酬劳，他自然也就乐得出手。

但万万没有料到的是，就在环山景观路工程开标当天，发生了砍人血案。血案发生当时，他的人还算溜得快，未损毫毛都撤回来了，可是，不等他把内中状况弄清楚，当天晚上，市公安局就出动人马将他拿下。

王方宏听到这里，在审讯桌上的一堆案卷材料里抽出一页资料来，拿在手上问李万水："开标时，就你们三家公司，中标公司是本地的金兰集团，另一家是外地的世联集团，你配合围标的公司，具体是他们中哪一家？"

李万水说，吴剑晔交代他任务那会儿，因为只需告知他投标材料和报价如何做，所以并没安排他与对方见面。

按计划，只有对方公司中标了，两人才见面，进一步详谈酬劳如何支付、如何洗钱的问题，但他后来被抓了，事情就此中断。

这也就是说，对方公司究竟是世联集团还是金兰集团，甚至在不在这两家公司当中，都不明确。

陆成就问李万水，你口口声声说吴剑晔把你卖了，莫非是说公安局抓你与吴剑晔有关系？

李万水连连摇头："没有关系，没有关系，公安局怀疑招标大厦案子是我做的，所以当晚才抓我。公安局抓我，到现在我不怪公安局，这也与吴剑晔没有关系，因为从当时那个情况看，的确我的嫌疑最大，抓我没啥错。"

"那吴剑晔怎么卖你的呢？"陆成问。

"陆检，你们注意一下公安局现在给我落实的所有案子的时间，有哪一件不是五六年之前发生的？这些事,可都是我进圈时候向吴剑晔交的'身家'呀。我的《原罪书》在他那里,只有他一个人知道我犯过哪些案,对应的证据也都在他手里,只有他把我的'身家'卖给了公安局,公安局拿着这些材料证据才扳得动我。"

王方宏想起一件事来,问:"你这里面有一宗案子,是你和别人商量围标,被对方录了音。既然这个录音证据是别人录下的,怎么可能是你交给吴剑晔的呢?"

"天哪,哪是对方给我录音啊,这是我自己录下的,也是吴剑晔教我这样做的,为的是怕对方反水,录音以自保。后来,我跟他交'身家',其中就交了这一段'录音'。"

李万水继续前面的话说,公安局抓他之后,曾经拿各种办法折磨他,想让他在招标大厦案子上认卯就范,但他都挺住了,之所以能挺住,那是因为他的确没做这件案子,纵是打死他,他也不会替人背黑锅。

"公安局是看招标大厦的案子奈何不了我,拿不住我,这才想别的辙来整我,他们去我公司查过账,也走访过受我整的人,但都没拿到硬货,根本治不住我。后来,公安局不知道用什么办法就拿到了我的'身家'。他们拿到'身家',来跟我谈,意思是只要我认了招标大厦的案子,就不再追究其他事,还说招标大厦案子并没有死人,担不了多大的责任。但我当时怎么想呢,我就意识到我的'身家'是被吴剑晔出卖给公安局的,他这样做事,已经背叛了圈子规则,圈子里面神通广大,该有人来搭救我。"

"所以你才在看守所里,一直玩你那个'茶碗阵',你是盼着圈里的人来和你接头吧?"陆成说。

"是啊是啊,我在这个圈子里面是办过事的,它那个神通广大可不是吹的,我就是因为亲身经历过了,所以这些日子我总是跟自己说,圈里会有人想办法的,我只有耐心等,不到最后一刻,我是不会背叛圈子的。"李万水说。

"呵呵,那怎么就觉得,今天到了你最后一刻呢?"陆成笑道。

"唉——"李万水长叹一口气,"原来吧,我盘算的最后时刻,应该是法院审判我的时候,审判是公开的,我的案子影响又大,到时一定有圈里人看得见我。他们看见我,我就摆'茶碗阵'给他们,说我是被吴剑晔出卖的,要他们摆平我的事。要是有人管我呢,啥都好说,要是还没有人理我,那我对圈子也算仁至义尽了,那时我就要主动找你们检察院反映情况了。"

"老李,你自己想一想,你上线能卖你,你上线的上线能不能卖他?"陆成望着李万水,说话像拉家常样,"说一千道一万,你那个圈子还是不可靠,在你心里,可靠的还是咱这儿,要不然,你也不会把检察院列为最后一刻的合作对象了。"

这天,陆成和王方宏提审李万水进展得非常顺利,从早上到下午,一直连轴转,中间拿盒饭进来,三个人一起围着受审席吃。

李万水思想转变了,思路也变了,因此也痛快,直把肚里那点儿事朝检方倒了个干干净净。

然而,晚上提审完李万水后,陆成还在办公室里阅读笔录,一身的轻松劲儿没及释放,一条坏消息就飞进了耳朵——律师吴剑晔上吊自杀了。

今天下午,随着审讯推进,吴剑晔的情况越来越清晰,王方宏和陆成就在审讯桌上拿字条交换了一下意见,随后陆成继续审,王方宏就去找检察长做汇报,要求立即抓捕吴剑晔。检察长听了情况,赞成这个想法,当下就组织人实施抓捕。

没想到的是,等检察院一帮司法干警行动起来,才发现吴剑晔的手机已经停机,随后他们兵分几路去了吴剑晔的家、律所,还包括他一些朋友的住所,一概扑了空——吴剑晔就这样莫名其妙地消失了。

因为没有信息显示吴剑晔外出,检察院就连忙上了技侦手段,在全市搜索吴剑晔的踪迹。

这一搜,发现吴剑晔已于几天前入住市里一家酒店。随后大家马不停蹄地奔去酒店找到吴剑晔所住的房间,破门而入后,就见他长舌爆眼吊在房间正中的水晶灯下,人已死去多时了。

这边陆成和王方宏一边审李万水,一边也在等待抓捕消息。后来审完李万水出来,陆成听说吴剑晔消失了,就预感到不妙,没想到晚上出来的结果比预想更可怕,吴剑晔这条重要线索,竟然以这样一种方式彻底切断了。

陆成得知这一信息后,顿时觉得手头的笔录就像一张废纸,再也提不起兴趣阅读它了——假设吴剑晔不死,李万水的话至少能得到一个上线印证,但吴剑晔死了,李万水交代的所有事情,即便是事实,也成了孤立口供,作为证据的价值已经大打折扣。

陆成坐在办公室椅子上，感觉自己就像早上坐在受审席上的李万水，正在经历由绝望到希望，再跌入绝望的过程。此时，面前厚厚一沓笔录，也仿佛变成一本虚构的《聊斋志异》，李万水的所有讲述，都在瞬间变成他一个人的鬼故事。

陆成决定要打一个电话。他抓起手机，关了房间的灯，快步下了检察院大楼，然后走去大楼后面的雪地里。

陆成谨慎地拨通了电话，叫了一声领导，问过对方是否方便，随后就把昨天丛郫检举"茶碗阵"到今天提审李万水，以及吴剑晔自杀的事，一层一层做了汇报。

领导听完，沉默了片刻，说："这就更加说明，我们之前的判断是有道理的，在这个地方，的确存在一个高度隐秘的地下犯罪组织。同时这也说明，我们派你协助当地检察院的部署是完全正确的。"

"领导，我现在有一事吃不准，要请示。"陆成很着急，连忙问，"李万水还交代了两起他在圈内合作的案子，两案牵涉两个和他见过面的圈内人，都是当地官员，信息也很确切。在吴剑晔这条线断掉之后，我们要不要立即对这两位官员采取措施，以便争取时间顺藤摸瓜往下查？"

"不能。"领导果断说，"从现在情况看，他们之间的交易在表面上都是合法的，你再往下查，只能寄望两个官员在口供上承认与李万水进行了交易，但吴剑晔这条上线断掉之后，那两名官员无形之中就获得了足够大的空间来否认这件事，他们一定会抵赖，他们一抵赖，你拿什么往下推动工作呢，反倒会打草惊蛇。"

"我也是这么想，我甚至还担心，一旦我们调查力度再加大的话，恐怕还会有更多人被杀人灭口。"陆成提醒说。

领导说陆成的担心有道理，当即又在电话里做了一通指示：

第一，从现在起，对李万水要进行更高级别的保护，无论看守所内外，都要防止意外发生，确保他的生命安全。

第二，下一步围绕吴剑晔展开的调查，造出去的风声一定要以吴剑晔自杀事件为由头，至于对该秘密组织的调查，现阶段暂不要公开行动，仍以秘密摸排线索为主，并立即封存李万水的笔录，防止消息外泄。

第三，你自己要始终保持头脑清醒，不要急于求成。从工作方向上说，我们此次派你去,目的是查清整个组织,不是叫你抓一两个大人物,办一两件轰动的案子,这种孤立的案子,用不着你操心,那是当地司法部门的工作。从调查思路上说,对于这样一种罕见的树形结构的秘密组织,自下往上调查必然会引发一层一层的灭口,只要你抓住一个下线,他的上线就会被灭口,灭一次口,线就断一次,这样永远粉碎不了整个组织,尤其抓不住组织最上面的头儿。要清除这颗毒瘤,铲除这样的黑恶组织,最可靠也是最彻底的办法,就是要自上而下,一旦抓住组织的头儿,一旦从头儿手上拿到全部成员的《原罪书》,那也就抓住了这张网的总线,到时收网,方才能一网打尽。

陆成屏着呼吸听完领导指示,惭愧得脸颊都红了,他连连说,是是是。

首富斗法

四十六

萧郡这一年过得糊里糊涂，从发现佛头到跟进打黑，从认识李万水到走近丛郸，从与陶荙媛分手到魏小天死亡，又从"水山计划"到了"茶碗阵"，东拉西扯天上地下的事情一下全沾上身，可又样样理不出头绪，追不出结果，直把人的心绪搅得七零八落。

眼下离元旦越来越近，又值一年到头总结工作总结人生的时候，萧郡心里莫名地有些发急，经意不经意间，他脑子里面会把前面这些事和人挨着过一遍，那感觉就像放电影，只不过是越看越心焦罢了。

今天吃过午饭，萧郡兀自在办公室发呆，忽然总编室打来电话，通知他火速去东楼的总编办公室开会。听口气催得急，萧郡抓起笔记本就往出跑。在走廊上，他一连撞见好几个同事，也和他一样往东楼跑，互相一说起，原来都是接到通知去开会的。他边跑边问别人发生了什么事情，结果都不知道。

萧郡一行人冲进办公室，见总编宋桥已经在正中间位置坐下了，他们赶紧各自落座。各人还在气喘吁吁，总编办主任就清了一嗓子，招呼开会。这时萧郡扫了一眼宋桥左右，才发现清一色的业务高管都已到齐，看来是开业务会。

"今天，也就是刚才吧，咱市里'两会'上发生了一件极大、极重要、极其复杂的突发事件。"总编室主任说话的重音全落在几个"极"字上，边说还边敲着桌子，"得到这条消息之后呢，可以说，我们报社高度重视，报社领导高度重视，于是总编室决定，立即召开专题业务会议。"

总编室主任这几句开场白说完，先前还沸沸扬扬的会议室即刻安静下来。

总编宋桥是个谢顶的中年男人，脸上总挂着一股幽默劲儿，他扫了一眼大家的反应，呵呵笑了两声，打趣说："看看看，都来劲儿了不是。"

接下来，宋桥把事情经过介绍了一遍。今天上午是市"两会"人大会的分组讨论时间，在西山区小组会上，眼看会议就要结束，轮到一位企业家人大代表发言时，这位代表站起来，当场举报同组另一位企业家代表。

"举报人是咱们市里排前十名的地产商,长学集团创始人、总裁王长学,被举报的,则是咱们市的首富,吕——孟——庄。"

宋桥把吕孟庄几个字咬得重,说完故意停下来,脸色凝重地朝大家扫视一圈。参会的人一听"吕孟庄"的名字,止不住一阵惊讶。

萧郡坐在位子上,纹丝没动,脑子却"嗡"的一声响,整个人打过一个激灵。

"我要告诉大家啊,吕孟庄可不只是市人大代表,他还是市人大常委。据我所知,在'两会'会场上,市人大代表公开举报市人大常委的,新中国成立以来,我们市是头一次。其他地方有没有发生过,我没来得及查资料,应该是没有。"

市里一年一度的"两会",即市人民代表大会和市政治协商会议,本是例行的规定动作,也很少开出新意,但因为会议议程包括听取和审议市政府上年度工作报告,还涉及批准新一年国民经济和社会发展计划等,因此,"两会"历来都是年头年尾市里政治生活的一件大事。

在这种会上,大会代表公开举报大会常委的,连这一帮常年泡在新闻里的人都少见多怪。

"那么,他举报的内容是什么呢?"宋桥说话一向抑扬顿挫,停顿片刻后,他才接着说,"王长学说,吕孟庄是本市最大的黑社会,他现在指控吕孟庄的信托公司控制并且最终吃掉了他的长学集团,使得他从一个亿万富翁,一下子变成了穷光蛋。"

宋桥双手一摊,冷笑了两声,摸不清他对这件事情是什么态度。随后他又叹了一口气,问大家是什么感受。

等了片刻没见人回答,宋桥敲着桌子,嗓门突然提高了:"老实说,我第一时间听到这个消息,感觉就是恐怖、愤怒。社会文明到这个程度了,怎么还会有抢公司抢财产这种事情发生,一个亿万富翁,平白无故就被人搞成了穷光蛋,财产全让人抢走了?还要上'两会'才敢举报。这是什么世道,这些商业精英啊,他们背地里到底在搞什么名堂!"

宋桥说完,办公室一时陷入沉默,大家都明白此事非同小可,不敢马马虎虎接话。

眼看气氛有些压抑,这时候,主抓时政版的女副总韩淑菲打开投影仪,翻开网页给大家看,边看边介绍说:"目前,这件事情还没有经过正规新闻渠道公开,但你们看看网上,在这些社交网站、微博、论坛上,消息几乎爆炸了。如果预料没有错的话,这件事一定会持续发酵下去的。"

萧郡瞄了一眼网上的情况,心想这才一眨眼的工夫,竟已是满城风雨了。他情不自禁就想到陶莕媛,琢磨她这会儿多半知道状况了吧。

他记起上一次陶莕媛约他出来吃饭的情形,当时陶莕媛还说了吕孟庄的种种可疑,但那多半是私人生活方面的事,和眼下这件事应该扯不上边。

萧郡漫无边际地想着事,这时办公室在座的人开始你一言我一语地发言,讨论各自对事情的看法。萧郡得空又瞅了一下大家,发现今天叫来参会的,除了领导,都是报社各条口线上的业务骨干。

这种规模的业务会,报社一年到头也开不了几回。以往顶多由主管新闻的副总出面主持,这回宋桥亲自坐镇,看样子,有"举全社之力"打这场新闻硬仗的意思。

韩淑菲顺着前面宋桥的口风,说起吕孟庄被举报来,颇有些幸灾乐祸的样子。她是第一个得到上会记者汇报的人,对当时的现场最为了解,所以这会儿给大家讲起细节来,显得绘声绘色。

"西山区这一组,咱们的市长也在。王长学等于是当着市长的面举报吕孟庄。吕孟庄呢,正好坐在市长左手边上,王长学是站起来念举报信,市长和吕孟庄都不好制止他,所以全场一直听着他把举报信念完。王长学也是个狠角儿,念完举报信后,手指吕孟庄,高声喊叫,他就是我们市里最大的黑社会。"

"依我看,王长学不到万不得已,怕不会选择这种举报方式。"萧郡身边一位同事紧跟着韩淑菲后面发言,"在两会会场上举报,对王长学而言,不是最佳方式,他得面对这么多人大代表,肯定也做好了面对公众的打算。那么,他的举报应该有依据,不然不会这样冒冒失失。"

另一位同事接住又说:"这么做,感觉有点儿鱼死网破的架势,王长学可能是孤注一掷了。按说,商业上大鱼吃小鱼的故事天天有,彼此之间都有协议、契约,王长学的公司是他自己的,他不授权不签约,吕孟庄通过什么办法抢他的公司呢?"

"是啊,公司被抢,财产被抢,亿万富翁一夜变成了穷光蛋。听起来怎么就像是上海滩的旧事,靠谱吗? 杜月笙、黄金荣才这么干吧。"有年轻同事加入了怀疑王长学的阵营。

"唉,"一位中年同事叹了一口气,语重心长地说,"这些富翁啊,表面都光鲜得很。你看那个吕孟庄，首富啊，首善啊，背地里在干什么，谁他妈知道？再说那王长学，他就一定是好人吗？依我看，这事儿啊，纯属狗咬狗，内部分赃不均嘛，所以公开干起仗来了。咱们哪，就让他们干呗，多新鲜。"

宋桥皱了皱眉头，欲言又止。这时候，有个绰号叫"大炮"的编辑站起来，高喉咙大嗓门地边说话边挥手："有黑幕，有大黑幕。管他什么首富、首善，一定要深挖深调查，把这些丑闻一个不留地挖出来，拿给大家看一看，看他们在干什么勾当。"

待"大炮"坐下后，他身边一位女同事轻声开了句玩笑，说，哥们儿，我怎么觉得你严重仇富呢。这话被大家听到，逗得哄堂笑。

本来是业务会，但提供信息不多，所以大家越说越跑题。萧郡没打算说话的，他是顾忌到陶苔媛这一层，觉得既是吕孟庄的事，还是不沾染的好。偏偏宋桥对前面发言都不中意，点名要每个人都说意见，这样轮到萧郡时，他不说不行了。

"我觉得，先不要做太多假设，从来新闻上的事真真假假虚虚实实，总要靠我们一个一个去落实，才有真相可言。就说吕孟庄，咱们仇富不仇富都没有用，他要真干了坏事，咱们只管披露，他要真干了好事，那也不能因为他是富人，就非要说他是伪装、作秀，对吧？"

萧郡这话是针对前面一拨人说的，另外，他此前去过孟庄，又和吕孟庄吃过一回饭，对吕孟庄多少有一些了解，直到现在，即便掺着陶苔媛这一层尴尬的关系，他对吕孟庄的印象也都坏不到哪里去。

"按说，王长学要是有证据，举报吕孟庄也不难，毕竟证据是硬通货。但他为什么非要选择'两会'来举报呢？我想，一种可能就是大家所说的被逼无奈、走投无路，但的确还有另一种可能，就是王长学想造影响，想搞臭吕孟庄。"

萧郡这话看似说得公允，说完他就意识到，自己的反应是不是过于强烈了，终归是吕孟庄的事，管他做什么，既不必煽阴风点鬼火，也万万没有必要替他说好话。

不料宋桥对他这番话大加赞赏，连连说："咱们搞新闻的，一定要像萧郡这样保持冷静，从正反两方面想问题，坚持拿证据说话。"

这天，宋桥当场拍板，在会上就指定几名业务骨干成立了"举报事件"专题小组,萧郡被指定为临时组长。萧郡心里不想接这个任务,但苦于讲不出合适的理由,只能硬着头皮答应了。

四十七

"两会"上的这场举报活像投进这座城市的一颗燃烧弹,只忽地一下,从高楼大厦到背街小巷,原本被寒冬捂得死气沉沉的人们的情绪,突然间就沸腾了。

萧郡天天在外面跑,感觉连到了公共厕所,耳根都不得清静,但凡三五分钟之后,旁边扯淡说闲话的,必定是吕孟庄长王长学短。

报纸、电视、网络更是铺天盖地,国内各条线上的记者又像前一阵打黑时候那样,全都朝这座城市扑过来。

市井坊间的联想能力,的确也天马行空一般。事情原委尚没理出个一二三来,外面空气中,已经把这次举报事件和之前打黑关联在一起了,都在调侃说,敢情市上打了老半天黑,原来打掉的几个亿万富翁都只是小角色,黑老大正忙着在市礼堂开会哪。

由于"两会"还没有闭幕,上会记者一拨又一拨拥去找吕孟庄,吕孟庄闭口不谈,依旧开他的会。外面的记者跑去孟庄集团,孟庄集团的行政部门如临大敌一样,管外人问啥说啥,都一概以"无可奉告"作答。

最蹊跷的是王长学的态度,他竟然也不接受采访,每次会议空闲时间被记者围个里三层外三层,他要么站着不动,一句话也不说,要么就甩一句出来:"该说的都已经说了。"

外面谣言满天飞,当事的两个人竟都稳坐泰山,全然不为所动。

萧郡看这架势,估计要到"两会"闭幕之后,才能有所突破。所以他分配一拨人去核这两天报社接到的零散线索,自己则单独上了孟庄。

韩淑菲昨天下午叫萧郡去她办公室,然后拿出一份刚刚接到的特快专递交给他看。萧郡看封口已经拆开,当即抽出信来,一看,是孟庄小区全体居民发到报社的联名信。

尊敬的新闻媒体：

你们好，请你们在百忙之中一定要倾听老百姓的声音。

我们是义田新区孟庄社区的三百多名普通老百姓，我们异口同声地向新闻媒体说一声，大恩人、大善人吕孟庄是被人恶意栽赃陷害。吕孟庄对我们这些西山水库溃坝幸存的困难家庭，可以说是有再生之恩。他无私奉献、大爱无边，他把孟庄社区当他家，他把孟庄的老百姓当他的父母一样伺候着，他是好人，他是救星，他是人民的好儿子，他不可能干任何坏事，我们永远相信他，支持他。

但是，现在有人怀着不可告人的目的，想给吕孟庄身上泼脏水，想把吕孟庄搞垮搞臭。对此，我们全体孟庄人要吃水不忘打井人，受人滴水之恩当涌泉相报，我们要和坏人作斗争，让害群之马不得翻身，让好人终有好报。

我们真心实意希望媒体支持我们老百姓这一点儿仅有的诉求，为我们做主，为好人鼓劲儿，共同严惩坏人，不允许任何人朝好人身上栽赃诬陷，让他们的阴谋不能得逞。

此致

敬礼

孟庄三百多老百姓

萧郡把信看完后，韩淑菲问他咋看这件事。萧郡放下信，笑了笑说："孟庄人写这样的信在意料之中。对于王长学来说，吕孟庄是黑社会，咱们也可以把吕孟庄想象成伪君子、骗子，但是孟庄我是去过的，吕孟庄建的安置小区，我是亲自看过的，在孟庄人眼里，说吕孟庄就是他们的大恩人、大救星，真不为过。"

"这信肯定不止发我们一家，也不止发给媒体，恐怕连政府那边都已经收到了。我分析，他们这信里有两层意思：一来，是跟我们说吕孟庄是个好人，给我们这样一个印象；二来呢，恐怕也是想警告一下媒体，警告一下政府。"

"警告？他们警告媒体，警告政府？"萧郡对四十来岁的老新闻人韩淑菲使用"警告"这个词感到不解。

"当然是警告，警告还算文明的，你要真把这些人拥护的恩人、救星给拉下马来，怕就不是警告那么简单了。"韩淑菲戴着眼镜，说话时鼻梁上的眼镜微微发颤，"萧郡，你可千万不要小看这封联名信，我搞了这么多年新闻，像这种联名抬人保人的事可没少见过。"

这是萧郡没有料到的一层，他本来有些不以为然，但韩淑菲说得郑重其事，还从侧面点拨他,说宋桥这次让他领组调查,就是听他在会上的发言拿捏得四平八稳。

"他交给你来办,不单要你把新闻抢出来,更希望你把事情做得稳稳当当。"韩淑菲突然压低嗓门说,"萧郡,这么大的事情直接交给你这个年龄的人负责,报社以前就没有过,是宋总信任你,也是报社有意培养你,你自己要明白这件事的分量。你不仅要把新闻做好,还得考虑里里外外的事情,要把新闻做得让各方面说不起话,这才不负上头的期望。"

韩淑菲还絮絮叨叨讲了她从前遇到的几件麻烦事情,听得萧郡不禁起了忧心。

韩淑菲后来又专门教他,要他趁这两天事情没有进展,赶紧上孟庄一趟,主动和孟庄的人会会面,探一下他们的动向,提前做好沟通。

孟庄地势比城里高不了多少,但景致和城里截然两样。城区的雪星星点点,这儿已经是白皑皑一片。

萧郡在停车场停好车,按信上所留联名代表的家庭地址,径直去小区里找他们。

经过中间那片景观湖时,萧郡看见湖边亭子上依旧围坐了几个老人,一语不发,呆坐在那里,不知是出来透气呢,还是乘凉成了习惯。

萧郡今天来得正是时候,等他找到代表家中,另有几家市内媒体的记者,早已经坐在客厅沙发上和人拉开话了。

萧郡坐下后,相互一耳语,才知都是接到了特快专递,然后受领导交代,上孟庄来探虚实、做安抚的。

萧郡没经见过这样的事。他原本把新闻想得单纯,不知道新闻上的事还要牵绊这许多藤藤蔓蔓。像这种采访不像采访,聊天不像聊天的活,昨天虽经韩淑菲教过,他今天坐在这里,仍不知先说哪一句好。

"孟庄的情况,你们已经看见了,老百姓都在这里坐着,个个都是口碑,联名信呢,也给你们写了,吕孟庄他就是一个好人。是好人,老百姓就要拥护他,对不对?就要支持他,对不对?别人糟践他,咱们就不能答应,对不对?"

说话的这位男子五十开外,他坐在一张小沙发上,身后左右挤满了闻讯赶来的邻居。他看面前的记者都没说话,又接着说:"所以你们今天能来孟庄,能在大雪天看一看我们老百姓，看一看吕孟庄给孟庄做的事情，我们很感激啊。"

"老兄，咱俩年龄差不多，应该有共同语言。我跟你请教一个问题，你看啊，这吕孟庄的好，都摆在大家面前了，实实在在，我们也都看见了，那是真好。可是，这么好一个人，王长学为什么检举他是最大的黑社会呢？"和男子面对面坐得最近的一位中年记者说开话了。

记者这边，也就三五个人，萧郡看了一眼，除了他之外，其他人都四十来岁的样子，估计这几家单位派人时考虑过年轻记者应付不了这样的场面。

"王长学那个狗东西不是什么好人，他那是诬陷，他是想搞臭吕孟庄，他自己生意做垮了，想来抱吕孟庄这棵大树撒泼。"刚才的男子掐掉烟，愤愤地说。

"别急别急，慢慢说，王——长——学，是——诬——陷，对吧。"这位记者拿出本子和笔来，又拿出录音笔摁了录音键。记录完了，他又和对方核对，"你是叫刘平安吧。"

"这个……还要记名字吗？"男子面色不悦，问道。

"老兄，莫怕，这不是坏事。咱现在一方面是支持好人，保护好人；另一方面，咱也是跟王长学这种坏人作斗争。你看，你既然知道王长学诬陷了吕孟庄，你又敢把这个情况讲出来，我们就有名有姓地把这件事报出来，让全城老百姓看一看。"中年记者说着话，一边伸手敲敲对面人的膝盖，"老兄啊，诬陷是犯法的，将来上了法庭，你可是最重要的证人，把他王长学送进监狱，你就是为民除害的大——英雄。"

中年记者谈笑风生一番话，让萧郡听了不禁暗暗佩服，心知他这是将对方一军。

"不是，我们现在就是这么一说呢。"男子支支吾吾。

"没关系呀，你随便说就是了，你不用担心，我们几家单位的记者都在这儿，一定都帮你记下来。有你这个人证在啊，咱还怕王长学不认栽嘛。"

"你这，你这什么意思，我只是随便说一说啊。"男子变了脸，往左右看了看，那架势是想发飙。

"老兄，你放心，我这个做记者的，当官的话可以不信，有钱人的话可以不信，但是，只要是老百姓说的话，那就是一言九鼎。你可千万不要说你是随便讲的，你这要说出去，可就把老百姓的脸给打了，老百姓讲话，那是句句真金不怕火炼，哪有随便说话的道理呢。"

萧郡感觉,这话无形之中给对方了个下马威。先头对方拿孟庄老百姓说事,口上说,只要是好人,孟庄老百姓就支持,其实那话里的意思,明摆着只要他们孟庄老百姓支持的,就一定是好人。

这话是强盗逻辑,可这种话辩不得,你说它逻辑不对,它道德感强,你要一五一十去挑他话里的刺,那就是和一个庄里老百姓的人品德行杠上了。

记者的话却切得巧,不偏不倚专挑"老百姓"几个字眼切了下去,而且点名道姓揪住一个人——人家王长学举报吕孟庄,吕孟庄自己都没站出来说是诬陷,你就敢大包大揽说人家是诬陷,这样起哄打偏斧,随心抬一个人埋一个人,哪是"老百姓"的做派。

韩淑菲昨天私下跟萧郡办交接时,也点拨过,说这种事要以其人之道还治其人之身。他们既来信警告报社,报社也要提早去敲打敲打他们,一来,探他们的虚实,看他们是应景起哄呢,还是真要闹事;二来,也要把丑话讲在前面,免得他们意气用事果真捣出乱子来,到时还怪报社一身的责任。

现在看,上孟庄来的几家媒体大约都是这个意思。

这天,眼见气势压过对方一头,局势从被动变为主动了,记者这边俱是心领神会,方才你一言我一语地把话题岔开来,意思是点到为止、响鼓不用重槌敲。

中午办完事,一帮记者吆喝着一起回城时,相互道别少不了打听来打听去,萧郡这才听说,刚才那位说话的中年记者,并非记者岗,而是一家电视台群工部的部长,是专门做群众工作的。

四十八

"两会"闭幕之后,吕孟庄像是突然消失了似的,手机关机,去孟庄集团也找不见他人。一时传言再起,先说吕孟庄被立案侦查,人已被警方控制起来,而后又风传,他已潜逃出境。

传言闹得沸反盈天,才有市公安局出来召开新闻发布会紧急辟谣,说警方至今未启动对于吕孟庄的调查,也就不存在吕孟庄被警方控制人身的情形。

有参会记者不满,说王长学好歹一个举报人,他已经在"两会"上公开举报,为何警方不查呢?

新闻发言人答复得模棱两可,却又话里有话,说警方是否立案,不以举报人举报的行为艺术作依据,如果上"两会"举报就得立案,那我现在上"两会"举报你,是不是也要立案呢?

王长学倒没消失,手机也能打通,可一接电话听是记者,不等人问话就三句两句推辞了。

王长学这种态度,凭空又让谣言多几种版本,网上甚至有人拿王长学开涮,说他是讹吕孟庄不成,反蚀一把米。

到处挖不到消息,萧郡本来想联系陶荟媛问一问情况的,终又想到自己本不该插手吕孟庄的事,现在是却不过上峰安排,非要介入吕孟庄的调查,如果再去陶荟媛那里问情况,且不说别人理会不理会,光这架势,就是当头抵面打人家的脸。

后来,萧郡忍不住给丛郸去了个电话。丛郸在电话里就笑他,说记者真是哪里热闹往哪凑,怎么打黑的事、"茶碗阵"的事一个没追出名堂,这会儿又跳到吕孟庄身上去了?

萧郡叹声气,对丛郸说,什么打黑呀,什么"茶碗阵"呀,还不都指望你们律师、检察官去查,我现在都成哑巴了,连调查的权利都没有。对了,前段时间吴剑晔律师死了,陆检又把我叫过去签一份保密协议,说那事也和"茶碗阵"有关,我就担心啊,调查吕孟庄会不会也和"茶碗阵"有关,那我真是什么事也不用做了,改行得了。

丛郸在电话那头听萧郡倒了一肚子苦水,跟着也埋怨,我还是吴剑晔的学生呢,居然也被检察院叫去签了协议,所以,现在连吴剑晔为啥自杀,都不敢过问,只好干等检察院调查,我就看他们能查出什么结果来。

两个人在电话里说了一番丧气话,又碍于保密协议,不好深入交流,因此嘟囔几句也就挂了电话。

萧郡忙不迭地扒拉了一圈人,好歹弄清了王长学的底细。

王长学是西山区老城区人,土生土长的城里家庭出身,比吕孟庄、李万水这一拨人小几岁，算是这座城里靠后一辈的企业家。因他一直在城里摸爬滚打，境遇发迹就稍有不同。

王长学最早在西山区一家国营物资公司做采购员。这还全靠他父母在物资系统当了多年干部，攒下来人脉和情面，才得了这份工作。但王长学不是个安分的主，在公司上班不久，几下摸清物资进销的路数，便将国营公司的铁饭碗蹬了，转而和一帮朋友在外面办起了贸易公司。

王长学在贸易公司摸爬滚打了近十年，赚到人生第一桶金。后来，当他转型进入房地产行业时，正好赶上西山水库溃坝后的全面重建时期，他一下子抓住了机遇。

那时重建工作的局面，可谓是大干快上，尤其后来划出义田新区，进入义田新区十多年的建设周期，整个区域内经济突飞猛进，像王长学这样半路出家的地产老板，一头扎进新区地产行业淘金，可说是既为新区建设流了汗出了力做了贡献，自己也赚得个盆溢钵满。

据说王长学第一次投的灾后重建项目，是和市里一所迁入重建的高级中学合作，由他来开发商品房小区，学校出面组织教职员工低价团购。

那时候，新区的房地产市场才刚刚起步，大家对商品房销售没有底，王长学这样来操作，等于是找好买家再来开工生产，整个项目做得顺风顺水。

自打这个项目做成以后，王长学就在当时西山区的地产行业中立稳了脚跟。后来，他又陆陆续续开过几个楼盘，也都算顺当，这样就一步步把长学集团的招牌立了起来。

到这次举报案发之前，外界只知道王长学顶着本土地产商大佬的光环，谁想他早已是个空壳的穷光蛋。

这次萧郡还从朋友处打听到王长学的下落，说他已经躲回城里老房子住去了，萧郡因一时半会儿再找不出好办法和王长学联络，索性一不做二不休，径直奔他老房子去堵人。

萧郡找到王长学家的老房子，在西山区一条断头巷子内，人一进巷子口，就等于进了小区大门。

萧郡原以为王长学躲回这里后，外面知晓信息的人并不多，结果，他刚进巷子口,就看见巷子内一帮拄棍架拐坐轮椅的老头老太太,正堵着小区大门高声喊叫:"王长学,滚出来,王长学,滚出来。"

萧郡一看便知这些人来自孟庄,他心下想这会儿掺和进去不妥,就准备转身退出巷子。

没想到里面有个老头认得他,瞅见他了,登时朝他这边一指,高声喊叫起来:"哦——记者来了,记者来了。"

老头老太太们这才调了向,一齐转过来对着萧郡喊起来:"记者同志,快来呀,快来呀,快来给我们做主哇。"

有几个手脚稍微利索点儿的,边喊边冲过来拉住萧郡的手,要拉他去小区门口。

萧郡不好推脱,就被一帮老头老太太们簇拥着到了小区门前。到了门前一看,好家伙,原来大门里面院坝上也是一帮老头老太太,看样子是他们堵在门口不让孟庄的人进小区。

这个小区最早是市物资系统的家属院,这些年,发了家挣了钱的主都去义田新区买房子,留下一帮退休的、下岗的、老弱病残的职工,带着各家的婆子妈在这一方院落内度年月。

王长学从这里生这里长,发家之后,这些年并没忘记在年节时候给小区人家送些米菜粮油,大家也就一直记着他的好。现在赶上他"落难",被孟庄人追撵到大门口来了,小区人自然要替他出头。

这会儿外面人把萧郡簇拥在前头,一边推他往进走,一边在后面喊叫:"揪出王长学,打倒王长学。"

里面人也不示弱,他们忽地一下挤作一团,把大门堵得严丝合缝,一边又指指戳戳,唾沫星子乱飞,直骂门外的人:"坏家伙,坏家伙。"

前后都堵上来,萧郡在中间,好在他眼尖,一眼瞅见门边有一块石礅,便腾地一下跳上去了。萧郡站在石礅上,一里一外两拨人就簇拥在他眼皮子底下对骂抓扯,那场面又像是抢亲,又像是赶上了大甩卖大减价的场合。

"哎哎哎,"萧郡吼了一嗓子,"你们要闹出人命是不是!"

萧郡血气方刚,地势又好,这一嗓子吼叫出来,直把两拨人都镇住了。两边人顿时都停下来,一齐仰起头望着他。

"老同志们,"萧郡一手叉在腰上,他想起上回在孟庄那个电视台群工部部长的神情来,"你们都这把年龄了,还这样抓扯打闹,骂得你死我活,你们带的是些什么头,成什么体统,羞不羞人哪。"

　　孟庄这拨人里有不满萧郡说法的,他们正要开腔,萧郡拿手往下一指,喊叫:"要不要把你们干仗的场景放到报纸上去,给你们亮一亮相,叫晚辈儿孙认一认你们,让年轻人来学你们打架,学你们骂人吐口水啊?"

　　"记者,"一个老头喊叫,"你搞清楚啊,是王长学先诬蔑好人,我们是来维护正义的。"

　　"老同志,这么大一座城里面,好人不止一个吧,被诬蔑的好人也不止一人吧,怎么你光维护吕孟庄一个人的正义,还有那么多老百姓,他们的正义你维护不维护?今天你要在这里说你维护,我明天就把你登到报纸上,让老百姓都来找你做主。"

　　这话一下把老头塞住了。萧郡一看有效,赶忙换了口气:"老同志们,我知道吕孟庄对你们孟庄人好,给你们办了不少的好事,我也去过你们孟庄,亲自看了他做的那些事,都实实在在的。但是,你们要报答恩人有很多方式啊,你们可以去宣传他做的善事,可以歌颂他赞扬他,这样外面人就会说,你们孟庄人知恩图报。但是,你们今天是啥做派啊,你们冲到这里来堵吵堵闹,好像要把王长学吃了,这要叫外人看见了,还以为你们是吕孟庄养的打手。叫我说啊,你们这样的表现,这种素质,不是成心给吕孟庄抹黑,把他的慈善事业贬得一文不值吗?"

　　"那,把好人冤枉了,就白冤枉了吗?"有人还不死心,和萧郡辩论。

　　"谁说白冤枉了,我们记者不是正四处奔波调查真相嘛,今天我来就是找王长学了解情况的,结果被你们给堵在这儿没法工作。"

　　"哪是我们堵你哟,是王长学做了亏心事不敢出来,我们就不在这儿,他也不敢见记者,更别说让你了解真相。"

　　萧郡听了这话,心下一喜,就扭头望着门里面的老人们问:"是吗?老同志,是他们说的这个情况吗?"

　　老人们正面面相觑,就见王长学从院里一个楼门洞里走出来说:"谁说我不敢见记者,我是不想见吕孟庄的打手。"

四十九

王长学把萧郡迎进家里之后,小区大门口两拨人也只好散了。眼看外面清静了,王长学心里多少存有感激,他一边给萧郡请茶,一边主动搬出来一堆材料,跟萧郡一折一折说起吕孟庄的问题。

王长学口口声声说吕孟庄抢了他的公司,吞吃了他的长学集团,等他拿出一包文件来翻开,跟萧郡一页一页讲其中的门道时,来来回回所说的,不过就是几笔信托融资纠纷。

前些年,王长学瞅着房地产形势好,一咬牙把集团公司多年积累的家底都拿出来,摆开阵势在市面上拿地。因为拿地下的本钱多,自己手头能调配的开发资金就一天比一天紧张,好几个项目都是临到开发之前了,项目公司账上资金还没到位,逼得王长学只好东凑西借。有段时间,银行的门槛都快被他踏破了。

用王长学的话说,钱这个东西最是人来疯,你不差钱的时候,大家都不差钱,等你差钱的时候,一看周围,没有人不差钱的。

他跑去找银行贷款,结果申请贷款的企业在他前面排了一长串,老板们都和他一样,等着米下锅。

王长学这一拨人,过去在地产行业里混,生意做得相当本分。当初他们进这个行当,是提着真金白银往进投,结果赶上好形势,只要稳扎稳打做工程,一般投一个都能赚两个。赚了钱再把积累的资金投向下一个项目,这样年复一年,滚动发展。王长学就是抓住了这一段机遇,把自己滚成了亿万富翁不说,还把长学集团滚到了全市地产行业的前十名。

可是好景不长,前些年地产行情越飙越高,各色人疯了一样拥进行业淘金,地产的玩法一下变了路数。

就说王长学,拿得动的地他拿了,拿不动的地他也非要拿,只几个手笔耍出去,便把资金扯得东一片西一片,等到项目开发时,连进场施工的启动资金都找不着下落。

咋办？借。可借钱也不简单，尤其对地产商而言，借钱不只是门技术，还是门艺术。在银行有门路有人脉的，自有资金两三个亿敢做几十个亿的项目，差下的几十亿资金，全靠跟银行东家借西家还周转，玩的全是杠杆。

这杠杆生意看起来像是拆东墙补西墙的把戏，可背后有银行的人脉维系着，偏偏就能墙墙不倒资金链不断，最终把房子盖出来卖出去，从中赚得个金山银山。

要是银行的人脉浅，又找不到当官拿事的人帮忙说话，别说是拆墙补墙，哪怕你怀里抱着三两个亿现金，少了银行那一份，也只能眼睁睁憋死英雄汉。

王长学是从市场上一步一步打拼出来的企业家，早些年玩自有资金的时候，银行是他孙子，天天有人跟前跟后拉着他揽存。

但现在行情变了，房地产老板玩的是杠杆，拼的是银行贷款，因此银行一下熬成了爷，爷给哪个孙子放贷输血，哪个孙子就发展，爷要断了哪个孙子的贷，这孙子就像失了血一样，在市场上挺不过仨月俩月。

王长学在萧郡面前大发感慨，他说他到现在搞不清银行的钱究竟贷给哪个孙子了，反正他挨个给银行磕一圈头下来，最后只拿到几千万的贷款，这几千万相对上十亿的资金缺口来说，仨瓜俩枣丢下去都不会有响声。

银行贷款这条路走不通，王长学只好打信托融资的主意。当时地产公司走信托融资的倒也不在少数，前面既有熟门熟路，王长学自然也就很容易搭上信托公司的线。

其实市里就只一家信托公司。王长学上门去谈融资那一阵，信托公司正好被孟庄集团控股，等于是孟庄集团的下属公司。而信托公司的董事长和 CEO 都由吕孟庄一肩挑，也就是说，公司的决策人和具体执行人都是吕孟庄。

王长学和吕孟庄不陌生，还在义田新区建设时期，两人就打过不少交道，说起来都是熟人，如今在一起谈合作，便少了挡挂。

萧郡对王长学拼命拿地拼命借钱这一折，不大理解，又想说几句稚嫩的话打消他的戒心，因此感慨："你这是何苦，少拿些地，少搞开发，一步一步往前走，也没后面这么多事情。"

王长学苦笑了一声，撂下手里的材料，说："记者兄弟，你是觉得我贪婪吧。是是是，你说得没错，就是贪婪，就是贪婪啊。"

"不不不，我不是这个意思。"萧郡赶紧解释。

"你就是这个意思，我也不会介意。你说我不贪婪行吗，埋头苦干多少年才拼出个长学集团，人家呢，只要有权有关系，在银行有门路拿得下贷款，一把投进去收回来，哪怕只做成一个项目，就把我们这些行业老革命甩到后面去了，我能甘心吗？"

"叮"的一声响，王长学弹开了手里的金属打火机盖，是棉油灯芯的老式打火机，机盖一侧镶了一枚钻。他"扑扑"地搓了两下打火轮，点燃一根烟深深吸了一口，然后又说："你不拿地，手头没几块好地，根本没法往下玩，后面进来的人它可不只要超过你，它是要挤掉你，甚至最后吃掉你。作为一个商人，你叫我咋办，我不去搏一把，行吗？"

王长学说这些话时，嘴上吧嗒着烟，手指在玻璃桌板上敲得"咚咚"响。萧郡觉着他这些话是冲自己来的，就在脸上挤出些歉意，安慰他不要介意自己说的话。

"我是真不介意你的话才跟你掏心掏肺说，记者兄弟，你说我为啥不敢乱见你们记者，一方面，固然是怕吕孟庄派的枪手过来，可另一方面，我是真怕你们这些年轻记者不理解我的苦衷啊。就像我现在这个情况，你们说我贪婪也对，说我过度扩张也对，就是说我到处借债，最终倾家荡产输掉了公司，也都没错啊。"

王长学把半截没抽完的烟小心翼翼搭在烟灰缸上，然后腾出双手来翻材料给萧郡看："你看吧，事情都不复杂，说穿了就是我从吕孟庄那儿借了钱还不上，然后他把我公司的全部资产收走，抵了他的账，这看上去很公平、很合法，而我，好像活该破产似的。"

王长学说得不错，他和吕孟庄之间的纠葛并不复杂。他前前后后在吕孟庄的信托公司做了五六回融资，加在一起将近十来个亿，到后来自己公司资金衔接不上，项目一个个垮了，吕孟庄要追债，就通过债务重组的方式，控制了长学集团。

这本账说穿了就是欠债还钱，因为还不起钱，便拿公司抵债。但让萧郡不解的是，就算王长学拼命扩张是被形势所迫，可是去信托公司融资是他自己的主意，每笔融资又都签了合同，包括接受公司重组，都经他本人签了字画了押，怎么事情都了结了，他却突然跑上"两会"闹起检举来？

萧郡心想,王长学心明眼亮的一个人,不会不明白合同文书的意义,可他非要上"两会"告状,还理直气壮地说吕孟庄抢了他的公司,这到底唱的是哪一出呢?

心里犯这样的疑惑,口头却不好说出来,萧郡就顺着王长学的话往下试探:"如果真是还债,还不好说是吕孟庄抢了你的公司,可你现在把事情闹到'两会'上了,闹开了好像对你名声不利呀。"

"名声?我有个啥名声?你以为顶着个亿万富翁的高帽子好受?"王长学坐回到椅子上,神情反倒轻松起来,"记者兄弟呀,亏得是我这次闹起来,你看现在,是个人都晓得我王长学是个穷光蛋,我这个心里啊,不瞒你说,落地了,踏实了。"

听王长学这样说话,萧郡不知说什么好,悻悻笑了。这时王长学突然从椅子上坐起来,一脸神秘地望着萧郡,问:"记者兄弟,你觉得这事对我真的不利吗?"

萧郡拿笔头敲了敲桌上的材料,淡淡地说:"老实说,单是拿这些合同出来,无论是我们新闻媒体,还是普通读者,估计都会往一边想,就是你欠了吕孟庄的债,然后人家追债追得你破了产。"

王长学笑眯眯地看着萧郡把话说完,问道:"如果真是你说的这样,吕孟庄可不是糊涂虫,他干吗不去媒体上说话,而要一直躲着媒体呢?"

"对呀,"王长学这话问到萧郡的心坎上了,他顿时疑惑起来,"你这话有道理,吕孟庄应该看得清这一层,他确实没必要躲着媒体。"

"记者兄弟,你记住我一句话,没必要做的事情,他吕孟庄一定不会做。"王长学又把刚才的烟拿起来抽,边抽边说,"我就是要和吕孟庄掰掰手劲儿,看他能撑到啥时候去,我就不信了,他干那么多勾当,真能藏得下捂得住。"

"勾当?"萧郡有些惊讶。

"比勾当还勾当,比阴险更阴险。"王长学狠狠地把烟蒂摁灭在烟灰缸里,然后一伸手从萧郡手里把笔抓过去,随即在一张空白 A4 纸上画起来。

他先在正中间写下"信托"两个字,然后画一个圈把它圈住,又从圆圈两边各拉出一条线,一头写了"长学集团",一头写了"资金"。

他一边画,一边说,吕孟庄的勾当,只要往纸上一画,啥都明白了。

王长学跟吕孟庄做的几笔信托融资,都属于股权投资性质:王长学找吕孟庄筹钱,吕孟庄就去找手头有余钱的老板,让老板把资金委托给信托公司,然后由信托公司出面,将这笔资金入股到王长学的项目公司。

这当中,信托公司扮演资金中介的角色,也有点儿资金捎客的味道。它把握有闲置资金的老板和需要资金的长学集团组织到一起来,既让老板赚到资金利息,同时又让长学集团的资金困境得以缓解。而信托公司自己,则两头赚取服务佣金。

但王长学说,信托公司到了吕孟庄手里,玩法就变了。"你当吕孟庄花大价钱投资信托公司,是看中那点儿佣金?"王长学抬起头来望着萧郡。

萧郡犯疑惑,摇了摇头。他是真不知道,这一套看起来丁是丁卯是卯的资金业务,当中还有什么花子可玩。

五十

吕孟庄手里的信托公司,最早是市政府独资的金融企业,因为政府早年派过一拨又一拨人去打理公司,十多年间都不见起色,最后还欠下一屁股债,所以,前几年,眼看公司快要倒闭了,吕孟庄才出面接手。

吕孟庄旗下的孟庄集团,最早是以地产业务为主,在地产做到市里头一名的地位后,吕孟庄开始在集团之外另辟一条金融业务线,先后办起了担保公司,控股了城市商业银行,甚至往证券公司参了股。因为有这样一层深厚的金融背景,这一次吕孟庄作为市政府引进的民营资本战略投资人,一次斥资十多个亿将信托公司多一半的股份收到了自己名下,从而控制了这家半死不活的本土金融企业。

吕孟庄是市上的名人,树大招风,加之信托公司又是出了名的烂摊子,所以他这次出手闹的动静格外大,各种议论也不少。

不过,当时市面上很多老板还摸不清吕孟庄的意图,不明白他为啥要接手这样一家信托公司。

"那时候,说他糊涂的人有,说他冒险的人有,还有人猜他是替政府擦了屁股,说他吕孟庄迟早要跟政府伸手,索要回报。"王长学现在当着萧郡说起这些,还忍不住连连摇头,"没一个猜对的,吕孟庄的心思,从来就没有人猜透过。"

"吕孟庄现在把担保公司、银行、信托全都整合进他的金控公司,市上是把他的金控公司作为金融改革的一个试点在推。"萧郡这段时间对吕孟庄的公司做了方方面面的研究。

王长学摆了摆手:"金控公司是这一两年的事,你知道当年吕孟庄收购信托公司时,是怎么跟外面放的风吗?"

"那一阵我还在学校念书吧,没到这边来工作。"萧郡笑笑地说。

"记者兄弟呀,你一定要多研究吕孟庄这个人,不然的话,你们记者很容易被他骗的。"王长学对萧郡的回答多少有些失望,随后说起吕孟庄,他话里夹带着几分情绪,"当年一收购完,电视台就上孟庄集团采访,吕孟庄这个老狐狸,穿着西装打着领带,对着摄像机那是侃侃而谈啊,他硬说这是为全市民营企业造福,说什么要把信托公司办成全市民营企业的娘家人。"

王长学冷笑两声,接着说:"是啊,吕孟庄说到咱心坎上去了。他知道我们这些民营老板去银行贷款有多难,所以,他接手信托公司之后,就拼命吹嘘信托公司只为民营企业服务。他把牛皮吹上了天,你再听上十遍八遍,倒真感觉他就是娘家人似的。他这个人啊,就有这个能力,把死的给你说活了。"

萧郡听王长学滔滔不绝,发现他把话题绕得越来越宽,却始终说不清吕孟庄干了哪些勾当,到底怎样吃掉了他的公司。"你是想说,吕孟庄打一开始进信托就有阴谋?"

"当然有阴谋。他哪是给民营企业解决资金,他的目的就是吃掉咱们的企业,把咱们的企业控制在他手里。"王长学说得斩钉截铁。

萧郡依旧不解其中的逻辑,苦笑一声说:"王总,怎么感觉这话说老半天了,又都转回去了呢。"

王长学不慌不忙把先前画好的 A4 纸推到桌子中间,然后指着"资金"两个字说:"我告诉你,凡是这些提供资金的老板或者企业,十个有九个,背后控制人都是吕孟庄。"

"哦?"萧郡一愣,拿起 A4 纸来琢磨,"那他这是拿自己的钱往进投?"

"对,转来转去,都是他自己的钱。"

"这，这是什么情况？"萧郡故意问。

"呵呵。"王长学看萧郡不明白，也就卖起关子来，不立刻把话说破。

萧郡也笑了，他觉得王长学真是心宽，这样当紧时刻，还有心思跟记者耍心眼。他随即把 A4 纸放回到桌上，一边说："我还真看不出这里面有什么大问题，可能牵涉关联交易，但既然出钱人都是吕孟庄，他担的风险也就最大，你说他冒这么大风险就为挣点儿利息，就算有不合规的地方，可情理上也都说得过去。"

王长学听萧郡说完，这才接过话头一字一顿地说："我恰好要告诉你，吕孟庄根本就不是为了挣那点儿资金利息。"

"不为挣利息？那他为了什么？"萧郡估摸着，这回王长学该把话挑破了。

"他就是为了吃掉你的企业呀。"王长学手握成拳头，重重地落在 A4 纸的"长学集团"四个字上。

"给你融资，是为了吃掉你的企业？"萧郡耐着性子把王长学的逻辑重复了一遍，他觉得王长学绕了大半天，一直就在重复这一句话。但这种话听上去来头大，却尽是水分，没有硬货。

"对，吕孟庄就是做这个买卖的，别的他根本看不上，信托也只是他的一张皮。"

"可他为什么要吃掉你的企业呢，吃下一家企业，可不比吃一顿饭那么简单。"萧郡有点儿不耐烦了。

"因为我的企业手上有地呀，还都是好地。"说到这里，王长学意味深长地赘了一句，"你是不知道吕孟庄，他这个人，啥都不喜欢，他就喜欢土地。"

"你是说，他是看中了你公司手上的土地，然后才给你的项目融资，等你的项目垮了，他就吃下你的公司，收走你的土地？"

"是这样，是这样，这下你算懂了八九成。"王长学长出了一口气。

"这就怪了，现在土地都走招拍挂的路子，公公开开的，吕孟庄想要地的话，凭他的实力，自己去市场上竞标拿地就是了，干吗要和你兜这么大的圈子？"

"嘿，这下你又说对了，我的记者兄弟，他吕孟庄就是在兜圈子，可他这个圈子不白兜啊，他是兜一个赚一个。"

"怎么兜一个赚一个？"

"不是赚一个，是赚大发了。"王长学把刚才的 A4 纸翻过一面，又开始眉飞色舞地边比画边说，"假设吕孟庄直接竞标拿地，拿地之后，你说他能干啥?"

"当然是开发了。"萧郡态度有些冷淡。

"对，开发，"王长学写下"开发"两个字，跟着在后面杵一个冒号，又写个"50%"，"一般从拿地到开发，到最后销售回款，做得稍慢的也就两年吧，如果管理好一点儿，利润一般都在50%以上。"

"可是不开发会是什么效果呢?"王长学转身从包里抽出一沓资料来，是以往他做过的一个楼盘的项目资料。他拿这个楼盘的数据跟萧郡举例，"你看，当初我拿这块地，三百五十万元一亩，两年之后，你能想象这块地的价格是多少吗?"

"涨得很厉害吧?"萧郡说。

"不是厉害，是涨得离谱，足足翻了一倍多，八百万元一亩了。"

"天哪!"萧郡一惊。

"这意味着什么? 意味着不开发，光倒地，利润在100%以上。"王长学另提一行，写下"不开发"，后面又写个"100%"。

"这个情况啊，这不就是囤地嘛。"萧郡大致听明白了。

"就是囤地呀，吕孟庄玩的就是囤地呀。"

"但是政府打击囤地呀，我记得市上有过规定，开发商拿地后八个月不动工，就要取消他以后的拿地资格。"

"对对对，你说得没错，政府严厉打击囤地，所以吕孟庄才兜这么大的圈子。他一不拍地，二不搞开发，就通过旗下信托公司给各个开发商融资，最后以追债方式把开发商辛辛苦苦拍下来的地统统变到他名下。"

"哦……"萧郡若有所悟地点点头，他在琢磨运作过程，但个中脉络，他还没有完全想明白。

王长学说:"吕孟庄操纵这些公司拿到土地之后，就可以名正言顺地囤地了，因为这些土地说白了是收债而来，不在政府打击范围之内，他们只要等到哪天地价合适，随时卖掉变现就行了。"

"道理可以这样讲，"萧郡依旧有些犹疑，他望着王长学说，"不过，从证据上看，这种事你怕挑不到吕孟庄的毛病，毕竟人家表面上是合法的，你很难拿到证据说他是恶意囤地。"

"记者兄弟，你又说到点子上了，"王长学一脸的神秘，"不瞒你说，我就是没有证据,要是有证据,你说我还用上'两会'去闹吗?"

"哈哈,"萧郡爽朗一声笑,他这会儿才弄明白,生意人终归是生意人,王长学刚才之所以云里雾里绕了大半天,他还是心虚,心虚自己没有像样的证据,难免让别人以为他是诬告要无赖,现在他把该讲的意思讲明白了,才交自己的底。

"王总,你把话说到这个份上了,我也直说吧,我第一时间听说这件事,就估计你拿不出什么证据。你可不是个糊涂人,吕孟庄也不是,你要手头有证据,恐怕你俩不会闹到这一步,这一步对你来说,也是下下策吧?"

"哈哈,我的记者兄弟呀,原来你也是揣着明白装糊涂啊。"王长学也笑起来,双手还拍打着椅子扶手。

"倒也算不上明白,我还是真糊涂。我一直没想通一件事,既然你没有证据,这样闹法会有什么效果呢?而且你是往'两会'上闹,说明你是想我们记者找上你,是希望媒体关注这件事的,可是你这里面的用意在哪里,到现在我硬是瞧不出来。"

"老弟,用意我都坦白跟你交代了,无非就是要揭吕孟庄的老底,他这玩的就是囤地呀。"

"你要这么说,那媒体可帮不了你,至少我不能帮你。"萧郡有意将王长学一军,"我不认为发生在你公司的这几笔融资,就能够证明吕孟庄搞信托是为了囤地,更何况,上游公司提供的资金到底是不是出自吕孟庄之手,这个通常取不了证,你想想看,人家既然要这么做,还会留痕迹给你?"

萧郡故意把话说死,但他发现王长学不为所动,脸上表情也丝毫不见着急。

这时王长学笑了笑,反问萧郡:"那——我的记者兄弟,我们假设,假设信托公司所做的大部分业务都是我这种情形,这样是不是就可以证明,吕孟庄是在囤地呢。"

"大部分?那也得看你说的这个大部分到底是什么情形,占到什么比例。"萧郡说。

"我跟你交个底吧。"王长学眯着眼睛,"吕孟庄接手信托公司后的前三年,是咱们市里土地市场最火的三年。这三年中,我们市上至少有十多家地产老板从他的信托公司做了融资业务,而所有融资项目全部失败,这些老板也都和我一样,最后无一人不把拍下来的土地抵给他。"

"啥?全部?这得涉及多少地?"萧郡一惊。

王长学攘开五个指头，说："兄弟，我都替你算过了，光这十来家的地加在一起，有五万多亩。"

"什么，五万亩？"这回萧郡坐不住了，差不多喊叫起来，"你知道义田新区一个国家级开发区的总面积是多少吗，才——五——万——亩。"

王长学看萧郡反应强烈，脸上掠过一丝不易察觉的杀气，转而又故作轻松地笑起来："我说记者兄弟，你这个对比可不够贴切，就说义田新区的地，那也有好有坏，对不对，可吕孟庄从地产老板手上拿过去的地，那都是黄金地段，块块都是好地。"

萧郡摇了摇头，准备开口又收了回去，他是想到更深一层上去了——果真是囤过五万亩地，吕孟庄从中获利多少姑且不说，单这五万亩地在土地市场上一囤一放，这座城市这些年的地价岂不就操纵在吕孟庄的手里？

王长学看萧郡欲言又止，可能以为他嫌事大不好下手，遂说："兄弟，你别怕，他吕孟庄就是个阎王，咱也能把他捅个底朝天。"

王长学拍拍自己的胸脯，接着说："包括你接下来要做什么工作，哥都替你想好了，总共就两步。第一步，你去见一见这些地产老板，我给你名单和联系方式，你看他们是不是在吕孟庄那里做过融资，是不是把地抵押给了信托，也顺便验一验我说的话，有没有半点儿水分。第二，你只要查这些地自抵债之后到再次转手的时间，把两个时点上的地价一核，中间的差价就是吕孟庄囤地的利润。"

萧郡频频点头，他意识到，王长学从开始到现在，思路一直很清晰，他因此故意试探："万一这些老板跟你一样，担心我是吕孟庄那边的枪手呢？"

"你只管去，我会给他们打招呼的。"

萧郡不经意地"哦"了一声，他想着，王长学这个人心里深得不见底，他该做什么事情，该说哪些话，该何时见记者，该见什么样的记者，该跟记者放什么样的消息，甚至记者会想什么会做什么，早都被他盘算好了。

"王总，你还有啥要说的，最好一次说透彻了，别囤着料一次不放干净，让我无头苍蝇一样乱跑。"萧郡揶揄了王长学一句。

"哈哈，不敢，不敢。老实说，记者兄弟，跟你聊的这大半天，我还真不敢在你面前藏着掖着，该给你的消息都是给了的。"王长学说完这话，突然收住笑容，态度变得认真起来，"还有些话，还有些事，不是我现在不倒给你，确是时机不到,说了你也不见得相信,你还是先把这些地产老板见一遍,见完之后我们还约在这里,到时我再跟你说不迟。"

五十一

几乎不费周折,萧郡就把王长学提供的几个地产老板,挨个儿见了一遍。见面时,老板们都不做作,废话也少,都跟萧郡痛痛快快地说自己的事,竟无半点儿顾忌担忧的意思。

萧郡心里明白,这必定是王长学从旁招呼的原因,他因此暗暗庆幸,自己总算撞通了王长学这条线。从眼下进展看,这条线通了之后,恐怕他是不会辜负总编宋桥对他的信任了。

上次王长学跟他讲,吕孟庄通过信托公司操作到手的好地将近五万亩,这次他一边见人一边做统计,最后核出来的数据和王长学所说出入不大。

其实萧郡把工作做得更细,他一边跟老板们周旋,从他们那里拿个大概数据,一边背地里就把专题组一批记者撒向工商、国土,让他们不显山不露水地挨个儿调阅公司、土地资料,最后两下一比对,这些老板说的情形竟不掺半点儿水分。

萧郡一面有些兴奋,另一方面,他也提高了警惕。自打见完这一圈人后,萧郡终于明了一件事情,在这场"两会"上突然发起的针对吕孟庄的举报中,王长学仅仅是个出头露面的先锋,而在他背后,十多个地产老板早就结成了利益共同体。

从萧郡和其他老板接触情况看,王长学大概是这个联盟的挑头人。萧郡感觉到,从各个老板口里放出来的话,和他们手头准备的材料,都和王长学此前说的做的那一套,大同小异。这个架势,分明是王长学提前和他们统一过口径,甚至可能一一调教过——这样也才能解释通,为何他见过王长学之后,再见其他老板会变得如此轻而易举。

既然存在这样一个联盟，那么，王长学上"两会"去闹，应该只是这个联盟打压吕孟庄的第一步。他们一定还有第二步、第三步，甚至有更精密的计划，只要一天不达目的，这个计划就会一步一步实施下去。

因此，萧郡的警惕就在于，王长学他们的第二步，或许就是找一个像他这样的记者，由他来释放吕孟庄囤地的消息。果真如此，他事实上就当了王长学的枪，来替王长学打吕孟庄。

另外，萧郡还不得不顾虑一点，王长学上"两会"举报完后，一直躲着媒体，他这摆明是给吕孟庄留有余地，看吕孟庄做何回应。但问题是，王长学他们到底想从吕孟庄那儿得到什么样的回应？是钱、是仇？还是要把吕孟庄置之死地而后快？

萧郡一面怀着说不清道不明的兴奋，一面又甩不掉心头那几分警惕，这种纠结不下的心绪，倒不是他所喜欢的。

不过，这些纠结终归是表面一层，萧郡这次挨个儿见人，一桩连一桩地梳理他们的融资纠纷，不禁里里外外摸清了事情脉络，脉络一清，他内心深处倒比之前更有了底气。

吕孟庄做的每一笔信托融资，往简单了说，不过三个步骤。当初，这些地产老板因资金缺口找到信托公司融资，吕孟庄一概要求他们拿出干干净净的项目公司来做融资主体。因此，成立项目公司算是第一步。

然后，把老板手头土地和信托公司资金双双注入项目公司。这样，老板和信托公司实际都成了项目公司股东，而项目公司呢，立时脚下有地手头有钱，万事俱备只待开工建楼了。这是第二步。

萧郡注意到，在吕孟庄历次操作中，走到这一步时，他就会从信托公司派出他的代表进入项目公司任董事、财务总监等职，以此来监控公司动向，并牢牢掌控信托资金的使用情况。

本来到这一步，吕孟庄也是实实在在当了民营老板的娘家人。就像王长学上次说，他们在银行贷款难，等米下锅的时候，只有吕孟庄的信托公司愿意往项目注入资金，这就好比给他们接上了血管，让他们起死回生，甭说是娘家人，就说是再生父母也不为过。

但信托融资还有关键的第三步没走完，便是资金、利息的安全回收。

吕孟庄敢当全市民营老板的娘家人，他的信托公司能给地产项目供应源源不断的开发资金,这些资金一概由信托公司公开或不公开地对外募集而来。

这里的"募资",是一个相对概念,换作投资人看,就是"信托":他们信任信托公司,把资金托付给信托公司,让信托公司替他们打理资金,实现资产增值。

事实上,这一套金融技术之所以叫信托,起根发源也就在它的特殊使命上——"受人之托,代人理财"。

既是受人之托,做的又是信用生意,信托公司募资时,一般早和投资人讲清了资金使用去向,计算过资金收益比率,还承诺了资金、利息的回收办法。转过头来,待房子建成销售,项目公司顺利回款,信托公司只需从项目公司拿走本金和利润,最后按承诺收益兑付给投资人,这一单信托融资生意到此就算清盘了。

其实,信托公司收回资金和利息,并非直接从项目公司账上拿一把钱走,这第三步的实现还需一小波周折:信托到期后,要按最初合同约定,由地产老板们从信托公司手里回购项目公司股份。比如,信托投进项目公司一元钱股份,合同约定一年后回购价格为一块两毛五,那么,信托这一元钱一年的投资收益就是两毛五,资金利率为25%。

王长学上次说,上游投资人都是吕孟庄的马甲,这一点不无可能,只是缺乏证据印证,萧郡也了解,现在市面上左手倒右手的资金游戏并不鲜见,大都是为了躲管制避税费,因此这些都不在他关心之列。

真正让萧郡感到诡异的,是吕孟庄放给地产老板的信托,偏偏都在第三步时出了问题。

各人出问题的方式并不一样。拿王长学其中一次融资看,他是早早和下游几家建筑商签好了合同,后来因为断了资金,这才去找吕孟庄融资。

建筑商一贯指着开发商发财,所以资金虽不到位,也都不和他计较,大家先照老规矩让机械设备、看护人员进场,再来等他筹钱,哪天账上见到第一笔启动资金,他们立即开工。

这也是业内通行的做法。但王长学拿到信托款之后,将启动资金一一划出去,几家建筑商竟一等不开工二等不开工。这种情况,王长学从未碰到过。

起初,王长学还公事公办派人去催促开工,结果各家答复得模棱两可,后来他放话说再不开工就换施工单位,却仍旧不见半点儿动静。这下王长学只好和其中几个熟络的建筑老板打电话,想做做他们的工作,让他们带头干起来,顺便也跟他们了解一下原因。电话中,这些建筑老板口气和平时不一样了,拿腔拿调说,王长学延迟支付第一笔资金,因此违约在先,他们要等这件事情有个说法再谈下一步。

这种扯皮事情平时多见于小开发商和小建筑商之间,大家都做一锤子买卖,赚两个小钱后不定今后还见不见面,所以眼界都放得窄,目光都看得短,一旦涉及利益便要斤斤计较。

王长学也了解,这种事情要摆平,取巧的办法是分化瓦解建筑商,只要当中有三两家带头开工,其他人撑不了多久。但眼前这一招根本派不上用场,对方是针插不进水泼不通,明显串通好了要和他掰手劲儿。

王长学试着联络外面的建筑商,想借外力来化解矛盾,这条路也没走通。

有的老板到工地瞧一眼形势,估摸进场施工就得撵人抢地盘,觉得挣俩钱犯不着干仗流血,就放弃了。也有建筑老板本来是干仗出身,清场子撵人最在行,但人家深一步接触后,了解项目公司的资金把握在信托手上,就算替王长学撵了人清了场,信托作为大股东之一,它要卡着钱不放,那他们就瞎忙一场。

王长学摆不平建筑商,顾忌自己违约在先又不想打官司,事情就一天一天往下拖。

他这边拖一天两天还不会伤筋动骨,吕孟庄的信托资金却是按天给上游投资人承诺收益回报的,眼见迟迟不能开工,吕孟庄就让项目公司财务总监守住账上的信托资金不再流动,实际是把资金冻结了。

王长学就这样陷入了一个死结:无论他想摆平建筑商,还是换人重新开工,归根结底都要花钱,可他要找信托解冻资金,吕孟庄就要他先行开工。

上次王长学和萧郡说起这一段,听上去就像绕口令。王长学找到吕孟庄说,无论如何你先把资金放出来呀,不然这个项目要瘫痪。吕孟庄针锋相对地回复他,无论如何你要让项目先运转,不然这一单信托要出大事。

“你不给我钱,我怎么让项目运转?”王长学喊叫。

“项目运转不了,你叫我怎么敢给钱?”吕孟庄反问。

“他们现在是串通起来和我掰腕子,你做过地产的,你该明白我现在的处境。”王长学诉苦。

“长学,你明白我的处境吗?我现在做的是信托生意,信托信托,如果我吕孟庄这次投你的项目失败了,别人还怎么信我,怎么把钱托付我,我这块信托牌子都可能砸在你手里,你知道不知道?"

"可是我从你这里融半天资,到头来你把资金冻结了,这也不合适吧?"王长学气急败坏。

"你倒先和我拉下脸了,你一直隐瞒你的违约,现在违约导致项目瘫痪,你又拿不出手段解决,害我们支出的第一笔信托资金打了水漂。告诉你,王长学,投资人的钱是用来投项目,不是来替你个人违约埋单。"

王长学和吕孟庄都翻了脸,再也谈不拢。那几年钱紧,信托一断,也断了王长学的路,最终他也没能推动项目前进半步。不久,信托到期了,王长学既拿不出钱回购股份,也解决不了他和信托、建筑商之间的纠纷。这种情况下,他只能点头认卯,坐下来跟信托、建筑商谈判,并最终敲定由信托出面重组项目公司的债务。

也就是这样,项目土地几经倒手,顺理成章地到了吕孟庄安排的公司手上,心灰意冷的王长学只落得一把土地款,这笔款差不多是他先前杀入土地市场竞拍时所下的血本,如今本钱转了一圈不增反减,原指着赚钱的土地却交由人家把玩。

王长学之外,其他人的项目也都因这样那样的原因,不等开工就流产,最终也都经历了和王长学差不多一样的下场。

正是这个情形,让萧郡感到几分后怕:为什么和吕孟庄搭上线的老板,一个个都逃不脱丧家败身的命运呢?

五十二

上次王长学和萧郡告别时,叮嘱萧郡见完地产老板再约他,他还留了些话要说。

这天上午,萧郡便给王长学打电话,邀约见面。王长学早知他见完了人,两人也不啰唆,说好去上次的酒店会合。

稍后在酒店大厅碰面时,王长学一副踌躇满志的样子,老远就开口问:"怎么样,我的记者兄弟,这一趟收获不小啊?"

萧郡迎上去握住王长学的手,笑容满满地说:"感谢王总,这些老板都和你人一样好,连说的话都和你一样,太配合工作了。"

王长学一愣,然后两人一起朝二楼包间走,路上王长学又探萧郡口风:"我说的思路和步骤怎么样,是不是没让你跑冤枉路? 我之前研究过的,照这条路去查,吕孟庄囤地的事是铁板上钉钉。"

萧郡没接他话,随后两人一前一后进包间坐下。待服务生上过茶水后,萧郡才说:"王总,你们提供的资料,我都挨个儿核了,说的情况都很准确,也是事实。"

萧郡的话不是王长学想听的,他现在急于知道,他对吕孟庄囤地的判断能不能在萧郡这里得到认同。

但萧郡偏偏不碰这个话题,王长学不免心里直打鼓,因此讪讪附和道:"都是一帮老实人,也是一帮可怜人,哪还敢在你们记者面前撒谎。"

王长学城府深,已让萧郡生了忌惮。这次见面之前,萧郡就提醒自己,跟王长学打交道,非得讲个进退不可,哪怕聊天说闲话,也不能被他牵着鼻子走,否则该套的话套不出来,还落得个被人指哪打哪的下场。

"王总,你这话可不对,你不能说他们不敢撒谎。"萧郡望着王长学,就当拉家常一样说,"叫我说,这样的事情,他们是犯不着跟记者撒谎,真是有谎要撒,哪有他们不敢的。"

王长学大概听出话里的意思了,连忙说:"是是是,小老弟这话在理。咱不能说他们老实,听着多虚伪呀。只能说,人与人接触,起初难免有戒心,少不了藏着掖着,等相互信任了,也懒得说那些假话。"

"那王总现在对我是心存戒心呢,还是已经懒得说假话了?"萧郡不经意地开着玩笑。

"还有啥戒心哪,只差掏心出来给兄弟看了。"

王长学是个活泛人,这种场合也拉得下身段要得了宝,他边说话,一双手边在胸前做个往出掏心的动作,逗得萧郡忍不住笑:"好了好了,咱俩别尽开玩笑,你上次说有重要事情没讲,是什么事呢? 你说吧。"

"我说我说，再不说我自己都憋不住了。"王长学苦笑一声，然后才说，"之前我为啥不讲，说真的，兄弟，不是我要心眼不信任你，我是怕讲了之后你不信任我啊。现在你把人见完了，材料也都核过了，我再讲，可以说是我更好讲了，你也更好理解了。"

王长学换了一副态度和腔调，意思像在跟萧郡表白，他再不要心眼绕弯子了。

萧郡的脾性本来就刚中带柔，遇着要滑较劲的，他也要得出手段，见别人诚心诚意示了弱认了卯，他心肠自然就软了。

"王总，有什么话你就直说吧，只要是实话，也不择早晚的。"

王长学长叹一口气，然后郑重其事地问："我不知道你现在有没有意识到一个问题，为啥这么多老板去吕孟庄那儿做信托融资，结局都是一个样?"

萧郡一愣神，一时竟不知如何回应才好。这疑问本来是他百思不得其解的，却被王长学主动提出来，这感觉就像是他想什么、怎么想，早都在王长学的脑子中一样。

王长学见萧郡没答话，继续说："也不怪你们想不到，说实话，我一连在吕孟庄那儿做过五次信托融资，直到最后一次项目失败，整个长学集团输掉，居然都没闪过一丝想法，怀疑这是吕孟庄做下的局。你更别说其他老板了，他们都和我一样，都不醒悟，都觉得自己在生意上遇到了坎，这道坎没翻过去，所以让吕孟庄捡了便宜而已。

"你也听过各人项目流产的原因，你看各人都有各人的曲折，什么建筑商的问题协调不好，什么材料商掉链子毁约，什么手续问题、官司问题，甚至是地质复查问题，可以说导致项目流产的原因是五花八门的。但问题是，你把这些问题放在一个老板身上，孤立去看去想，的的确确就是老板自己身上、自己的项目出了状况，跟吕孟庄八竿子打不着，可是，你再想一想，一个两个老板出问题不奇怪，八个十个老板全出问题，还不奇怪吗? 一个两个项目出问题很正常，五万亩土地上二三十个项目全军覆没，项目流产概率达到了百分之百，难道这还是孤立事件吗?"

王长学说，生意一败涂地后，相当长一段时间他都在反省："反省，反省，顾名思义就是反过来从自己身上找原因。这人啊，要在失败了之后挑自己的毛病，那是怎么挑怎么有，所以越反省，越觉得自己不是人，越不是人，就越没脸见人。"

王长学既这么想，其他老板自然也一样。说到这里，王长学特意点了萧郡一句："当事情在这个阶段，所有老板，包括我，都不可能去吕孟庄身上找原因，所以，如果上次我就告诉你，这些项目都中了吕孟庄的圈套，你说你会相信我吗，你肯定会心生反感。"

萧郡点了点头，附和王长学的说法。王长学接下来才说："后来，很偶然的机会，我接触到其他一两个老板。咱们同是天涯沦落人，一说起自己的遭遇，那话匣子立马就打开了，沟通很到位，心也近了，几下就成了朋友。然后，大家你拉我扯又把其他人联络上，渐渐就有了一个圈子。"

王长学自嘲，他们这个圈子十多个人邀约在一起聚会时，玩游戏行酒令需要分队的，就把男的分一队叫"虎落平阳"，女的分一队叫"落毛凤凰"。

"难兄难弟走在一起，常常是你诉你的苦我诉我的苦，尤其是几个女老板，每次提起话头来，都是根根梢梢事无巨细。这样说来说去，每个的人信息不断融汇在一起，大家慢慢就觉得不对劲儿了，发现问题了。

"就拿建筑老板说，我违约那一次，这些老板平时是竞争关系，哪怕在同一个工地上干不同楼盘，都是你盯我、我盯你，为一簸箕沙子都有可能打一大架，怎么突然之间他们的口径、行动高度一致，难道这背后没人组织，没人操纵？"

"你是说，这都是吕孟庄组织、操纵起来的吗？"萧郡问。

"当初我哪想到这些，还一个劲儿地以为建筑老板做开一锤子买卖了，想白弄我点儿钱，要么是被中间个别人唆使想故意整我，再不就是知道我走下坡路，落井下石罢了。"王长学说到这里有些愤愤然，"我们都太幼稚，居然想都不敢想，这是吕孟庄在捣鬼。"

萧郡沉默了一会儿，想想说："这问题，我也思考过，要说吕孟庄操作一个两个项目，倒也有可能，这么多项目，吕孟庄一个人能操纵得了吗，关键是他顾得过来吗？"

"我的记者兄弟，你心里始终把吕孟庄当个守法公民，所以你才会有这样的疑问。是啊，就算他是首富，他一个人要操纵这么多项目可能吗？不说别的，光是他一个一个上门去打招呼，让人家都按他的意思办，这一点怕就不可能完成。"

"是啊。"萧郡应了一声。

"但是，对于黑社会来讲，这就太小菜一碟了。"王长学摆了摆手，语调深沉地说，"因为黑社会是一个庞大的组织，对于一个组织而言，在三五年这样一个时间跨度中，操纵几十个地产项目，太他妈不成问题了。你现在知道我为啥在'两会'上告吕孟庄是黑社会了吧？我的依据就在这里。"

萧郡陷入了沉思，他觉得王长学这一番话说得深了，需要好好斟酌才能消化。

王长学这时却说到了兴头上，一番话接住一番，他又点拨萧郡："不瞒你说，我们是请过一等一的法律专家私底下研究过这个局的。老专家最后都说，这局要做成，非得吕孟庄不可。"

"嗯？为什么？"萧郡不明白。

"要把这样的局做成，我们认为有两个必备条件。"王长学伸出两个指头来，口气像学校老师讲解数理化原理一样，"第一，当然你得是黑社会，只有黑社会才愿意组织、动员大家去搞垮一个企业、搞垮一个项目，才会团结一帮人去作恶，去搞破坏。但光是黑社会还不够，黑社会听上去有三头六臂，可有的只能干点儿支锅赌博的活，有的只能帮人收收账砍砍人，实力再强一点儿，顶多也就欺行霸市，那还要拣软柿子捏。真要打垮一个企业，断送一个动辄上十亿的项目，黑社会再是人多不一定有用，能杀能砍也派不上用场。只有你彻底了解企业，彻底摸清了项目，也就是我们商业上所说的掌握了企业的全部情报，你才能利用这些情报，才能调动各种商业资源去实施破坏。所以我说，第二个必备条件是你得搞信托。"

"你看看吕孟庄做的这些生意，哪一回不是信托资金一进来，他的管理人员也跟着进来。他要占一个董事席位，于是企业大小决策就全知道了；他要占一个财务高管，企业的财务状况对他就是透明的。你再想一想，一个人掌握你公司的财务，了解你公司的决策，熟悉你公司的内政外交，他随便瞅准你一个漏洞,指点打点下狠手,还把你弄不死吗?"

"好了,现在吕孟庄作案的两个必备条件是占全了,作案结果你也看见了,是我们全军覆没嘛。"王长学一直说到现在,茶也没顾得喝一口,他向前倾了倾身,一只手搭在桌面上,手指头有节奏地敲起来,边敲边问萧郡,"是不是只差个作案动机了?"

萧郡点点头,没有说话。王长学突然改敲为拍,一掌拍在桌面上,嘴里狠劲儿吐出话来:"吕孟庄的作案动机,就是囤地呀。"

五十三

王长学这次在萧郡面前坦诚多了,除了一个劲儿地说吕孟庄如何作恶,他也主动透了自己不少底。他承认是他一手把这些地产老板拉成一个圈子,至于他先上"两会"闹,后来大家再统一跟记者见面,都是经过圈里人提早筹划好的。

"这不叫演戏,也不叫整人,更不是来蒙你们记者,这叫讨还公道,叫以其人之道还治其人之身。吕孟庄怎么搞我们,现在我们就怎么搞他。我明确给大家伙说,我们要团结,要行动一致,只不过,我们团结起来不去作恶,而是要伸张正义。当然了,也不是说,光我们几个人就把正义伸张了,我们知道要靠媒体靠记者,尤其是像兄弟你这样有正义感的记者。"

萧郡把这些话听在耳内,未置可否。这次见面,他自始至终也没就吕孟庄是否囤地这个结论,跟王长学透露自己一丝一毫的态度。

其实从专题组调查情况看,不管吕孟庄的动机是不是为了囤地,反正经他信托公司过手的土地,无一不被撂荒三五年之久。土地从政府手里拍出时一个价,到撂荒几年后再倒手开发,地价全都飙上了天,这中间实实在在有暴利。

所以,萧郡心里早有个判断,他的判断恐怕比王长学来得更加清晰。在他看来,吕孟庄是不是黑社会,是不是操纵了一帮人搞垮了王长学他们的项目,甚至信托上游资金到底是不是吕孟庄本人坐庄,这都难以查证,但是吕孟庄的信托公司已经为囤地、为人牟取囤地暴利,扮演了最关键的中介角色,这一点是铁板钉钉的。

在这次见王长学之前,萧郡已经把第一批采访资料提交给了韩淑菲。韩淑菲拿到资料后,从前到后梳理了一遍,一下就抓住了要害。她跟萧郡提出她的想法,说吕孟庄不是四处宣扬他的信托公司是全市民营老板的娘家人吗,不如把这一批信托融资案一个不落地登报,让大家看一看,他这个娘家人是怎么当的,他把这些亲戚害得有多惨。

萧郡觉得这个报道方案最妥当不过,当即表示同意。之后韩淑菲又交代他两件事,一是要专题组全力以赴地追踪每一块地的囤放时间、最终去向,以及囤地形成的利润,还限他一周之内拿出一张完整的数据表来。二则让萧郡悄悄约一位本土地产专家,单拿这些数据叫他分析,叫他计算这五万亩地对本市地价、房价上涨的影响。

韩淑菲做事谨慎,反复交代这两样调查需做得不显山不露水,给专家也只提供数据资料,不要把具体地块、牵涉人物泄露半个字出去。

萧郡一一记下来,在这次约见王长学之前,已经将各项工作做了周密安排,专题组的进展也十分顺利。

萧郡这次见完王长学后,可说是万事俱备,只欠东风了,眼下他只考虑最后一个问题,他该如何跟吕孟庄见面。

他要见吕孟庄,说起来是一道工作程序,也是做记者的必须向报道对象履行的一道手续。但夹着陶苦媛这层关系,他见或不见成了两难。

萧郡想过让专题组其他记者去见,但前几次这样安排后,记者上孟庄集团全都白跑路,吕孟庄根本不现身,所以他顾虑,再派别人上去,怕还是见不上吕孟庄,这样就完不成最后一道程序。二来,如果他一直不出面,而陶苦媛知道他是专题组负责人的话,免不了给她感觉,是他躲在背后整人。所以,几经权衡,他决定还是先跟陶苦媛通个气,然后自己再出面找吕孟庄。

周五上午,萧郡给陶苦媛打了电话说他的想法。没想到,陶苦媛的反应完全出乎预料,她说不用萧郡亲自约,稍后她跟吕孟庄说一声,找个时间见面谈就是了。

萧郡一听,又怕陶荟媛掂不来中间的关系,担心她只顾给自己这一头帮忙,那头却给吕孟庄带来麻烦,影响到两人关系,因此赶紧挑明:"工作上的事,我想我直接联系他更好,这样免得你在中间为难。我给你打电话,就是觉得,应该事先和你说一声,倒不是想借朋友关系来约采访的。"

陶荟媛那头沉默了片刻,再说话时忍不住抽泣起来:"谢谢你萧郡,我懂你的想法,知道你不想影响我。不过,你别管这些了,我自己会把握,再说他也通情达理,我只是觉得,你俩见一下谈一谈,可能对他会有好处。"

陶荟媛长叹一口气,接着才说:"萧郡,在你面前我也不遮掩,这段时间,他过得挺不好的。他也犹豫过,要不要出来和媒体说清楚,即便现在,真要是别的记者来,他或许还会犹豫,但是你来了,他还有啥顾虑呢。"

听陶荟媛这样说,萧郡不好再推却。这样,晚饭过后,在陶荟媛安排下,他和吕孟庄在市里一家会馆见了面。原本陶荟媛说一起来,可能后来觉得三人见面难免尴尬,并没有过来。

冬天的吕孟庄脸上没有夏天时候的鲜色,即便在房间脱掉风衣外套,一身墨蓝呢料的修身西装依旧衬出他一层黯然来。

吕孟庄丝毫不掩饰自己的处境,和萧郡招呼完,各自落座后,他就先叹息一声,然后又不知拿什么话开场,索性拿起镊子,一语不发夹了块热毛巾递到萧郡面前,自己再取一块,焐了焐下巴和腮。

萧郡拿毛巾敷手背,边敷边就想,王长学、吕孟庄,他都只见过两次,两人的气场却是天差地别。王长学疑心、戒心都写在脸上,说话滔滔不绝,话里话外总要着奸巧;吕孟庄正相反,哪怕不开腔,一举手一投足,都是要和人交心一样。

吕孟庄放下毛巾后,才说了句话:"萧郡啊,咱俩能见这一面,其实很不容易。"

萧郡没在意这话,对付着说:"哪里哪里,平时各人都忙各人的吧。"

"说起来你可能不理解,因为荟媛这层关系,和你见面,我是有些忐忑的。"吕孟庄望着萧郡,说完这句长吁一口气,感觉话在他胸中憋屈了很久。

萧郡看着面前杯中起起伏伏的茶叶,没有作声。

"其实很惭愧，不跟你谈苕媛这一层关系吧，我自己心里放不下，一谈起来，又怕拿捏不好，让你误会。怎么说呢，一来我的确想说一句，在个人情感上，八十岁和十八岁的男人都是一模一样的，一样会不懂事，一样会不理智，一样会犯傻，会犯痴，但是感情都是真实的。这一点，我希望你能理解。"

萧郡还是看着面前的杯子，不动声色。吕孟庄接着又说："另一方面，我的确早就应该找到你，应该有这个勇气来告诉你，让你放心，我会对苕媛的人生负责。我想，我们两个男人能够做到这一步的话，这首先是对苕媛的尊重，她毕竟就是一个女孩子，无论如何她是无辜的，即便她在情感问题上处理得不好，那也不说明她本质坏了，顶多她还不懂事、不成熟。所以呀，我们不能让她一个女孩子家去承受这样那样的尴尬、痛苦和压力。当然了，我们能这样做，恐怕也是对我们自己感情的一种尊重。"

吕孟庄说完停下来，好像在等萧郡的反应。打一开始，萧郡不想碰这个话题，但越听吕孟庄说，越觉得应该表个态，因此想了想，还是接了话："她的一切，现在只能由你去照顾好，我呢，会祝福她，当然也会祝福你，祝你们幸福。"

吕孟庄点点头，表示接受，这时两人四目相对——相差整整一代的两个男人，竟在一瞬间会意了他们对于同一个女孩的那份怜惜。

吕孟庄做个"请"的手势，两人一起喝茶。喝了一口，萧郡看吕孟庄准备进入今天的正题，遂放下杯子，边摇手示意边说："吕总，对不起打断你，我想我应该把话说在前头。今天我是带着采访任务来见你，而你也希望见一见媒体，所以我们才有了这次见面，那刚才我们聊的都是题外话，接下来，就进入正式采访环节了。"

萧郡边说边拿出录音笔，打开放在桌子上。吕孟庄一直微笑着看他把话说完，那情势就像一个长者在欣赏对面年轻人的言谈举止。

听萧郡说完，他才连声说，好好好，我明白你的意思，懂你的心意。

但接下来的谈话并不合萧郡的感觉。吕孟庄大概是听到一些风声，知道萧郡所在报社有一个专题组始终在跟他的事，又可能并不了解调查进展，所以他说话掂着分寸，口气倒像跟新闻机构做澄清似的。

"具体事情，我不打算一一去说了。我想，不管是正常举报还是恶意诬告，这种事啊，它应该遵守一个大家都认同、都能接受的基本规则，那就是以事实为依据、以法律为准绳。我如果有问题，欢迎任何人去法院起诉，欢迎去庭上直接举证，如果不起诉不举证，大家都采取王长学的办法，而且得不到制裁，那这个社会的任何一个人随时都有可能成为受害者，只不过今天这个受害者是我，但明天就可能是你了。

"就信托公司的问题，我觉得大家没必要被王长学领着去漫天猜测、想象，这样显得很愚昧。我们的每一笔业务都要经过银监部门审查、批准，每一份合同在有关部门都有备案，具体交易、抵押，甚至债务重组的各个环节，都要经过中间部门鉴证登记。这都是有案可查的，放着有案可查的东西不去查，宁愿被王长学鼓噪着起哄，这个社会是怎么了？

"最后我想说，我吕孟庄努力把每件事情做好、做成功，对社会负责，但我也是个普通人，不可能每件事情都有能力做好。有的事情拼尽了全力，最终还是做不好，找不到窍道。我就感觉，信托一头连着投资人，一头连着企业，我这个半路出家的信托人，当初愿望是美好的，那就是让投资人赚钱，替企业解忧，现在看来却是很幼稚的，现实不是这样，就好像鱼和熊掌不能兼得，有些企业老板要钱的时候讲得很好，什么合同什么承诺都敢签，可钱一到账，诚信、契约精神全丢一边去了，拿着钱他想怎么花就怎么花，根本不管这是投资人的钱。坦率地讲，我很头疼这个问题，到现在也没找到两全其美的办法。不过我要说的是，在没有找到更好的办法之前，我吕孟庄坚持对投资人负责，他们信任我把钱托付给我，我就一定对他们负责到底，哪怕要面对王长学，哪怕还有更多的王长学要将我打趴下，我也绝不动摇这个信念。"

吕孟庄不谈具体事情，只跟萧郡澄清这三层意思。萧郡听完，说："吕总，我们之间能不能毫无保留地谈一谈具体事情以及具体细节？"

吕孟庄说："萧郡，就像我不会让你谈你们背后的采访细节一样，请你理解我现在的处境。到目前，这些话仅仅是我能对你说的，也是我想对你说的，我会对我说的每一句话负责，我也真诚希望你，希望你们媒体能够伸张正义，伸张我这些想法。"

萧郡一听，已明了吕孟庄的意思，也知道今天采访该结束了，遂默默收拾起录音笔。

其实萧郡这时并不了解，在此之前，吕孟庄虽然避开了媒体，却私下以个人名义主动找过公安局和检察院，但却碰了一鼻子灰。他以为王长学无端诬陷应该受到制裁,但两家都说这事不在管辖范围之内,让他自行去法院起诉。他后来权衡再三,觉得告到法院,就算赢了官司,也输了气势,王长学既然喜欢制造舆论,不如就以舆论对付他算了。

正是这样,才有了今天他和萧郡的会面——萧郡完成了采访的最后一步,他却想借这一次报道打一场反击战。

新闻丑闻

五十四

专题组的报道在周一一次性推出来,标题叫《首富的信托》,是经韩淑菲反复推敲确定下来的。

这一则报道总共用了十多个版,其中,光拿表格展示每一宗信托业务的来龙去脉,就占去八个版。

另外还提了一个新闻爆点,是专题组约请的那位专家结合全市土地市场情况,对这一批囤地数据进行了运算,运算结果是,五万亩囤地直接推高本市地价翻了一倍,间接推高房价九十个百分点。用专家原话说,过去几年中每个买房人至少有一半的钱,被囤地者悄悄装入腰包。

为了这次报道,总编宋桥头天晚上一直守到报纸进印厂。当晚,他签完最后一个版,五十多岁的人竟然抑制不住兴奋,摇着笔头朝夜班编辑们喊叫:"本报新闻的史诗巨作完成喽。"

报道反响自不待言。报纸上街不久,刚刚睡下才入梦乡的萧郡就接到王长学的电话,电话那头,他高兴得嗓子都快哑了,说街上抢报纸抢疯啦,早餐摊前都不见人排队,队伍全挤报摊上去了。

他说他还特意派人去地铁走了一遭,看见车厢里面,乘客打开报纸,报纸就从头到尾连成了一条线。

王长学还要夸标题起得好,被萧郡插进话来打断了,他才意犹未尽地挂掉电话。萧郡昨晚也和一帮专题组的人盯版盯到两三点,这会儿一直到下午,将是他补充睡眠的时间,因此懒得和王长学瞎扯淡。

睡到中午,萧郡电话又响个不停,抓起一听,还是王长学的声音。

这回王长学声音没变,口气却换了,他嘶哑着嗓子质问:"萧记者,你为啥要帮吕孟庄写那些话?"

萧郡一下清醒过来,坐起身反问:"帮谁写哪些话,怎么回事?"

"你自己上网看看吧,现在网络都要炸了,都不骂吕孟庄,都在骂我们。"王长学说完挂了电话。

萧郡床都没下,抓过电脑翻起新闻网页来。不看不知道,一看委实吓他一跳,几乎他能想到的所有新闻网站,头版头条清一色地挂着他们这则报道。他随便点一页进去,满眼都是网民的跟帖、顶帖。

萧郡扫了一下跟帖,骂者居多,倒不光是骂王长学,骂吕孟庄的、骂房价高的、骂信托坑人的、骂借钱不还的,甚至仇富的、仇官的、骂娘的、撒野的,全一股脑儿涌到这条新闻下面堵上了。

萧郡本来想,王长学有什么好被人骂的呢,顶多说他输了生意报复吕孟庄么,这种说法也不是现在才有吧。待他看过几条,忍不住笑了,网民骂人哪里守条条框框,竟有那凑热闹瞎起哄的,对着王长学的照片看起了相,说他鼻有三弯,其人必奸。

萧郡看一阵,拿开电脑下了床。他倒是想,就算都得挨骂,就算网民骂人没有来由,可骂王长学的帖子也不该超过骂吕孟庄的才对吧。

萧郡一时记起孟庄的老百姓来,又想到吕孟庄除了首富还是首善,他多年在市井坊间积累的好名声,怕是王长学所不能及的。想到这,萧郡顾自叹了一声气,无可奈何地一阵摇头。

这时王长学的电话又进来,仍是一副不依不饶的语气,急吼吼地问:"你看了吗,你看了吗,看到了没有?"

"看什么?"萧郡冷冷地问,他打心眼里反感王长学这种变化无常的态度。

"网上啊,网上议论啊。"

"议论怎么了?"

"骂我啊,啥话都有,我倒成了恶人。"

"谁骂你了?"

"网上啊,网民啊。"

"那你就找网上说去,找网民说去吧。"萧郡说完就要挂电话。

"等等,你这什么话,萧记者,还不是你帮吕孟庄写了那些话。你不写那些话,我看挺好,反响也挺好,就因为你帮他写了那些话,把网民骗了,他们转过来骂我不是东西。我多冤枉啊。"

萧郡突然冒出来一股无名火，说道："我就这样写了，你还想说什么？"

"哟，萧记者，你怎么这样说话呢，你翻脸不认人啊你，你这些资料可是我一手提供的，现在你好了，你只顾自己出风头，我呢？我可告诉你，我能把你推上去，就能把你拉下来……"

王长学酸溜溜的话听得萧郡几乎要起鸡皮疙瘩，他还要往下说，萧郡索性挂断电话。

萧郡将电话扔到床上，随手从衣橱抽了一条内裤，径直去卫生间洗澡。当头上的花洒细细密密地洒下热水时，躺在床上的手机像瘟疫发作了似的一遍又一遍地响。不过那声音被被子捂得喘不过气来，萧郡听着，一边洗澡，一边笑了。

萧郡在等吕孟庄的电话，他不知道他如何看待报道。但是一连好几天过去，没接到任何消息。

各路媒体记者又扎堆往孟庄集团跑，奇怪的是，吕孟庄仍是之前的做派，概不和媒体见面。

吕孟庄不现身，但这回外面再也清静不了了，除了媒体，沾得上边的学术团体、公益研究机构，也都趁着这股新闻风潮，把信托圈地作为一种现象来关注研究。

这样，有主张立法限制信托业务，有呼吁扩大圈地认定范围，有要求对信托课以重税，还有主张倒追清缴圈地暴利的，一时舆论相互激荡，一唱一和只将这把火越烧越旺。

事实上，报道还赶巧了政策层面决意整顿信托的大气候。专题组的财经记者在后续跟进时才逐步披露出来，早在此次报道推出之前，有关信托管理改革的方案早已在全行业中征求意见，《首富的信托》出来之后，无异于给这场改革火上浇油。

直到两周后，萧郡才接到吕孟庄电话。他问萧郡有没有时间，邀约一起吃顿饭。萧郡什么都不问，就爽快地答应了。

这天晚上，准时在约好的酒店房间见面，吕孟庄约了一大帮人，陶莟媛竟然也在场。

已经好久没见她，她可能刻意换了一种活法，头发绾起来别在后面，穿上了赴宴待客的白色小西装。她站在吕孟庄旁边，两人隔着长长的年轮，但他们的气息、呼应，硬生生融合成了一个整体。

萧郡心头飘过一丝落寞，不过他脸上还做得出从容的表情，他开始微笑着和吕孟庄打招呼，和陶荟嫒握手。这时候，吕孟庄轻轻拍了拍手，打断大家，他跟朋友正式介绍萧郡，说萧郡就是报道信托案的记者。

一屋的人为萧郡鼓起掌来，在场有女孩尖叫，逗得其他人哈哈大笑。吕孟庄又一一给萧郡介绍他的朋友，大都是国内信托界的一把手，说是各人带家属来看望吕孟庄，顺道旅游。

因此吕孟庄特意说，今晚是一个家庭聚会。

果然席上都只顾着拉家常，大家没有半点儿意思想要谈任何正事。一席饭吃完，将近十点，吕孟庄让陶荟嫒出门送一帮朋友，他才留下来对萧郡说，有件事要商量。

"你上次的报道很客观，但是对我来说，打击也很大。你想想，我一个搞信托的，一夜之间成了十恶不赦的囤地大王，我都不知道怎么解释才好。"吕孟庄这样说话，依旧一脸的亲切。

萧郡只好说："吕总，理解万岁。"

"当然，我是理解的。话拉回来说，信托不是没有问题，甚至毛病一挑一大堆。要不然，国家为什么一次又一次地整顿信托呢。马上全行业大整顿就要开始了，你听到消息没有？"

萧郡说，最近新闻上有风声，但自己还不了解详细情况。吕孟庄就说："总之这是好事，不改革不整顿，我们也看不到这个行业的前景。所以我现在针对这次改革，有一个想法，也请你帮我权衡一下。"

吕孟庄随即比了一个手势，说："我打算在市里建立一个青年助业助房公益信托基金。钱全部由国内信托老板自愿出，基金仍然委托我们信托公司管理，指定用于有一技之长，有创业愿望，打算在本市开办小企业、购买经济房的优秀年轻人身上。"

"当然了，"吕孟庄又说，"政府也在做这件事。不同的是，我们全部是民间资金，现在由民间资金建立这类性质的公益信托基金，全国范围内，我们还是第一家。"

　　吕孟庄讲了他的想法,说这次新闻事件以后,信托全行业都面临从未有过的舆论危机。一来实业界指责信托越界操纵企业,抢夺实业老板生意;二则被市民百姓骂,说信托为囤地提供了中介和资金杠杆,推高了房价。现在既然信托政策在调整当中,全行业改革即将拉开,他就考虑,信托业自己首先应该振作起来,要有所作为,以此来迎接、支持这场改革。

　　吕孟庄有信托协会副秘书长的身份,他说他这段时间一直在主动联络国内同行:"我不断跟他们交换自己的想法,说服他们一起来做这样一个基金,你都看见了,刚才的朋友哪是来看望我,是被我请来的。直到今天上午,我们还在谈,最后大家都签了协议,同意首期筹资十个亿。"

　　萧郡记得,去年年底市政府也出台过一个类似的青年创业扶持政策,当时市财政为这项政策拨备的专项资金也才十个亿。虽说吕孟庄现在是整合全国信托行业资源,但萧郡不大理解,如此大一笔足以和地方政府民心工程平分秋色的公益基金,外省那些老板为何就同意将钱放进吕孟庄的公司呢?

　　萧郡问吕孟庄,吕孟庄这才仰头叹一口气:"萧郡啊,你不知道,现在咱们业内流行的玩笑话说,全球信托看中国,中国信托看我市,我们这里已成信托行业的重灾区啦。"

　　萧郡神情不为所动,既无兴奋亦无惭愧的样子,他"哦"了一声,然后就问吕孟庄有关基金的细节问题,吕孟庄一一做了解释。

　　到陶荟媛送完朋友,重又回到房间时,他俩正好谈完正事。

　　晚上萧郡独自一人开车回家,经过义田新区青河大道时,路边的金控大厦主体已经拔高,成了沿路一排的最高建筑。夜色惨白,街灯清冷,远远望去,黑乎乎的大厦就像一座巨碑,矗在水泥森林当中。

　　萧郡的心空落落的,他才意识到,一场看似风生水起的新闻,舆论的板子最终打在了大而无当的信托行业身上。而吕孟庄恰恰看清了这当中的玄机,也瞅准了出手时机,他现在顶多算是坏制度的从恶者,制度之恶自当归责于制度的制定者,他这个信托老板唯有勉力行善,以此挽回自己的声誉。

　　"吕孟庄彻底化解了这场危机。"萧郡这样想着,不禁使劲儿踩下油门,车"轰"的一声,像一头发怒的公牛,在冬夜的城市里狂奔起来。

五十五

吕孟庄如期推出了他的公益基金，因为口号是既帮助创业又帮助买房，这笔基金被命名为"民心双助"。

基金启动仪式有意放在青年广场的露天百人剧场，萧郡和市内一批记者接到了邀请。这也是自王长学举报吕孟庄以来，孟庄集团第一次主动和媒体接近。

启动仪式像大多数仪式那样，按部就班在喜庆的氛围中顺利进行，了无新意，大家都在等议程进展。

到新闻发布环节时，一家媒体的女记者站起来，提了一连串咄咄逼人的问题。台上的吕孟庄竟然针锋相对回应，态度并不像在萧郡面前那样平易近人。

"请问，你如何评价你的信托生意，对于'金融黑社会'的指摘，你有何解释？"这是女记者问的第一个问题。

"我要提醒在座的记者朋友注意，我是一个合法商人，我的信托业务也合规守法。任何人如果不能依据法律、规范对我进行指控，什么'金融黑社会'，什么'抢公司'，都只是凭空造舆论。"

"你公司介入的五万亩地，事实上形成了囤地，有专家测算过，它至少推高房价90%，难道囤地也是合法的吗？"

"囤地当然是不合法的，所以我们公司的业务一定不涉及囤地，否则很多人、很多部门可以起诉我。你们媒体想过没有，为什么有人偏偏不起诉，偏偏就要找媒体呢？你们媒体是否问过他一句，他是不懂法呢，还是没有证据？"

"现在国家正在整顿信托行业，如果你们的信托生意都没有问题，一切都是合法合规的，国家为什么要整顿你们？"

"你忽略了一个事实，这次整顿的一个主要内容，是修改信托行业的相关管理办法，因此国家这次是整法，也是要把信托行业整好，不是要整垮信托公司，更不是要整一批信托企业家，整企业家的那个时代，已经过去了。"

"那你为什么选择在这个时间成立'民心双助',这是不是包含你对信托工作的某种忏悔?"

"慈善是一种境界,它的动力不必一定是忏悔,如果别人一慈善,就以为他是做错了事情去忏悔,我觉得这是阴谋论。我们的'双助基金',是国内第一家民资建立的扶持有志青年创业、置房的公益性基金,我作为发起人之一,我们的心态一直是阳光的,我们一是想帮助优秀青年成长、成功,二是想重塑社会对于信托行业的信心。不得不说,信托已经被舆论妖魔化了。"

萧郡从旁边听完这一来一回,觉得吕孟庄每一句话都像冲着自己来的。他也才想到,吕孟庄必定对他的报道心存成见,此前吕孟庄两次和他谈话,也必定是压着性子,如果换作对这位女记者,依他的反应和口才,不见得会给他留台阶。

不过萧郡也意识到,吕孟庄这一番回答绕开了最关键的问题,于是他站起来提问:"吕总所言,是否意味着你的信托公司将坚持过去一贯的做法和模式,继续来和更多企业做生意?"

吕孟庄见是萧郡提问,表情缓和了许多,他朝萧郡点点头,然后说:"不会,刚才我说了,全行业新一轮整顿即将开始,随着行业法规的调整修订,我们的经营理念、经营方法,甚至业务流程都将和新法同步调整。"

"我们更关心,你的信托公司在调整之后是否还会出现之前的情况,比如前来融资的民营企业项目全部失败,项目土地遭遇抵债、转让后再被撂荒,最后这些荒地又随地价飙涨,高价倒手。"

"不会。我们只会秉承对投资人负责的一贯理念,吸取此前的经验和教训,对融资企业精挑细选,我们会将不讲诚信、企业治理混乱,甚至只想做一锤子买卖的企业、老板、项目,坚决排除在信托融资大门之外,对信用良好、管理有方,有远见卓识的企业,则会通力合作。"

吕孟庄边说边站起来,双手在面前交叉叠放,显得儒雅又不失谦逊:"为什么我们愿意斥巨资做'民心双助'这样的基金,就是因为我们接触过一些企业家、一些老油条,他们的做法让人感到痛心,让人感到失望。所以,我们这个基金就是想培养新一代企业家接班人。新一代企业家身上,不能再有吃喝嫖赌、扯皮赖债的毛病,要有现代企业家精神,要有契约精神和诚信精神。只有这样,只有涌现一大批有担当、有志向的企业家,这个社会才有希望,信托行业也才不会被妖魔化,人们才会重新发现,信托它就是优秀民营企业的娘家,到时你们也会对信托充满信心。"

吕孟庄说这些话时,萧郡一直望着他的脸。吕孟庄从头到尾神情坚定,态度坚决,每句话好像都包含强大思辨,每一个结论都显得不容置疑。

他语调平缓,声音散发着磁性。很显然,他不是在被动回答记者提问,他在输出他的理念,演讲他的理想,并告诉外界,他是有担当的人,正在做一件有担当的事。

萧郡毕竟年轻,起初还操心去逮吕孟庄话里的毛病,听着听着,一刹那间,恍然觉得,吕孟庄的信托生意到底错在哪里,自己会不会被王长学利用了,舆论真的把信托妖魔化了吗?

"民心双助"的消息在媒体公开后,这场对准吕孟庄的又臭又长的报道越来越像是一场闹剧。

萧郡默默看着事情一点儿一点儿变化,心里有说不出的滋味。这期间,他接到过陶苕媛的一条短信,说谢谢他。他还听到专题组同事私下议论,宋桥原本安排了报社大会,打算专门嘉奖专题组这次报道,后来看看情形变了,嘉奖的事也就搁下了。

一天,报社开会,韩淑菲敲打着别家报纸上关于"民心双助"进展的新闻,懒洋洋地说:"他吕孟庄这是在玩弄舆论。"转过来,韩淑菲交代萧郡,专题组不能撤,紧盯吕孟庄不撒手,看他后面还有什么好戏。

萧郡理解韩淑菲的不甘心,但又觉得她这样安排实在牵强,心下颇不以为然。

没想到韩淑菲说话有几分邪气,她前面话音才落,过几天,一场好戏居然真就开场了——又一条盯准吕孟庄的爆炸新闻,就像赶着应验韩淑菲的话一样上了街。

这回不是萧郡他们报纸曝出来,而是市里一家小报抢了先手。

萧郡拿到报纸从头到尾读下来,心里已明白八九分,这次新闻背后的操盘手,必定又是王长学。王长学在信托案上没讨到便宜,于是换个门路,叫媒体掀了吕孟庄的老底。

事情得从西山水库溃坝后的恢复重建时说起。当时,吕孟庄在政府财力吃紧的情况下,主动请缨投入灾后重建,并和政府达成了一系列协议。

正是按照这份协议,吕孟庄一方面要承担建设义务,负责青河大道、水库整治以及移民安置在内的几大基础工程的筹资、建设;另一方面,作为回报,移民搬迁完成之后,政府即刻从义田镇上无偿划拨给他一部分土地,交由他开发。

这似乎是一宗公平交易,即使到今天,这座城里稍微了解这一段旧事的人仍有评说,认为当初若不是吕孟庄出手,恐怕义田镇不会发展成今天的义田新区。

但报纸这次曝出来惊天内幕,说吕孟庄从政府手里要来的地和路,正好点了义田新区死穴,这使他控死了全区土地。

"点穴"本是开发商拿地的一门技术活,说的是拿地要看方位、地势,有时看准了拿巧了,几块地到手便能控制一个片区。所以这门技术玩的是四两拨千斤的境界,既考眼力,又考智商,并非一般人使得出来的。

现在通常是二流的中型开发商才舍得朝这上面下功夫,他既想吞下一个片区搞超级大盘,好让自己公司迅速提档升级,又苦于资金不济吃不下一整只螃蟹。怎么办呢?这时候全靠"点穴",只要卡着穴位拿走几宗关键地块,余下的地不好使用,在土地市场上就丢了卖相。卖相一丢,要么降价,要么流拍,迟早都是他口里的肉了。

这回之所以说吕孟庄"点穴",是媒体记者走访了义田新区地盘上多一半的项目,这些项目都是过去十多年中伴随义田新区建设逐步开发完成的,现如今,它们成了义田新区城市圈的主体。媒体这次就曝光出来,吕孟庄竟然入股参控了绝大多数项目,而且是空对空的干股。

这家报社是照上次萧郡的报道思路依样画葫芦,把项目老板挨个儿找一遍,连有些老板移居到了别的城市,甚至离开地产行业多年,这次也被找出来质证。

出来质证的老板口径惊人的一致,都说自己在义田新区拿地后,不是进材料出垃圾需得经过吕孟庄控制的市政路,就是拿到手的地不好使,非要挂吕孟庄的地块一角才能开发,总之,这样那样的原因逼得他们一个个非找吕孟庄合作不可,这一合作,吕孟庄就要入干股。

萧郡从这一节看出是王长学在背后操盘。因为如此短的时间内,要联络采访到各个老板,还要他们出来质证,单从技术上说,必定要有人事先从中撮掇。

这个人是王长学,这也必然是他打吕孟庄的第三步。

萧郡记起来,上次王长学还意味深长地和他说过一句半截话,说吕孟庄这个人啥都不喜欢,就喜欢土地。现在看来,王长学早就知道吕孟庄在土地上玩的各种把戏,只是处处留了后手,一步一步往外释放消息而已。

与上次放给萧郡的消息不同,这回放的消息算是硬货。吕孟庄给项目入干股的事,距今都有些年月,当时对财务、账目要求不严,自然入股分红的手续也不讲究。这种旧账放到现在去查,就跟光头上捉虱子一样,一看项目公司股东名册里有吕孟庄,分红拿钱的名册上也有吕孟庄,再去追他实缴股本,却连一片白纸凭证也拿不出来,只此一点,入干股的事就被锁死了。

这一期报道,编辑还别出心裁地配上一张卫星地图,是义田新区行政区划俯瞰图。图上凡是吕孟庄入过干股的项目,都拿红圈一一标了出来,这些红圈密密麻麻连成一片,竟然看得萧郡眼都花了。

也就在这一瞬间,仿佛电花火石般,萧郡眼前闪出一张脸,这张脸既似庄重周正的吕孟庄,又像那只妖邪恶毒的佛头。

五十六

韩淑菲脸色不好,通知萧郡去她办公室后,几番想发作都压回去了。后来她自己泄了气,有气无力地朝萧郡挥挥手,说:"去吧去吧,宋总在办公室等你呢,看你过不过得了他那一关吧。"

萧郡折身到了宋桥办公室。从他进门起,宋桥一直盯着他看,到他坐下后,才问:"萧郡啊,怎么搞的,给我弄出这么大的乱子来。"

萧郡低着头,不知道怎么回答宋桥的问题才好。他想起上次王长学在电话里和他闹,说他能把记者推上去,也能把记者拉下来。

萧郡倒是一向不把工作中的利益得失看得那么重要,可眼下真是讽刺,王长学只稍稍一动心思,就给他的工作捅出娄子来。

"你说,到底怎么回事啊? 王长学最早是你联系上的,信托的事都告诉你了,入干股的事为什么要讲给别人?"宋桥说话时,手敲着面前的软抄本,发出"咚咚"的响声,他想想又说,"这还不单是讲给别人的问题,这是故意要瞒着你,避开你。"

不说话总不是办法,萧郡抬起头来,把上次报道之后王长学给他打电话的情形,和宋桥一五一十讲了一遍。

"你为啥要挂他电话?"宋桥问。

"他,他……"萧郡话到嘴边出不了口。

"他很恶心,很阴险,很无耻;对不对?"宋桥个子矮,隔着巨大的办公桌和萧郡说话不方便,遂站起身来,"你和我年轻时就一个德行,人家是新闻当事人嘛,人家又不是来和你交朋友做兄弟的,你管他什么人品呢。"

宋桥气不打一处来,边说话边拿手抓他头顶上那几绺头发。说完他站了一会儿,然后就像先前什么事都没发生一样,哼哼笑两声,得意扬扬地自语开了:"王长学这个小人,一定是想逼吕孟庄服软,好坐下来答应他某种要求。所以,他第一次上'两会'放个空炮,看吕孟庄不理会他,才找咱们透了信托的事,结果信托的事也打了空拳,拿不住吕孟庄,他这回才找别的媒体揭人家老底。"

萧郡一直也是这样想法,只是他至今摸不清,王长学到底想从吕孟庄那里获得什么东西。

"哈哈,好,这样看来,我们上次的报道拿捏得非常好。萧郡你想想,如果我们的报道真打垮了吕孟庄,那就只剩他和王长学秘密谈判的份了。这不是正中王长学的圈套吗,哪里还能逼他把吕孟庄的老底掀出来。"

萧郡觉得这事挺滑稽,无可奈何地笑了笑。宋桥又说:"看看看,这么推下来,你那次挂他电话就是对的,不然啊,他也不会急着把这张牌打出来。"

萧郡说:"我倒是真不应该挂他电话,这对我来说也是个教训。其实现在看,也是吕孟庄太过自信,才把自己推到这一步,要是他一早就答应王长学的要求,估计就不会有'两会'举报的事,'两会'举报后赶紧认卯的话,也不会有信托囤地的新闻闹出来,结果他一直硬扛,一扛,扛出现在的局面。"

"好啊,这才好啊,我们应该乐见他们斗。萧郡,我告诉你一条真理,只有这些家伙内部斗得不亦乐乎,他们的黑幕、丑恶才有见光的可能,要是他们一团和气了,那可能就意味着更大的内幕交易、更大的丑恶又开始了。"

事实上，萧郡这天在宋桥办公室坐了大半天，两人说王长学、吕孟庄斗法的事，前后不过一刻钟，其余时间，萧郡把自己如何遇到佛头，如何遇到武传风，又如何听武传风女婿讲"水山计划"的事，一折一折都讲给了宋桥听。

　　萧郡昨天看吕孟庄"点穴拿地"的新闻，第一时间就联想到"水山计划"。此前他对"水山计划"将信将疑，虽做过一段时间调查，也想弄清到底是不是有人拿佛头启动了"水山计划"，从而制造出了西山水库溃坝，但调查来调查去，终归找不到一条有用线索，也就把事情搁置下了。

　　自看到吕孟庄这一则新闻，尤其那张标满红圈的卫星地图，萧郡脑海中关于"水山计划"的一切疑问，倏地一下又被激活了。当时盯着那满纸红圈，他只有一个念头，吕孟庄就是西山水库溃坝的最大受益人，如果确有"水山计划"，那一定是他执行了这个计划。

　　"前面我调查'水山计划'，之所以进行不下去，就因为心里有个疙瘩没解开。我总想着启动计划是为了杀人，比如，仇杀、情杀，或者是家族世仇，可是无论查档案资料，还是上孟庄找老义田人走访打听，根本找不到这方面的线索。其实，稍微一想就能想通，真为杀人寻仇，哪需动这么大干戈。所以现在我想，要实施'水山计划'，要制造西山水库溃坝，一定不是为杀人寻仇，那是为了什么呢？我觉得是为了财，为了水库下面义田镇的土地，为了土地的控制权。"

　　萧郡一气把自己的想法跟宋桥挑得明明白白。宋桥听完，半晌没有说话。过一会儿，他又从椅子上站起来，边比画手势边问萧郡："你是说，吕孟庄可能知道'水山计划'，手里又有那颗佛头，于是他启动了'水山计划'，制造了西山水库溃坝，然后在政府危急关头，以企业家面目出现，递交重建计划，提供重建资金，再作为交换，从政府手里挑走关键'穴位'的土地，并实际控制市政公路，最后彻底控死了义田镇的地盘？"

　　"是，我是这样想的。"萧郡不住点头，心里更加佩服面前这位老新闻人，你和他讲一个小时的事，他一句话就概括清楚了。

　　"天哪……"宋桥咬着牙，一只手捶在桌面上，"这是多大的一盘棋啊。"

　　"吕孟庄就是偏爱下这样的棋，你看一个信托生意，被他做成什么样，做了五万亩土地，咱市里的房价，等于操纵在他一个人手里，这棋还小吗？"

　　"这个人，这他妈脑子有病吧？"宋桥眉头拧在了一起。

　　"也许王长学把吕孟庄的棋路研究明白了，他跟我说过一句话，说吕孟庄就只喜欢土地。你看,吕孟庄从拿地到搞信托,不管他舞的花子有多大,归根结底,都抓的是土地。"

话从这儿切开来,宋桥也觉得王长学的话不无道理,他因此开了句玩笑,说真真是恶人有恶人的知音,恶人也有恶人的克星。

然后,宋桥突然问:"王长学会不会还有第四步第五步棋呢?"

"这的确很难说,所以我也担心,后面依旧抢不到他的棋。"萧郡面露惭色。

宋桥安慰萧郡:"事情到这个程度,你就不要这样想了,这不单是你一个人的事,也不单是我们一家媒体的事,这可以说是新闻界共同的事。他王长学再会玩花子,顶多就是选择性地找媒体,既然最终要找媒体,管他找哪一家呢,只要真相能到读者,到老百姓那儿就行了。"

萧郡听宋桥这样说,心里坦然多了,接下来,他才向宋桥提了他的想法,这也是他今天鼓足勇气把"水山计划"的秘密一股脑儿讲出来的原因。

"宋总,我们能不能把'水山计划'这件事即刻报道出来?"

"你刚才说的时候,我也这样想,但是现在公布出来,会不会有风险呢? 毕竟'水山计划'这件事只是武传风女婿单方面给你讲的,他又没拿出任何证据。就算存在一个'水山计划',就算水库溃坝是有人启动'水山计划'导致的,那又怎么证明是吕孟庄下的手呢? 咱们不能根据利益链倒推,说溃坝是吕孟庄干的吧?"

"我们不做任何推断,也不做任何结论。"萧郡说,"昨晚我考虑了一个通宵,我在想,面对现在这种情形,我们只能越早公布掌握到的信息,才越能抓住主动。比如前面的信托案,又比如这次拿地的事情,这些信息都不完整,但只要一见光,蒙在吕孟庄身上的神秘就会少一层,他的面目就会更清晰。"

萧郡接着说:"'水山计划'就是一个极重要的信息,虽然这个信息还没有被证实,但并非捕风捉影,起码有挖出佛头的细节,有武传风两次去文研所看佛头的事情,还有他女婿亲口讲的话,我这里都保存有录音,我们完全可以把这些细节展现在新闻当中。"

萧郡之所以现在开始着急,他还有另一层考虑。他昨晚的确熬了一个通宵,把这次报道的内容翻来覆去研究,研究来研究去,他隐隐约约有一种预感,王长学走完这第三步棋,极有可能得手。这也就是说,吕孟庄很可能就此向王长学服软,两人甚至会化敌为友,重新谈判和好。

王长学第一次上"两会"举报,不过是亮剑,吕孟庄不理会他。第二次借媒体曝了信托案,但人家各项手续走得完备,法律上捏不死人家。加之又赶巧了信托行业整顿,吕孟庄在信托生意上的道德危机,都被行业"改革"的声音化解掉了,也用不着他跟王长学低头认卯。

但这一次不同,吕孟庄的干股本来已经入得和黑社会收保护费没什么差别,现在老板们又联合起来做证,这种情况纵是搬上法庭去,吕孟庄怕也赖不掉官司,到时赔钱事小,没准会论罪入刑蒙牢狱之灾。

吕孟庄前面虽挺过两局,但这第三局摆出来,瞧不出他有求和以外的路可以走。就算他吕孟庄为人硬气,成败攸关当前,他还会苦撑下去吗?

萧郡唯独料不定吕孟庄会做哪种选择,但他最清醒不过的是,只要吕孟庄坐下来与王长学谈判,那必定就像宋桥说的:"他们一团和气了,更大的内幕交易、更大的丑恶,也就开始了。"

萧郡要阻止吕孟庄坐上王长学的谈判桌,他必须影响这盘棋局。在他看来,只有立即公开"水山计划",不管这件事情最终能否被证实,对于王长学和吕孟庄来说,他们就会摸不清对方虚实,相互沟通的可能性也就微乎其微了。

萧郡还有想法,"水山计划"一旦公开后,不出意外的话,至少公安部门会依照这条线索重新介入溃坝调查。到时调查一经启动,吕孟庄、王长学都会牵涉入案,作为两个被调查的对象,其坐下谈判的可能性,又减少了一成。

五十七

萧郡最终说服了宋桥,这使得"水山计划"和西山水库溃坝两件事,得以完全按照萧郡的构思见诸报端。

当然,为了编发这次报道,萧郡的确也使了不少劲儿,费了不少心思,后来做出的清样让报社上下都没话说了,宋桥才硬性拍板通过。

前面说,萧郡之所以赶着眼下的情势要披露"水山计划"和水库溃坝,是他迫不及待地想让外界知道,吕孟庄是西山水库溃坝的最大受益者,而西山水库溃坝又极可能是一场阴谋操纵的人祸。但是,这层意思在报道中不好往明里讲。毕竟从证据上看,还没有一条过硬的证据能证明,水库溃坝、"水山计划"就是吕孟庄本人操纵的。既然一切还只是假设和推论,眼下要是硬生生把吕孟庄扯进报道中来,说他和水库溃坝有关系,话讲得过于满了,难免不被人揪住小辫子。

可问题又在于,如果这次报道不把吕孟庄牵扯进来,报道就显得莫名其妙,甚至意义全无——谁知道一张报纸,为啥突然选在这个时候去翻水库溃坝的事,更何况没翻出个确切结论来。

几经思考,萧郡琢磨出一个编辑法子来。这次报道能够涉及的事实部分,只能限于两个方面,一是他和魏小天针对佛头展开的前期调查,二是李松平口述的佛头、"水山计划",以及它们和武传风之间的各种关系。

报道内容仅仅披露到这个层面,然后给这次报道冠上一个名头,就说是"'两会'举报事件"系列追踪之三。这个名头一冠,意思就出来了,而且将目标不偏不倚对准了吕孟庄:第一次对于"'两会'举报事件"的追踪,追出他的信托业务内幕;第二次追踪,则追出他"点穴拿地"的黑幕;这第三次,终于追出"水山计划"和西山水库溃坝来了。

萧郡特意做这一番编辑处理,是有意给自己留有余地。他琢磨着,一来,报道披露的事实,每一件都有据可查,并非是他故意捏造;二来,这次报道只涉及追踪到的事实,并没下结论说吕孟庄和这些事有关系;再者,既是系列追踪,也就意味着逐步逼近真相,其中某一篇报道,充其量是逼近真相的过程之一,并不代表全部真相。

其实萧郡思虑这么多,也是心里不踏实。自"两会"到现在,他在吕孟庄的事情上一直有些恍惚,一方面,他总觉得,哪怕单单是替陶苕媛考虑,也该在心里愿吕孟庄平安无事,可是像上次,眼睁睁看着吕孟庄从危机中跳了出来,他心头一下子竟然全是失落。

这次他又找宋桥争取了"水山计划"的报道,其实他完全可以不递这个主意,只是,一想到吕孟庄会和王长学谈判,他怕吕孟庄再一次化险为夷,就忍不住了。

可萧郡在人情方面优柔颇多,等到上手做了这件事,良心又不安宁,总觉得自己是因陶苕媛生了嫉妒,才朝吕孟庄背后放黑枪。

或许也就因为这一层不安，他表面上尽量装得稀松平常，心底里却时不时生出莫名其妙的担忧和害怕。

他不相信，吕孟庄会一直无动于衷，会一直在他面前做那个道德君子，他有心无心地想激怒吕孟庄，想看看这个男人被激怒的样子，但直觉又反过来不停地警告他，吕孟庄一旦被激怒，也是会打黑枪的人，而且，他不下手便罢，下起手来定不会轻。

萧郡感觉自己是在恍恍惚惚拿捏不定的状况下编的这一组报道，但编出清样后，报社上下一看冠的名头，都说他高。

高在哪里呢，一来巧妙地规避了法律风险，二来帮他们报纸把新闻阵地抢回来了。他们确实在"点穴拿地"这一回合输了先手，但就"'两会'举报事件"整个追踪而言，终归是由他们报纸开的头，现在又补一手，局面就成了二比一。

就这样，赶着"点穴拿地"的一把火烧得正旺的时候，萧郡的《"'两会'举报事件"系列追踪之三》，就堂而皇之地上市了。

报纸上市后，似乎一切都没有超出萧郡预料，从市井坊间到报纸网络，舆论的风潮开始沿着他事先设想好的路径蔓延扩散。

网上也有人指责萧郡的报道，说报道立场是典型的"阴谋论"。但很显然，绝大多数人都更为习惯这种"阴谋论"，他们更愿意相信，这座城市里，曾经的确有一个"水山计划"，吕孟庄启动了"水山计划"，制造了水库溃坝，然后他要挟政府介入灾后重建，并从此牢牢控制了义田新区的土地。

人们懒得管"水山计划"仅仅只是一个人的口述，他们开始沿着"阴谋论"的方向发挥着更大的想象力。

萧郡这次碍于各种考虑，不好在报道中直接提吕孟庄，但人们很快就扒了吕孟庄的祖宗三代，说既然张罗"水山计划"的是桃星垣袍哥堂口，当时堂口袍哥大爷不就是吕开泰吗，吕开泰是吕孟庄的爷爷呀，那"水山计划"的启动机关在吕孟庄手里，简直再合理不过了。

还有人想起来，吕孟庄大学毕业后一直没有回来，他不回来，水库好好的，怎么后来他回市里没多久，西山水库就溃坝了呢，这是巧合吗？不是，这是吕孟庄回乡做的大买卖呀。

也有人大约和魏小天路数一样，一直扒到桃星垣袍哥堂口的根脉上去，顺便就扒出那句"佛头现,西山断,青河三丈三"的谣儿来。

这一扒,问题就来了。不对呀,吕开泰当年就是借这谣儿赶跑了青河老百姓,他才从西山下来占了土地,作成他的义田,他的桃星垣也就从这儿开始发迹的,怎么换了一朝,共产党辛辛苦苦把土地给老百姓抢回来,吕家的孙子又借这谣儿成真,居然重新把老百姓赶去了孟庄,重新控制了义田的土地,重又坐回到首富位子上去了,这是个什么轮回?

网上有好事的媒体,就此别出心裁,给网友编出一道调查测试题目:

对于吕家几辈人的变迁,你的看法是:

A. 吕家祖坟风水好,富贵有根,将相有种。

B. 吕家人勤劳、智慧,富贵是对他们的正常回报。

C. 谣儿和"水山计划"都是吕家的阴谋,吕家靠阴谋获得了财富。

萧郡上网时专门留意这道题的测试情况,让他忍俊不禁的是,几乎没有人选择答案 B 和答案 C,网友一致选择了 A。

除了舆论的种种反响,萧郡又从侧面了解到,公安、检察院,甚至国安的人都已经动了起来,他们开始围绕水库溃坝、"水山计划",以及院士武传风的死,进行各种规格、不同层级的调查核查。

过了两天,李松平魂不守舍地打来一个电话:"萧记者呀,咋还把'水山计划'给报道出来了呢,咱们手头不是还没找到证据吗? 再说,你要报之前,该跟我商量一下啊。"

萧郡问:"怎么了,有人找你说什么了?"

李松平叹着气,吞吞吐吐说不出个所以然来:"公安局又把岳父自杀的事给翻出来,这回好像还不是咱们市里的公安呢。唉,真是搅得死去的老人不得清静啊,早知道这样,不该和你说这些。"

萧郡不想和他深说,简单问了一下公安找他调查的情况,看他也说不出个所以然来,就打算挂电话。

"那,萧记者,这事你下一步还准备怎么做呢?"李松平赶紧问。

"哦? 下一步?"萧郡在想怎么应付李松平,"你有什么好的想法没有?"

"哎呀,我哪有啊。"

"好吧,那先这样,如果你有好的想法或者新的进展,随时联系我。"萧郡挂了电话。

又过几天，检察院陆成也打来电话，萧郡还以为他又是叫去签哪门子保密协议，没想到陆成在电话里笑笑地和他说闲话："萧记者，你这新闻影响力不小呀，你还说你们记者的权力不大，这还没什么证据呢，就敢报'水山计划'出来，我们检察院可是不敢，我们就没你这权力。"

萧郡听出他话里的意思，颇有些不屑地回他："当事人口述他岳父的事情，媒体把口述公开一下，这算什么权力，不过就是做一点儿服务工作。你们检察院的权力才大，只要马上说这事和某某案有关，又可以叫停媒体的服务工作了。"

"得，别上纲上线的，我是作为朋友给你打这个电话。一来，是祝贺你，这事影响太大了；二来，也是私下给你提个醒，报这么大的新闻出来，你怕是要注意点儿个人安全才好，别马马虎虎的。"

"我要是真的'被消失'了，对检察院不是坏事，以后你就不用找我签保密协议了，我直接给你来个终极沉默。"萧郡一直对陆成有成见，说话总少不了勾勾挂挂。

"哈哈，我跟你们记者扯不清，反正你要记得，还有我这个检察官朋友，有什么事随时联系我。"陆成在电话那头说。

丛郸随后也打过来电话，她在电话里大呼小叫的："叔叔，我代表我们律师界向你发来贺电，祝贺你的名字像野广告一样传遍了大街小巷，连守公厕的老太太都知道有个萧郡记者了，她准备把女儿嫁给你。"

"去去去，那老太太是你妈吧，我可不敢要你，你太闹了。"萧郡开着玩笑。

"哎，你这是和首富杠上了吗？看你一篇接一篇的，我可提醒你哎，要处理好女朋友的关系啊。"丛郸说这话别有深意，这是因为她听人说过萧郡和吕孟庄的情敌关系，她以前当萧郡面提过这一层关系。

"去去去，怎么你一杠子又插到这话上了，我杠他干吗呀，我又成不了首富。"萧郡大约被一片赞誉声冲得晕晕乎乎，没把丛郸的提醒听过耳。

丛郸见萧郡不在意她的提醒，也就不再扭住往下说，两人只在电话里扯一会儿闲淡，便就挂了电话。

《"'两会'举报事件"系列追踪之三》推出以后，萧郡设想到的所有情形，几乎都出现了。可他唯独没有料到，几天之后，他收到一份陶荟媛快递过来的请束。陶荟嫒和吕孟庄将于周日正式举行结婚仪式,特别邀请他作为陶荟嫒的亲友出席婚礼。

萧郡看到请柬的头一个反应是,难道外面闹出这么大动静来,吕孟庄都能坐得住?

他放下请柬,心上有一丝落寞,又不得不暗自佩服吕孟庄的心劲儿。

后来,他抓起电话打给丛郸,他决定叫丛郸陪她一起去参加婚礼。

五十八

萧郡第一次意识到自己老了,这多半是因为坐在副驾驶上的丛郸。

在去婚宴酒店的路上,萧郡心情很复杂,他希望有片刻的安静,好把心上的毛毛草草捋顺了。偏偏丛郸在旁边生龙活虎的,她把这趟婚宴当山里孩子头回进城似的,一路搜肠刮肚跟萧郡问些串不上串的问题。

"你带我出席婚礼,总得给我个名分吧?"丛郸问。

"名分? 朋友的婚礼,叫上你一道去凑个热闹,你要哪门子名分啊。"

"嘿,都是年轻人,人家一对一对的,咱俩算什么呀,万一人家要祝福我们,给我们敬酒啊什么的,我们怎么说?"

"你拉倒吧,"萧郡哭笑不得,"谁给你敬酒啊,谁认识你啊,你能操点儿别的心吗,沉默是金,好不好?"

"那,到底是你什么朋友结婚嘛?"

"天哪,咱不是说好了吗,你就陪我去一下,就当一起去酒店吃顿午饭,然后走人,什么朋友啊,什么婚礼啊,你都不管,这不好吗?"

"那你为什么不愿意跟别人介绍,说我是你女朋友呢?"丛郸转过头来,眨巴着她的大眼睛问。

"啊呀,小祖宗,别老想着介绍介绍的,这是人家的婚礼,人家才是主角,咱去了就一顿饭的事,没人要介绍咱们,甚至都没人注意咱们,你就当自己是空气,行吗?"

"那还不如不去呢,这样去有什么意义。"丛郸嘟着嘴,吐着气儿。

萧郡懒得理她了,只顾开自己的车,心里却忍不住想,要是自己的情商也和丛郸一样简单,恐怕就不会为一个陶莟媛心烦意乱了。

陶莟媛和吕孟庄站在宴会厅外面的红地毯迎客,吕孟庄最先看到萧郡,远远地就和萧郡招手示意,等萧郡快要走到他面前时,他主动走上前来握手,连声说欢迎欢迎。

丛郸跟吕孟庄握手的时候,一张新月似的脸闪动着惊奇和兴奋:"呀,你是吕总呀,原来是你结婚?"

萧郡怕丛郸又冒出啥怪话来,连忙跟吕孟庄和一同凑上来的陶莟媛介绍了丛郸。

吕孟庄满面春风,边听介绍,边就开玩笑说:"简直就是个小不点儿嘛,也是律师了,你们后生可畏呀。"

丛郸一打眼看见陶莟媛,她的注意力一下被陶莟媛那张脸吸引过去,她上前拽着陶莟媛的手,又大呼小叫起来:"天哪,姐——姐,你好——漂亮啊。"

陶莟媛应付着和丛郸说了两句,丛郸只顾上上下下打量她,不曾留意到她憋在眼里的一圈泪水都快滚下来了。

萧郡模棱两可地跟吕孟庄表了一声歉意,说对不住啊。吕孟庄明白他的意思,刻意又握了一下他的手,没说任何话,然后就带他和丛郸去了宴会厅舞台下的亲友席。

丛郸坐下后,眼睛一刻不停地瞅着宴会厅里起起落落的人,因为大都是市里面有头有脸的人物,她也能认得一些,当她看见刘子良和秦剑雄同坐一张桌子的时候,她就连忙拽萧郡,喊叫萧郡看。

萧郡顺着丛郸手指的方向瞄了一眼,知她又想说刘子良、秦剑雄和吕孟庄是发小的事,就说她是大惊小怪,懒得理会她。

丛郸却趴下来,笑得要死要活地跟萧郡说悄悄话:"那个刘子良,在咱们市里官场上有个外号,你知道叫什么?"

"叫啥?"萧郡见丛郸笑得全身发抖,也有些好奇。

"说他是'官场上的常青树',哈哈。"

"这有什么可笑的?"

"这外号一是说,他在官场上平步青云,十多年间从乡干部爬到市委常委,官运很好,另一层意思嘛,是说他那个长相多少年没有变过。我原先还不相信呢,你这会儿看吧,他那样儿真像个太监。"

丛郸边埋着头笑,边就往萧郡胳膊上靠。萧郡没觉着好笑,一把把她推起来,然后百无聊赖地歪在椅子上喝起了茶,心里只盼着仪式早点儿开场。

仪式时间一到,宴会厅先关了灯,之后一束光射向舞台,光圈当中便有一位满面笑容又老成持重的男司仪,开始一板一眼地说开场祝词。

大约是考虑到吕孟庄的年龄,又或是顾忌陶荟嫒双亲都不在,仪式省却了许多花哨过场,司仪只说完一通祝词,就邀请吕孟庄和陶荟嫒上台。

上台之后,司仪先让陶荟嫒给大家讲一讲两个人的恋爱故事。陶荟嫒接过话筒,聚光灯下,她那无与伦比的容貌和身材,让全场骤然安静下来。

陶荟嫒开始从少女时候说起,她仍还记得第一次见到吕孟庄的情景,仍还记得吕孟庄对前妻的种种好。以后,前妻走了,她重新来到吕孟庄的身边。她回忆了他们在一起的点点滴滴,她毫无保留地讲述,她是怎样一点一点爱上这个年龄整整大出她一倍多的老男人。

陶荟嫒说的每一个细节,都真真切切,她的讲述就像一首忘怀多年的青春老歌,开始唤起台下所有人内心深处的爱意。

于是许多女人都陪着陶荟嫒一起掉眼泪,丛郸也在萧郡旁边悄悄地啜泣。

萧郡望着陶荟嫒,他原先错乱迷茫的思绪在这一刻变得异常清晰,他相信,在这个女孩的心底,她从来就只深深地眷恋着吕孟庄一个人。

他听着陶荟嫒在吕孟庄身边的那些温馨,他既替她高兴,又失落不已,他才知道,他从来都不曾打开过她的心扉,从来都没有真正温暖过她的身体。

萧郡突然间有些释然,也有些失意。

就在这时候,他意识到,有一束光开始对准自己。是陶荟嫒说到了他,所以聚光灯打在他身上,摄像机也聚焦过来,他的视频已经同步投影到舞台背后的LED屏幕上。

"我要隆重介绍亲友席上的一位好朋友,他叫萧郡,是我的同行,是一名优秀的政法记者,也是我心里最为尊敬的大哥哥。"陶荟嫒向全场介绍。

萧郡感到一阵不自在。他看见了LED屏幕上的自己,只好竭力保持从容和镇定，不让面情上出现一丝一毫的差池。

陶苦媛继续说："我要真心感谢萧郡，我曾经怀疑过我对吕孟庄的感情，我甚至不相信，我会和一个大我如此多的老男人结婚，所以，我一度接受了萧郡的追求，并鼓起勇气去尝试和一个同龄人在一起。"

台下一阵轻微的嘈杂后，复归于平静，陶苦媛在台上朝萧郡欠了欠身，又说道："我今天要郑重地向你道歉，经过许许多多的事情后，我已经确定，我的心没有办法交给吕孟庄以外的任何一个男人。对不起，我视你为我的亲人，我的哥哥，我希望你会因我获得幸福而祝福我们。"

萧郡控制着自己的情绪，做出一脸的平和朝陶苦媛点了点头。稍后，一直轮到吕孟庄致辞，聚光灯才从萧郡脸上收走。

吕孟庄先走到陶苦媛跟前，俯下身轻轻拥抱她。陶苦媛顺势就伏在吕孟庄肩上，她该是在抽泣，看得出她露在婚纱外面的肩背微微发颤。

吕孟庄就那样让她伏在肩上，手在后面轻轻拍打她的背，久久地不曾停歇。

台上陷入了沉默，台下开始响起掌声，掌声渐渐连成一片，人们纷纷离座，站起来向这一对忘年的情真意切的夫妻致以理解和鼓励。

待大家落座以后，吕孟庄才和陶苦媛分开。转过脸来的吕孟庄，眼眶红了，他一手拉着陶苦媛，一手慢慢举起话筒，他那充满磁性的声音再度传开来。

"客气的话、感谢的话，统统都不说了。最近这一段时间，大家都晓得，我吕孟庄可说是丑闻缠身，过得不怎么顺利。不少好朋友打来电话、发来短信，问候我、关心我，我都没回大家。一方面，我忙着筹办婚礼，顾不上；另一方面，总觉得这些事情莫名其妙。今天，朋友们都来参加我的婚礼，我等于借这个机会向大家汇报了我的状况——朋友们，我还在，我很好，我结婚了，我将和我的爱人相守到老，我将用我的生命来呵护我的姑娘。"

台下一片掌声和尖叫，台上的吕孟庄伟岸、笔挺，目光中透着坚毅和真诚。他放开了陶苦媛的手，示意陶苦媛先下去，那意思是他还要在台上多说一会儿话。

吕孟庄把陶苦媛送到台口，交给服务人员后，转身回到舞台中央，重开了话题："今天，难得朋友们聚在一起，我也特别邀请了国内新闻媒体的朋友到场，我是很想借这个机会，和在座的领导、朋友，汇报我的一些想法。同时，丑闻闹得这么大，我总要给关心我的朋友，对嫁给我的姑娘有一个交代吧。我也想了，这可能比任何其他婚礼仪式都更有意义。

"首先，我要告诉朋友们，从信托案说我抢公司，到说我灾后重建'点穴拿地'、强行入干股，以及最近又冒出来一个什么'水山计划'，说我制造了那么大一场溃坝灾难。所有这些报道，我看都有一个特点，分析、推理居多，基本没有证据。尤其没有证据证明，我吕孟庄哪里犯法了。就说灾后重建入干股的事，那个年代，我们是兴入干股的，我给你提供了便利、提供了服务、解决了问题，你当然要向我支付对价。可当时全是一帮白手起家的穷公司，哪有现钱给我啊，没有现钱就只能给我干股，干股就是这么来的。在座的稍微有点岁数的朋友都知道，那个年代入干股哪来的协议，哪来的财务，都是口头一说，等项目卖掉有钱了，随便给个账号打过来就是。现在媒体把这些旧账盘出来，把这些老板请出来，说我强行入股，说我强行控制他们的公司，我倒是发现，举报我的这些老板，哪一个现在不是百万富翁、千万富翁，甚至资产上亿？我就纳闷了，我吕孟庄是怎么控制这些人的，居然把他们一个个控制成社会上先富起来的一批人。"

吕孟庄话带挖苦，大道理却被他捋得一清二楚，台下又是一阵哄笑。

萧郡望着一脸苦笑的吕孟庄，渐渐意识到，他为什么要在这个时候举办婚礼，为什么邀请他坐上了亲友席，为什么陶苕媛一开场就把他拎出来，亮了相、交了底——吕孟庄在以他特有的方式展开反攻。

吕孟庄继续自己的演说："网上还有一种议论，很有意思，他们不仅说我，还把我祖宗三代都挖出来，说我们编谣言、造灾难，把义田的老百姓赶上孟庄，把义田的土地搞成了吕家的土地。我看了一下，网上追随这种说法的人不在少数，我就很震惊，你说我祖上占了土地，那没有问题，因为那是国民党统治，祖上占了土地作了孽，解放时就被枪毙了，他们是罪有应得。可是，中华人民共和国什么时候搞开土地私有化了？没有吧？我记得自打中华人民共和国成立以后，土地就归人民，归国家，至今，义田新区的每一寸土地到底归谁所有，在国土、房管部门可以查得清清楚楚，它肯定属于国家所有，不可能归个人。那么，有人说，我吕孟庄霸占了义田新区的土地，说义田新区的土地姓吕，我倒是想反问一句，这些人眼里还有没有共产党，他们的思想到底活在哪个朝代？"

台下有几个人站起来鼓掌，吕孟庄挥手制止了，他接着说："我是搞过房地产开发,义田新区的许多高楼都是我吕孟庄修的,我也入干股参实股支持了其他公司修楼盖房,但我想说什么呢,我开发、盖楼,这都是在给老百姓干活,不是给我自己干。大家现在想一想,我在义田新区修了那么多楼,是谁住在里面,谁是房子的主人?不是我吕孟庄吧,那是千千万万个老百姓啊!"

"这段时间啊,我感触很深,今天趁朋友们都在场,我是不吐不快了。"吕孟庄渐渐放慢了语速,开始变得意味深长,"通过这次遭遇,我也发现,社会上确确实实有那么一些人,对我们的误解相当深。误解在哪里呢,我看还是对待财富的态度问题。有些人一看见财富,就觉得它背后有脏东西,一看见富人,就觉得他不是好东西。我感觉这个心态极不正常,这跟农村老太太一看见妇女化浓妆就怀疑人家是做皮肉生意的,是一回事嘛。可农村老太太善良、守本分啊,她顶多指指戳戳,在背后说说坏话,也就过去了,她不伤人,但现在有些人是要蹬鼻子上脸,是要反攻倒算的。你有问题,他要整你,你没有问题,他编个神话出来也要清算你。他不仅要挖你的祖坟,他还要抢你的房子车子,抢你的老婆孩子。"

台下变得鸦雀无声,台上吕孟庄定定地站着,眼看着他那张脸由愤怒、凝重再度变化为笑容:"各位朋友,今天说多了吧,哈哈,不用怕,今天我把这些话一吐为快,我就是想告诉大家,有些余孽不可怕,暗算清算不可怕,在这个时代,这些阴谋诡计小把戏,它绝不可能掩盖创造财富的光荣。"

台下第二次起立鼓掌,萧郡也站起来,只有一旁的丛郫像个无事人似的坐在椅子上巍巍不动,也不鼓掌。

这天,当吕孟庄和陶苔媛敬酒到萧郡这一桌时,丛郫拽着吕孟庄的胳膊就嚷叫起来:"吕总,吕总,你的演讲水平实在太高了,是我见过最有杀气的演讲,那你是提前准备过的呀,还是即兴发挥的呀?"

吕孟庄看丛郫拽着胳膊不放,就笑笑地应付着:"这个……这个……"

丛郫一手拽着,腾出一只手来朝满桌人划拉一圈,眯着眼睛笑笑地说:"看咯,吕总不说哦,他一准想说他是即兴演讲,这样可以多骗一点儿陶姐姐对他的崇拜,对不对呀?"

一桌人只当小女孩家开玩笑,就跟着起哄:"对,对。"

萧郡顺便在旁边接了一句:"看来新郎不诚实,咱罚他一杯吧。"

"罚,罚!"桌上的人跟着凑起了热闹。

五十九

《记者和首富抢女朋友》的帖子,大约在婚宴结束后半个时辰内,就通过微博传得遍地开花。

事件三个主角,两男一女,一个中年首富,一个年轻记者,一个美女主持,这台戏加上记者借新闻攻击情敌的桥段,一时抢过了所有人的眼球,舆论风波更比之前几次三番揭吕孟庄的老底,闹得更张狂些。

人们开始谴责记者,谴责萧郡,说他利用手中的新闻报道权力,报私仇、泄私愤。网络的风刀霜剑、砖头石块,也就这样一齐掉头,对准了萧郡。

"爱上美女,并不是你的错,和首富抢美女,也不是你的错,但一个记者拿新闻报道搞掂情敌,这比首富砸银子撬走你女朋友更加卑鄙,因为首富顶多欺骗了一个傻 B,而你却欺骗了千千万万个读者。"

这是一条转发最多的微博评论,许多网友转发它时,还会缀上一句两句俏皮话,"请记者不要给屌丝抹黑","把记者清除出屌丝队伍"。

当天下午,吕孟庄婚礼仪式上的演讲视频在网上传开来,陶苕媛哭着向萧郡说对不起的画面,也被剪辑上去作陪衬。

总而言之,不管是吕孟庄的演讲煽动了人们的认同,还是陶苕媛的哭泣让人怜香惜玉,"无良记者"的帽子都已经不偏不倚地扣在了萧郡头上。

王长学居然也赶着热闹打电话奚落萧郡,他像痛打落水狗似的,半点儿口德也不积,张口就骂娘:"我×你妈呀,你比老子还高明,你跟人抢女朋友,把老子当枪使,你坏了老子多少事啊。"

萧郡不挂电话,憋着劲儿听王长学骂。

王长学骂了一会儿,看萧郡没反应,就在电话里吼叫:"你他妈的咋不吭气啊?"

"你继续骂吧。"萧郡平静地说。

"你他妈有病吧。"王长学气冲冲地挂了电话。

整个下午，萧郡没回报社去。之前和丛郸分手时，她一句话也没有说，到了晚饭时间，丛郸打电话问他要不要一起出来吃饭。萧郡心烦意乱，说不了不了，丛郸就递给他一条过时的消息，说检察院、公安局都上手调查"水山计划"了，迟早会出来结果的，现在不着急，着急也不顶用啊。

萧郡说，知道了，知道了，就挂了电话。

萧郡前两天就知道公、检两家上手调查"水山计划"的事，但是眼下，他已经陷入无可救药的被动当中。他既无法进一步往下推动报道，又无法对吕孟庄造出来的风波做任何回击，他唯有等待公、检部门的调查，但这种等待比等死还难熬。

到了晚上，开始不断有外报记者打电话采访萧郡。他做了这么多年记者，还是第一次被人采访，他本不想拒绝，因为他知道拒绝对自己更不利，但他发现记者的问题根本无法回答。

记者往往会质问他，你说的"水山计划"是真的吗？他只好说，那不是我说的，是李松平的原话。记者的问题马上就逼过来，那也就是说，你自己并不知道"水山计划"是真是假，对吗？

萧郡不堪其扰，关了手机，待他把自己重重地摔在公寓客厅的长沙发上，他倒是一下子理解了吕孟庄前些天的处境——那真真是有口莫辩，好比一把黄泥撒到了裤裆里。

想到这里，萧郡不免生出种种后悔来，他最后悔不该马马虎虎推出后面一次追踪报道，现在看起来，怪只怪自己投机取巧耍了小聪明，这才栽在吕孟庄手里。

萧郡开始怀疑，真有"水山计划"吗，武传风女儿真的给李松平讲过这样一件事吗，会不会是李松平杜撰的故事？

他的脑海里甚至一遍一遍闪现吕孟庄演讲的那些话，他开始怀疑自己的动机，难道自己做这一系列针对吕孟庄的报道，真的只是因为心里嫉妒，真的只是因为放不下陶苕媛，真的只是想搞臭吕孟庄？

倏地一下，陶苕媛哭泣的样子又跳进脑海，他恍然就觉得，莫非自己才是那妖邪的佛头，要不怎会中了魔障似的非要做一个恶人，只一个劲儿地往陶苕媛和吕孟庄之间钻，直把人家好好一段姻缘搅得乌烟瘴气。

萧郡一夜没睡好，第二天一早，他还在床上，总编宋桥打来电话，叫他立即去报社。

等他紧赶慢赶到了报社大楼门前的街道上，远远就看见大楼梯坎上拥着一帮拄棍架拐的老头老太太。

想都不用想，萧郡就知是孟庄下来的人，专程堵他来了。他又估计，宋桥之所以一大早叫他来，多半就是冲着这件事，所以他不能退回去，只好硬着头皮把车开进了停车场。

车停好后，萧郡先没下车，他在车里望了一眼梯坎上面，见老头老太太是有备而来，他们人人手里提一管塑料小喇叭，中间两人一组拉着白布黑字的横幅，刷写着"严惩无良记者""新闻造假可耻""清除记者公害"一类刺眼的标语。

缩在停车场玻璃门亭内取暖的保安老王，悄悄拿起手机打了个电话，随后，原本守在大厅的几个门卫小伙子急匆匆跑出来。他们左右一张望，找见萧郡的车，立即跑到车跟前，要护送他进大楼去。

萧郡下车之后，老头老太太们已经发现他了，一时间都来了劲头，有的吹喇叭，有的喊口号，几面横幅也被高高举起来，好似一道彩门一样。萧郡要进大楼，非得从这"彩门"下经过不可。

萧郡知道，这将是他职业生涯中最为耻辱的一天，但他没有选择，也无法逃避，他抬脚上了梯坎，在一片吼叫谩骂声中，低着头穿过了"彩门"，进入了大厅。

萧郡乘电梯直奔宋桥的办公室，办公室门已经大敞开，宋桥立起身，撒开两手撑在桌子上，专门等待萧郡进来。萧郡低着头走进办公室，见宋桥站着，他也不好坐下，就在办公桌前立住身子，一时也想不出说什么话。

宋桥一双眼睛死死地盯住萧郡的脸，盯了一阵，看见萧郡动了动嘴唇，像是要开口说话的样子，就伸手挥了挥："你今天啥都不要说，也没什么好说的，你先给我坐下。"

萧郡只好去旁边的沙发上坐下，宋桥喘了一口气，这才坐回到椅子中去。

"萧郡，我今天不作为总编跟你谈话，我们就是两个男人，我现在问你几个问题。"宋桥说。

萧郡一听这话，觉得口气不对劲儿，抬头望了一眼宋桥，宋桥就说："你跟那个姓陶的女孩，正经八百谈过恋爱，是不是？"

萧郡想了想，点了点头。

"你们什么时候开始，什么时候结束，在一起了吗？"宋桥问。

"前年开始的吧，前几个月刚刚分手。"萧郡发觉宋桥的问题问得怪，但又不好拒绝，只好照实说。

"为什么分手？"宋桥自问自答，"你不用告诉我，我估计你是之前不知道那个女孩子和吕孟庄的关系，后来知道了，然后才分的手，对不对？"

萧郡看宋桥说到这份上了，就勉强点了点头。

"那好，萧郡，我宋桥就只有一件事情搞不明白。"宋桥从沙发中站起来，"你一个体体面面的大男孩，谈了女朋友，跟人家也在一起了，但为什么我们全报社，包括跟你很近的同事，都没一个人知道你交女朋友这件事呢？你这个恋爱是怎么谈的，你谈的到底是什么恋爱？"

这个问题把萧郡噎住了。"你问这个……"他欲言又止。

"我问这个，是我知道你谈了一场龌龊的恋爱，交了一个龌龊的女朋友，而吕孟庄现在把这个龌龊的女孩子娶进门，这个女孩子当众就把你变成第三者，然后吕孟庄再顺理成章把你的记者身份与你的第三者身份嫁接起来，打了你个哑巴吃黄连，有苦说不出。"

萧郡没接话，一双手又叉在一起，拇指胡乱地掐来掐去。宋桥的话不是完全没有道理，他和吕孟庄掰这一回手劲，也许谁输谁赢都与新闻牵扯不大，吕孟庄的反击之所以占了上风，赢只赢在一场婚礼，赢在他将陶荟媛明媒正娶。

"萧郡，我就问你，你现在还想不想把这件事扳回来，你要想，就别管什么套路，你得顺着吕孟庄的路子往下打牌，赶紧在你们三个人的关系当中去找法子。你又不傻，而且我有直觉，我觉得你一定能找到办法。"

萧郡这才明白，为啥今天宋桥一开始就叮咛是男人之间的谈话，他是瞧准了这里面的门路，来教他以牙还牙以眼还眼，不过又碍于这事上不得台面，所以才以私人口吻交谈。

萧郡感激宋桥帮他，如果他真要往这方面动心思，其实也不难。他昨天晚上就想起来，陶荟媛说过吕孟庄的那些私密事，她说吕孟庄一直不和她结婚，明知她外面有男人也不介意，又比如每个月初一、十四、二十七，吕孟庄还要和别的女人秘密会面。

果真把这些秘密挑开了，但凡是个人，保准瞧得出来，陶荙媛是扒心扒肝地想和吕孟庄结婚，吕孟庄一直不跟陶荙媛结婚，可为何两人偏偏选在这个敏感时刻高调结婚，为何陶荙媛在婚礼上要把萧郡扯出来，明摆着这婚礼不是什么忘年真爱，就是一场赤裸裸的交易——陶荙媛获得婚姻，吕孟庄借婚姻打击了记者，摆平他的重重危机。

就像宋桥说的，萧郡不傻，他能想转这些道理，他要真舍得下手，依他的新闻履历，这些材料放在手里，他能造出更大的舆论。

但是，萧郡昨晚一夜没睡，早把这些法子、道理想透彻了，他心已定，宁愿把这口黄连咽进肚子里，也绝不再拉陶荙媛出来受罪。

"宋总，这事情确实我有不对的地方，所有的责任我愿意承担。"萧郡回复宋桥。

"你——"宋桥指着萧郡，气不打一处来，"你就是死要面子，你就是被这个女人给害了。一个女人，脚踩两只船，跟你在一起两年，说翻脸就翻脸，还把你当猴耍，你当她是什么好货色嘛。"

"够了，宋总，"萧郡不愿宋桥这样说话，就打断他，"对吕孟庄的报道，我有很多做得不对的地方，给报社带来的负面影响，我愿意承担责任。我也明白你的一片苦心，但我不愿意拿私人感情来给自己翻案。"

"萧郡啊，你可不要犯傻啊，你在这儿发扬大丈夫风格，吕孟庄和那女的可是专门利用你这弱点，才把你搞臭的。你跟君子打交道，拿这个气概出来好使，跟小人交手，可别输在'意气'这两个字上。"宋桥颇知萧郡的脾性、为人，料想他在这上面要吃大亏，今天才专门叫他来点拨他，没想到，他半点儿也不开化。

"宋总，你是跟我交心，才这样帮我。但我做不到，我也不会这样去做。"萧郡埋着头说，"我还是那句话，我愿意承担责任。"

宋桥知道面前这个年轻人已经拽不回来，他沉默了好一阵，才拍一掌桌子，说："好，你要承担责任，那就两条路：一是你主动辞职；二是我给你放长假，等风声过了，或者情况变化了，你再回来上班。这件事也不怪你，你还是太年轻，而报社的难处你要理解，你自己不直起腰杆来，报社没有办法应付门口那一帮老头老太太,谁都惹不起他们,他们的要求也就是要开除你,不然他们天天来,你叫我们咋办。"

萧郡咬了咬牙说:"我完全理解。"

宋桥就说:"不管你选哪条路,今天谈完话,你就开始休假,如果想好了,随时答复我,但我们对孟庄的老头老太太,会说是今天就把你开除了。"

萧郡说:"我明白,谢谢宋总教诲。"

咽噜照壁

六十

农历十二月,厚厚的积雪一直从西山顶铺到了小青河两岸河床上,河面没日没夜地漂流着白色冰碴,严冬完全笼罩了这座城市。

夜已经很深,青年公寓里只有萧郡房间依旧亮着灯。那灯光射不透蒙了一层雾气的窗玻璃,只露出昏黄光影,依窗结成个朦朦胧胧的半圆形。

屋内开着空调,一股温暖的气流从空调口持续不断吹出来,伴着细微的均匀的呼呼的声音,听上去仿佛整个房间都快睡着了。

萧郡躺在床上,却一直合不拢眼。今天晚上,他已是第三回睡下了,每回都失眠。这样失眠也不是今晚才开始,最近好些天,几乎每晚都要来来回回折腾一番,总是要熬到天快亮了,才能勉强眯上眼。

萧郡从报社辞职了,辞职以后,脑子里却被之前那些乱七八糟的事情挤满了。这些事,又件件理不出头绪,尤其到现在,回过头一看,好像每一件都是一场闹剧,而自己在当中活脱脱扮了个跳梁小丑的角色。

萧郡心头就像被人掏了一把,空落落的,那种无可奈何的挫败、不堪,甚至是不甘心,让身边眼前许多生趣的事也跟着蒙上一层灰霾,一下子连吃饭、睡觉都变得没有意义。

萧郡一抬手摁了墙上的开关,屋内立即陷入一片黑暗。他一眼没眨,眼前黑暗就凝成了一个光点,再渐渐消失殆尽。之后,他瞥了一眼窗前书桌上的电子钟,电子钟的荧光时针正吃力地靠近凌晨五点。

萧郡翻了个身,正要闭上眼睛,屋内突然"砰"一声响,这响声竟扯得他心头一颤。他赶紧打开灯,坐起来满屋搜寻声音来源,可扫视了一圈后,没什么异样,既没有东西掉落地上,墙上几件简单挂件也没有脱落的迹象。

萧郡跷脚下了床,忐忑不安地走到书桌前,把窗户仔仔细细地检查了一遍,窗户也完好无损。他疑惑不过,开始在房间里漫无目的地踱着步子,一边东看一眼西看一眼,一边琢磨刚才的响声。那响声确不像硬物件砸落地上那样清脆,倒像是什么东西被扯断了似的。

萧郡遂从抽屉里取出手电筒,蹲下来朝书桌下射。书桌下有一个旅行包、一个收纳文件资料的塑料筐,拉出来检查一遍,也都不见状况。

萧郡蹲在地上没起来,心里越渐纳闷起来。

就在这时候,"砰砰"两声又响起来。这回声音分明是从床底下传出来的,萧郡赶紧撩开床围拿手电射过去,一看,才知是塞在床下的那只大纸箱破开了。纸箱裂开一条大口子,连箍住纸箱的一条塑料打包带、胶带也一破两开,箱子里装的电脑主机和一块液晶屏撑了出来。

萧郡估计,第一声响该是电脑撑断了打包带,之后的响声才是纸箱破裂开来。

萧郡蹲在地上定定地望着箱子,没有动步的意思。这只箱子放在床底下已经大半年工夫了,是魏小天的遗物。魏小天车祸死后,他父母赶过来治丧,其间萧郡带他们去魏小天房子收拾遗物时,出钱买下了这台电脑。口上说是买,其实是替他父母着想,考虑他们大老远往回带电脑不方便,带回农村又派不上用场,才拿这个办法帮他们换成现钱。

当初萧郡搬这箱电脑回来,觉得是件遗物,放哪里都有些扎眼,最后才勉强塞到床底下去。原还打算送人的,只是这半年多来,眼不见心里也不记挂,竟把这一茬忘得干干净净。

现在深更半夜,它突然撑破了纸箱,连箍在外面的打包带都能挣断,萧郡一时想,这怕是魏小天在提醒自己,该离开这个城市了。

萧郡主动跟宋桥辞了职,他不想因为私己的事情,给报社带来影响。但辞职之后,眼前现实变得格外残酷,他将很难在这个城市谋到新职位,他几乎只有离开这座城市,甚至离开他喜爱的新闻行业。

莫名其妙地怔了一会儿,萧郡才把手电放在地板上,俯下身去拖纸箱。

许是上下窄狭不好使劲儿,他一双手搭上纸箱拖第一把,竟然没有拖动。而箱子反过来使给他的劲儿,就像过电样传遍全身,让他眼前一下又闪出那尊佛头——他第一次在工地见到佛头时,也是这样伸一双手去搬,也是佛头纹丝不动,劲头就和现在一模一样。

萧郡趄了下身子,重又抓住纸箱往外拖。这回手上的劲儿都使上了,只一把就将纸箱拖了出来。

箱子摆在面前,萧郡打开箱盖看,一看里面空间绰绰有余,按说机器不该撑到箱子破开才对。他又拿起打包带看了看断口,断口上毛毛糙糙的新鲜痕迹,确实是刚刚才撑断的。

萧郡犹疑了一会儿,不知该朝哪上面去琢磨。这会儿也无睡意,他索性就把电脑搬出来,一一将线路接连好,摆在了书桌上,然后又给机器接上电源,摁了启动。电脑"嗡嗡"地启动开了,萧郡默然坐在椅子上,他不知道自己为何要打开魏小天的电脑,也不知打开电脑来看什么好。显示器依次闪过一屏一屏的检测程序后,终于停在桌面上,桌面是魏小天的一张照片,照片上他笑得灿烂。萧郡看看他,心下戚然。

萧郡漫不经心地打开了电脑里的文档,文档没有归整,显得乱七八糟,有从网上扒拉下来的电影、音乐,还有魏小天自己建的图片库。把几个盘里的文件都翻一遍,看看没什么要保留的,萧郡进了系统程序,准备将机器格式化一遍,彻底清除魏小天的痕迹。

就要摁下鼠标的一刹那,身后突然又是一声响。萧郡一惊,回过头来看,才知是刚才的纸箱倒过去了。虚惊一回,他定了定神,回身来对着电脑,右手重又放到鼠标上去。

再要摁下鼠标时,萧郡的手僵住了,一刹那间,他只觉背脊发麻,脑门一阵冰凉。他这会儿才意识到,那纸箱差不多是正方体的形制,并不高,即使侧面破开一角,依情形也绝无倒地的可能,所以这哪是箱子倒了,是它在身后平白无故地翻了个身。

萧郡丢了鼠标,猛地转身过来,神经质样望着箱子看。接着他又站起身,走到箱子前上下左右察看一番,看来看去却也看不出它何以翻得了身。

萧郡从来不信怪力乱神,但眼前的箱子出了一连串古怪,样样都像是招了鬼,他心头就不免一阵一阵地收紧。

萧郡没有碰纸箱,只默默回到椅子上坐下。他望着电脑迟疑了片刻,就摁下鼠标退出了刚才的格式化程序。再挨一会儿,窗外已渐渐有了亮色,已是黎明前时分,萧郡方才记起魏小天在单位使用电脑有个习惯,他热衷于把自己建的重要文件隐藏起来。想到这，萧郡蓦地有一种感觉，魏小天的电脑里一定有极重要的文件。

他立刻进入文件管理窗口，设置了"显示隐藏文件"，然后再回到文档窗口重新浏览。很快，他就在一个盘符下发现了隐藏文件，文件被命名为"工作"。

萧郡打开"工作"，一级一级往下看，才知这个隐藏文件内分门别类保存着魏小天参加工作以来的历次采访日志。写采访日志是他们工作中的一项通行做法，萧郡平时也写。

魏小天的采访日志，大都根据他工作内容的关键词来命名，当萧郡浏览到最后一个文件时，看见了"佛头"两个字。光看这两个字，萧郡已猜到必定是金控大厦工地那颗佛头，他心里止不住一阵冲动。

萧郡迫不及待地点了"佛头"文件，随即展现在屏幕上的，是一部长长的文字记录。乍一看记录，大致也就是依着时间先后做下的一本流水账。但叫萧郡不解的是，魏小天一个摄影记者，为何能把日志做得如此翔实？他特意又翻了翻其他日志，发现别的都写得简略。这说明，魏小天在佛头调查上，是格外下过功夫的。

因为日志做得扎实，萧郡一篇篇往下看，也就摸清了魏小天为调查佛头前前后后跑过的路，找过的人。

原来，魏小天自始至终追着佛头身世就没撒过手。打从见美院的王海夷教授起，他循了西山画派的脉络，到过西山古镇，又找过吕孟庄，就连他们跟吕孟庄一起吃饭那次，魏小天也是带着采访去的，因此日志中都有记录。

其实截至那次吃饭，萧郡对魏小天调查佛头的事大概是知晓的，因为那段时间里面，魏小天但凡有进展，总喜欢找他唠叨，也拉过他一起调查，被他拒绝了。

现在想起来，那次饭局竟成了他和魏小天的最后一面，之后不久，魏小天就遇车祸走了。

在饭局之后、车祸之前，有一段属于魏小天单独行动的时段。在这个短暂时段中，萧郡恰好为陶苕媛和吕孟庄的事苦痛，差不多整日闷在家里，大门不出二门不迈的，既有意和外界断了接触，自然也就不了解魏小天的行踪。

现在看了采访日志，萧郡才知道，这期间魏小天仍在马不停蹄地奔波，并且发现了一条极重要的线索。

六十一

　　魏小天从西山古镇说书老汉那里,听说了佛头和桃星垣袍哥堂口的一线牵连,认定在金控大厦工地现世的佛头,就是桃星垣堂口的镇堂法器。

　　可他顺着龙头大爷吕开泰这条线一路找到吕孟庄求证时,这位唯一活在当下的袍哥直系后裔,却对上辈的旧事知之甚少,自然也就指望不上从他口里了解袍哥堂口的哪样秘密了。

　　吕孟庄这条线断了以后,魏小天并不死心,继续四下找人做他的调查。不久,他就联系到京城社科院一位博士生导师,叫齐楚元的。

　　齐楚元的学术领域本在清史研究,但他另有一个学术身份,却是地下会党史研究会的副秘书长。这个人醉心于清末民初直至国民政府执政时期地下会党研究多年,对从前的会党源流、地下社会生态都有专著论述。此外,他还受聘于一所大学,为博士研究生开设《秘密社会史》课程。只不过,时下他这门学问到底是个冷门,除了他和他学生这个小圈子,外界几乎不见半点儿名声。

　　魏小天联络上齐楚元后,先在电子邮件中道了他前期的调查情形,而后把自己遇到的困难一一说了。

　　他请教齐楚元,除了寻找吕孟庄这样的袍哥后裔,还有没有别的路子可以摸到袍哥堂口的内幕,解开堂口镇堂法器之密。

　　齐楚元回邮件说,从他接触到的案例看,真要探究袍哥堂口的镇堂法器,非要找到袍哥大爷后裔不可。这是因为,袍哥堂口内部事务属于组织绝密,这些秘密历来只为袍哥大爷掌握,并不外传,这样一来,其中的信息传递也就只剩袍哥大爷向血亲内族泄密这一条路径。

　　魏小天对这个说法表示怀疑,他问,难道在血亲以外,袍哥大爷个个都能保守秘密?

　　齐楚元说,不是他们能保守秘密,是不敢不守秘密。袍哥组织内部订有私刑,对于泄露帮务者,人人得而诛之,即堂口袍哥"见必杀之",杀时还讲求"三刀六个眼,胸、心、腹对穿"。

齐楚元说,正因为袍哥组织残酷推行保密制度,其给后世研究袍哥制造了巨大障碍。他们曾经成功开展过为数不多的几次研究,都亏得打通了袍哥大爷后裔这条信息线,否则,他们根本接触不到袍哥组织内核。

魏小天就说,那完了,桃星垣堂口一共八排大爷,个个恶贯满盈,解放时,一个不落地全被镇压了,这些袍哥大爷传下香火一直延续到现在的,目前只找到吕孟庄一人,可吕孟庄啥也不知道啊。

齐楚元回说,如果袍哥后裔果真不知道,那这条线就断了。然后他又问魏小天,死的究竟是哪八排大爷。

魏小天一一报了,是大、二、三、五、六、八、九、幺排。报完,他又记起秦九孤儿来,又补充说,对了,桃星垣上还设过一位添座大爷,不过这位添座大爷本来就是孤儿,上山后又受人排挤,早早自焚死了。

齐楚元又问,那四排、七排大爷呢,你有线索吗?

魏小天说,什么? 按袍哥规矩不设四、七两排,何来的四排、七排大爷?

齐楚元问,谁告诉你不设四排、七排?

魏小天说,说书老汉说的。

齐楚元回复,说书老汉讲的那一套不过是江湖传言,事实却与传言完全相反。从我们解密的袍哥组织看,袍哥堂口对外公开的领导层确是八排大爷,外界一般又认为,除龙头大爷是头号角色外,就数第五排管事大爷最有实权,即所谓"内事不明问当家,外事不明问管事",其他六排大爷不过都是虚衔。

但实际上,这一层明面上的关系,是摆给外人看的组织领导体系,在堂口内部,却还隐藏着另外一个秘密组织,我们叫它三人小组。一个龙头大爷之所以能啸聚一帮人物,并在江湖开山立堂叱咤风云,其背后依靠并非八排大爷,恰恰就是这个三人小组。

三人小组系由龙头大爷本人和四、七两排大爷秘密结成。袍哥组织对外说,不设四排、七排大爷,还编出掌故说是因了历史上出现过胡四、李七的叛徒等等。这都是障眼法,为打掩护,实际每个堂口都有四、七两排大爷,只不过他们究竟姓甚名谁为何方人氏,天底下只有龙头大爷一人知晓罢了。按照现在的说法,四、七两排大爷真真就是隐形人。

其中,四排大爷掌管镇堂法器,手里密藏一本《鬼神诀》,依口诀律令能施法作术震慑徒众,故叫作"四排大爷掌神通"。过去袍哥堂口林立,各有各的神通,有堂口说是刀枪不入,有堂口说会缩骨遁形,其实都是江湖诈术,暗地里都由四排大爷从旁张罗做局,专门演给一帮喽啰兄弟们看,为的是树立堂口神威,招徕徒众入盟。

七排大爷则掌握本堂口所有成员的身家己事,并依此密著《金兰谱》一本,同时,他又实际操纵公片、宝札一类堂口印信、证件的收回发放,故称之为"七排大爷通身家"。当时袍哥入会,明面上走的是"恩、承、保、引"一套路子,即每个入会者需在堂口有一位介绍入会的引进拜兄,一位负担责任的保举拜兄,一位了解身家、己事的承担拜兄和一位批准入会的恩准拜兄。但这俱是表面文章,这套手续以外,另有七排大爷会暗中摸清入会者的家底资财和人脉是非,以做到"身家清白,己事明了"。

当然,袍哥兄弟五湖四海,究竟七排大爷如何摸清无数帮众的身家,又如何著写传承《金兰谱》,并不见成法定例,这恰好又是七排大爷一家的秘密,不同的袍哥堂口,不同的七排大爷,手段路数都不同,由此也成就了各人秘不外传的看家绝活。

齐楚元给魏小天打了个比方,"神通""身家"两样,依现世的眼光看,前者好比是一个组织的"信仰",后者就是一个组织的"人事"。世上正道光明的组织,是靠正道光明的信仰,聚拢人心结成同志,大家同声相应,同气相求,方才创出福及世人的不朽事业。而一个袍哥堂口要笼络人心,要在帮众当中立威树信,只得造神造鬼妖言惑众,生造出堂口的"信仰"和"神道"。

但凡世上正当组织,也无不有正当的组织纪律、人事关系,组织成员依此规则联系、约束,生成良好秩序,从而释放出一个组织的本事和能量。袍哥堂口当然也有自己的"人事",只不过这一套"人事"见不得光亮,它只能像幽灵一样隐匿贴附在一个个帮众身后,秘密监视、控制组织。

一个龙头大爷高高在上统驭四方弟兄,他所倚仗的正是"神通""身家"两样本钱。反过来说,四排、七排大爷虽无名分,却是龙头大爷事实上的左臂右膀,而堂口明面上坐的其他七排大爷,不过就像八仙庙里陪坐的罗汉神像。

齐楚元依此推论,那桃星垣袍哥堂口,既到中华人民共和国成立的时候仍只有八排大爷被镇压，不正好说明堂口的四排、七排大爷都没有暴露真容？所以，这两支人，理应有血脉延续下来。

魏小天看完这一番回复，和齐楚元探讨，莫非桃星垣袍哥堂口的四排大爷，就是西山画派的疯子秦九孤儿么？

你看，秦九孤儿加入桃星垣之前，就说他的佛头烧火画儿能让青河水涨水枯，后来他逆了袍哥祖训，一步登天成了桃星垣的添座大爷，不久才在堂口被杀。他一死，桃星垣便传开金箔咒语，说是"佛头现，西山断，青河三丈三"。以后逢他祭日，龙头大爷都要亲率八排兄弟去祭他的亡灵，求保佛头不现世露面。再往后，也就传出桃星垣的镇堂法器就是秦九孤儿遗下的佛头。

魏小天分析，这一长串奇奇怪怪的事情背后，好似隐着一条线索——假使龙头大爷吕开泰当年召秦九孤儿上山，为的就是让他做四排大爷呢，那就很可能导演这出诈死的闹剧，这样既借秦九孤儿之死编出了一段"神通"，又趁便让他消失于人前，做起了隐形人。

齐楚元评价说，这的确算合了袍哥文化的一种想象，从种种现象来看，秦九孤儿成为四排大爷的可能性极大。不过，想象终归是想象，总得要证据证明了才行。

魏小天就埋怨，可惜吕孟庄这条线挖不出内容，秦九又是孤儿，外人只知道他在桃星垣被杀时还是独人一个，也就从没听说过他还有什么后人。

齐楚元不再接这个话题往下说，转而问，那桃星垣可有遗址存世，规模气象如何？

魏小天答，此前我一味寻找人脉线索去了，还未去过桃星垣呢。

齐楚元就建议，不妨上一趟桃星垣，看看堂口的"啯噜照壁"在不在。

魏小天不知什么是"啯噜照壁"，齐楚元又解释，"啯噜"是明清两朝民间社会对外来无业游民的称谓，乾隆朝军机处奏折中已把这层人称为"啯匪"。而袍哥最早多系"啯匪"蜕变而来，故袍哥组织开山立堂仍延续立"啯噜照壁"的仪式。但"啯噜照壁"不兴刻文留字，故也称作"无字碑"。

魏小天问，既是无字碑，还有考证意义吗？

齐楚元说，"啯噜照壁"的玄机在内不在外。外面看，不过是一座普通的碑石，不讲求造型雕花，显得简陋粗鄙，但外面人往往不知道，照壁基座下有机关密室，室内独藏龙头大爷的《海底》经书。

前面说袍哥堂口核心领导机构是秘密三人小组，其实三人小组的权力架构，设计得巧夺天工。三人小组之内，并非四、七排大爷直接听命于龙头大爷的树形关系，而是三人各自独立，相互制衡，形似一个等腰三角形。

一方面，四排的"神通"和七排的"身家"作为控制组织的两大核心系统，均要随时随地为龙头大爷和本堂口利益服务；但另一方面，两套系统的秘密又只为四排、七排大爷各人独立掌控。

也就是说，龙头大爷有权下达指令启动两套系统，但其具体操作执行，非得借四、七两排大爷亲自动手不可。

这样一种权力布局下，就引出来一个新问题，那就是龙头大爷如何戒防四、七两排大爷反水坐大，又拿什么方法控制住"神通""身家"。

首先，靠教义。袍哥教义中，四、七两排大爷自来就背负叛逆之名，勿说反水，单是冒头出来露了身份，也必遭教义追杀。其次，就靠一本《海底》经书，龙头大爷手里有一本《海底》经书，他就靠这本经书捏住两排大爷的命门。

关于这本经书，民间一直有流传，说在嘉庆年间，福建渔民在海中打鱼捞起沉木黑匣一只，启开黑匣见古书一部，名为《金台山实录》。细看书中所记，尽是延平郡王郑成功反清复明的宗旨，以及他在金台山会盟四方英雄的一套秘法、暗号。以后到了道光年，又有四川永宁人郭永泰经过渔民家，重金购下《金台山实录》，再经高人点化译改，重起名《海底》，又作《金不换》《江湖紧要》等名。自此以后，袍哥开山立堂均照《海底》操办，《海底》遂成秘籍，唯龙头大爷方可珍藏观看，余者窥一眼即为逆天。

齐楚元讲解到这里，又说，从他解密的案例看，这一则有关《海底》的民间说法，概系外界谬传，龙头大爷真正藏于照壁下的《海底》经书，并非什么秘法、暗号，而是开山立堂时，由三人秘密小组缔结的一部生死契约。

契约分三卷，第一卷为"史"，记录本堂口开山立堂的详细经过，描写各人的功劳大小。第二卷为"契"，系由四排、七排大爷向龙头大爷血书立誓，誓言尊奉龙头大爷，效忠堂口组织，绝不反水背叛，落款还要注明各人的身家己事。最后一卷为"盟"，即三人共同盟誓，当中一项主要内容，为申明堂口财产系堂口共有，任何人不得私吞。

最后三人共执一笔，抄写《诗经》里的《秦风·无衣》篇，共七七四十九遍：

"岂曰无衣？与子同袍。王于兴师，修我戈矛。与子同仇！岂曰无衣？与子同泽。王于兴师，修我矛戟。与子偕作！岂曰无衣？与子同裳。王于兴师，修我甲兵。与子偕行！"

齐楚元解释，之所以要抄这一篇诗，盖因"袍哥"叫法、教义皆取自诗中"与子同袍"一句。

在这次邮件采访中，齐楚元最后告诉魏小天，这些年，他也探查过几座袍哥堂口，甚至进入到"啯噜照壁"密室，但至今未找到一本《海底》经书。

齐楚元说，由于袍哥并非历史主流，他在这方面做研究，只能一半靠自费，一半靠民间捐助，由于经费受限，他的学术团队一直无法展开大规模的实地考察，因此除了目前手头掌握的仅有几例考察样本，并不具备更多袍哥堂口遗址的数据，由此形成的资料也十分单薄。

齐楚元认为，如果考察样本得以扩大，必定能在存世的照壁密室中，找到保存完好的《海底》经书，到那时候，对袍哥的研究势必会前进一大步。

齐楚元为此在邮件往来中不断鼓励魏小天，叫他不妨亲自去一趟桃星垣，碰一碰运气，兴许能发现《海底》。

显然，从采访日志看，齐楚元的话影响了魏小天的思想，紧接其后，他就搭汽车上了西山，迫不及待要去探访桃星垣。

就在这次探访中，魏小天居然在桃星垣看到了保存完好的"啯噜照壁"。

六十二

魏小天无缘见到《海底》经书。采访日志中虽记载他去过桃星垣，并且找到了"啯噜照壁"，但他照齐楚元教的一套路径进入座下密室，只见到空室一间，并无《海底》经书。密室不见《海底》经书，齐楚元指的这一条迷津，也就成了断头路，无法再往下调查。

当时魏小天人还在山上，就通过电子邮件将情况告诉齐楚元，问他还有没有别的路子，齐楚元听说是一间空室，备感失望，只回复三个字："放弃吧。"

因此，这也成了魏小天调查工作的最后一站。萧郡算了下时间，估计魏小天应该在第二天下午返回城里，第三天早上上班时就出了那场车祸，所以，他的采访日志也就截止在这个调查节点上。

如今萧郡坐在电脑前，一遍一遍看魏小天的采访日志，只觉得每个字都像针刺一样，扎得他心里隐隐作痛。

到现在，萧郡自己也经历了一场大波折，虽说不如魏小天那样丢了性命，可时下的处境心境，也憋得人像死过了一回。

他又记起佛头那张妖邪的脸来，心里不禁去想，这佛头真是给人带灾，自他和魏小天沾上佛头那一天起，好像谁都跑不开佛头的影子，各人被鬼推着一样，非要往里钻，到头来耗掉一身的元气，哪个也没落好下场，情形就和那中了邪的人拿刀戳得自己满身血没什么两样。

情绪如此翻腾了一阵子，外面天色已见大亮，萧郡看了看时间，将近七点钟了，他又努力让自己的心情慢慢平复下来。

他伸手关了电脑，起身去卫生间，拿水龙头的凉水抹了一把脸，顿觉又来了精神，只是镜子里一双眼睛布满了血丝。

萧郡转出客厅，拎了背包，又拿一件羽绒外套披在身上，径自出门去了。他要亲自上一趟桃星垣。

去桃星垣要经过西山古镇，萧郡这回多了个心眼，不开自己的车，去市里汽车站搭了一班早上的客车。一路下着大雪，乡道又窄狭多弯，客车走走停停抵达西山古镇时，已近中午十二点多钟。

乡道并不从古镇街道穿过，而是绕着街道背后半山腰转过去。萧郡拉开窗玻璃朝下面镇子望了望，沿街两排低矮的房子都覆盖着厚厚的雪，活像两只肥滚滚的春蚕盘在山坳里。

眼前这宁静触碰得萧郡内心软绵绵的。他原本想在西山古镇歇一晚，好去拜访说书老汉，后来听说这个季节进山的客车班次都不正常，怕拖延了行程，索性才直奔桃星垣。

错过拜会古镇的说书老汉，他心里稍有遗憾，转而一想，魏小天上次该问的已经问清了，自己再去也没什么话好讲，又才释然。

　　自西山古镇再往山里进发，道路更加崎岖蜿蜒，客车像负重的挑夫直喘着粗气往前爬行。路面上的雪也没除干净，这情形就看得萧郡揪心，倘若客车一口气接不上来，连人带车都有倒进山沟崖畔的可能。

　　此情此景，倒也合了萧郡的处境，他的人生不也刚刚被挤上一条冰雪覆盖的山路吗，不进一步就退万步，甚至要跌进深渊，所以，他才坚持要上桃星垣，他觉得，这也许就是佛头带给自己的宿命。

　　就这样走了两个多小时，下午两点多钟，客车终于行到一个叫青杠林的三岔路口。客车还要继续沿乡道走，赶去前面一个镇，桃星垣却在另外一条小路方向，萧郡便从这里下了车。

　　前去桃星垣大约还要走一段十多公里长的土路，萧郡看路面覆着新雪，连个脚印都没有，估计这条路平时少有人走。路边只有三两家人，一家开着小门店，萧郡见店内有人，便上去搭话。

　　店老板看样子也就二十出头的小伙子，侧身坐在货架旁边津津有味地看电视，听说萧郡这会儿要上桃星垣，他连头都没抬，朝外面比了三根手指。

　　萧郡问，三十吗？小伙才转过身来，说他骑摩托送人到桃星垣山下，一趟三百元。

　　萧郡知这是独店宰客，也不讲价，就答应了。小伙子一把摁了电视，顺手抓过头盔，一阵风似的出来。

　　在路上，萧郡闲来无事，问小伙子晓不晓得袍哥，小伙许是挣得三百元后心气儿顺，迎着寒风大声在前面喊叫，我就是桃星垣出来的袍哥呀。

　　萧郡笑了笑。小伙才说，解放后，桃星垣堂口那一片房产宅田划到了二十多户农民手里，他家就占一席。直到前几年，大家享受移民搬迁政策，才纷纷到山下便利处修房盖屋落了永久户。

　　你说，我不是桃星垣出来的袍哥是啥，小伙子打趣说。随后，他又叹了口气自我解嘲，别看我要你三百，我这就是讨一口生活，一辈子都发不了，所以我顶多只算个浑水袍哥，要是活在当年，桃星垣怕都不肯收我。

萧郡问,为啥呢?

小伙感慨,桃星垣可是清一色的清水袍哥,不是官贵就是富商,人家聚在一个堂口,打个比方,就像现在电视上说的那些富人俱乐部,个个是有钱有权有势,干大买卖,挣黄金白银的人。你说我一个跑摩的的,在那会儿也就相当于背脚下力的下九流,和人家差十万八千里呢。

小伙子说得高兴,萧郡只管在后面"哦哦"地应声。这一趟倒也多亏他熟悉路面,硬是从雪地里拱出一条路来,不用半个时辰就顺顺当当到了桃星垣山下。

到得山跟前,下了摩托,萧郡转身要走时,又被小伙叫住,问回来时咋办。

萧郡方才想起,回去还得叫他的车,因此留了他电话,又问回去的价钱。

小伙依旧伸出三根手指,一脸狡猾地说,三百。萧郡点了点头,没说话,摆手和他再见后,转身就踏上了去桃星垣的步道。

步道从大路边起第一层台阶,顺山势笔直通到山顶,少说也有五六百级。因山势来得陡,步道也陡,雪又封严了路面,越上越高,就越发危险。

萧郡一级级踩开雪来,看见台阶全由断碎青石铺成,溜光湿滑。而每级石阶长不过一尺,约一手掌宽,每回落脚就只能前掌及地,然后仅凭这单薄支撑,再换步上行。

步道右侧是石壁,石壁光滑,全无依附,壁面或耸出或吊悬,反倒欺人。左侧临沟,沟里也是积雪,不知其深浅。

萧郡的心绷得紧,才上十多步,不觉已是全身大汗。

越往高走,步道钻入一片黑松林,松林又高又密,活活把这段路箍抱死了,一时光线暗淡,阴风习习。此时石阶上再不见积雪,却结了冰凌,萧郡迟疑了一阵,之后牙关一咬,抬脚踩了上去。

心惊胆战地行出一段,萧郡余光扫到右侧石壁上似有石刻,他立起身来看,一看是"桃星垣"三个大字。

萧郡极为熟悉这三个字的字体,他脑门一热,不由得眼前又电光火石般闪出一连串的字:"桃星垣""萄荇苑""陶荅媛"。

顿时,萧郡脚手都上来一股劲儿,这下他也顾不得滑倒,俯下身来一阵手爬脚蹬,片刻工夫就冲刺到了山顶。

上得山顶，萧郡长出一口气，踢腿甩手走出步道，渐渐出了黑松林。眼前的视野渐渐变宽，到他翻过一段篱笆，又跳上一道田坎时，面前已是沃野平畴，雪光虹影，完全是另外一片天。

萧郡在田坎上站了一会儿，他望见前面不远山洼处有一片连绵回环的庄园，知道那就是桃星垣。

桃星垣房屋年久，这些年又无人居住修补，远远望去只有斜楼歪墙、断椽烂瓦，已丝毫不见从前袍哥堂口的气象。

萧郡拍了拍手上的泥土，开始循着田坎上的小路往桃星垣走。走到田坎尽头，又是一座池塘，池塘里冰封雪冻，倒映着下午的霞光，映得满塘熠熠生辉。

池塘边左右两排青石路，各自连到了桃星垣门前场院两边。萧郡顺路到了场院，看见场院地面全是长一丈宽两尺的花岗石铺成，落雪即化，干净洁白。

场院后面，先是一座山门，大约从前遭过大火，山门墙脊上只架着几杆烧得焦黑的圆木，片瓦无存。

萧郡移步过了山门，来到一座下厅，下厅足有两丈见方，隐约可见是玉墨石铺成。那墨石上雕青龙、白虎、朱雀、玄武四兽，虽经年踩踏蹭磨，轮廓刻线却清晰异常。

过下厅，再往里走，依次是中堂、大堂，一阶渐比一阶高，中间隔天井、连廊、石拱门，越见显出纵深幽长。

萧郡三步并作两步进到大堂后，便不走了。果如魏小天日志中所记录，大堂中间兀自矗立着那方"咽噜照壁"。

萧郡只看一眼那照壁，便仰头闭上了眼睛。他心跳得厉害，耳鼓"轰轰"地响，他想把手捏得更紧一些，汗津湿滑的手指却一个一个都挤了出来。

他此行憋住一口气就为来看一眼"咽噜照壁"。刚才上山，他看见"桃星垣"三个字和"萄荇苑"茶楼匾额字体一样，而现在，立在面前的"咽噜照壁"和"萄荇苑"茶楼天井上的照壁竟也一模一样。

其实，萧郡看魏小天的采访日志时，从对"咽噜照壁"的描述中，早就察觉到"萄荇苑"茶楼照壁的影子。他此番决意要上桃星垣，非要来看一眼"咽噜照壁"，就是想印证他心里的一种设想："萄荇苑"茶楼照壁，才是真真正正的"咽噜照壁"。

六十三

萧郡在桃星垣山下农家借宿一晚,第二天倒过几班车,终于在下午天快黑尽时返回了城里。回到公寓,他马马虎虎冲过澡,然后一边下楼去买夜宵,一边拨通了丛郸电话。

电话响过一通,被丛郸挂了。萧郡以为她忙,就发短信过去,说他有急事,叫她忙完了回电话。

没想到一直等他在街边吃完夜宵,丛郸仍未打过来,也没回他短信。萧郡确有些心急,才又拨过去,这回丛郸接了。

"你好。"电话那头,丛郸声音冷冰冰的,一副公事公办的口气。

萧郡还没反应过来,说你好什么呀,我是萧郡,咋不接电话不回短信,有急事找你呢。

"有事找我?"丛郸"喊"了一声,"你不是说辞职就辞职了嘛,这么大的事情,你怎么不找我说说啊。"

萧郡这才听出来丛郸的意思,他疑惑她是从哪儿得知自己辞职的事,就对付着说:"辞职嘛,能有多大的事。"

"是吗,辞职的事不大吗? 你现在是不是打算离开这座城市了,来和我告别呢?"一向说话伶伶俐俐的丛郸,这会儿竟掖着些哭腔。

"丛郸,你怎么……说起这些呀。"萧郡竟也有些哽咽,他没想到,在这座城市还有一个人惦记他,他却一直不曾在意,倘若不是现在有事要联络,或许他真离开这里了都不会顾念到丛郸。

"我怎么不能说这些?"丛郸嚷了一句,跟着就催他,"有话赶紧说吧,没话我可就挂电话了。"

萧郡听丛郸要挂电话,又才听出她嗔怪的口气,于是说开正事:"我明天一早去你律所吧,有重要情况要和你谈。"

丛郸一听就哈哈笑起来,你就是个乒乓球咯,怎么扇,也都扇不扁,我生你一通气了,你还有事要找我啊。

然后她又说,你怎么就喜欢去我所里呢,不是说那儿像江湖郎中开的诊所么,再说了,本小姐这会儿正闲得慌,你何不约我出去喝一杯?

萧郡笑道:"还是约在明天白天,这次要和你说的事情,的确太复杂了。"

"什么事啊,你要生娃了么?"丛郸不依不饶的劲儿又上来了。

丛郸一句话总能掐到笑处,萧郡苦笑着连忙说:"生什么娃呀,我是怕一句两句说不清。"

"你跟我见个面聊个天,还当是写作业呢,谁叫你一句两句说清了,十句一百句都可以陪你呀。"

"我……好吧好吧,那今晚你别回家了,准备跟我熬一个通宵吧。"萧郡激将丛郸。

"哇,萧郡,认识你这么久,终于说了句男人的话。"丛郸在电话里喊叫。

萧郡差点儿接不上话,忍了一会儿,才说:"算了算了,跟你没必要穷讲究,你就来吧,直接来我家。"

"家? 你让我去你家和你待通宵?"丛郸故意大惊小怪起来,"我怎么说也还是个女生。"

"不妨碍,你就当我是女的。"萧郡开了句玩笑,然后径直说,"你最好带上自己的洗漱用具,另外,建议你拿一台手提电脑,有些资料要拷给你。"

半个小时后,丛郸裹着厚厚的毛绒外套到了萧郡的单身公寓。刚一进门,萧郡正要帮她接外套,就听她嚷起来:"天哪,你不会有病吧,哪有男生把家收拾得这样整齐的。"

萧郡一边接过她的外套往衣架上挂,一边回她:"看你大惊小怪的,你自己住的房间不会就一狗窝吧? 要是这样,我真不该让你来,省得你把我这儿给败了。"

丛郸进屋后,也不拘细节,把两个房间里里外外看了,连衣柜都打开来,每看一处都要大呼小叫一阵,说是太变态了,哪有男人这样讲究的。

这期间,萧郡拿两只白色马克杯冲好了红茶,给其中一杯加了糖,然后端到客厅来。而后,他把一应资料、电脑拿出来放在桌上,这才叫丛郸过来,好好坐下说正事。

这个夜晚,一座城市落雪如花,两个年轻人开始了他们之间通宵达旦的谈话。

萧郡从他发现佛头谈起,谈了武传风,谈了李松平,也谈到了魏小天、魏小天的电脑,以及电脑内的采访日志。

他还第一次认认真真地讲了他和陶莕媛之间的故事,他说到吕孟庄、王长学,说到了桃星垣、"萄荇苑"茶楼,以及那座"咽噜照壁"。

萧郡最后告诉丛郸,他已经断定,"萄荇苑"茶楼内的照壁才是真正的"咽噜照壁",照壁基座下一定连着一间密室,密室之内必定藏有一本《海底》经书,经书中必定有吕孟庄与他四、七两排大爷缔结的生死契约,而且都是各人亲笔手书。

"你是觉得,吕孟庄把桃星垣袍哥堂口搬到了'萄荇苑'茶楼? 又或者说,吕孟庄操了吕家的旧业,开了自己的袍哥堂口? 这个堂口就是'萄荇苑'茶楼?"丛郸一连串的问题。

"对,"萧郡觉得自己又开始冲动,说话口气也就斩钉截铁,"'萄荇苑'就是吕孟庄的堂口,依我猜测,在吕孟庄背后,一定有一个四排大爷这样的人物,就是这个人帮他实施了'水山计划',制造了西山水库溃坝事件,这才使他从政府手里获得重建协议,并由此操控义田新区土地十多年之久。"

丛郸盯着萧郡的脸,她一点儿不怀疑他说的那些经历和故事,萧郡也给她看了每一节的证据和资料,至少他每句话都有佐证,并非臆造,可是,要说这个城市有人建了一座袍哥堂口,还控制着四排大爷这样的隐形人物,这样的想象力确实超过了律师的思维习惯。

"萧郡,你得想一想啊,什么时代了,现代社会,21世纪,吕孟庄一个首富,搞一个袍哥堂口出来,你觉得这有可能吗,合情理吗,这样的推断会不会太离谱呀? 又或者,你之所以做出这样的推论,仍旧是掺了个人情感因素。"丛郸边说边站起来,她所说的掺杂个人因素,其实是想提醒萧郡,叫他不要再意气用事。

萧郡这次找丛郸来谈,就是要她相信他的推论,他也料到丛郸一时半会儿接受不了这样的假设,这就和他当初觉得魏小天追着佛头调查不可理喻一样,因此他望着丛郸眼睛看了一会儿,才说:"这样吧,我反问你一个问题,你觉得,'茶碗阵'离不离谱?"

一提"茶碗阵",丛郸倒是没话说了,想想身边都有"茶碗阵"这样的奇异事,袍哥堂口真是不足为怪了。

"哎,你该不是说,'茶碗阵'和桃星垣有关系吧?"丛郸思路跳跃着前进。

"有关系,我甚至有一种很强烈的预感,李万水加入的那个秘密圈子,很可能就是由吕孟庄手下的七排大爷所建。"

"哟,这是怎么了你,记得当初我跟你说,吕孟庄、刘子良、秦剑雄三人是发小,打黑是刘子良和秦剑雄斗法,你还说我'阴谋论',现在可倒好,居然说吕孟庄建了袍哥堂口,而且还有四、七两排大爷同盟。"

"别的先不扯那么多,我这次非常肯定,'萄苈苑'茶楼照壁下一定有东西,我的直觉很强烈。"萧郡说。

"直觉?"丛郸背着手,开始在屋里走来走去,"你可不要太相信直觉,因为咱们面对的不是别人,而是吕孟庄这个老狐狸,对付老狐狸,只能凭证据。"

萧郡发现,丛郸几乎和吕孟庄见第一面,就对他没什么好印象。萧郡很奇怪,像丛郸这样的丫头片子,到底怎么察人辨人的,他就插了一句题外话:"我发现你对吕孟庄有成见,你这眼睛瞧出他哪里不顺眼了?"

"我这眼睛啊,是照妖镜,我一照吕孟庄,就发现他是一妖精。"丛郸得意了一句,继而有些愤愤然,"一个老男人,拿自己的婚礼做道具,搞什么危机公关,恶心不恶心啊,我都替陶苈媛委屈得慌,怎么就看上他了,还爱得要死要活的。"

萧郡听丛郸这样说,就不好接话了,转而又说起"啯噜照壁"的事:"这一次,我的确是直觉,所以心里才拿不定,我找你这个律师来,就是要和你商量怎样去拿到铁证。"

"证据在哪儿呀,上哪儿去取呀,有那么容易吗?"丛郸在房间里走来走去,一边故意问道。

萧郡嫌丛郸在他面前晃得人心烦,拉她坐下来,跟她说:"证据就在'萄苈苑'茶楼,在照壁下的密室当中。"

"哼哼。"丛郸已经猜出萧郡的心思,不置可否地笑了一声。

"别哼哼,我从桃星垣回城想了一路,这件事只有靠你了,一是我现在只有你可以相信,二是要进'萄荇苑'密室,凭我一个人的力量根本无法完成。"

"拜托,我一个弱女子,你居然叫我去地下室偷东西。你也不想想,万一我刚进去就地震呢,怎么办,那我不塌在里面了?"丛郸嘴上开着玩笑,心里一阵温暖,她喜欢萧郡说,只有她可以相信。

萧郡听她口气,知她已认同这个思路,才又把话点透:"我不是让你去'萄荇苑',我是让你去找一个人,叫他来办。"

"谁?"丛郸问。

"陆成。"萧郡说。

"陆成?"丛郸不解,"你为什么不直接找他?"

"我找他,没准他又让我签保密协议,那我就被动了,咱俩得留一个,这次你先出面,看他动不动,如果他不动,我好再想办法。"萧郡早有谋划,这会儿便把设计的一整套实施方案,一步一步讲给了丛郸。

这天一直到凌晨四点多,两人说完正事就睡了。原本萧郡让丛郸睡床上,他去客厅睡沙发。但丛郸执意要萧郡睡她旁边,萧郡就照她话做了。躺一会儿,丛郸把头歪过去,歪在萧郡怀里面。

六十四

丛郸进了陆成办公室,陆成那张凸凹无序的脸正兀自仰望着窗外发呆。

丛郸走到桌子跟前,"喂"一声喊叫,惊得陆成从椅子上跳起来。待转身看见丛郸那双大眼睛,他的五官才渐渐搓开,嘴唇半遮着龅牙,羞羞涩涩地抿着嘴笑。

"一个检察官,搞得跟思想家似的,想什么呢,我老师的案子查得怎么样了,'茶碗阵'可有结果了呀?"丛郸边坐下边问。

"对不住啊,这两个案子都在保密阶段,不兴你这样刺探消息。"陆成给丛郸沏了一杯茶,递到她手里。

"那你们搞的'水山计划'调查,总该有进展了吧?"丛郸故意问。

"谁跟你说我们在调查'水山计划'?"陆成显出些警觉来。

"嚯,好你个陆成同志,这种事也让我知道了,说明你们的保密工作做得不够好嘛。"丛郸说。

"不传谣、不打听、不知道。"陆成像在提醒自己,又像在叮咛丛郸,就这样把话岔开了,之后他问,"萧郡最近怎么样?我看吕孟庄把他弄得挺惨的。"

"他辞职了,你不知道啊?"

"辞职?呵呵,他现在吃点儿苦头不是坏事。"陆成一点儿不奇怪的样子,"这个人的锐气是要挫一挫,不然太自信了,该说不该说的,都跟外面说完了,那还怎么工作啊。"

"他都辞职了,你还这样说,做人可不能都像你这样少年老成。"

"就别一个劲儿地说我老,不爱听。"陆成口上开着玩笑,但之后说出来的一番话显然是经过揣摩的,"丛郸,你自己想想,吕孟庄都能借自己的婚礼来整他,还有什么做不出来的。要我说,在这种时候,他萧郡幸好被搞倒了,要是还站着跟人家硬拼,不定给自己惹出多大祸呢。"

丛郸听了这话,眼睛只一眨巴,已知话中包藏了许多信息。她不再去掏陆成的话,径直把"萄荇苑"茶楼照壁的事跟陆成道了,又把拷贝来的魏小天的采访日志等一应资料提交给他看。

陆成静心听完丛郸的话,便蹦出来一连串的质疑:"就因为'桃星垣'和'萄荇苑'的名字谐音?就因为桃星垣上的'咽噜照壁'和'萄荇苑'的照壁造得一模一样?就因为吕孟庄祖上是袍哥龙头大爷?就凭这些,敢断定茶楼照壁下面有密室?密室里面有《海底》?《海底》中有吕孟庄和另外两位隐形大爷手书的契约证据?"

"对了,奇怪呀,"陆成又赘一句,"你这完全是记者搞调查那一套野路子,天马行空地想象,空对空地推理。"

"哎哎哎,'茶碗阵'够不够天马行空?"丛郸立时想起来,萧郡就是拿这件事让她信了他的直觉,她现在正好拿这来唬一回陆成。

这一招果然奏效,何况陆成至今还笼在"茶碗阵"和吴剑晔自杀两件事的迷雾当中,只见他听完丛郸的话后,狠着劲儿推了推厚厚的近视眼镜,又拧头望向窗外,一边感叹:"你们这鬼地方啊,邪了。"

"去去去,咱这不是鬼地方,"丛郸看陆成心有所动,就开起玩笑来,"咱这儿是天才的发源地,创意的制造所,你来这里可算是来着了,这儿办案办什么呀,办的就是想象力,办的就是天马行空、鬼斧神工。"

"拉倒吧你,就算我天马行空,检察院那公章也不天马行空,要咱去查'萏苕苑',行啊,先立案,先跟头儿说个理由,就你这些个理由,不雷死他们才怪。"陆成转过脸来说。

"说你想象力不够,你还不信,当检察官,尽知道立案怎么行,真要立了案,前去一查,什么都没有,那不就把你装进去了吗?"丛郸说。

"不立案?不立案我就没权查,那你还不如去找记者,他们厉害,权力大。"

"别急,陆检,有聪明人呢,我这儿有瞒天过海的方法。"丛郸走到桌子跟前,压低声音跟陆成转述了萧郡的一套布置。

陆成把丛郸的安排听了个透彻,脸上渐渐舒展开来,然后问:"你怎么知道,我能办到这些事,又怎么确定,我愿意办这些事呢?"

"因为检察官要为人民服务嘛。"丛郸打着哈哈。

"得了,早就知道你是受萧郡指使。"陆成这才透出底细来,"不过我想他是对的,他现在就是要在暗处,不然,我们所有调查这件事的人都被看得一清二楚。"

"谁跟你说他指使我了,这就是我自个儿挑的事儿。"丛郸是怕陆成探她的底,依旧否认了。

"行,管你受人指使还是自己挑事儿,我先想办法找找人吧,如果行得通,我就通知你。"陆成将丛郸的话应承了下来。

丛郸走后,陆成在办公室里思索一阵,然后拿起手机,转身也下楼了。他要给领导做一次专门汇报,不过,他这次没去楼下草坪的雪地上走,而是径直去了街上,混在人群中边逛街边打起了电话。

陆成一折一折说完"咽噜照壁"的事后,电话那头,领导半天没吭声。陆成知道领导还在琢磨,就静心等。

"萧郡的安全有保障吗?"领导先问。

"有保障,我们的人一直是按部署跟上的,而且,从目前情况看,吕孟庄可能认为记者这边的问题已经解决掉了,所以不大会盯他。另外,萧郡这次让律师丛郸出面找的我,自己藏起来,这说明他是有所警惕的。"陆成说。

"现在这些年轻人真不得了,哪来的这些经验啊!"领导感叹了一句,又问,"他去桃星垣这一趟,吕孟庄会不会发觉呢?"

"我们的人跟他比较近,至少在来回路上没发现有人盯他,但吕孟庄有没有其他消息渠道,这不好说。"

"我问你,你对他们说的这一套办法,现在有没有一个成形的思考?"领导这次说话,流露出少有的谨慎,显见他对"咽噜照壁"的信息看得极重。

"他们说的这一套操作办法,我觉得好,好就好在进退都有余地。如果地下室有东西,确实有《海底》这样的证据,行动自然就成功了,即便没有地下室,或者地下室里什么东西都没有,他这套操作也不会产生法律方面的问题。"陆成拿捏事情果然老成。

"假设拿不到证据,会不会打草惊蛇呢,反倒让吕孟庄产生警惕了?"领导顾虑颇多。

"所以必须照丛律师说的办法去操作,才好瞒天过海。另一个,就是要速战速决,再拖不得。"陆成想打消领导的犹疑。

"陆成,我有一种直觉,你会不会低估了对手,你要一步不慎,可就跳进他的坑里去了。"领导仍下不了决心,只一层一层把他心里的担心都抛了出来,"你是不是该更多地警惕自己,因为你这次面临的对手,智商一点儿不比你低。"

"我想过了,第一,萧郡的信息肯定是真的,这一点我不怀疑;第二,他们设计的这一套操作办法,如果我们能做到八九成,就可以瞒天过海,因此没有打草惊蛇的风险;第三,如果不走这一步,眼下工作还是没有抓手,只能继续等待机会,但如果往下走一步,就多了一个突破口。"

陆成的直觉和领导的直觉正好相反,他先前听完丛郸讲的一套操作办法,意识到这是一次突破的机会,所以先跟丛郸应承下来,现在他是来争取领导的支持和批准。

电话那头，领导又沉默了好几分钟，之后才下定决心对陆成说："好，先按照这个办法操作，我现在就来协调当地的关系。"

"领导，"陆成看领导已经同意他的方案了，趁机又请示，"可不可以把丛郸律师和萧郡记者特聘进专案小组，让他们直接协助我们办案？我主要考虑，包括'茶碗阵'的相关调查资料，应该尽快向这两个人解密，从而把我们掌握的信息和他们掌握的信息拉通，同时他们两个人的思维方式也可以为案件分析所用，这可能有助于提高整个办案效率。"

"现在不行。"领导回答得很干脆，"我们办案不但要讲求效率，尤其要注意安全，我不怀疑这两个人的人品、水平，但这个记者和吕孟庄有情敌关系，这个律师既是吴剑晔的实习生，又是李万水的代理人，即便她解除代理关系，他们进了专案组，也不一定能保持中立。"

"哦，这倒是。"经领导这样一说，陆成心下觉得，自己是不是又有些着急忙慌了，不过，他心里还装着一件事，因此又忙不迭地说，"领导，我们是不是该把齐楚元请到专案组来？现在就缺他这样的专家。"

领导说："好，我现在就安排人来办。"

六十五

早上十点多，"萄苈苑"茶楼大门虚掩，里里外外见不到半点儿动静。

茶楼这一行，做天黑日暮的生意，昨天忙一夜，这会儿正是师傅、伙计们补瞌睡梦周公的时候。

两辆消防车一前一后从青湖公园东门外经过，一路不鸣警笛，只闪警灯。消防车先进了酒吧街，等从街的另一头出来，迎面就是那片覆雪掉冰的楠竹林，因为路面窄了，两车一齐减速，小心翼翼过了竹林，一直到"萄苈苑"茶楼大门口，才并排停下来。

车上先下来两名消防士官，一个手里提一本明晃晃的不锈钢的现场检查记录夹本，一个手里攥一部步话机，伴着"嗞啦嗞啦"报话的响声。两人三步并作两步进了茶楼大门，径直去柜台上找人。

柜台上白天当班的经理是一个年轻小伙子，这会儿也在偷懒睡觉，被消防警叫醒后，连忙站起来问啥事。

拿步话机的士官边往出掏证件，边冷冷地说，消防抽查。

当班经理听说是消防检查，一双手伸出来客客气气把证件推了回去，说要等一等，他马上通报老板，随后就抓起座机打电话。

两名消防士官都是二十挨边的毛头小伙子，大约也是年轻气盛，嫌经理啰唆，就定定地站在柜台前望着经理打电话，脸上颇有些不耐烦。

陶荟媛结婚之后，已很少住茶楼，但昨天晚上临时过来这边，就顺便住了一晚。这会儿在楼上卧室接到底下经理电话，她立即起身往楼下走。

经理看见陶荟媛出现在楼口，赶紧抬手往上面一指，笑嘻嘻地对两位消防警说："来了来了，老板来了，老板来了。"

两位消防警遂转过身，打眼望去扶梯上正走下来的一袭白衣的陶荟媛。这一打眼不要紧，两人脸上表情登时就凝住了，人就像被摄了魂魄似的，立住不能动弹。

"你们好。"陶荟媛走到大厅，一边微笑着向两位士官打招呼，一边伸出手来握手。

"呃……呃……好。""步话机"先把手伸了出去，却不知怎么答话，他手在陶荟媛手里，半天才憋出来一句，"哎，姐姐好。"

陶荟媛跟两位木木愣愣的士官认识过，就招呼他们一起上了大厅西厢的"观塘"茶厅坐下。

这时候，拿记录本的战士才把此行来意跟陶荟媛说明白。他一板一眼地说，近期辖区有酒吧出了火灾事故，因此队上才临时安排突击检查这一带的营业场所。

"没问题呀，我们欢迎你们检查，这是对我们的安全负责呀。"陶荟媛爽快答应了。

"姐姐，哎不，陶总，我们执行检查期间，需要茶楼所有工作人员暂时全部撤出大门外，等检查完了，再进来。"

"可以可以,我立即安排。"陶苫媛办事一点儿不拖泥带水。

陶苫媛自去通知安排茶楼员工,两位士官才忙不迭地跑出大门,招手让车上的战友都下来。

稍后,等陶苫媛领着全部人员出了茶楼,在大门外候着,一帮消防士官才又鱼贯而入,径自去茶楼里边执行消防检查。

这帮士官个个都是年轻的儿男,打从陶苫媛身边经过时,都忍不住朝她左看了右看。

这当中,倒是有一个模样身形都透着一股子兵痞味儿的士官,却连陶苫媛瞧也不瞧,他厚厚的瓶底儿眼镜后面,一双眼睛只顾机警地扫视茶楼的门头、门槛。

这人是检察官陆成。

消防警全部进入茶楼后,"步话机"做了一通指挥,大家自散去各处,开始按部就班做消防排查。

趁这一刻工夫,门外两部车也掉过头来,车身立即掩住大门口,这使得陶苫媛再瞧不见茶楼内的情形。

一个女消防兵匆匆上了茶楼二楼,她是陆成检察院的同事李静。李静在回廊上找一处位置架好摄像机,调好镜头后,朝底下天井上站着的陆成打了个 OK 的手势。

陆成收到手势,才从包里掏出一张纸来。他深吸一口气,再看一遍纸上抄的魏小天采访日志中提到的步骤,才走向玉墨石的天井当中。

天井东、西、南、北四个方向分别刻有青龙、白虎、朱雀、玄武四兽,四兽各有眼睛两只,拢共八只。

据魏小天采访日志中记录的齐楚元的说法,八只眼睛的眼球看似从玉墨石上雕刻浮凸而出,实际颗颗都是二尺长许的精钢栓杆,能够推入拔出,乃是照壁密室的锁钥。

开启这八只眼球,颇有一番说头讲究。八眼先有"天理""人和"两层寓意,"天理"一层,即从青龙左眼起,按顺时针方向旋转,至白虎右眼止,八眼分别对应出"乾、坎、艮、震、巽、离、坤、兑"八卦。

依八卦对数落座后，再从青龙左眼起，反向旋转一圈，取"人和"之意，又分别对应出袍哥堂口的八排大爷，依次为"龙头大爷、圣贤二爷、粮台三爷、管事五爷、巡风六爷、纪纲八爷、挂牌九爷、幺满十排"。

合"天理"，八卦有生克制化，求"人和"，大爷讲上下先后，袍哥既要在世间独行一道，便讲求在"天理""人和"之间创制一套既有别于世俗社会又不同于教门宗派的新秩序，这样，又才推演出"天理""人和"以外的第三层关系——"袍哥道"。

据齐楚元研究，历来只有得"袍哥道"者，才能开山立堂啸聚朋友兄弟，也才成得了龙头大爷，故此，"袍哥道"过去既无文载，亦无明传，一直只在龙头大爷间口耳密授，除此再不为外界知晓，即便四排、七排大爷，也不知其所以然。

"袍哥道"内容庞杂精深，齐楚元虽经多年考察研究，亦只能破解一二，所幸他破解的部分恰好涉及四兽八眼暗藏的数理密码，所以，他之前考察袍哥堂口时，才得以进入存世完好的"啯噜照壁"，而魏小天也是靠他教的这一套办法，进了桃星垣的照壁密室。

要打开通向"啯噜照壁"密室之门，须得按照"袍哥道"尊奉的数理顺序，从先而后依次启出四只神兽的八只眼睛。否则，纵使有人通"天理"晓"人和"，但循其中任何一道启开四兽八眼，都只会引得照壁坍塌、密室崩毁，皆无缘得见《海底》真经。

陆成按照记录中所教手势，揸开五指先行抠住青龙左眼眼球，随后手一使劲儿，眼球"砰"的一声弹出一截，总有寸把来长。复又将眼球压下去，再弹出，如此七个来回，一杆长近两尺的精钢栓杆才彻底脱扣，拔离了出来。

只这几下工夫，陆成额上渗出一层薄汗，他舒一口气，挂在嗓子眼上的担忧早已去了八九成——既然第一杆钢栓能这样拔出，说明"萄荐苑"内"啯噜照壁"的机关布置仍合"袍哥道"祖法，这自然也就意味着，照壁之下定有密室，密室之中必有《海底》经书。

陆成之前最担心的，是"萄荐苑"的照壁、天井徒有袍哥堂口外表，其内并无密室、机关，假使这样，他唐突登门调查，不但一无所获，反而会打草惊蛇，还可能使整个调查工作陷入被动。

也正因为顾忌这一层，他这次才听进从郸教的办法，说动领导动用人脉，做出这一场消防检查的好戏。

陆成来之前已经想好退路,如果在"萏荇苑"找不到机关密室,权当劳烦一帮消防战士给"萏荇苑"白做一回消防检查。

但现在,他按一套顺序依次将八杆钢栓全都拔出来后,就在抽离最后一杆时,眼睁睁见那方方正正的白石照壁就像装了升降机一样,伴着隆隆响声,徐徐沉入地下。

照壁壁身定有数千斤,待它沉入地下,轰的一声重重停住时,原先的壁座位置就空出一道通向地下的门来。

陆成走到跟前看,见沉入地下的照壁,顶上离地约有二尺高,这样它就成了下地落脚的头一步平台,从平台一侧斜下,连着步步石阶,一直通向暗处。

陆成心中吃了颗定心丸,他抹了一把脸上的汗水,开始执行第二套方案。他朝楼上的李静打了个手势,李静即刻拿起手机发了一条短信,又走开几步找到那位"步话机"交代了几句。

随后,"萏荇苑"茶楼里面,接到命令的消防警悉数罢了手头检查,都从房间里面出来,又纷纷会合到楼下。

到了一楼大厅,大家都瞧见天井上的地坑,俱是惊奇不已的表情。这时候,"步话机"喊了一通话,大家便行动起来,各人忙着摆锥筒、绑警戒带,直把一个天井现场戒严了。

陶苕媛和着一帮员工在大门外候了将近半个时辰,这时候听见大门里面嘈嘈杂杂有了动静,不过车挡住门,她啥也看不见。

随即,酒吧街那边,有两辆警车呼啸着开过来,警车车门上有"检察"二字。与此同时,门口消防车上走下来一位黑脸膛的中年校官,下车之后,径自望着警车一路开到他身边。

警车里面果然是检察院的人,头一辆车上下来王方宏和其他几名检察官,后面一辆面包车还没停稳熄火,车门"哗"一下滑开,跟着冲下来一飙穿戴整齐的司法警察,下地后顺车身站成了一条线。

校官和王方宏打过招呼握过手后,几个人就朝陶苕媛这边招了招手,问谁是老板,谁是这儿的负责人。

陶苕媛听见,低头跟身边经理耳语了几句,这才款款走到校官面前,问有什么事。

校官的黑脸膛上看不出半点儿表情，他说今天排查消防隐患时发现茶楼天井藏有不明地下室，现在消防已决定将现场交给检察院负责。

陶苕媛脸上不见诧异，只淡淡问了一句："车挡了大门这些时间，我们在外面什么都不知道，你可就知道里面的情况了。"

校官看也没看陶苕媛，只拿手里的步话机朝她挥了挥，就和王方宏握手道别，转身上了消防车。

随后，两辆消防车滑开一段让出了大门。这时，茶楼内的消防警都已忙完，见大门让开，各人趁便出了门，依次回消防车上去了。

王方宏往前一步，走到陶苕媛面前介绍过自己，然后就做出个"请"的手势，要陶苕媛和他一起往茶楼里面走。

陶苕媛转身，一边朝大门里走，一边心不在焉地问了一句："怎么检察院还管这些事吗？"

王方宏没有开腔，只埋着脸笑笑地点了点头。

陶苕媛走到大门口，发现白石照壁不见了，天井上现出一方地坑，她脸上迅即掠过一丝不易察觉的慌乱。

"步话机"还在一楼大厅，他看见陶苕媛，赶紧从同事手里抽走检查记录本，一边翻开，一边跑步上前来。

"来，陶总，这是我们今天的检查记录表，麻烦您签字确认一下，我们就交手续了。""步话机"一手摊着不锈钢夹板，一手指给陶苕媛看，"左边是检查项目，对应过来是检查结果，灭火器、消防栓、通道，你看这些都没有问题，检查全部通过了。"

陶苕媛看也没看记录本，就草草签了字。随后，"步话机"合了记录本，招手叫了其他同事，全部撤出了茶楼。

待消防车离去之后，"葡荇苑"茶楼大门彻底关上了，门外又分派两名法警值守。

一旁不知就里的茶楼工作人员，看这阵势和先前全然不一样，都只窃窃私语，个个儿脸上茫茫然。

这工夫，里面天井警戒区内，陆成、王方宏、陶苕媛和几名法警已经准备停当,一人手里打一只手电,开始往地坑下走。

陆成打头,他已换过便装,等他蜷着身子沿地下石阶一级一级走到尽头,四下里一照,才见是一座方方正正的石屋,高不过两米,四壁溜光,只有室内正中立一座石案,案上摆一只老黑漆的木盒子。

陆成、王方宏等陶荟媛下到室内,又给李静让出摄像位置,这才取出手套戴上,然后一人扒住盒盖一头,只稍稍一使劲,就揭了盖子。

连陶荟媛都忍不住举起了手电,瞬时间,几只手电和着摄像机照明灯的光线一齐聚到了盒子里面——只见盒内红漆鲜亮,当中端放一册黄缎本子,那缎面上白丝绣字,正是"海底"两个字。

六十六

陆成拿到了《海底》,但《海底》已被拆开,当中只有四排大爷一个人的"契"与"史",并不见龙头大爷、七排大爷二人的资料。

陆成在地下室,先前通身还热乎乎的,这会儿已变成一身冷汗。他愣了片刻,感觉周围暗处一直有人盯着自己看似的,他抬眼看了一眼陶荟媛,陶荟媛正望着他手上的《海底》,脸上显不出格外的意思来。

陆成知道中了圈套,但事已至此,他只好硬着头皮把现场取证工作一项一项做完。

之后,他们封了天井现场,一面留下一拨人在茶楼里给员工做笔录,一面就带着陶荟媛回了检察院。与此同时,他们又通知吕孟庄立即到检察院来。

从下午起,陶荟媛、吕孟庄这一对新婚夫妇,分别坐进检察院一楼相邻两间问讯室内,开始接受陆成、王方宏的讯问。

这次检察院的行动算是突然袭击,而且从发现《海底》到带回陶荟媛,这期间,陶、吕两人并未通电话知会过情形,但现在两人被分隔讯问后,都是一脸的沉着、淡定,各自陈述的内容也都一脉相承。

陶苕媛给陆成出示了房产证，说"萄荇苑"房产是吕孟庄早几年送给她的，她接过来时，房子就有天井、照壁，她后来开了茶楼，也只往楼上楼下房间添家具、换装饰，从未做过拆建，尤其天井、照壁，都不曾动过。

吕孟庄也带了一套资料，证实这一处房产系他从别人手里买过来的。王方宏细细把资料看一遍，只好无可奈何地问吕孟庄，那地下室到底怎么回事？

吕孟庄却说，这个问题，该他问检察院才对，他买房子时，天井、照壁已在，他从来不知道地下室的事，但现在检察院却突然发现一个地下室，到底怎么发现的，牵扯什么案子，地下室到底为何人、何时所修，修来做什么用途，甚至其间牵不牵扯房产交易欺诈，都该给他查个水落石出。

陆成及时跟留在"萄荇苑"茶楼的同事交换了信息，从同事掌握的情况看，陶苕媛的说法得到几个老员工证实，这说明修建天井、照壁应该是陶苕媛接手之前的事。

但吕孟庄更把这件事往前推，推到上一任房主手里，而检察院派人去房管局查底，随后锁定上一任房主时，才知房主为一孤人鳏夫，已老死多年，家财都捐了教会。

至此，天井、照壁、密室究竟为何人所修，居然成了无据可查的事。

陆成心下恼火，他控制不住自己的情绪，转身跑到隔壁问讯室，冲到吕孟庄面前咆哮起来："你祖上的堂口叫桃星垣，你家的茶楼就叫'萄荇苑'，桃星垣里有照壁和地下室，你家茶楼也有一模一样的东西，你说，这是怎么回事？"

王方宏知道陆成恼火失态了，怕他惹出麻烦来，连忙伸手将他拦住坐下。

吕孟庄一直巍巍不动坐在椅子上，从陆成冲进屋来，到他咆哮完坐回去，都只端详着他的眼睛，像是把他的心思看透了似的。

"你说你说你说啊，你怎么给我解释？"陆成被王方宏拉住坐下，心里仍是一团火，他有一种冲动，很想激怒吕孟庄，但又力不从心，他感觉吕孟庄就像一座山一样横在面前，难以撼动。

吕孟庄起了起腰身，双手拿起来搁在面前桌子上，他本来就身材魁伟，这样一来，更显得挺拔逼人。

他望着怒气未消的陆成，语调温和："你年龄小，问出这样的问题，我不怪你。但我作为长者，还是提醒你一句，你问的这些问题，一是辱没你自己的智商,二是有辱你这一身检察制服。你要懂得,我们纳税人花钱让你穿上这一身制服,是叫你为我们办案,为我们服务,不是叫你要性子、发脾气,在这儿坐没有坐相,站没有站相。你看看你现在这个样子,斯文扫地,成何体统。"

王方宏没好意思看陆成有啥反应,他作为地方上的检察官,对陆成这种"空降"下来的小年轻,心理上本不大感冒。但他等了片刻,发现旁边陆成一声不响,忍不住瞄了他一眼,这一看,才见陆成正哭丧着脸,狠狠地盯着吕孟庄,两颗眼泪等着就要滚下来了。

"吕总,今天请你过来,主要就是谈谈话,聊聊天。"王方宏这才把话接过来,似笑非笑地望着吕孟庄说,"既然是聊天呢,你也犯不着给年轻人上纲上线,他也就这么一问,你要觉得没有什么,不妨跟他讲讲,吕总,你比他多吃多少饭啊,你还跟他掰手劲儿呀?"

吕孟庄仍然盯着陆成,陆成到底顶不住他的气场,最后只好收了眼神。

陆成败下来之后,吕孟庄还是那样看着他,他一双眼睛就躲躲闪闪,却又寻不下合适的看处,实在熬不住,他便站起来,抹了一把眼睛,灰溜溜地出去了。

吕孟庄一直盯着陆成出了门,这才郑重其事地跟王方宏说:"王科,今天你们院来电话,我什么原因都不问,立即就过来了,这是为什么?我这是尊重法律,配合你们的工作。可是我看到这些年轻人啊,我很忧虑,你也是老法律人了,你也要警惕这些年轻人的思想动向。你看他问话的逻辑,为什么我祖上的袍哥堂口叫桃星垣,我的茶楼也叫'葍荶苑',这是在搞什么,这是典型的有罪推定,典型的无中生有,这和网上一些人质问我的口气简直如出一辙,网上就说,为什么我祖上是首富,我现在也是首富。我怎么回答好呢?我说这些个年轻人啊,哪怕你就是红卫兵,哪怕你要清算企业家,要重新打一回'地富反右',你也不能清算到我祖上的阶级成分上去吧。"

"得啦,吕总,你这是言重了。"王方宏打着哈哈,却话里有话里地回了一句,"照吕总你这么拔高,刚才年轻人当着你面哭,这得安个什么帽子,难不成你说人家是邪恶向正义低头?"

这天,因为问来问去总也问不出个所以然来,王方宏就早早让吕孟庄回去了。

陆成那边，可能是受了吕孟庄的气，心里不得劲儿，就故意拖着时间磨陶莟媛。他轮番换了几名检察官进去做思想工作，后来又特地把萧郡叫来，请他帮检方开导陶莟媛。结果，两人被留在单独房间谈了老半天，也不知谈到些什么，竟惹得陶莟媛拍了桌子翻了脸，反骂萧郡害她家不得安宁。这一场吵闹惊动了检察院楼上楼下，两人也就不欢而散。

陆成就这样天上一脚地上一脚，一直折腾到晚上十一点多，看样子，他是黔驴技穷了，方才和陶莟媛结束了谈话。

陶莟媛走后约莫半个时辰，陆成出了检察院大楼。他掏出手机，一边拨电话，一边又去了大楼外边的草坪雪地上，他现在有许多要紧事情赶着请示领导。

领导一直在等陆成，所以电话一接通，他先就跟陆成通报了几项新情况。

一是"水山计划"这一组调查有重大进展，李松平本人已经承认，他是受人指使，才下药毒死了武传风。但是，指使他的人作案很高明，一直用磁卡电话下命令，并且从前到后把痕迹处理得非常干净，现在往下追查很难突破。

二是齐楚元教授在李万水的"茶碗阵"上有所发现。原来，"茶碗阵"最早就是袍哥规矩，一开始是袍哥为逃避清政府打击，才发明了这种独特的信息传递工具。到了晚清、民国，社会失控、秩序混乱，一般的袍哥帮众，基本上都已公开活动，用不着密语、暗号，加之阵法又复杂难学，于是"茶碗阵"逐渐被弃用，最后失传了。而李万水学来的"茶碗阵法"，正是袍哥所用的"茶碗阵"，只不过它在一套古法基础上又有演绎修改，更加适合在现代社会商业场合中表情达意。

"从这一条信息看，我们推断李万水所加入的秘密组织，很可能就是吕孟庄手下七排大爷所建立的组织。因此，这个七排大爷手上应该握有一本《金兰谱》，而这本《金兰谱》必定记录了包括李万水、吴剑晔在内所有圈中人的身份信息。"

领导通报完这两则消息，陆成已是惊愕不已，这时领导又告诉他，今天下午，《海底》的鉴定结论也赶出来了，《海底》中仅存的四排大爷手书的身契，其立契人秦剑雄，就是公安局局长秦剑雄。

有意停了一刻，领导见陆成半天无话，遂接着说，秦剑雄契书中交代的"身家己事"，竟然和萧郡所曝"水山计划"一事，出现了信息交叉现象。

秦剑雄契书中所说的他父亲，和水山计划中提到的那位中央大学级会总干事,是同一个人,都叫秦鼎昌。

契书还交代,秦鼎昌是秦九孤儿的儿子,秦九孤儿正是在桃星垣上诈死之后,隐姓埋名做了吕开泰的四排大爷,专责执掌堂口"神通"。而秦家世袭相传的桃星垣镇堂法器,恰为佛头,所谓"佛头现,西山断,青河三丈三",则源自秦家《鬼神诀》中的独门决断。

"齐教授把契书内容与'水山计划',以及与桃星垣的文化特征进行了比照研究,我们上面也进行了会商研判,现在进一步肯定,秦剑雄就是吕孟庄手下的四排大爷,秦、吕,以及另一位七排大爷三个人,完全按照'袍哥道'的章法,在这个城市里面建立起了一个地下黑恶组织。"领导说。

陆成听到这里,心里已完全有数,方才问,现在既有了这份亲笔契书,是不是可以抓捕秦剑雄了?

领导说,对于秦剑雄,我们已经决定抓捕,现在正办理相关手续,预计三天后就可以实施。

陆成听说还要三天才行动,生怕夜长梦多生出变故,因此忧心忡忡道:"吕孟庄会不会警觉,如果他感觉到我们要抓秦剑雄,会不会先我们一步让他'消失',或者让他逃跑?"

"不会,吕孟庄就是要让我们抓秦剑雄,他想借刀杀人。"

"啥?领导,吕孟庄让我们抓秦剑雄?"陆成听得一头雾水。

"《海底》中,其他内容都不见了,只剩秦剑雄一个人的契书,这就是吕孟庄专门留给你的,他就是让你拿这个证据抓秦剑雄。"

"啊——"陆成怔住了,"那,那吕孟庄事先就知道我这次行动?"

领导在电话里说:"我们也是刚刚了解到,这次吕孟庄对萧郡、丛郸进行了跟踪监听才掌握了信息。所以,我也正式通知你,接下来,你和这两个人的接触要全面转入保密级别,同时也要将这一点告诉两人,要他们在吕孟庄的监视之下学会演戏。"

陆成又感觉到两腮开始发烫,该是脸红了。还记得这次行动之前,他请示领导时,领导犹疑不决,叮咛他不要低估对手,还说到吕孟庄的智商不比他低,他却是一心要行动,因此朝领导放了不少大话,这些话现在想来何其草率。

领导大约猜到陆成的心思,继续说:"不要有思想包袱,你们年轻人冒进,但冒进不是没有好处。我们几个人会商,反思了这次行动,认为行动总体上是成功的,及时地获取了较高价值的情报,也因此,我们仍然认为你是最合适的专案人选,并会给你下放更多权力,以便你临机决策处置。"

"唉——"上面这个决策,更出乎陆成意料,他一时不知说啥好,只好谦谦地叹出一口气来。

领导和陆成交办完正事,最后问他一句:"我听说你今天冲吕孟庄发了火,还当场哭起来,末了又把那个萧记者叫来和陶莣媛见面,这都怎么回事啊,有什么名堂吗?"

"哦,这个,这个情况我正要跟你汇报,我今天特意调了陶莣媛的户籍档案,从她的档案中发现了极重要的情报,然后我临时决定将这个情报通报给萧郡,并与他订下了一套后续工作方案。"陆成连忙把他和萧郡的一番筹划,说给了领导。

终极交易

六十七

专案组逮捕秦剑雄那天晚上，吕孟庄事先就听到了风声。当两名特警押着秦剑雄走出酒店大门时，他正从对面一家酒店的落地玻璃窗往下看。

秦剑雄戴了头套，街边路人都不知道是他们的公安局局长落了网，吕孟庄只瞧了一眼"头套"的体态身形，就断定是秦剑雄无疑。

"你的消息很准嘛。"拉上窗帘后，吕孟庄边往外间客厅走，边朝皮沙发里枯瘦单薄的背影说话。

"哼哼，"背影冷笑一声，端起茶杯呷了一口，接着就站起身转过来迎着吕孟庄，原来是刘子良，他满脸堆着笑，"好歹是你的七排大爷，一把人物在手上，这点儿消息不难打听出来吧。"

"下一个是不是该算计我了？"吕孟庄在门口沙发旁边站住，似笑非笑地望着刘子良说。

"哎呀，大哥，您这是啥话呀。"刘子良马上换一脸的窘迫表情，却掩不住满眼的兴奋，他一边拿起桌上的手包夹在腋下，一边扭着步子走出了沙发区，"您现在这么说呀，真是陷我于不仁不义也。"

吕孟庄没再接话，见刘子良要走，就顺手把门拉开。刘子良前脚跨出了门，却又回过头来觍着笑丢下一句："再往下，咱哥俩这最后一笔交易，不就可以谈了嘛。"

吕孟庄抬了抬手，和他再见，然后掩上门。之后，他就伸手关了顶灯，默默走到沙发边坐下。

房间只留下墙角一只地灯，光线一下变得晦暗起来。吕孟庄靠在沙发上，一手解开了西装衣扣，一手轻轻摁住太阳穴。

他感到一种从未有过的困倦向自己袭来，遂慢慢闭上了眼，眼前，却满是他和秦剑雄、刘子良的一幕幕过往。

当年吕孟庄回到西山，一眼就瞄上义田镇的大片土地，他是一心想着要把这片地拿下来的，可是找不到门路托不到关系，面对千头万绪的关节门槛，他一节也打不通，半步也跨不出去。

吕孟庄一二十年没回过家，已从当年的小伙子变成了四十挨边的人，如今乍一回来，真是两眼一抹黑，少不了各种尴尬——老家的商业圈里无人知晓他的实力，老家官场上更没人敢和他做生意——他就只好攥一把钞票在手里，干看着城市开发一天一天逼到了义田郊区。

那时候，他两个发小也都攒不上劲，秦剑雄在西山古镇当派出所所长，手底下就管五个片警，刘子良也才从底下乡镇党委书记任上调进城，在西山区监察局当一个不管事的监察室主任。

想起来，哥儿仨爷辈都曾是桃星垣的扛把子。那秦剑雄正是秦九孤儿的嫡孙，当年秦九孤儿过不惯堂口大爷的生活，就借着其他大爷的怨气，在吕开泰的配合之下，自焚诈死，从此也就做了桃星垣的四排大爷，一生隐在吕家身后，专司操弄桃星垣上的各样"神通"。

刘子良爷爷刘瀚生，也是西山一带的豪绅大户，他明面上还有官家身份，中华人民共和国成立前一直是本县干训所所长，替国民党执掌一县基层干部的训导工作。

吕、刘两家交情颇深，到吕开泰扯起桃星垣大旗时，刘瀚生就秘密做了七排大爷，暗地里替吕家掌管起堂口袍哥的"身家"事务。

爷辈三人在一片乱世中开创了家业声名，不想到了这一辈，竟只有眼巴巴地望着身边的大好机会，生生地插不上手。

有一天，三人一起吃饭喝酒。酒到半中，吕孟庄忍不住在秦、刘两人面前说苦闷话，他说，可惜找不下门路，要是谁能把义田地皮上的人赶走、房拆光，把一马平川的土地拿到手，他就敢替老祖宗再当一回龙头大爷，倾尽上亿身家往地皮上砸，砸进去长出来，那可就是一座取之不尽用之不竭的金山银山。

刘子良听了吕孟庄这句话，瞬时腰板都挺直了，转过来拉住吕孟庄反问，你真调得动上亿资金往进投？

吕孟庄回答是，刘子良便又转过身去喊秦剑雄的诨名，彪子，彪子，我问你，你们四爷家不是一直替桃星垣掌管"神通"么，当真能叫西山断开，叫青河发水？

秦剑雄一巴掌拍在桌子上，瞪圆了眼说，你当爷给你开玩笑？

刘子良并不生气，两手一摊，操着他那副娘娘腔自顾自地说，那我就不明白了,这么大的能耐,都能叫青河发水,干吗就不敢接吕大哥的话茬呢,是没想到哪,还是想不到哪?

秦剑雄骂了一句,当头抵面质问刘子良,我叫青河发了水,淹了义田镇有啥用啊,老吕他要的是地,又不要满地的死人。

秦剑雄说这话时,伴着一股气浪冲过来,刘子良眉头一皱,他边摆手边把身子趔得开开的,转而跟吕孟庄说起话来,吕大哥,只要彪子他能把义田镇给淹了,我就保准你拿到这块地皮呀。

就是这一番谈话,这一天,三人趁着酒兴,当即按一套祖宗成法唱了诗礼,喝了血酒,重新结了桃星垣,立誓非要拿下义田地皮不可。

也是天遂人愿,不久,赶巧老天爷降下一场百年不遇的大暴雨,秦剑雄一举使出祖上神通,断了西山水库。

再以后的事情变得水到渠成,在西山区领导为救灾重建忙得焦头烂额时,吕孟庄拿上刘子良精心制订的重建方案找到政府,顺利签下重建协议,拿到了梦寐以求的义田地皮。

这是三个人干的头一票,也是三人重结桃星垣后全部事业的起点。

以后很多年,吕孟庄每每回想起这一段,都会感念秦剑雄,他总觉得,不管自己拿出多大身家本钱赌进去,不管刘子良的计划谋略多周全,如果秦剑雄不使出神通手段,他们的事业就永远迈不出第一步。

这种感念一直持续到上次"水山计划"的事被萧郡曝光出来,他和刘子良都才恍然大悟,什么"神通",什么《鬼神诀》,什么"佛头现,西山断,青河三丈三",原来是他秦家人串通旧政府在西山里面鼓捣出来的秘密工程。

历来桃星垣里一、四、七排大爷是一层背靠背的关系,《海底》《鬼神诀》《金兰谱》三样,各人都守各人的秘密,并不让其他两人知道。

但这次"水山计划"被媒体曝光以后,《鬼神诀》就穿了大帮,桃星垣堂口也就失了"神通"。同时,吕孟庄在面情上也有些挂不住,这等于说,他吕家几世的龙头大爷都被秦家一个四排大爷当猴耍了。

其实,就算抛开这一层心理,退一万步说,秦剑雄装神弄鬼耍完神通也就罢了,偏偏又手脚不干净,遗下个佛头让人逮住把柄,到头来却给他吕孟庄惹出一大场腥臊来。

身为龙头大爷,吕孟庄是气归气,他最终还要顾全大局,所以,上回眼看"水山计划"的事闹得快要收不住场，他才又听一回刘子良建议，毅然决然和陶菁媛结了婚，这样才解了舆论的种种危机。

这次危机解除之后，刘子良却朝吕孟庄嘀咕起一件事来："吕大哥，不知你现在看懂了没有，水库溃坝不但不是什么神通，说穿了，它还是桩杀人案。这么大一桩杀人案，真要哪天被人揪出证据了，你说我们……"

"要是揪到证据，咱们仨都得死。"吕孟庄听出刘子良的意思，干脆替他把话说穿头。

"哎哟，你可别咱们仨咱们仨的，听着多瘆人。那神通可不是谁都耍得了的，我不行，你也不行，所以我俩都没法参与呀。"

"主意不都是你出的吗，你这算是参与预谋了吧。好处，你不也得了吗，你就是受益人啊。"吕孟庄用开玩笑的口气说话，却盯着刘子良的眼睛，他眼神始终带着一种威严，逼得刘子良的眼神躲躲闪闪。

"呵呵，我的吕大哥，法庭上可不是你这个理儿。你说我预谋了，好吧，证据呢？你说我分赃了，赃在哪儿呢？你给我找出来看看。"

"子良，你这话是要脱离组织？"

"不不不，我不会脱离组织。"刘子良举起一根指头在面前摇了摇，"我是考虑，像彪子这样迟早要翻案的人，是不是该让他脱离组织，省得让一颗老鼠屎害一锅粥。你说，他自己杀了人，却把祸殃引到你我身上，这都叫个什么事！"

吕孟庄听到这句话时，心里一颤，他终于听明白刘子良的意思，他沉默了好一阵子，才反问刘子良，秦剑雄是你想让他脱离组织，他就愿意脱离的吗？

"这倒也不用我们费心，他既然犯了案，就让他伏法去吧，只要他伏了法，他爱脱离不脱离，管他呢。"

六十八

刘子良和秦剑雄之间的隔膜很深。打从上学起，两个人就开始心心病病，秦剑雄是听不得刘子良一副娘娘腔，刘子良又瞧不惯秦剑雄鲁莽残暴的秉性。

学校出来之后,两人参加工作虽都在老家,却不在一个系统,加之又缺了吕孟庄,于是就疏远了往来,形同陌路人。

待吕孟庄从外面回来,他是实打实干事的人,眼里瞧出去尽是人的优点,所以秦、刘两兄弟才又被他拢到一起来,重新结了桃星垣不说,还在义田镇的地皮上干成了一桩大买卖。

秦、刘两人走到一起后,多少年的心病又开始一点儿一点儿积攒,平时说话勾勾挂挂,互相都不待见。

过几年,大家陆陆续续开始分钱,有钱就有利益,有利益就有争端,秦剑雄便对功劳大包大揽,又处处数落刘子良是白落了便宜。其实,逢这样的事,刘子良要忍一忍口,男人间这些龃龉也就过去了,偏偏他心地狭窄,口上寸土不让,回回都搜肠刮肚编些气人的话来顶秦剑雄,甚至说西山溃坝是碰巧了暴雨,根本不是秦剑雄的"神通"显了灵。

此后多年,两个人都从工薪干部摇身一变有了亿万身家,各人在官场上也都平步青云,但他们仍是跨不过心里的坎,时不时还为分钱争功的事闹闹嚷嚷不得消停。

不过,说到底,这些还都是口舌矛盾,当中又一直有吕孟庄调停把控,两人虽争来斗去,总还不至于滑得太深。真正让两人结下化不开的仇怨,却是从刘子良前些年在监察局局长任上搞的那一场招投标改革起的势。

那次改革之前,全市招投标市场基本操纵在秦剑雄手里。当时他已爬到市公安局常务副局长的位置,招投标工作原本不在公安治下,但每次只要他手下企业参与投标,让他中标便还罢了,若叫他出了局,这场招标就铁定闹出血案,案子一出,公安立即插手进去,于是借着办案胡乱拘一干人,他秦剑雄也就把竞争对手撂了。

秦剑雄一直为自己手头这点儿生意得意,用他自己的话说,管他招投标口归哪个领导管,只要给招投标弄出了案子,上了公安局的手,领导就出局了,谁家中标谁家落标,还得他秦剑雄说了算。

也就凭这一点,以前秦剑雄没少在刘子良面前拿大,他动辄就放出堵人的话来,说他秦剑雄就是不依靠桃星垣的家业,也能在外面打一片天。

当时刘子良手上,确实还没有自己的产业,遇上秦剑雄这些挖苦话,他只好忍气吞声。

但后来随着招投标市场闹的案子越来越多，恶名越来越大，市委竟然决定改革，而且刚好把这场改革交到了时任市监察局局长的刘子良手里。

这真真是冤家路窄。

刘子良受命改革招投标体制，对秦剑雄的手段已是尽知尽晓，所以他一上来就搞出个分级方案。

他先在市监察局新设一个公共资源交易中心，将全市标的过亿的项目一把收到中心去了，然后只把零敲碎打的小项目留给底下区县。

秦剑雄手下企业都不大，也没有像样的管理人才，企业全都不规范，分级之后，市上的公共资源交易中心只要稍微收严招标条件，就把他那些企业挡在门外了，连报名初审这一关都过不了。

进不了交易中心的门，秦剑雄那一套靠制造刑事案子强行介入招投标的做法，也就英雄无用武之地了。

当然刘子良也不是全无顾忌，他若把秦剑雄的财路断绝干净了，保不齐这个人就会狗急跳墙，闹出更大的乱子来。所以改革方案中特意留下小项目给区县自己招标，这就是给秦剑雄开的一道口子，叫他自己到区县去和一帮小企业竞争。

在区县这一级，秦剑雄的企业实力自然是绰绰有余，他也就犯不着再动刀动枪，正大光明地走程序就拿得了工程，所以，秦剑雄甚至还要反过来帮刘子良维持区县市场的正常运行。

借这次改革，刘子良是一箭双雕，既把市上交代的改革任务漂漂亮亮完成了，也把秦剑雄死死吃住。

只这以后，市上的招投标市场确是安生了，但秦剑雄对自己吞下的这一口恶气，一天都没甘心过。

这些年，秦剑雄把刘子良恨得牙痒痒，却一直没找到合适机会报仇。一直到这次五百亿级的环山景观路工程出来之后，秦剑雄毅然决然地从外地运作到世联集团这家空壳公司，重新杀入了交易中心。

秦剑雄不是不知道，所有对手企业的最终控制人都是刘子良，他这次故意杀进刘子良的围标布局当中，作势就是明叼明抢。

所以，在招标结果出来以后，他一看自己落了标，计划好的招标大厦血案也就如期上演了。

秦剑雄这次是下死手，血案仅仅是他牵出来的一根引线罢了，血案一发，他抓住借口，马上拉开了声势浩大的"全市招投标领域百日打黑"行动。在这场打黑风暴中，凡是被他疑为刘子良马仔的企业主，一个一个都被拿下，这当中就包括李万水。

秦剑雄是打算拉一张大网，一次把刘子良在招投标市场上的根基给拔了。而且他下手也忒狠毒了，就连他自己做下的招标大厦案子，也要栽给刘子良的人，所以他才挑准李万水下手，屈打成招，想让李万水把黑锅背了。

本来，秦剑雄这一番不要命的拳脚打出来，眼看是要奏效的，刘子良等着就要服软了。刘子良甚至已经找到吕孟庄门下，要他出面调停说和，罢手谈判。可万万没想到的是，吕孟庄还没出手，屠夫却遇上个尿大胆，秦剑雄这次偏又挑错了人。

那李万水受尽百般折磨，愣是在招标大厦案子上死死扛住，而且他这一扛，竟一直扛到秦剑雄最终不得不在起诉意见书中划掉了招标大厦案子一条。

秦剑雄这一着棋走空了还不要紧，不料他在李万水案子上的种种反常，早已引起有关部门注意，他也就这样被上面盯上了——秦剑雄掀了一场风波，演了一出好戏，最终却是搬起石头砸了自己的脚。

秦剑雄能把打黑的阵仗闹到地动山摇，吕孟庄和刘子良心里就跟明镜似的，知道单凭他那颗脑袋，是决计想不出这一连串步骤的，他背后必定有人策划谋略。

偏偏吕孟庄就最忌讳这一点，他一贯觉得，弟兄之间斗法归斗法，若是拉着外人搞内斗，还要把自己人铲草除根，这一套思路背后定是一颗祸心，因此之故，他在这件事上是给秦剑雄记了一笔的。

打黑闹得人心惶惶的那段时间，吕孟庄也感到过恐惧，他倒不惧别的，他就怕秦剑雄丧心病狂，就怕这个彪子兄弟越来越失去理智。

没承想，打黑的事不曾完结，媒体上又闹出"水山计划"来，这事差一点儿掀了三人的老底，别说吕孟庄、刘子良，连秦剑雄自己都吓出一身冷汗来。

这事情追根溯源，因由还在秦剑雄头上，怪就怪他手脚不利索，给人留下了尾巴。可他倒好，留下尾巴招了祸殃，事情闹得一发不可收拾，他一看矛头指向吕孟庄，大火没烧到自己身上，竟能甩手不管，就连吕孟庄几次三番叫他去商量对策，他都懒得到场。

在闹出这一连串的是非之后，吕孟庄已经对秦剑雄生了忌惮。恰就在这个当口，秦剑雄又因李万水案被上面盯上了。吕孟庄一得到这个消息，心下登时也就明白了刘子良的建议，他心里甚至比刘子良更清楚，已经不得不清理秦剑雄了。

这样，前一段时间，当他的人跟踪萧郡去了桃星垣，而后又窃得消息说检察院要追查《海底》，他觉得时机成熟了，遂按之前刘子良的建议，把秦剑雄立的契书，留给了检察院。

清理秦剑雄，对吕孟庄而言，是不得已而为之，但对刘子良来说，这等于打了一场翻身仗，既帮他扭转了局势，又替他出尽了恶气。

另外，吕孟庄虽一直在心里揣着一个桃星垣的旧梦，而刘子良对三个人的同盟关系早就抱有看法，以前他不止一次在吕孟庄面前提过，要吕孟庄趁早解散桃星垣。

对于解散桃星垣，刘子良口上给过各种说辞。吕孟庄却了解他的心思，知他一来是想和秦剑雄断了牵连，免得受窝囊气；二是他自恃有谋划有决断，手里又独掌堂口的《金兰谱》，通晓市里一帮权贵富豪的身家己事，他就想单独立个门户，自打一片天下；另外，堂口的资本、产业虽然越滚越大，年年也有分红，且他和秦剑雄这些年把住招标市场闷声发财，各人名下挣了不知几座金山银山，但两人对桃星垣名下的财富仍是虎视眈眈，早就想一分了之。

这次，在秦剑雄惹出种种事端，逼得吕孟庄不得不下决心清理门户后，刘子良又趁机老调重弹，劝吕孟庄赶紧把堂口散了。

而且，这回刘子良不但找到了绝好的借口说头，就连堂口怎么个散法儿，吕孟庄名下的财产如何分割，他如何从吕孟庄手里赎回身契，他手里的《金兰谱》又该如何处置，他都谋划好了一套方案。

这个方案，也就是他口口声声说的"最后一笔交易"。

六十九

今天是阴历十四,一大早,吕孟庄只穿了薄薄的睡衣,外面裹一件雪狸毛绒大氅,纹丝不动地坐在圆山园别墅三楼的露天阳台中。

外面已是雪后初晴的天气,唯独三楼这间露天阳台不向阳,在这个早晨依旧笼在一片晦暗当中。

有个短发的中年女人,每过一会儿就来阳台上一回,手里提一只白瓷瓶,朝吕孟庄身边的茶碗中添一次开水。

这个女人叫万燕萍,是秦剑雄的老婆。

今天逢月中十四日,尽管秦剑雄已被抓了,万燕萍还是照以往的老规矩按时到吕孟庄家里来。她是个沉得住气的女人,从一早进门到现在,面情上就像什么事也没发生过一样,见吕孟庄一直在发呆,她添完水就回屋里收拾房间去了。

每月的一日、十四日、二十七日,是桃星垣袍哥堂口一、四、七排大爷秘密"轮妻"的日子。

这一道规矩,说来是桃星垣吕家的独门讲究,吕家祖上开山立堂时,是正儿八经"同袍同妻",讲求在每月的这三天轮替伺寝、子嗣混血。

其实这道规矩在重结堂口之初就拿出来议过,秦剑雄和刘子良都说要废除,是吕孟庄看得长远,才坚持祖上成法不能改动。

不过,自打兴起"轮妻"之后,无论是万燕萍,还是刘子良的老婆谭菊芳到吕孟庄家来"伺寝",吕孟庄都只行头一回房,此后便在一起吃饭,一起拉拉家常,其他连人家手都不碰一下。

吕孟庄在前面带了这样的头,秦、刘两人也都懂了他的意思,以后便照样做了。所以,到现在,他们之间的"轮妻",也就只剩下一个名义。

按说"轮妻"轮到这种境地,这一套规矩仪式还要不要讲究下去,已经是无所谓的事了。吕孟庄本也不是张口闭口一套祖上成法不能丢的迂腐人,果真这套规矩失了意义,废掉也好,终止也好,对他来说,也都不难。但问题是,偏偏吕孟庄在这个问题上,看得刁钻。

桃星垣祖上独兴"轮妻"规矩,明传下来的说法,是想一、四、七排大爷结成不是血亲胜似血亲的内室纽带。所以,这一条规矩只在堂口三人组之间秘密行使,三人组以外,无论袍哥成员之间,还是袍哥帮众对外,都主张以仁义礼法相待,袍哥帮规中甚至严饬戒律,不准戏嫂欺妹、不准爬灰倒灶。

既然袍哥帮规严戒,三纲五常不容,为何桃星垣袍哥堂口的三人组偏要行一套悖德逆伦的仪程呢?

吕孟庄推敲这个问题,他觉得祖上的良苦用心,就是要把三人小组倒逼成一个独立、封闭的铁三角。

细细想去,烙上"轮妻"这个黑印,龙头、四排、七排大爷真真是坐上了同一辆战车。别的不说,单要"轮妻"事情泄露出去,不管世俗社会容与不容,单按袍哥清戒,也是遭天下袍哥剖心剜眼的事情。

所以,只此"轮妻"一道,非但把三人小组和一般社会切了开来,也和明面上的袍哥堂口切开来,三人小组成了地下社会中的地下社会,成了秘密中的秘密。

另外,这些年来,吕孟庄也亲眼看了几家人的关系。光是秦剑雄和刘子良心心病病争来斗去,其间就结了不少隔阂,这些隔阂要放在其他人身上,恐怕找不到途径化解开,却多亏他们有"轮妻"这个形式,几家老婆轮换着在各人跟前把话说开,再大的心结矛盾也能缓过去。

再说秦、刘两人争归争、斗归斗,吕孟庄从旁把情势瞧得一清二楚。他们哪怕斗得头破血流,各人不是没有顾忌,没有惧怕,总是斗到快穿头的时候,一齐都收手了。这也不为别的,还不就为他们之间有一层"轮妻"关系,不敢穿了头。

吕孟庄越是有这些见识,对"轮妻"越是笃信不疑。前些年,秦剑雄和刘子良还时不时提过要废这条规矩,都被他挡回去了。后来他妻子刘书云得了抑郁症,自杀死了,即便缺了一人,他也坚持不让"轮妻"规矩废了。

其实妻子自杀这件事,一度给吕孟庄带来很大震动,他甚至想到过放弃"轮妻",终究是考虑巩固三人组的关系,才打消了念头。可妻子到底为什么患上抑郁症,为什么不明不白就自杀了,到现在他心里也抹不开阴影,总觉得一方面和她怀不上孩子有关,另一方面,恐怕就是"轮妻"带给她的精神压力。

刘书云和万燕萍、谭菊芳这些人不同,这两个都是嫁汉嫁汉穿衣吃饭的本分女人,老公指了东,她们绝不往西,但刘书云对"轮妻"这样的事,必定心有成见。当初吕孟庄跟她提出"轮妻"时,她知道吕孟庄遇了事,半句原因不问就照着做了,但自那以后,她就变得沉默寡言,面情气色上也总是凝着一股阴郁气,最后一直到精神崩溃,寻短见死了。

其实,吕孟庄之所以和陶莕媛保持了多年地下关系一直不结婚,实际上也和刘书云自杀这件事有牵扯。他要是早几年提出来娶陶莕媛,陶莕媛也不会拒绝他,可他自己不得不考虑,要是娶陶莕媛回来做了妻子,"轮妻"的事也就落在她头上了。

当然,依吕孟庄的心劲儿,他顾忌的不是外人占了陶莕媛便宜,他是忌讳陶莕媛知道这一层关系后,要么不答应,要么也像刘书云那样,精神上背负巨大压力,这可能让他再经一回丧妻。

说也倒好,上回因为要对付舆论,又想一棍子把萧郡打降服,他听了刘子良建议,顶着压力和陶莕媛结了婚。出乎他意料的是,结婚之后第七天,当他按规矩把"轮妻"的事说给陶莕媛时,陶莕媛竟和刘书云一样,多话不问就同意了。

吕孟庄见陶莕媛顺顺利利地答应了"轮妻",也不好反过来问她心里究竟怎么想的,后来他自己琢磨,或许时下社会风气变了,别说他们这样"轮妻",真正是"换妻"的淫乱游戏,怕这些年轻人都不会大惊小怪。

今天十四,照规矩是陶莕媛去刘子良家,谭菊芳去秦剑雄家,然后万燕萍到吕孟庄家里来。但秦剑雄已经被抓走,丈夫不在家,家又不可一日无主,这种情况万燕萍只需"在家守正"就可以,不想她一大早就上吕孟庄家来"轮妻"。

万燕萍没读多少书,不大爱说话,每次过来就是里里外外收拾房间,跟上门的家政工差不了多少。

今天她还是这样,只不过从外面听她响动,手脚行动明显比以往急促了些。

吕孟庄在阳台上坐到快十点,待一片明媚就快照耀到身上,他从椅子上站起来,拉了拉散开的大氅,下楼进了卧室。这时候万燕萍大概已经收拾完了,吕孟庄进门后,没听见她的响动。

把手里茶杯放到桌子上,吕孟庄转过身打算去牵床铺时,这才看见万燕萍一丝不挂地躺在床里面。

万燕萍眼睛明明睁着,头却拧向了另外一边。吕孟庄记得她第一次过来"轮妻"时,也是不声不响上了床,然后就这样一言不发脱光了躺下。

吕孟庄明白万燕萍今天这样做是啥用意,他在床前立了一会儿,然后坐回到床边的椅子上,说:"燕萍,起来吧。"

万燕萍也不答话,径自就坐起来,然后低着头塞塞窣窣穿好了衣服。

"剑雄的事咋办?"她坐在床边问。她并不知道吕孟庄出卖了秦剑雄,还只当吕孟庄是三人中的顶梁柱,来求他想办法救人。

"我在想办法,"吕孟庄看了一眼万燕萍,他觉得这个女人身上有一种韧性,"我比你着急,我们都在想办法。"

"啥消息都没有……"万燕萍哽咽得说不出后面的话,两行眼泪也滚了出来。

"这事情出得意外,你要给我时间。"吕孟庄一只大手伸过去,替万燕萍抹了眼泪。

两个人都沉默了,过了一会儿,看万燕萍还在哭,吕孟庄只好拍拍她的手背,然后说:"燕萍,你先回去吧,这段时间把家里看好就行了。有任何事情给我打电话,我给你一个单线号码,二十四小时开机。"

万燕萍记完电话号码,又干坐了一会儿,才起身离开。

吕孟庄送万燕萍到一楼客厅时,她突然记起洗衣机里刚洗的几件衣服没有晾,就折转身急急匆匆去了洗衣房。

吕孟庄看着万燕萍中年发福的背影,忍不住眼圈都红了,他站在客厅,一直等万燕萍晾完衣服,再送她去了车库。

万燕萍走的时候,吕孟庄才递出话来:"剑雄,我们是一定要救的,就算救不出来,你和孩子也不用担心,不管怎样,还有我们照顾你一家呢。"

送走万燕萍,吕孟庄边回房,边掏出电话,他想马上和刘子良见个面。可把电话号码调出来后,他就意识到,今天陶苔媛在他家里,只好作罢了。

七十

南山背后的一处高尔夫球场,是这几年吕孟庄和刘子良经常碰头的地方。

他俩球技都不好,心也不在这上头,所以每次来都只象征性地打九洞的场,然后差不多打到三洞四洞的时候,就把球童支开,两人的话题便随之转到正事上。

今天才打完第二洞,走在路上,吕孟庄就问开话了:"子良,秦剑雄进去之后是什么情况,打听出来了吗?"

"嘻嘻,那彪子还算有种,一句腔不开。"刘子良今天穿一件米黄色夹克衫,白色高尔夫球裤,他人瘦小,脸尖削,眉毛却清疏细润,又衬一副窄框金边夹鼻眼镜,倒显出几成斯文气。

吕孟庄听了,先没说话,他看了看球场外面,外面四下是还没有化开的积雪,白花花的光影晃得他眯起了眼睛,他干脆停下了步子:"子良,万一秦剑雄把你我都供出来呢?"

"大哥,你是不是心里面又不踏实了呀,你可不能这样,你就是我的天哪。"刘子良赶紧转到吕孟庄前面去,仰面望着吕孟庄那张周周正正的脸,口里呼着白气儿说,"大哥呀,我还是那句话,你老担心那只疯狗会咬我们出来,那你说他能咬我们啥?他咬啥都没有证据呀。"

吕孟庄脸上看不出态度,刘子良两下把手上的白色手套扯下来,撴开一只手说:"大哥,我们掰起指头算算,他秦剑雄供认我们结袍哥堂口?说我们指使他搞垮水库?说我们操纵义田地皮?说我操纵招投标?哪一样他有证据啊。甭说是这些,就算咱们和他手底下企业过的资金账目,一笔一笔也都洗得干干净净,任谁来查,也挑不出我的刺儿来。"

"我听说,这一次,市委书记对上面来的专案组是极力支持,这就说明啊,书记对我们也有怀疑。"吕孟庄忧心忡忡地撂下一句。

"大哥,懒得理他们,首先啊,我不怕专案组,你看他们铺的摊子有多宽,'水山计划'的调查是一块,吴剑晔、李万水和'茶碗阵'算一块,现在连车祸死的那个记者也给立了案。但又怎么样呢，'水山计划'这边，武传风的女婿都交代杀人了，他们咋抓不到幕后指使？李万水不是也把'茶碗阵'兜了个底朝天吗，怎么查到吴剑晔那一环就查不下去了？还有，我正式跟你汇报一下，碾死记者的那个司机，就在他们立案当天，煤气中毒死了。"

刘子良说到这里，故意停下来，他有些得意地望着吕孟庄。

"不能再杀人了。"吕孟庄除了眼角凝着一丝忧虑，面情上始终再没见任何变化。

"大哥呀，不说杀人的事，我们还说书记，书记什么态度，那是政治，可眼下讲政治没用啊。"刘子良一直把吕孟庄看得像一座山，他不能让这座山倒了，所以，他现在急着要给吕孟庄打气，"大哥，你说检察院一次一次查不到我们这里来，因为啥呀，不就是因为他们搞不到证据吗，他奈何不了我们呀。大哥，大哥，现在斗的是法律，法律面前真的人人平等啊，咱管他什么书记，管他哪一级检察院、法院，搞不到证据的东西，你看他谁敢往判决书上写。"

吕孟庄心里稍觉宽慰，他攥紧了手套，淡淡地说："思路清晰就好，我就怕你在关键时候犯了糊涂。"

"天哪，原来大哥你是在考验我呀，我你还不了解吗，犯啥也不可能犯糊涂呀。"刘子良脸上又见了喜色，他像抖一块手绢那样，抖着一双白手套去打吕孟庄的肩。

吕孟庄顺势往前迈一步，让开了刘子良的手套，于是两人又散起步来。

走了几步，刘子良咻咻地笑起来。吕孟庄看也不看他，只问他，要说啥。

"大哥呀，你该放一百二十个心，彪子压根儿就不会咬咱们，他也不敢。"刘子良说。

"是吗？"吕孟庄应了一声。

"你想啊，大哥，彪子现在进去了，他这算是愿赌服输。谁叫他打黑呢，谁叫他玩不过李万水呢，结果自己被上面给盯上了，咱能不清理他吗？可是啊，他这一辈子虽然败了，他外面还有婆娘娃儿，他再是天不怕地不怕，总得为他一家大小留条后路不是？"

刘子良这是把眼睛放到秦剑雄的老婆孩子身上了，果真秦剑雄要反口咬他，恐怕就连灭人妻小断人骨血的事，他也要做，而且他下得去这个手。

吕孟庄只觉得脚底板抽开一丝凉气，一双腿几乎迈不开步来，他不想让刘子良察觉，才赶紧借着一声咳嗽，把自己的脸色掩盖过去，然后又不动声色地往前走。

吕孟庄一双眼定定地望着前方，刘子良就像一条狗，紧紧跟在他身边。

吕孟庄突然就悲从中来，他一时想不明白，他们三个人怎么就走到了这一步。

"大哥，咱俩这最后一笔交易，是不是，是不是可以谈谈了呢?"刘子良看吕孟庄只顾埋头走路，就拿胳膊去拐吕孟庄。

"谈吧。"吕孟庄又趔开了，趔开之后，他才站住，然后转过身来朝刘子良说，"谈咱们的交易之前，我给你订个前提，桃星垣的财产均分没有问题，但有秦剑雄一份，他这一份，交给他妻小，我要你帮她把钱洗得干干净净，让她拿去可以养老传代。"

"啊呀，大哥，你是看得长远。"刘子良脸上挤出一丝无可奈何的表情，转而又咧开嘴笑道，"那你都这样定了，当兄弟的还能说啥，兄弟就照你说的把事情办好就对了。"

吕孟庄似笑非笑地盯着刘子良看，一句话不说。这让刘子良感到一阵毛骨悚然，他连忙又拿手套去拍吕孟庄："大哥，你就是给我十个八个胆子，我也不敢在你的手面下耍花招啊，这事就这样定了，我们赶紧说交易的事儿吧。"

关于最后一笔交易，之前刘子良说过一个大概。在堂口财富分割上，刘子良原先的主张是，既然要把秦剑雄清理出局，秦剑雄就不算桃星垣的人了，堂口的共同财富就该由他和吕孟庄两个人对半开。但这一条现在被吕孟庄否了，而且，于情于理确实也该给秦剑雄留这一份，所以他虽一百个不情愿，也只好顺着吕孟庄的意思来。

其实刘子良最在意的交易部分，并不在堂口财产多一份少一份上，他这些年谋划堂口解散，心里眼里都只盯着两样东西：一是吕孟庄手里有他立下的身契，这是世间留下的他唯一的罪证，他要以最小的代价拿回来；二是他手上捏着一本《金兰谱》，他要在吕孟庄这种做着袍哥旧梦的买家身上，一次性卖个好价钱。

"大哥，彪子立的身契，你算是交给他了，我的呢，你到底打算怎么给我?"刘子良歪着头，斜着眼睛朝上看吕孟庄。

"身契是当初用来结堂口的,既然现在要解散堂口,你的就应该还给你。"吕孟庄说话表态,总是没有半点儿含糊拖沓。

"啊,"刘子良惊得一张尖脸瞬时缩成了一个苦瓜,"是不是真的哟?"

"《金兰谱》,你必须交给我,有什么条件,尽管讲。"吕孟庄径直说。

"大哥,你千万莫嫌我话多,我得把这《金兰谱》跟你说明白了,要不然哪,我也不好意思跟你开条件。"

"我知道,《金兰谱》是你这些年苦心经营的家底,所以你想在我这里卖个好价钱,这不奇怪,我能理解你的想法。"

"哎哟哟,大哥,大哥,你真是叫我无地自容了。"刘子良又是弯腰,又是作揖。

"说吧。"吕孟庄睥睨一眼刘子良。

"大哥,那我就长话短说。你看,你手头现在只有我一个人的身契,但我这儿,所有入了咱们圈子的人,每一个人都给我立有一份身契,亲笔写了一册《原罪书》,这些《原罪书》归在我手上,就是我这个七排大爷的《金兰谱》。"

吕孟庄面无表情地点着头。刘子良要王婆卖瓜,开了话闸却停不住,他继续说,大哥,你该听说过雍正朝的《百官行述》吧,那《百官行述》最早出于大清吏部一位叫任伯安的官员之手,任伯安借着在吏部工作,秘密抄写了朝中几百名官员的过失、错误,然后集纳成册,就有了《百官行述》。

"大哥,当时朝中多少人想尽千方百计要夺得这本《百官行述》,你当为何?"刘子良自问自答,"都是想拿这个东西要挟百官,好结私党啊。"

"把你的《金兰谱》比作《百官行述》不合适吧,那你还要不要继续讲《百官行述》后来的下场?"吕孟庄故意点了刘子良一句。

"啊,啊哈哈,不讲了,不讲了,我这是班门弄斧自贬身家了。"刘子良显出些尴尬,"不过,我的《金兰谱》可不是记人过错、失误,我这里任何一个人的《原罪书》拿出去,最少判个十年二十年,一点儿问题都没有。"

"你这条线,没你说得那么牢靠吧,那吴剑晔受了秦剑雄诱惑,还不是背着你出卖了李万水。"吕孟庄故意问,"对了,李万水的《原罪书》一直在你手上,吴剑晔怎么就出卖得了李万水呢?"

"哎哟,这是个意外,吴剑晔是李万水的代理律师,李万水《原罪书》上的那些罪证早就被他收集了一份,"刘子良赶忙替自己打着圆场,"可大哥你得看到呀,咱这条线,底下出了乱子也没事,你看李万水出了事吧,我把他上线一掐掉,这条线'啪'就断了。"

吕孟庄不置可否,刘子良有些发急:"大哥啊,你别斤斤计较,这么多年来,大到咱堂口的生意,小到你和彪子的私事,多少事多少人不是靠这《金兰谱》的人脉网络给摆平呢,就连那个武传风,多大的来头呀,我怎么搞定的,就靠这《金兰谱》哇。我觉着吧,我这个七排大爷可是对得起大哥你了。"

"除了《金兰谱》,我还要你的'茶碗阵法'。"吕孟庄说。

"大哥,这我就不跟你打诳语,'茶碗阵'那东西不值钱了,也无甚用处了,你真要要,我白送给你。"刘子良脸上终于显出一回恐惧的神色,"'茶碗阵'啊,是我在秘传古法的基础上,重新推演设计的,我自己晓得它该有多复杂,正常智商的人,就是学上一年半载,也不一定能掌握内中的诀窍,但是,检察院的一个小青年,只看了一眼李万水的录像,就要出了我的'茶碗阵',还把李万水给套住了。这是高人哪,咱不能跟高人较劲,所以我早就让圈内人停止使用'茶碗阵'了,报废了。"

"陆成? 上面来的那个年轻人?"吕孟庄想起之前和陆成会过面,"看起来不怎么成熟一孩子嘛。"

"呀呀呀,大哥,你要真心这样看他,那你怕斗不过他了。"刘子良慌不择言,"你也不想想,上面为啥派一个小年轻主办这么大的案子,我跟你说白了吧,此前邻省发过一起比咱这不知大多少倍的重案,你当谁破的呀,就是这个娃娃兵。"

吕孟庄心里陡然一空,这已是他第二次感觉到对手的存在,而头一次带给他这种感觉的,是萧郡,也是一个年轻人。

有时候,吕孟庄想不明白,即使刘子良这样奸诈毒辣的人物,在他看来都算不上对手,为何这些赤手空拳的毛头小伙子,每每一冒出来,就让他觉得危机四伏。

"好了,好了,说正题,赶紧给你的《金兰谱》开价。"吕孟庄少有地露出些烦躁。

"大哥,那我可直说了啊。"刘子良仰望着吕孟庄,眯了眯眼说,"桃星垣该给我的那一份,我也不要了,省得资产划来转去麻烦,我呢,也不贪心,就要你金控公司60%的股份就好。"

吕孟庄又盯了一会儿刘子良,这回刘子良也不躲他的目光,两个人就这样对视着。

"你都瞅上我的金控公司了,那可是我的私人产业,和堂口没有关系的。"吕孟庄笑着说。

"那也不见得吧,金控公司虽然不在堂口财产中,我这个当兄弟的可没少做贡献啊,别的不说,就你的信托公司,套住那么多房产老板,哪一桩背后少过我刘子良的配合?"谈开了生意,刘子良也不客气。

"60%,你这是要控股,要当老板,让我给你打工?"吕孟庄不动声色。

"大哥,《金兰谱》到了你手里,这一座城的财富,还不都是你的了。"刘子良说。

"我不要那么多财富,我就要《金兰谱》。"吕孟庄转身往回走,边走边说,"就按你说的办,尽快把股份转让给你,这一套转让手续,你务必给我洗得清清白白。"

"好说,大哥,兄弟我是干这个的,你就放一百二十个心吧。"刘子良腿短,跟在吕孟庄身后,一边小跑一边觍着笑说。

七十一

刘子良家离广电大厦只一条街的距离,陶苔媛恰好就在广电大厦上班,所以在工作日这几天,他们两个反倒成了隔壁邻居,离得最近。

这天,星期一早上九点多,陶苔媛刚刚开完例会,手机上就接到一条刘子良发过来的肉麻短信,叫她赶紧去他家里。陶苔媛看完短信,只笑了笑,随手将信息清除了,然后就跟台里告了半天假。数九天,外面落雪不止,陶苔媛从广电大厦后门一出来,立即撑开一把黑伞,这伞既挡住外面的雪,又遮住她的脸,她就这样循着街边的人行道,一路步行去了刘子良家。

陶苔媛进屋才掩上门,刘子良就边天呀地呀地喊叫着"美人儿""心肝儿",边猴急火急地上前来,一把将她箍住。刘子良本来就比陶苔媛矮,加之陶苔媛今天穿了一双长筒高跟皮靴,他抱住她,他的额头也只及她的下巴颏儿。可他偏要去亲陶苔媛的嘴,下身又一个劲儿地往她两腿中间蹭,他就像是饿疯了的獾猪攀不上那光杆儿的果子树似的，全身抖抖索索扑腾欢实了。

陶苕媛把包扔了，俯下身去，张开嘴吸住了刘子良的舌头，一双手就从他的背上摸下去，一直摸进他内裤，抠住他两瓣尖瘦的屁股。陶苕媛呻吟起来，刘子良也"嗷嗷"地浪叫，连屁股也在陶苕媛一双手上摇起来了。

"美人儿，我……我想死你了，我还在……还在办公室就想你，就回来……回来给你打电话。"刘子良半眯着眼睛，翻着一线白眼仁。

"你老婆呢，不在家么?"陶苕媛手上使了劲儿，狠狠地挠着他的屁眼儿。

刘子良一边"啊噢啊噢"地叫，一边快咽气似的断断续续地说:"我……打发……打发……那个……那个婆……婆娘……去香港了。"

说话间，陶苕媛感觉到热乎乎的东西浸进了她的丝袜，黏在她腿上，她站住没有动。这样过了约莫分把钟，刘子良就像是牛打冷蹄那样弹了两下腿，然后才慢慢松开手，人依着陶苕媛瘫下去，四仰八叉地躺在了地板上。

陶苕媛瞥了一眼地上的刘子良，看见他还眯着眼，裤裆湿了一大片。陶苕媛遂转过身去，边扭动腰身屁股，边脱了大衣挂到门边衣柱上，然后就往浴室去了。这时候，外面的刘子良在有气无力地"喵喵"地叫，他在唤他最宠爱的那只肥猫。

陶苕媛只稍微冲洗一下，裹了条浴巾在腰上，又出来了。出来见刘子良还瘫在地板上，裤子已经褪光了，那只肥滚滚的猫正趴在他两腿中间，吐着猩红的舌头，就像蛇吐信子样舔着他的秽物。

陶苕媛放下头发，去一边的沙发上坐着。她一坐下，一双雪白修长光洁的腿从浴巾底下稍稍分开来，那儿就若隐若现地正对着刘子良的脸。

"难怪人都说'男不养猫、女不养狗'，原来猫也会干这个。"陶苕媛一把一把地撩着披散下来的头发，一双媚眼望着刘子良说。

"嘻嘻，猫儿它呀，和人一样，都喜欢吃腥。"刘子良梗了脖子，勉强抬起头来，色眯眯地盯着陶苕媛。

陶苕媛也盯着他:"你的瘾也忒大了吧，原来说轮妻的时候大大方方玩，你现在是一逮住空就要啊，这样下去不怕被你的昌大哥知道?"

"哎哟，我的心肝儿，轮妻一个月才一回，人家哪里等得了?"刘子良一双眼睛色眯眯地抚着陶苕媛通身上下，羞羞涩涩地说，"我呀，我都快害相思病了，我现在是每天每夜每时每刻都想你在身边啊。"

刘子良身上害着阳痿和早泄两样毛病，和女人云雨办不成正事，全靠过嘴瘾。陶苻媛知他这一点。这会儿她懒懒地仰靠进沙发中,腿叉得更开了:"别说那么肉麻,什么想我呀,就想着弄我这儿,是——吗?"

"啊……啊……不,"刘子良全身又一阵抽搐,"我……我……我……我是真心想你,你……你……你就是……你就是我今生的皇后啊。"

"哦——? 是——吗?"陶苻媛用手指了指猫,撒着娇媚说,"那现在你的皇后有情敌哦,如果要你二选一,你选它呢,还是选我呢?"

"选你,选你,选你。"

"那我现在就要你除掉它哦。"陶苻媛一双媚眼勾着刘子良,她边起身边拿了沙发桌上的水晶石烟灰缸,递到刘子良手里。

刘子良悄悄坐起身,举起了烟灰缸,眼睛却眯眯眨眨的,看着猫儿迟迟下不去手。陶苻媛在刘子良背后蹲下,一边搂住他枯瘦的背,一边拿舌头去舔他的耳朵,一边呓语:"杀呀,杀死它,杀死我的情敌。"

陶苻媛话音未落,就听"嘭"一声响,一只斤把重的烟灰缸不偏不倚砸进了肥猫的脑门上。猫儿未及叫一声,登时就毙命了。那颗毛乎乎的猫儿头,像是摔落地上的破西瓜,直往外流红的、白的、黄的。

"啊哈哈,啊哈哈,"刘子良瘫坐在地上,手里舞着血糊糊的烟灰缸,尖声尖气地狂叫起来,"我搞死你,我搞死你!"

这天早上两人要死要活地玩耍一番,俱是筋疲力尽,看看离中午吃饭时间尚早,各人也都懒得动弹,刘子良和那只死猫照旧躺在地板上,陶苻媛踉跄着去了沙发上歪着,屋里只剩下死一般的寂静。

"哎,跟你说件正事。"陶苻媛一边闭目养神,一边懒懒地说。

刘子良鼻子里"嗯"了一声,没见动静。

"昨天晚上,我听见他在外面客厅给股权交易中心的什么领导打电话,说到你俩转让股份的事了。"

"哦,是吗? 他那边资产评估已经做完了,我们定的是下周三,去股权交易中心办理转让手续。"刘子良就要睡着了似的,慢慢悠悠地说。

"我是听他跟那边商量,说是要那边想办法,让这笔转让成交不了。"

"什么?"刘子良就像僵尸样瞬间坐成了九十度直角,再说话时,也一字一字咬得清清楚楚,"他叫股交中心想办法,让这笔转让成交不了?"

陶苕媛扭过头来,望着刘子良说:"对呀。"

"我不相信。"刘子良从地上爬起来,一脚把死猫踢开去,地板上划出一道血迹。

"不信拉倒,我还以为是对你多重要的消息,才跟你讲呢。"陶苕媛撒娇,受了委屈似的,一拧身面朝沙发靠背了。

刘子良没理她,他先在血迹斑斑的地板上踱了一会儿步,而后又默不作声地把死猫装了袋子,扔到外面垃圾桶中,再回来把地板一道一道清洗干净。

收拾完地板,刘子良又洗了澡,换了蓝色毛呢夹克,戴上金边夹鼻眼镜,去书房里取了手包,一身斯文劲儿走到陶苕媛身边立住。

陶苕媛面朝里睡,她雪白的身体弯在蓝色沙发当中,就像一段细嫩的滋润在琼浆玉液中的白玉。这段白玉曾经征服过吕孟庄。

"你说你喜欢我下流、淫荡、贱,这我都信了,"刘子良俯下身去,拿手抚摸着陶苕媛的屁股,笑笑地说,"但你说吕孟庄会不信守承诺,这我不信。"

陶苕媛朝沙发里面挪了挪,一句话没说。刘子良贴过去,把鼻子贴在她后面深深吸了一口气,待把这口长气徐徐吐出来后,他才站起身,丢下一句话:"女人啊,千万不要打男人上半身的主意,因为男人的上半身装着智慧,而女人通身只装着欲望。"

"我就是有我的欲望,怎么了?"陶苕媛突然翻爬起来,泪流满面地朝刘子良吼叫起来,"滚,你这个靠不住的恶心男人!"

"哼哼,"刘子良阴阳怪气地笑了笑,朝鼻梁上推了推眼镜,然后把手包塞进腋下,转身就走,"我赶十一点的会呢,你也赶紧上班去吧,我只当你今天什么都没说过。"

七十二

陶苕媛提前透露给刘子良的消息,一点儿都不假。原先定好在周三这天正式办理金控公司的股份转让、过户手续,结果才周二下午,刘子良就陆陆续续接到手下人打来电话,说市股权交易中心系统出了问题,影响到好几家公司当期交易要暂停,其中就包括他们。

这些人都是刘子良的马仔,也是他商业上的代理人,各人替他打理着不同规模的企业实体。这次刘子良精心挑出这几家公司出面,提前和吕孟庄的金控公司对接好了一系列转让手续,现在到了万事俱备只欠东风的节骨眼上,没想到股交中心真就出了状况。

手下人只当这是一个小意外报给刘子良,而且股交中心也做了说明,已将他们的交易顺延至下一个轮次,不过也就迟缓一周时间。

但刘子良此前听到陶莕媛报过信,自然明白这不是什么意外,而是吕孟庄设下的局。

上次陶莕媛跟他报信时,他只顾着对女人家生疑,并没把她那些话往心头放。现在话应验了,他才恍然意识到,股交中心这家新设不久的机构,是市属事业单位,往上对口归市政府金融服务办公室管,吕孟庄最近几年既浸淫金融行当,在这条线上必定踩有人脉,因此他要联手股交中心使这样的绊子,还不是易如反掌?

但是另一方面,刘子良又解不开一个疙瘩——吕孟庄究竟为啥要节外生枝,偏要往后拖延这一周时间呢?

这个疙瘩让刘子良不安起来:一方面,他心里清楚,吕孟庄如果要做局,即使这次节外生枝已然给出了谜面,他刘子良肯定也猜不出谜底;但另一方面,他越是猜不出谜底,面对吕孟庄这样的对手,他就越是心里没底。

刘子良不便在工作日约吕孟庄去南山打球,又不便在电话里交流这些事,当天晚上,他就冒冒失失地跑到吕孟庄家,要进一步探清虚实。

刘子良被吕孟庄迎进客厅,刚一坐下,不等别人问,他就开口来一句:"大哥,我大难临头了。"

"什么大难临头?"吕孟庄接过陶莕媛沏好的茶,递到刘子良面前。

刘子良伸手接过茶杯,扫了一眼吕孟庄身后的陶莕媛。陶莕媛正定定地望着他,两人对视一眼,她丢下一脸怨恨,转身上楼去了。

听见陶莕媛上楼关了门,刘子良才放下茶杯,声音打着战问:"大哥呀,清理完彪子,你是不是该清理我了呀?"

"你什么意思啊？什么话直接说吧。"吕孟庄像一座雕像立在客厅中间。

"这得问你是啥意思啊，大哥，说好明天开始办理过户，怎么股交中心系统就出问题了，怎么坏就坏在我们这笔交易上呢?"刘子良细白的手指敲打着茶几。

吕孟庄听明白刘子良的来意，他端详着刘子良背后墙上的一幅字，淡淡说道："我下午专门问过股交中心那边，很常见的意外，他们中心配套的软件系统本来就比较弱，新来的工作人员操作失误，出了问题，交易往后推迟一周，下周三办理，就这么简单。"

"大哥，你了解得清楚啊，交易中心的软件系统你都知道。"刘子良有些挖苦的意思。

吕孟庄看了一眼刘子良，下起了逐客令："你来就为这件事？现在听明白了吧，还有什么要说?"

"大哥，你，"刘子良今晚来找吕孟庄，就是想当面把陶苕媛说的事摆出来，好跟他质证，但话到嘴边，却不由自主拐了弯，"你真是翻脸比分家还快哟，堂口还没解散呢，对兄弟就是这号态度吗?"

"你错了，从抓秦剑雄起，堂口就解散了，现在是我们之间的最后一笔交易。"吕孟庄反拿刘子良之前说过的话堵了他的嘴。

"那我不交易了。"刘子良一头站起来，作势要走的样子。

"你——也——敢。"吕孟庄伸手指着刘子良的脸，一股威怒从他眼神中射出来。

刘子良经不住他这眼神，一头又坐回沙发中去了。

两人就这样沉默一会儿，刘子良又才悻悻地说："那，这周五干脆按原计划走，先把《金兰谱》和我的身契交换了吧？我怕夜长梦多。"

"你就不怕交换完之后，我不给你转让股份?"吕孟庄又开始端详刘子良头上的字。

"你也不敢。"刘子良不敢去看吕孟庄的眼睛，站起身，绕着边道往门口去了。

吕孟庄看着刘子良缩脖子猫腰的背影，面情一丝没变，先前杀机毕现的眼神却在不经意间变幻成一层阴森的笑，那笑让人毛骨悚然。

刘子良却看不见身后的笑，他更像一只贪婪的小白兔，头也不回地逃出狼窝时，还不忘丢下他的盘算："大哥，我找个中间人，帮我们做最后一笔交易。"

刘子良走后，吕孟庄又站了一会儿，才慢慢转过身来准备往沙发边走，他刚一转身，猛一抬眼，看见陶荟嫒立在楼门口。

"荟嫒，怎么还没睡呀？"吕孟庄先有些诧异，望着陶荟嫒憔悴的表情，他又怜惜不已。

"股交中心怎么会突然出变故呢，会不会是刘子良在搞什么鬼？"陶荟嫒边朝楼下走，边忧心忡忡地问。

"不是他，就是股交中心操作员的失误。"吕孟庄去迎陶荟嫒。

两人一起在沙发上坐下后，陶荟嫒仍是一脸的担忧，她抚着吕孟庄的眉毛，看着他的眼睛："你为什么就非得要他的《金兰谱》呢，你就丢不下袍哥堂口这个梦吗，就算没有了桃星垣，不是还有我，还有我这个陶荟嫒吗？"

吕孟庄捧起陶荟嫒的额头亲了亲，然后把她抱在怀里，贴着她的脸，安安静静地说："检察院专案组早已经锁定我和刘子良了，之所以一直不敢来抓，我想他们忌惮的正是《金兰谱》，因为《金兰谱》上存在一个庞大的网络，他们一日不抓住这张网络，他们就始终不敢轻举妄动，所以，《金兰谱》现在是护身符，它可以保命。"

陶荟嫒听到这里，全身瑟瑟发抖。吕孟庄把她抱得更紧，在耳边轻声安慰她："荟嫒，不要担心我，《金兰谱》到了我手上，检察院会忌惮我毁掉《金兰谱》，他们将永远不敢动我。"

陶荟嫒全身抖得更加厉害。

第二天早上九点多，刘子良又给陶荟嫒发短信，叫她去他家里。陶荟嫒依旧跟单位告半天假，像之前一样步行去了。尽管两个人心里都装着同一件事，一见面，他们还是先顾着玩那一套淫荡下作的游戏。尽待一番云雨罢了，两人又才一个床上一个床下躺着，隔空拉起话来。

"昨晚你在楼上，该都听见了吧。"刘子良在地板上说。陶荟嫒没吭声，只顾抚摸自己的身体。

"我不是怕他吕孟庄，我是不想坏了我的生意。"刘子良爬起来坐着，望着陶荟嫒说。陶荟嫒手停下来，还是没作声。

"你知道我和吕孟庄的区别在哪里?"刘子良问。陶莕媛不屑地"哼"了一声。

"那我先问你,你知道我为啥要吕孟庄的金控公司?"

"为啥?"

"都他妈啥年代了,搞个啥袍哥堂口,赚两个钱不打紧,大家活得人不人鬼不鬼的,现在要搞,就要像他那样搞金融,搞信托,搞金控公司。"刘子良这会儿的语气和神态都仿佛变了一个人。

"那他带着你们一起搞金控公司不更好?"陶莕媛说。

"这正是我和他的区别所在呀。"刘子良像只瘦猴子样,挥舞起手来,"吕孟庄搞金融,最终目的还是为搞他的袍哥堂口,而我搞金融,却是为了脱离袍哥堂口,把自己彻底洗白。所以他是拼命往进钻,我是赶着要出来。"

"为啥他就不想出来,他不知道袍哥堂口这条路会走到死吗?"陶莕媛问。

"他? 他这里有问题,"刘子良戳了戳自己的头,"他就和那些有信仰的人一样,迷得太深了。当初,我只当他是带着大家一起发财,才支持他结这个堂口,结果这么多年走过来,我才发觉,他对钱没兴趣,对女人没兴趣。你看那时候他把上亿的真金白银投进义田时,我都替他心痛,可他半点儿也不在乎。女人呢,这你该知道的,我怕他就是性冷淡,要不然,你也不会在我身上找刺激。我他妈有时候都怀疑,他这人是不是有精神病,是不是活在幻觉里面,是不是灵魂还没从会党山堂控制社会的那个年代中走出来。'轮妻'是他提出来要搞,说这是祖制,后来又让你搞个茶楼,非要叫个'萄荇苑',这不就是'桃星垣'的谐音? 就连'萄荇苑'几个字,都他妈是老堂口的字体,包括他那一手书法,你怕没注意,完全也是那个字体。你看他行坐那个身板,看他讲大道理时那个神情,恐怖啊。"

刘子良叹了一口气,又接着说:"我和彪子呢,斗归斗,彪子就是个亡命徒,但是我俩都接地气,说白了,我俩无非图个权图个钱图个享乐。但吕孟庄那个心思和劲头,完全是腾云驾雾一般,他都不知道,他要把我们带到哪条邪路上去。我早年和彪子私下里议过,难保有一天啊,吕孟庄非要叫咱们穿上袍哥的行头,行袍哥的礼节,说袍哥那一套江湖切口。他妈的。"

"这么多年,你俩就没想过劝他,让他改变一下?"陶莕媛对刘子良的话感了兴趣,她坐起来,拉过毛巾裹住了自己。

刘子良趴在床沿上，一双手摇欢了："劝他？这些年我们在他身边，战战兢兢过日子，伴君如伴虎，哪敢劝他呀。彪子莽撞，他倒试过，早年我们身家刚一起来，彪子最先提出来解散堂口，之后又抵触过'轮妻'，我一直也在旁边帮腔。但是，我他妈是读书人哪，我读的书并不比吕孟庄少，我后来算是看明白了，真要说让我们这一层人改变，让我们把钱和权看淡一点儿，都不难，但吕孟庄这种人，他脑壳里面有信仰，他就信袍哥这一道，你拿啥去改变他？你好心去劝他，他把你看得很贱，他认为你在冒犯他的信仰，挑战他的威信。"

陶荙嫒忽然觉得，面前这个尖嘴猴腮的男人，其实有过和她差不多一样的心路。她伸手将床上一件羊毛衫扔给刘子良，刘子良边抖开衣服往头上笼，边感慨："我和彪子啊，以前都以为，你能改变他。"

"我？为啥？"陶荙嫒问。

"他在你这儿，起码有正常人的感情了。你看他多爱他前妻，可他都狠得下心让她'轮妻'，但到你这儿，他一直不愿和你正式结婚，为啥？还不是舍不得让你'轮妻'呀。舍不得就对了，我们是巴不得他有正常男人的感情，还指望他这样慢慢往下走，兴许精神就正常了。可是后来，唉……"

刘子良直摇头，继续说："没想到他在你身上迷得更深，我猜呀，这都和你'陶荙嫒'三个字有关系。给我感觉吧，他把前一任老婆只当了个老婆，可到你这，他是把你当成上天赐给他的女神供在心上。就连一直整他那个萧记者，因为和你交往，因为留一头旧社会的长毛，穿的衣服也是纱纱布布那一路，他恐怕都把人家当成一方神圣。屁大个记者娃娃呀，要钱没钱要权没权，就会摇笔杆子要嘴皮子，吕孟庄对他是又敬重又抬举，后来人家不买账，倒过来整他，他是又害怕又犹豫，哎，他吕孟庄何时怕过人呢，何时这么窝囊过。"

陶荙嫒听刘子良这样说，默默流起泪来。刘子良看了看陶荙嫒，面情上挤出一丝怜悯，他穿了裤子，起来拿纸巾递给她，安慰道："你也别哭，记者这样收拾他，我看是好事，他现在不是要解散堂口了吗，我就是在促成这个事，一旦最后这笔交易做完，堂口就散得彻彻底底，他的念想也就断根了。"

"你把《金兰谱》卖给他了，叫他的念想怎么断得了根？"陶荙嫒一边抹眼泪，一边心平气和地说。

"咦呀，你糊涂，断的是堂口的念想，这是实的，但你总得给他个虚的东西，让他先做梦吧。他这号人，你要顺着他的毛毛摸，你要一刀把他的信仰砍了，任你是天王老子地王爷，他都要把你灭了。"

刘子良说到这里，停了一刻，看看陶苦媛的反应，觉得火候差不多了，他才又换了娘娘腔，倒出他今天的本意："我昨天跟他说了，这回我要找个中间人来帮咱们做这笔交易，想来想去，我觉得你是最合适的人选。"

"我?"陶苦媛一脸茫然。

刘子良举起两根细手指，跟陶苦媛比画着说："这周五晚上，他把我的《原罪书》，我把我的《金兰谱》，统一都交给你，然后等下周股份转让完毕，你再把《原罪书》给我，把《金兰谱》给他。"

陶苦媛低头琢磨片刻，仰起头说："你问他多要 10% 的股份，并且负责把这10% 划到我指定的公司去。"

"哈——哈，好，就这么办。"刘子良脸上不见半点儿意外，只是他先前停在半空中的两只手，缓缓画了一个半圆，然后"啪"一声合在面前，"我没料错，我就说啊，你为什么要给我通风报信呢，果然有自己的打算，真是最毒莫过妇人心哪，佩服佩服。"

"他有袍哥堂口的梦想，我没有，我不过是个持家过日子的小女人，我总要给自己留条后路。"陶苦媛不大想在这话头上纠缠，转而说出她的顾虑来，"但你怎么保证，他同意付出这 10%，如果他不愿意呢?"

"嘿哟，他呀，你可千万别按正常人的思路来琢磨，就这点儿资产，他都不屑跟我们讨价还价，他怕脏了他的嘴。"刘子良眼里放着光彩，搓着手指头说，"他嫌脏啊，咱可不嫌。"

"那你就不怕《金兰谱》交给我，我直接给了他?"陶苦媛问。

"嘿嘿，"刘子良转过身去取了一只遥控，坐到陶苦媛身边后，一手搂着她的腰，一手摁开了电视，"你看。"

电视上开始播放他们先前的下流场面，原来刘子良今天特意做了准备，已经录下来了，"你要是和吕孟庄联手起来骗我，我走投无路了，我就让你和他都没法活人。"

刘子良看了一会儿录像，身体渐渐又躁动起来。"啊呀，美人儿，再来一次，预祝周五晚上交易成功。"刘子良一把抓掉身上的毛衫，干瘦的屁股又扭起来了。

七十三

  周六一早，天才蒙蒙亮，市委大院里面，已是满眼的玉树琼枝。从大门口进去，是一条笔直的大道，昨夜的积雪已被扫到路两边，呈一条线地垒在花台墙根下。花台后面，一排一排建于 20 世纪 50 年代的三层楼房，一袭的苏联风格，大屋顶、灰墙、赭红屋檐、深绿格子的玻璃窗。大道尽头处连着一幢三层小楼，为书记楼，楼身土黄色，楼门、窗户全是弧形窑洞的形制，在院子里这一片老旧建筑当中，它显得格外别致。书记楼最早是市委书记、副书记集中办公的地方，现在主要是市委常委和秘书们使用。

  在书记楼背后，有一片足球场大的小广场，这会儿广场上密密匝匝地集结了三队荷枪实弹的军警，每队总在百十号人上下。从衣着上看，一队为公安特警，一队为司法警察，另有一队为武警。队伍身后院墙下长长一排车库，早已停满各式的警车、军车，虽都未启动，司机已悉数到位，显见是整装待发。

  市委书记宋承言的办公室就在三楼，他办公室东边连着秘书办，西边直通一间小型会议室。这会儿，小会议室里灯火通明，围着当中一张长条桌案密密匝匝坐了十多个人，正准备开一场紧急会议。会议室外面走廊上，临时调来两名武警戒防。

  宋承言面向进门方向坐。他上首几个人，俱是上面办案单位的领导，主要是纪委、检察院方面的人，这些人刚刚乘凌晨一班飞机赶到。其中头发略显花白的那一位，就是陆成的领导。宋承言右手边，是从市纪委、检察院、公安局抽调的上案负责人，当中有检察长、反贪局局长、反渎职侵权局局长，以及市公安局临时主持全面工作的政委林勇。与宋承言对面而坐，分成前后两排的，是王方宏、李静、陆成、萧郡、丛郸、齐楚元一干人。另有一位武警大校，是来列席会议的，一个人正襟危坐在门边位置。

  宋承言先行简单说了几句当作开场，就朝上首纪委部门的领导点了点头，意思是可以开会了。纪委领导把一本翻开的笔记本摊在桌子上，拿手重重地压平顺了，说："今天在宋书记办公室开这样一个小范围的会议，第一，当然是为了保密;第二,是考虑到马上要在你们市里抓一批人,这些人有干部领导,有企业家,还有社会名流,那么,之前我们为什么要秘密调查,为什么现在突然要抓这么多身份特殊的人,我们需要向地方党委、宋书记做一个详细的解释和说明;第三,是考虑在统一行动之前,参与行动各方必须熟悉案情,了解案件特征,尤其对这次行动的目的、重点和重要性做到充分了解,使大家既能在行动中抓住要害,又能在突审中有的放矢,并且保证不出半点儿闪失。"

接下来,领导拿起笔记本,开始通报案子的整体情形:"自你们市上今年夏天展开'打黑百日会战'以来,上头纪委、检察院、人大、信访等相关部门,就不断接到各种形式的上书、上访。当然,其中绝大多数都是秘密的。这些人当中,既有完全与案子无关的人,比如,你们当地的老法律人、老干部,也有涉案的家属、律师,同时也不乏一些匿名的打黑参与人员、在职公务人员。而他们反映的问题,涉及打黑的方方面面,归结起来一句话,就是'打黑搞成了黑打'。

"上头接到这些反映,进行了一些初核工作,在舆情沸腾,但又普遍缺乏证据的情况下,有关领导主要安排了以下几方面工作:一是让纪委从党委层面,第一时间将情况通报给宋书记,让宋书记心里有底,并暗中着手预防打黑负面舆情进一步扩大,以免给市上整体工作造成冲击和影响;第二,在检察院系统领导层面,进行了特别通报,对凡是受理打黑案子的检察院,责成严把案审关,尤其在审查起诉环节,要做到纠错纠偏,从而杜绝冤假错案发生;第三,在打黑进行到中途,线索进一步明朗的情况下,检察院果断抽调力量成立专案组,专案组经过这半年多努力,终于在昨天晚上取得重大进展,今天启动正式收网行动。"

纪委领导说个大概,之后轮到检察院通报案件侦办情况。陆成的领导捋了一把花白的头发,望了望齐楚元,抬手朝他做个请的动作:"齐教授,你研究得比较透,先按照你的思路说一说,以便大家能抓住办案的关键。"

齐楚元是个瘦高个子的老同志,坐在那里就像一只螳螂趴在桌沿上。他显得有些兴奋,才一开口,手就比画上了。"我到专案组以后啊,主要是根据案件侦破情况,结合自己对袍哥文化的一点儿研究,做了相应的分析和判断。现在,从案件呈现情况看,吕孟庄、秦剑雄、刘子良这三个人,完全依照'袍哥道'的一套规则,在这个城市里面建立起了一个现代的、秘密的、规模巨大、破坏力惊人的袍哥堂口。"

齐楚元说着说着,学究气就上来了:"那么,这个堂口的龙头大爷是吕孟庄,他是一把手。秦剑雄是四排大爷,他主要制造了水库溃坝的案子。而刘子良呢,是七排大爷,独立控制堂口人事,结成了一个既为他们三人所用,内部又能互相协作、互相利用的权钱交易联盟。哎,你们看啊,龙头大爷是首富,四排大爷是公安局局长,七排大爷则是你们市里经济新区管委会主任,好像,好像还是市委常委,是不是?"

齐楚元直头直脑地望着宋承言问,宋承言尴尬地点了点头。"哎,这就有意思了,这本来就是一个由权力、资本、黑恶三者结成的高级联盟,而从高级联盟母体内,又派生出一个由七排大爷刘子良控制的二级组织。组织成员那是个个身家过亿,他们要么是手握权力的官员干部,要么是掌握资源、资本的企业老板,而他们的主营业务是啥? 就一个,权钱交易。"

齐楚元说得眉飞色舞,陆成的领导在一旁听,意识到他的话渐渐不在办案路数上,就掐在此处接过话头:"在座的要注意,齐教授说到了我们这次办案的关键上。这次办案,说白了也是一场打黑,可是在以往打黑实践中,我们最头疼的是剜不到根,打不干净。要么,你抓几个老大,以为抓住源头了,结果这些老大一肩扛,底下的儿子、孙子全都逍遥法外,要么是抓一帮马仔、喽啰、中层骨干,看起来壮观,结果上面的老大又追查不出来。

"那么这次呢,情况就更加特殊。因为它采用了袍哥堂口的组织体系,你明明知道它就是一个黑社会组织,明明知道它就是一个权钱联盟,明明知道他们在搞权钱交易,甚至他们在你办案期间不断地杀人灭口,但是,就是抓不住证据,起诉不了他们,落不下他们的罪。可以说啊,我们专案组一度都知道他们老大是谁,他们自己也清楚我们知道,但不敢抓,抓了也没用。他们手底下一个大圈子,一张人脉网,这些人在我们办案期间恐怕都在搞权钱交易,但就是不知道他是张三还是李四,单是抓了张三,他上线李四就不明不白死了,多害一条人命,线索也断了。"

这一番话,让会议室陷入一片死寂当中。

领导有意停了片刻,之后声音提高了:"但是,千载难逢的办案机会,也就出现在这一次的案子当中。正因为这个组织沿用了袍哥堂口的治理结构,它内部也就实行一套极其严格的'身契'制度。组织里的每一个成员,都手书一份《原罪书》,作为'身契'层层上传到七排大爷,也就是刘子良处。刘子良已把这些成员信息、《原罪书》整理成一个信息库,叫作《金兰谱》,同时,刘子良、秦剑雄两人，也向吕孟庄立了这样的身契。

"鉴于《金兰谱》、身契分别由刘子良、吕孟庄私人保管，我们无法掌握信息，同时要防止他们意外销毁、突然销毁，所以，即便之前我们已拿到秦剑雄的身契，已经锁定吕、刘两人，却仍然不敢贸然行动。一直到昨天晚上，在刘子良和吕孟庄的最后一次交易中，我们才成功截获了《金兰谱》和身契，随后，吕、刘两人被正式拘捕。"

在场的人，除了昨晚参与指挥的了解这个情况，其他人并不知道行动结果，现在听领导这样说，大家才嘘一口气。

这时，领导抬手让陆成起来："你给大家交代一下行动要领。"

陆成一脸疲倦地站起身，戴上他厚厚的黑框眼镜，清了清嗓子，看了宋承言一眼，又望了望地方上几位行动负责人，然后把手上的笔记本一抖，才又来了精神。

"现在拿到了《金兰谱》，我们必须立即抓人，而且务必将《金兰谱》上的人一网打尽。"陆成挥起手，在空中果断划过，那样子就像老革命在指挥一场渡江战役，只是他龅牙翻嘴，显不出那一股严肃劲儿。

"前面教授、领导都介绍过了，《金兰谱》上的人，形成了一个权钱交易的圈子，结成一个隐秘联盟，并以'茶碗阵'的方式传递信息，实施了一起又一起权钱交易。所以，我们现在抓这些人，重点并不在他们有没有结圈子、有没有结组织上，重点在于挖出组织成员之间进行的每一起权钱交易，坐实他们的每一桩罪行。而这，恰恰要求我们以雷霆之势快抓快审，使所有成员之间相互质证，最终形成全面有效的证据网络。"

这一番话说完，陆成方才伸手拍了拍身边萧郡的肩，正式跟大家介绍："鉴于萧郡记者、丛郸律师两位朋友，对该案案情十分熟悉，我们专案组特聘二人为办案顾问，对于即将展开的规模宏大的审讯工作，两人将有权随机介入指导，并参与审讯。"

陆成边说，手就挽到萧郡胳膊下面，扶他起来："同时，我在这里还有必要告诉诸位，此次之所以能够在吕孟庄和刘子良的最后一次交易中，成功截获《金兰谱》和身契，全赖萧郡记者的精心谋划与布局，而且他为此承担了巨大的精神压力，并在个人感情方面付出了一般人难以想象的牺牲。我们应该向他致敬。"

陆成的领导先鼓起掌来，在他的带领下，桌子四围的人也都边鼓掌边站起身来，一齐朝萧郡致敬。

丛郸就挤在萧郡旁边，她一边拍手，一边兴奋地直拿胳膊肘去拐他。萧郡却木然立在桌子边，面无表情，一脸僵硬，顶上灯光洒照下来，只见他满脸满眼的泪花。

其实，在这间会议室里，除了陆成和他领导，以及丛郸，再没有人知道，这个长头发的年轻人曾经布下一个什么样的局，在这个局中，他的感情究竟忍受了怎样的牺牲。

尾 声

腊月二十九,整整下了一冬的雪终于停住了,太阳一早就从东面山峁上冉冉升起。阳光格外明媚,它穿透了城市街道薄薄的晨雾,把赶早上班的人们、来往奔驰的公共汽车,还有终年守望在街头巷尾的电线杆的影子,一概拉得长长的。

青湖公园荷塘上,最后一片枯黄的荷叶轻轻飘落下来,落在了湖面上。几只白羽的鸭子,抖擞抖擞翅膀,橘红色的扁嘴儿"嘎嘎"地鸣叫两声,摇摇摆摆就游到了荷叶边上。它们几个猛子扎进水里,把荷叶顶起来,扔到一边,又撵上去,扎进水里,再把它顶起来。

原本板结在小青河两岸的冰凌,慢慢地破碎开来,它们阴一块阳一块悄悄溜进水里,然后在清澈见底的河水中,一会儿凫上来,一会儿扎下去,一眨眼的工夫,就游出长长一段路程。

青河大道上那一排银杏树,黄叶早已经落光了,剩下光溜溜的树干,你只有走到它们跟前,才瞅得见叶蒂儿上、枝杈儿上,冒出来浅浅一层新芽儿。

金控大厦停工了,裸露在墙外面的脚手架生出了铁锈,大厦通身裹住的一层防护网,也东一处西一处地撕裂开来,就像破旗烂幡,一片一片吊挂在寒风当中。工地大门紧闭,门上贴了封条,只有封条上检察院的公章显得格外鲜红明亮。

从金控大厦一直往北,到了青河大道尽头,再上民心路,便是孟庄。

明天就是大年三十了,孟庄上一派繁忙景象。你看那老的坐在轮椅上骂骂咧咧比画了半天;少的爬在楼梯口,却偏偏挂不齐整墙上两盏红灯笼;女的扫地掸灰跑出跑进;偏有那心闲的男人,提一桶热水去给狗儿刷毛。

再看家家大门上张贴的春联,依旧是千百年来的红火气象。还是大红的纸,还是金黄的字,什么"人和家兴风调雨顺",什么"富贵荣华儿孙满堂",什么"家道顺遂再添贵子",什么"耕读传家题名金榜"。

此一刻,就连孟庄后山上那一座荒芜多年的义冢,也在阳光下生出畅快的气象来。

义冢的圆土包上本来覆了厚厚一层白雪,这会儿白雪星星点点地融化,全都化成晶莹剔透的水珠,正好东山的太阳照耀过来,水珠全都闪闪烁烁起来,真好似一把珍珠撒在了玉盘当中。

陶莟媛穿着一袭黑色的风衣,跪在义冢碑前的拜台上,她泪如雨下,一双手抖抖索索地点燃了香烛纸表。

"爸,不孝女……不孝女莟媛……今天来看你来了。"陶莟媛一开口,已经泣不成声,"女儿是来叫你……叫你安息,女儿要……要告诉你,女儿……女儿……已把杀死你,杀死乡亲的凶手找到了。"

陶莟媛是义田镇人,她父亲正是死于西山水库溃坝。只不过,在父亲死后,她没有同乡亲们一道住进孟庄,而是跟随母亲回了乡下外婆家。以后,她又回到了城市,阴差阳错来到吕孟庄身边,来到萧郡身边。她心里一直被父亲遇难后尸骨不全的悲惨景象所笼罩,她从不在人面前提起她父亲的死,也从来不上义冢徒增悲伤。

其实,早在萧郡报出"水山计划"之后,她就开始悄悄关注西山水库的这场溃坝。为了摸清真相,她不动声色地帮吕孟庄演完结婚的戏,演完"轮妻"的戏,并在陆成发现她的户籍档案,得知她是溃坝受害人,又找来萧郡对她进行劝导时,她心甘情愿给检方当起了内线耳目。

"爸爸……爸爸,凶手全部被抓了,一个都没有逃脱,你……你……你们……乡亲们,如果你们地下有知,可以瞑目了。"

陶荟媛号啕大哭,边哭边跪着上前抱住石碑,使劲儿磕头。

身后不远处,是专程陪陶荟媛一起来的萧郡、陆成、丛郸,还有萧郡那位在股交中心工作的大学同学。

他们也都跟着跪下了,匍匐在地上,朝义冢磕了一个头又一个头。

2013 年冬定稿